KB063060

폭설

폭설

유만상 소설집

개미

강물아 흘러 흘러 어디로 가니

넓은 세상 보고 싶어 바다로 간다. 윤회 사상을 번안한 인도의 동요다. 증기로 변한 물은 하늘에 올라 비가 되어 다시 강과 바다로 되돌아간다, 나 또한 자주 구름이나 바람이 되고 싶었다.

지구촌의 온갖 분쟁과 갈등이 인간을 변화시킨다는 걸 알고부터 발전이라는 단어가 괜히 수상해지기 시작했다. 변증법적 교란에 영원이라는 개념이 더해지고, 인간이 신을 통한 구원에 매달림으로써 추구되는 메시아 산업의 번성도 우습다는 느낌이다.

신은 결단코 지구의 포식자인 인간을 위해 세상을 창조하지 않았다는 확신은 자연의 섭리 곧 '만상(萬象)의 법'을 깨달으면서였다. 풀과 나무가 없을 때 인간은 생존이 어렵지만, 초목은 인간이 없어도 무성할 수 있음이 그 증거다. 따라서 내 보잘것없고 고리타분한 글로 나무를 희생시킨다는 사실이 편하지가 않다.

다산(茶山)은 '붓 가는 대로 마음껏 써 버리는 것'이 첫 번째 〈노인의 즐거움〉이라고 읊었는데, 사실 나는 너무 게을러서 그 즐거움도 누리지 못했다.

작가는 세상의 모든 독자를 향해 편지를 보내는 마음으로 글을 쓴다고 했지만, 나는 자주 나 자신을 위해 글을 쓰고 싶다는 생각을 했다. 혼자 쓰고 혼자 읽는 1인분의 작가. 비록 아무도 못 말리는 고질병일지라도 자기도취가 없는 세상은 너무 적막하지 않은가.

내가 그 1인용의 고답적 담론을 굳이 책자로 묶는 이유는 첫째가 지금까지 수많은 글쟁이로부터 받기만 하고 보답에 응하지 못한 몰염치를 '빚 갚기'하는 일이고, 둘째는 너무 오래 개문 폐업하고 있는 작자에 대한 안타까운 격려로, 〈개미〉 최대순 대표가 통 큰 결단과 함께 집요한 권유를 해온 데 대한 앙갚음으로서다. 어려운 출판 세태에서 적잖은 부담을 자원하고 나선 그에게 잘코사니를 먹이는 처지가 그저 엄매(掩昧)하고 송구스럽다. 굳이 구실을 달자면 소설이란 어차피 인간의 희로애락에 담긴 신음의 기록으로서 더러는 인생의 교과서적 기능과 역할이 될 수도 있다는 사실이다. 내 험한 글의 포장을 위해 기꺼이 표지화를 자청한 이 인 화백에게도 감히 그 명분을 부여하는 건방을 떨어본다.

단편 소설집 1·2집을 내면서 토로했던 〈작가의 말〉을 다시 소환해 보는 입장은 아직도 문청 때의 오기와 향수가 남아서일까. '신을 믿지 않듯이 문인을 존경하지 않는다.'는 말과 '소설의 본질을 깨닫는 순간 가차 없이 문학을 버리게 될 것'이란 작심 그리고 '스스로의 절망을 이야기와 예술로 속이는 일, 다시 말해 얼룩지고 허물 많은 내 생각의 기록을 통해 굴곡진 인생의 복기(復棋)를 완성해낼 것'이란 치졸한 객기들이 그것이다.

그러나 그 표명은 지금도 확연한 믿음으로 달라진 게 없다. 그러면서 하나 더 보태고 싶은 욕심이 있다면 그것은 이미 전설이 되어버린 〈순정(純情)〉이란 어휘의 가치를 문학을 통해 복원하면서 남은 세월을 소비할 것이라는 소망뿐.

2022년 늦가을
유만상

차례

연등

 길은 늘 우리가 알 수 없는 어떤 곳으로 사라졌다. 종구는 그렇게 끝없이 달아나는 길 쪽을 바라보았다. 엄마의 얼굴이 그 길을 따라 헐레벌떡 달려오다가는 이내 멀어졌다. 작은 가슴이 지랄같이 어지러웠다. 종구는 눈을 감았다. 그러자 엄마의 얼굴이 더 크고 또렷하게 다가왔다. 에이 씨ㅡ, 눈을 다시 뜬 종구는 재빨리 눈을 길 위로부터 거두어들였다. 하늘 한쪽으로 새들이 열심히 계곡과 산을 그리며 날아갔다. 종구는 그 새들이 부러웠다. 하느님은 왜 사람들에게는 날개를 주지 않았을까. 잠시 하느님을 야속하게 생각하던 종구는 문득 은경이를 떠올렸다.

 박은경. 그 계집애는 종구의 짝꿍이었다. 그랬다. 적어도 엄마가 집을 나가지 않았을 때까지는 그 아이가 종구의 옆자리를 지켰다. 언제나 깔끔한 복장에 좀 쌀쌀맞긴 해도, 은경이 계집애는 종구를 그렇게 싫어하진 않았다. 그런데 엄마가 석수장이 구 씨 아저씨와 함께 도망을 치고 난 뒤, 육성회 임원이라는 은경이 엄마가 학교를 다녀가고부터 그 짝이 바뀌고 말았다. 담임선생은 까닭 없이 은경이를 부반장 현우 옆에 앉히고, 종구는 남자아이랑 짝을 만들어 주었다. 종구네 반은 여자보다 남자가 더 많았다. 남자끼리 앉은 아이들은 공부 시간에 자주 다투고 장난질이 심해서, 담임에게 면박을 받거나 벌 청소를 할 때가 잦았다. 어쨌거나 여자 짝이 없는 아이들은 이래저래 재수가 옴 붙은 아이들이었다. 그래서 종구는 소풍 때 찍은 학급 단체 사진의 여자 담임선생을 볼펜으로 까맣게 뭉개어 버렸지만, 쉽사리 분이 풀리지 않았다.

간혹 은경이에게 캐러멜 같은 것을 몰래 얻어먹을 정도로 사이가 좋았던 시절, 종구는 어느 일요일 은경이를 따라 읍내에 있는 교회에 간 일이 있었다. 그때 찬송가를 몰라 입만 벙긋벙긋하면서도 종구는 은경이와 함께 있는 게 싫지 않았다. 설교를 하는 목사님의 등 뒤, 큰 십자가에 매달려 있는 예수님을, 아무도 끌어내려 줄 생각을 않는 성당 사람들이 좀 무정하다 싶었지만, 종구는 지루한 설교도 잘 참아냈다. 그리고 은경이가 크리스마스 날에 발표할 연극 연습을 하는 동안에도 짜증 한 번 내지 않고 기다리면서, 오히려 마음은 마냥 즐겁기만 했다.

"어때, 교회에 가니깐 참 좋제?"

돌아오는 길 은경이가 유난히 맑은 눈을 동그랗게 뜨며 물었다. 종구는 얼른 고개를 끄덕여 주며, 앞으로도 은경이와 꼭 교회에 다닐 것을 몇 번이나 다짐했다.

"처음엔 니가 몰라서 좀 그렇겠지만, 인제 곧 좋아질 끼다. 그리고 니 교회에 나가다 그만두면 지옥 가는 거 잊지 마래이."

무슨 경고라도 하듯 쏘아보는 은경이의 눈길에 종구는 덜컥 가슴이 내려앉았다. 갑자기 교회에서 목사님이 하던 말이 떠올랐기 때문이었다.

"어린이 여러분, 여러분은 이제 하나님 앞에서 굳게 맹세했습니다. 여러분은 아직도 우리의 주변에서 하나님의 말씀을 들으려 하지 않고 방황하는 자들이 있다면, 꼭 그들을 하나님 나라로 인도하지 않으면 안 됩니다. 맹세를 하고도 그것을 이행하지 못한다면 그것은 곧 하나님을 거역하고 속이는 일이 될 것입니다. 어때요, 여러분, 그렇게 할 수 있겠습니까?"

"네!"

종구는 그곳에 모인 아이들과 함께 엉겁결에 큰소리로 대답을 하고 말았지만, 정말 자기는 누구를 하나님 나라로 인도해야 될지가 얼른 떠오르지 않아 난감한 기분이었다. 우선 주정뱅이 아버지가 제일 먼저 생각되었지만 어림없는 일이었다. 하나님 나라는 고사하고 종구가 교회에 간 사실을 알면 아버지는 또 날벼락을 칠 것이고, 일요일은 물론 국경일에도 절집 증축 공사장 일을 빠지지 않는 엄마에겐 더구나 입도 뻥긋 못할 노릇이었다. 일순 종구는 괜히 은경이를 따라 교회에 간 것이 후회가 되었지만, 그 애의 귀여운 얼굴을 생각하면 또 금방 그 후회가 물거품이었다. 종구는 그 후에도 몇 번 은경이를 따라 교회에 갔지만, 예수님은 그때까지도 십자가에 처절하게 매달려 있었고, 목사님 또한 불쌍한 죄인들을 교회로 인도해야 한다는 당부를 포기할 기미가 보이지 않았다. 그래서 은경이와 같이 있을 때 종구는 자주 그 지옥 때문에 마음이 심란해지곤 했다.

은경이가 새로 짝이 된 현우를 교회로 데리고 다닌다는 소문을 들었을 때, 종구는 정말 땡고추와 모래를 한꺼번에 씹는 기분이었다.

'차라리 잘되었지 뭐. 다른 사람을 교회로 인도하지 않아도 되고…….'

침을 뱉고 어금니를 깨물며 자위해 보았지만, 종구는 오래도록 가슴이 아렸다.

아무튼 아이들이 놀려대는 말로, 엄마가 구 씨 아저씨와 빠구리 붙어 집을 나갔다는 소문만 나지 않았어도 은경이는 아직도 종구의 짝꿍으로 남아 있을 터이었다. 언뜻 그런 엄마가 미웠지만, 얄궂게도 그 미운 엄마가 한없이 보고 싶었다. 또 마음이 지랄같이 쿨렁거렸다. 어디론가 끝없이 달아난 길, 종구는 자신도 언젠가는 엄마처럼 저 길을 따라 훌쩍 떠나고 말겠다는 생각을 다지며 입술을 깨물었다. 강물에 빠져 있던 붉은 저녁 해도 사라지고, 서산 위에는 어느덧 노을이 덤벼들고 있었다.

종구가 집으로 돌아왔을 때, 불이 꺼져 있는 방은 역시 적막하기만 했다. 엄마가 집을 나간 뒤, 주인아줌마가 사글셋 방값 재촉에도 지쳤다며 기어이 방 하나를 거두어들였기 때문에, 종구는 아버지와 한방을 써야 했다. 거의 매일 술에 취하고, 정작 달아난 엄마는 들을 수도 없는 독설을 퍼부어 대며 종구에게 괜한 손찌검이나 하는 아버지를 대하기가 죽기보다 싫었지만, 종구는 오늘따라 유독 집이 쓸쓸하다는 생각이 들었다.

종구는 불도 켜지 않은 채 오도카니 앉아 절 쪽으로 향하는 길가의 소나무에 매달린 연등이 일제히 켜지는 모습을 바라보았다. 이제 며칠만 있으면 부처님이 오시는 날이었다. 그때 부처님이 엄마도 데리고 왔으면 좋겠는데, 매일 똑같은 자세로 꼼짝도 않고 앉아 있는 부처가 과연 그럴 재주가 있을지 믿기지가 않았다. 큰절이 있는 마을인 데다 관광객들 때문에 평소에도 좀 현란하고 소란스럽긴 했지만, 묘려한 연등의 불빛 때문에 마을은 더욱 부풀어 오르는 듯했다.

"야, 니 저녁밥이나 묵었나? 안 묵었으면 우리 수제비했는데, 한 술 뜨고……."

언제 왔는지 주인아줌마가 종구 앞에 서 있었다. 바람 병으로 입이 약간 돌아가 입비뚤이가 된 아줌마가 나타나는 바람에, 요요하게 일렁거리던 연등 몇 개가 그녀의 등 뒤로 숨어 버렸다.

"묵었심더."

종구는 단호하게 말했다. 사실 배가 고프지 않은 것은 아니지만, 아줌마의 눈치밥을 얻어먹는다는 건 더없는 곤욕이었다. 그런 아줌마의 선심은 대개가 건성이거나, 아니면 뭔가 힘든 말을 하기 위한 인사 치례이기가 대부분이었기 때문이었다.

"그래, 이런 걸 내삐 두고 세상에 무신 놈에 팔자는 고치겠다고 쯔쯔쯔……. 근데, 느그 아부지는 요새도 그저 만날 술판이제? 어디 맨정신일 때가 있어야지러. 내 니한테 할 말은 아이지만, 아부지 오시거던 일러나 드려라. 이번 간조 타면 방세도 좀 내라꼬 말이다. 사람들이 무신 염체가 있어야지……."

입비뚤이 아줌마는 비뚜러진 입과는 달리 야무진 목소리로 무슨 말인가를 더 보태려다가 그만 돌아섰다. 다시 그녀의 등 뒤에 숨었던 연등이 살아나고 어디선가 소쩍새 우는 소리가 들려왔다.

"아 참, 그라고 말이다."

아줌마가 다시 돌아서며 입을 열었다. 좀 전과는 달리 말투가 터무니없이 상냥스러웠다.

"니 요새 학교는 어떻게 됐노? 느거 아부지가 행패를 부린다고 해서 학교까지 그만두면 안 된데이. 지금 세상이 어떤 세상이고. 옛날과는 달라서 요새는 그저 학교 못 나오면 아무데도 쓸모가 없는 쓰레기가 되는 기라. 더구나 소핵교는 국민 의무 교육이 아이가. 그라이까는 니 내 말 맹심하고 학교는 꼭 나가거래이."

시쁘다는 생각이 들었지만, 아줌마의 말에 종구는 괜히 설움이 차올랐다. 그러고 보니 정말 학교에 가지 않은 지도 보름은 지난 듯했다. 새삼 학교 마당과 학급 아이들이 우르르 종구의 눈앞을 지나갔다. 그 맨 끝에서 은경이와 현우가 배시시 웃으며 달아났다.

"학교에 가면 아부지가 죽인다 안 캅니꺼?"

종구는 불퉁한 목소리로 아줌마에게 대들 듯 말했다. 은경이와 현우 때문인지도 몰랐다.

"느거 아부지 마음을 내 어느 정도 이해 몬 하는 건 아이다마는, 그것도 한도가 있지러. 그라고 그것 또한 자업자득 아이가. 그 양반 그거 완전히 돌아뿌린 사람인기라. 그러니 느거 아부지 그 억지 쓰는 말 듣지 말고, 니는 우짜든지 꼭 학교는 댕겨야 한데이."

주인아줌마가 방으로 들어가고 한참까지도 종구는 연등과 하늘만 번갈아 쳐다보았다. 살이 얼마 붙지 않은 조각달이 서쪽 산으로 눕고, 개구리 울음 사이로 간간이 소쩍새가 아직도 투정을 멈추지 않고 있었다. 별은 밤이 깊어 갈수록 물빛을 더했다.

엄마의 입버릇처럼 전생에서 무슨 원수가 졌는지 아버지는 틈만 나면 엄마를 들볶고 태질을 쳤다. 그렇게 아버지와 엄마의 싸움질이 잦을 때마다 엄마의 하늘 쳐다보는 버릇도 늘어갔다. 그래서 종구도 덩달아 엄마처럼 자주 별을 바라보곤 했다. 별똥별이 떨어질 때를 제외하고는 별들은 언제나 정다웠다.

엄마가 집을 나가자 아버지는 거의 미치광이처럼 날뛰었다. 처음 며칠 동안은 아예 일하는 도자기 공장에도 나가지 않았다. 밤낮없이 술만 들이키는 아버지의 깊고 붉은 눈은 흡사 미친개처럼 살기가 튀었다.

"내 이 연놈들을 갈아묵고 말끼다! 그래, 성님 성님하면서 남의 기집을 빼돌려 가?"

그건 그랬다. 구 씨 아저씨는 아버지를 볼 때마다 깍듯이 성님이라 불렀다. 솜씨 좋은 석수장이로 알려진 그는 딱히 고향이 어디라고 밝히지 않는 떠돌이였다.

"아, 고향이 따로 있수? 불알 두 쪽밖에 없는 놈에겐 그저 퍼질고 앉아 사는 그곳이 고향이지."

구 씨 아저씨는 혹시 누가 태어난 곳을 물을라치면 꼭 그렇게 엄벙뗑 얼버무리길 잘했지만, 말투로 보아 남쪽 지방 돌쟁이는 아닌 것 같다는 것이 마을 사람들의 중론이었다. 말하자면 아버지는 그 구 씨 아저씨의 조수였다. 처음엔 아버지도 구 씨 아저씨의 충실한 거추꾼으로서 절집 짓는 일에 열심이었는데, 아버지가 무슨 일로인가 공사 감독관과 대판 싸움을 치르고부터는 서로 일자리가 달라졌다. 그 후에도 구 씨 아저씨는 자주 집에 들러 아버지와 술판을 벌이곤 했다.

언젠가 어둑한 골짜기에서 일터로부터 돌아오는 엄마를 기다리던 날, 종구는 구 씨 아저씨가 싸울 듯한 자세로 엄마를 껴안고 입을 맞추는 걸 보았다. 종구는 재빨리 몸을 숨겼지만, 그날은 정말 가슴이 터질 듯이 어지러웠다. 자꾸 아버지의 으르렁거리는 얼굴이 떠올라 두렵기도 했지만, 왠지 그 아버지가 불쌍하다는 생각이 들어 진짜로 개떡 같은 심정이기도 했다. 그런 일이 있고부터 엄마의 하늘 쳐다보는 버릇은 부쩍 더 잦아진 듯이 보였고, 종구는 그런 엄마가 때론 그 하늘처럼 멀리 느껴져 허우룩한 기분이곤 했다.

절 공사를 모처럼 쉬었던 지난 삼월 삼짇날, 엄마와 아버지는 또 대판거리로 싸움을 벌였었다. 여느 때처럼 아버지의 무작스러운 주먹질에 엄마가 악다구니를 멈추면서 싸움이 끝나긴 했지만, 엄마는 그날 오랫동안 팔자타령을 그치지 않았다.

"세상에 지가 나한테 해준 거시 뭐꼬. 걸핏하면 개패듯 두들기기나 하고……. 이년의 팔자는 그래, 전생에 무신 놈의 죄가 그리도 많아……!"

옆방에서 벌벌 떨고 있던 종구는 엄마의 신세타령이 길어지다가 또 아버지의 주먹질이 시작되지 않을까 조바심이 났다. 그런 중에서도 종구는 자꾸 구 씨 아저씨가 엄마를 끌어안던 광경이 떠올라 신경질이 났다. 그래서 종구는 일부러 은경이나 교회당, 그리고 종달새 혹은 학교 아이들 생각을 차례로 이어갔지만 헛일이었다. 그 모든 억지 생각들 뒤엔 반드시 엄마와 구 씨 아저씨의 모습이 되돌아왔기 때문이었다.

"야, 이년아 그래, 같이 손 맞추고 일하는 사이라꼬, 외간 놈의 옷 나부랭이까지 빨아다 바쳐? 그 새끼 그거 주둥아리로는 형수님 어쩌고 하면서도 니년을 바라보는 눈찔은 보통 음침한 것이 아니더라꼬!"

아직도 분노가 남아 있었지만 아버지는 목소리를 낮추었다. 종구는 약간 긴장이 풀리며 하르르 참았던 한숨이 나왔다.

"아, 그럼 이쪽이 실수로 김치통을 엎질러 옷을 베리뻤는데 우짜 겠닝교?"

"이년이 그래도 주둥아리는 살아……."

번쩍 아버지의 주먹이 엄마의 머리 위로 올라가는 정경이 연상되었지만, 다행히 아무 일이 없는 듯했다. 다시 종구의 입에서 가는 한숨이 빠져나왔다.

"갑자기 이 이가 미쳤는가 봐. 아, 이 손 치워요!"

아버지가 엄마를 어떻게 했는지 엄마의 목소리는 제법 당당한 어조로 바뀌어 있었다. 아무 대꾸도 없이 아버지가 몇 번 헛기침을 날렸다.

"치이— 두들길 땐 언제고……."

엄마가 말끝을 죽였다. 종구는 엄마와 아버지가 이젠 또 새로운 싸움을 벌일 것이라고 생각했다. 다시 구 씨 아저씨가 엄마의 입을 맞추던 모습이 눈앞에서 일렁거렸다. 왠지 민망스러운 생각이 들어 종구는 살며시 밖을 나왔다.

"누고, 종구제? 바 밖에 놀러 가는 강?"

엄마가 무언가에 짓눌리는 목소리를 냈다. 종구는 대답 대신 문을 쾅 하고 닫았다. 다른 날과는 달리 아버지는 아무 잔소리도 하지 않았다.

삼짇날이라서 그런지 절로 들어가는 길은 불공을 드리러 가는 사람들과 차량들로 엄청나게 붐볐다. 그날 종구는 온종일 새들의 집을 찾아다녔다. 며칠 전에 보아 둔 종달새 둥지에는 알이 두 개에서 다섯 개로 늘어나 있었다. 그러나 더 이상 새집을 찾지 못하고 돌아오는 길, 종구는 삼거리 슈퍼에서 밀빵 한 개를 훔쳐냈다. 저녁 예불을 보는지 상수리나무 위에 매달아 놓은 절 스피커에선 염불과 목탁 소리가 흘러나왔다. 종구는 빵을 뜯어먹으면서 군대에서 지뢰 사고로 죽은 외삼촌을 생각했다. 종구가 소학교를 다니기 전 첫 휴가를 왔을 때, 외삼촌은 빵으로 종구를 놀렸었다.

"종구야, 외삼촌이 세상에서 제일 맛있는 달떡 만들어 줄까?"

그러면서 외삼촌은 야금야금 빵을 죽여 나갔고, 그 빵이 달떡에서 다시 별떡과 구슬떡으로 작아져 버렸을 때, 종구는 외삼촌의 군복 계급장을 뜯어내며 울었다. 공연히 종구를 울린 외삼촌은 정말은 보름달보다 더 큰 빵 뭉치를 사 주며, 이건 진짜 달보다 더 커서 좋긴 한데 속에 개똥이 들었지 아마? 하고 다시 놀리곤 했다. 유달리 턱수염이 많아 어쩌다 뺨에 한 번 문지르기라도 하면 질겁을 해야 했던 종구는 참을 수 없이 그 외삼촌이 보고 싶었다.

집에서는 어느새 구 씨 아저씨와 아버지가 술판을 벌이고 있었다. 엄마는 열심히 부침개를 만들어 냈고, 아버지와 아저씨는 술잔을 서로 권하며 희희낙락이었다. 아침때만 해도 구 씨 아저씨를 욕하고 미워하며 불같이 엄마를 들볶던 아버지는 더 큰 소리로 웃어 댔다. 종구는 어른들의 그런 감쪽같은 변덕이 그저 이상스럽기만 했다.

"이제 안주는 그만 됐으니, 형수님도 이쪽으로 와 한 잔 받으시오."

눈길이 음침하다는 구 씨 아저씨는 자주 엄마를 불러 댔지만, 주기로 기분이 좋아진 아버지는 그걸 개의치 않았다.

그러나 다음날 아침 아버지는 다시 돌변했다. 술이 취한 구 씨 아저씨가 엄마의 손목을 잡는 데도 엄마가 재빨리 그걸 피하지 않았다는 게 이유였다.

"이년이 이젠 아주 은근히 그 개거튼 놈의 수작까지 기다린다니까."

"세상에 할 소리가 따로 있지, 아이 앞에서……."

엄마는 망연한 자세로 입을 다물지 못했다.

"그래도 체통은 차리고 싶어서 이년이!"

끝내 아버지의 손이 엄마의 뺨으로 날아갔다. 다시 죽네 사네 엄마의 악다구니가 시작되었고, 아버지는 화를 다스리지 못한 채 문을 박차고 나갔다.

"정말 인제는 내 죽어도 몬 산다아……!"

질펀한 넋두리와 함께 한참 동안 눈물을 퍼내던 엄마는 마침내 주섬주섬 보따리를 챙기기 시작했다.

"엄마, 어디 갈라꼬 그래?"

덜컥 겁이 난 종구는 엄마에게 매달렸다. 보따리를 싸고 있던 엄마가 잠시 종구를 내려다보다가는 다시 눈물을 찍어냈다.

"불쌍도 한 거……. 해필이면 이런 집에 태어나가지고는……."

"엄마 가지 마!"

종구도 삐죽삐죽 눈물이 나왔다.

"그래, 엄마 안 가꾸마. 어서 학교에나 가."

싸고 있던 보자기를 방구석으로 밀쳐놓으며, 엄마는 종구의 책가방을 챙겨 주었다.

"거짓말, 내가 학교에 가고 나면 몰래 가버릴라꼬. 그렇지?"

종구의 눈에선 더 많은 눈물이 쏟아졌다.

"아이다. 내 약속할 끼다. 엄마는 우리 종구 놔두고 절대로 안 간다."

엄마는 아이들처럼 손가락까지 걸었지만 학교 가는 길에 종구는 몇 번이나 집을 돌아보곤 했다. 학교에서도 종구는 내내 보따리를 싸던 엄마 생각 때문에 속이 탔다. 선생님이 어느 소방서 아저씨가 용감하게 불을 끄며 한 꼬맹이를 구한 일에 대해서 얘기했지만 도무지 심드렁하기만 했다.

"선생니임, 물을 싣고 댕기는 찬 데 와 불자동차라고 합니껴?"

누군가가 싱거운 질문을 하고 아이들이 와르르 웃을 때에도 종구는 전혀 흥이 나지 않았다.

"그것은 그 차의 목적이 물을 싣는데 있지 않고, 불을 끄는 데 있기 때문이야."

선생님이 설명을 끝내자 다시 아이들은 로봇 불자동차에 대해서 질문을 하기 시작했다. 그래도 종구는 흥미가 없었다. 종구는 슬그머니 은경이가 가져온 신문 쪽지의 숨은 그림찾기에 매달렸다. 은경이가 선생님의 눈치를 살피며 몇 번이나 종구의 옆구리를 건드렸는데도 종구는 그 일을 포기하지 않았다. 자꾸 허둥거려지는 마음을 달래기 위해서였다. 칼, 우산, 병아리, 바나나, 토끼, 오리를 다 찾아내고 버섯이 나타나지 않아 애를 태웠지만, 사실은 그 버섯이 덜컥 튀어나올까 봐 겁이 났다. 그렇게 되면 자꾸 덜컥거리며 불안해지는 마음을 묶어 둘 일이 없어지기 때문이었다.

버들피리를 만들고 놀자는 은경이의 요청까지 뿌리치고, 허겁지겁 집으로 돌아왔을 때, 종구는 가슴부터 쿵 내려앉았다. 우선 아침에 싸다 만 엄마의 보따리가 보이지 않았다. 불길한 예감이 한차례 작은 가슴을 훑고 지나갔다. 그러나 엄마의 옷가지들이 모두 장농 속에 얌전히 정돈된 것을 확인한 종구는 정말 기분이 째지게 좋았다. 무엇보다 엄마가 평소 나들이옷으로 아끼는 분홍색 블라우스가 걸려 있는 모습을 보는 순간은 날아갈 듯한 심경이었다.

종구는 숲속 길에서 엄마를 기다렸다. 보리밭 쪽에서 종달새 울음소리가 들리고 수풀 더미에선 풀내와 더불어 아카시아꽃 냄새가 코를 찔렀다. 잠시 다른 아이들과 버들피리를 불며 놀고 있을 은경이가 떠올라 종구는 약간 기분이 떨떠름했다. 종구는 그 생각을 지우기라도 하려는 듯 닥치는 대로 아카시아꽃을 따먹었다. 녀석의 입술이 금방 구지레해지고 절 쪽에선 한동안 강쇠 치는 소리가 들렸다.

해가 서쪽 달팽이 산으로 넘어가자 연록색으로 부풀어 오르던 숲속은 금방 어둑해지면서 그 어스름을 따라 풋내가 더욱 짙어졌다.

그때 숲길 위쪽으로 인기척이 났다. 엄마였다. 그러나 종구는 엄마 말고 또 한 사람이 따라오고 있는 느낌에 얼른 바위 뒤로 몸을 숨겼다.

"그렇다면 혹시 성님이 무슨 눈치를 챈 게 아니우?"

구 씨 아저씨였다.

"글씨, 아직까진……. 그러나 참말로 조심해야 될 끼요. 만약 그 양반이 알며는 그 성깔에……."

엄마는 말끝을 죽이며 버릇처럼 하늘께로 눈을 보냈다. 숲으로 가려진 듬성듬성한 하늘에도 햇빛이 떠나고 있었다. 종구는 엄마와 아저씨의 뒤를 조심스럽게 따라가며 왠지 엄마를 잃어버릴 것만 같은 고약한 마음에 가슴이 쿨럭거렸다.

구 씨 아저씨는 자기가 밥을 붙여먹는 집으로 가는 갈림길에서 또 엄마를 껴안았다. 엄마는 얼른 사방을 휘둘러보며 약간 몸을 비틀었지만, 한참 동안이나 아저씨가 하는 대로 내버려 두었다. 하마터면 엄마의 눈 더듬이에 잡힐 뻔한 종구는 가슴을 콩콩거리며, 그런 조바심만 내고 있어야 하는 스스로가 참 서럽다는 생각이 들었다. 빠른 속도로 내려앉는 어둠이 곧 숲속의 모든 것을 먹어치웠다.

며칠 후 종구의 집에서 여느 때처럼 술을 마시다가 아버지와 크게 다툰 구 씨 아저씨는 더 이상 종구네 집엘 오지 않았다.

"내 성님이 그렇게까지 속이 뒤틀린 사람인 줄은 몰랐소. 그래, 아무리 세상이 막되어 먹었기로 내가 어찌 감히 형수님을……!"

펄펄 뛰던 구 씨 아저씨는 억울함을 참지 못하겠다는 듯 자리를 박차고 떠났다. 종구는 아저씨의 그런 행동이 참으로 뻔뻔하고 가증스럽다는 생각이 들었다. 줄담배를 피우며 연신 술잔을 혼자 비우고 있던 아버지는 기어코 엄마의 머리채를 잡았다.

"야 이놈아, 죽일 테면 얼른 죽여! 이젠 정말 너같이 미친놈하고 더는 몬 산다아―!"

목이 터져라 패악을 쳐대던 엄마의 서슬에 놀라 잠시 멈칫하던 아버지가 종내 엄마를 내동댕이쳤다. 아버지의 손에서 몇 가닥 엄마의 머리카락이 떨어져 내렸다. 밤내 꺽꺽 울며 앓아대던 엄마는 그날 이후 다시는 집에 오지 않았다. 엄마가 돌아오지 않은 며칠 밤낮을 미친 듯 설쳐대며 수소문하고 다니던 아버지는 무슨 분풀이라도 하듯 종구를 닥달하기 시작했다.

"너 임새끼, 바른 말 안 하몬 내 죽여뿌린다! 느거 엄마 어디 갔어? 너한테는 무슨 말을 하고 떠났지러!"

"아부지요, 정말입니더. 지는 아무것도 모립니더."

아버지는 도무지 종구의 말을 믿으려 하지 않았다. 그는 틈만 나면 종주먹을 들고 윽박질렀다. 그럴 때마다 종구는 한마디의 말도 없이 떠나버린 엄마가 밉고 야속해서 더 눈물이 나왔다.

마침내 아버지는 버스를 타고 반나절이나 가야 하는 곳에 있는 종구의 외갓집에 갔다. 그러나 그는 다음날 아침 귀신같은 몰골로 혼자서 돌아왔다. 눈에 흰자위가 더 많아진 것 같은 아버지는 이제 소리 지르기도 지친 듯이 보였다. 그리고 그다음날 외할머니가 왔다. 외할머니를 보자 종구는 참았던 눈물이 한꺼번에 쏟아져 걷잡을 수가 없었다.

"아이고, 그 날벼락 맞을 년이 새끼를 이렇게 내삐 두고 어찌……."

외할머니는 더 이상 말을 잇지 못하고 눈물만 찔끔거렸다.

"허이고, 시방 당신 쏴하는 거요 뭐요?"

아버지가 외할머니를 향해 삿대질을 올렸다. 호칭이 장모님에서 당신으로 바뀌었지만, 너무 많이 쇠락해진 외할머니는 아버지를 향해 눈길 한 번 바로 보내지 못했다. 외삼촌이 군대에서 덜컥 죽은 후 그만 반편이가 되어버린 외할머니는 이제 검은 머리카락이 보이지 않았다.

"하여튼, 그년 잡히기만 하모 내 그날 바로 장례를 치러삐고 말테니깐 그렇게 알고 전하기나 하소."

아버지는 새 담배 개피에다 불을 이어 달며 이를 부드득 갈았다.

"어디 있는 곳만 알면 내가 먼저 그년의 목을 따고 말끼구마너.

근데 이 놈이사 이거 무슨 죄가 있노. 이 보세 장 서방, 내 이놈 데리고 가몬 안 될까?"

처음으로 아버지를 건너다보는 외할머니의 눈길이 너무도 간절했다.

"허이고 인제는 새끼까지 빼돌리겠다 이거시구마녀. 누굴 뭐 진짜 핫바지로 아는 모양이신데, 그리되면 피차 피칠갑만 하고 말테니까 수작 거두시고 어서 가소. 이 장두석이 복장 터지는 꼴 보기 전에!"

아버지는 몇 번이나 으드득 이를 갈아붙였다.

"죄인이 무신 할 말이 있겠는가마는 그래도 이 사람아⋯⋯."

쇠잔한 얼굴을 주억거리며 몇 차례 숨을 고르고 또 고르던 외할머니는 결국 구부정한 등을 보이며 돌아서고 말았다. 종구는 아버지가 무서워 외할머니를 배웅하지도 못했다.

그날부터 아버지는 종구에게 훨씬 더 간섭이 많아졌다.

"연놈들이 절에서 일한 돈 다 못 찾아간 거 내 다 알아 놨는데, 그거 포기하고 말 것들이 아니. 너 임새끼, 에미가 학교로 찾아오는 거 나한테 숨기면 다리몽둥이 뿌직고 말끼다!"

사실 종구는 엄마가 어쩌면 학교로 찾아올지도 모른다는 기대가 없었던 건 아니었다. 그러나 엄마 때문에 짝꿍이 은경이를 현우한테 뺏기고부터는 엄마가 덜컥 학교에 나타날까 봐 겁이 나기도 했다.

야, 종구 니거 엄마 빠구리 붙어 도망쳤다면서?

종구는 정말 아이들이 죽이고 싶도록 미웠다. 그런데 유독 부반장 현우만은 그런 말을 하지 않았다. 그러나 현우는 아이들한테 아버지가 아무도 못 말리는 개차반이라고 은밀히 선전을 하고 다니는 걸 알고 있었다. 종구는 때로 녀석의 그런 앙큼이 더 얄미웠다.

어쩜 은경이는 지난 주일에도 현우를 교회당으로 데려갔는지 모른다. 예수님은 아직도 십자가에 매달려 내려오지 못하고 있을까? 종구는 은경이와 다정하게 성당에 앉아 있던 생각에 한동안 마음이 달콤해졌다. 그러나 이내 현우의 얼굴이 쫓아왔기 때문에 종구는 금방 슬퍼지고 말았다.

그러던 어느 날 아버지는 끝내 종구를 학교에도 가지 못하게 했다.

"오늘부터 니는 내한테 와서 점토를 섞고 가마에 불때는 거나 배우거라."

아버지는 도자기 공장에서 같이 일하는 직공 몇 사람이, 이제 어리광이나 부리고 티 없이 뛰놀아야 될 아이를 학교에도 안 보내고 도대체 무슨 짓거리냐고 통박을 먹여대자 오기가 한풀 꺾긴 했지만, 학교에 보내지 않을 생각만은 단념하지 않았다. 특히 조각실과 성형실 책임을 맡고 있는 김 실장이, 아동을 학대하고 교육 기회를 막는 일이 얼마나 큰 죄가 되는지도 모른다고 준열히 나무라자 욕지거리를 퍼부으며 대들기까지 했다.

"씨팔, 그런 이바구는 높은 양반들찌리나 하는 소리라서 내사 마 못 알아듣겠소."

아버지의 막무가내에 김 실장은 머리를 절레절레 흔들며, 짐짓 유약실 문을 열어보는 것으로 자신의 충고를 마감했다.

"암튼 절대로 학교에 가서는 안 돼!"

아버지는 아침에 집을 나가면서도 몇 번이나 강다짐을 하는 걸 잊지 않았다. 그랬지만 그날 종구는 주인아줌마의 권유에 못 이겨 학교에 갔다. 보건소에서 나온 간호사들이 무슨 예방 주사를 놓는 다는 소리에 일찍 도망을 치긴 해도, 자신의 엄명을 어긴 것을 알 아차린 아버지는 그 분풀이로 책가방을 몽땅 불태워 버리고 말았 다. 손때가 묻은 공책과 책들이 불더미 속에서 후르르 사라지고 있 는 모습을 물끄러미 바라보며 종구는 왠지 서운하다는 생각보다는 고소한 느낌이 더했다.

'이젠 정말 골치 아픈 숙제를 안 해도 될 것이구마는…….'

종구는 여차하면 손바닥을 때리거나 벌 청소를 잘 시키는 여선 생, 무엇보다도 은경이를 현우의 짝으로 바꾸어 버린 그 담임선생 이 미웠다.

종구는 다음날 오전 내내 붉은 머리띠를 두르고 일제히 주먹을 쳐들어 올리며 구호를 외쳐대는, 골프장 조성 반대 데모대를 따라 다니며 놀았다.

— 불정토 호국 사찰에 골프장이 웬말이냐!

— 농심 농토 거덜내는 유흥 정책 시정하라!

로봇 같은 복장을 한 전투 경찰들이 두 대의 버스에 실려 왔지만, 그들은 아무런 제지도 않은 채 데모대를 지켜보고만 있었다. 종구 는 그들이 텔레비전에서처럼 한바탕 쏘고 던지는 장면을 보고 싶 었는데, 그런 일은 끝내 일어나지 않아 시시하고 실망스러웠다. 그 래서 오후에는 계곡에서 무당개구리를 잡았다. 어쩌다 놈들이 뒷 등을 올라타고 있는 것을 발견할 때면 엉뚱하게도 엄마와 구 씨 아 저씨가 떠올라 기분이 잡쳤다. 그럴 때면 종구는 재빨리 놈들을 잡 아 난장질을 쳐버리곤 했는데, 빨간 배때기를 내놓고 사지를 쭉 뻗

으며 바르르 떨다 숨을 탁 놓아 버리는 모습에서는 좀 안 됐다는
생각도 들었다.

　개구리 쫓기도 싫증이 날 때쯤 종구는 개구멍을 찾아 절간으로
들어갔다. 일하는 엄마를 보기 위해 가끔 절에 들어갔을 때, 고추
를 만져보자며 달려들던 매표소 아저씨가 성가시기도 했지만, 우
선은 퉁방울 같은 눈을 부릅뜨고는 주먹을 말아 쥔, 사천왕문의 화
상들이 꼭 아버지 같아서 싫었기 때문이었다. 더구나 지금은 그 엄
마도 없지 않은가. 종구는 엄마가 기왓장을 나르고 물걸레질을 하
던 요사채 증축 현장을 힐끗 바라보았다. 엄마와 구 씨 아저씨가
없어도 그곳에는 어느새 껑충한 골기와 집 한 채가 세워져 있었다.

　종구는 대웅전, 명부전, 천불전, 산신각을 한 바퀴씩 돌았다. 주
련이 걸린 붉은 기둥 사이의 벽엔 소 타고 피리를 불며 가는 동자
와, 구름을 밟고 가는 천녀가 보였다. 작고 큰 연등이 가득 쌓여 있
는 종무실 구석에서는 몇몇 보살들이 열심히 등을 만들고 있었다.

　종구는 자기도 예쁜 색종이 꽃등 하나 만들어 절 뒤쪽 어느 귀퉁
이에다 달아야 되겠다고 마음먹었다. 스님들에게 들켜서 혼날 일
이 좀 걱정이긴 하지만, 그래서라도 혹시 엄마가 돌아올 수만 있다
면, 종구는 그보다 더한 일이라도 할 것 같았다.

　송홧가루를 날리며 불어온 바람이 한차례 풍경을 울리고 달아났
다. 알싸한 향내가 콧속으로 날아왔다. 종구는 천불전을 거쳐 아무
도 없는 약사여래전으로 들어갔다. 괘불이 걸린 벽 밑 단상에는 비
닐로 포장된 쌀과 양초, 꽃, 과일 등의 시주물이 가득 놓여 있었는
데, 쌀 봉지 위로 노린재 한 마리가 기어가고 있었다. 종구는 재빨
리 공양물로 올려진 사과 한 개를 주머니에 뚱쳐 넣고는 부처님을

쳐다보았다. 눈을 내리깔고 있는 부처님은 언제나 똑같은 표정으로 말이 없었다.

'라면이나 좀 갖다 놓을 끼지. 부처님은 고렇게 맛있는 라면은 안 좋아하는 모양이제.'

종구는 몇 번 입맛을 다시며 훔친 사과로 불룩해진 주머니를 만져 보았다. 금방 입 속으로 흥건히 침이 고였다. 종구는 부처님께 죄송하다는 목례를 할까말까 망설이다가 그대로 등을 돌려 버렸다. 뒷머리가 약간 근질거렸다.

집으로 돌아오니 담임선생이 입비뚤이 주인집 아줌마와 뭔가를 이야기를 나누고 있었다. 그만 도망질이나 해 버릴까 하다가 꾸벅 절을 하자 여선생은 얼른 종구에게로 다가와 머리를 쓰다듬었다. 선생이 사과가 든 불룩한 주머니를 볼까 봐 종구는 슬며시 몸을 틀었다. 그때 절 쪽에서 뎅~, 하고 종이 울었다.

"응 벌써 시간이 이렇게 됐나?"

주인집 아줌마가 자리를 피하고 싶은 눈치인지 부엌으로 사라졌다.

"종구야 힘들지? 근데 말이야 너 외갓집이 어디 있다면서? 그쪽으로 전학이라도 가면 안 되겠니?"

담임선생이 갑자기 상냥스러워진 데다, 또한 입김이 뺨에 느껴질 정도로 너무 가까운 거리에서, 그것도 지금까지 보아온 것 중에는 가장 슬픈 표정으로 말을 걸어왔기 때문에 종구는 괜스레 얼굴이 따끔거렸다. 문득 까맣게 볼펜으로 뭉개어 버렸던 소풍 때의 사진 생각이 나 종구는 얼른 고개를 끄덕여 버렸다. 어쩌면 선생님과 주인집 아줌마는 여태까지 외갓집 얘기를 하고 있었는지도 모른다.

"지난번에 네 아버지를 만나 교육법의 취학 의무를 입이 닳도록 설명했지만, 도무지 말이 통하지 않더구나."

여선생은 흡사 지나가는 말처럼 혼자 중얼거리며 종구의 손을 꼭 잡았다. 괜히 속이 미끈둥해진 종구는 홀쩍 코를 들이마셨다.

"에미는 언제 올지 모르고……."

언제 다시 나타났는지 주인아줌마가 후우 한숨을 말아냈다. 종구는 입비뚤이 주인아줌마의 한숨은 엄마가 없어 사글세를 못 받은 때문이라는 생각이 들었다.

"그래도 아주머니께서 어떻게 종구 아버지께 좀……."

그때까지 잡고 있던 종구의 손을 풀어주며 여선생은 한 걸음 주인아줌마의 곁으로 다가섰다.

"하이고, 그 사람이 내 말을……."

아줌마는 종구에게서 시선을 거두며 몇 번이나 도리질을 쳤다.

그날 밤은 왠지 아버지가 술을 먹지 않고 들어왔다. 그래서 아버지는 오히려 더 빨리 잠에 들지 못하고 뒤척거리다간 종구에게 느닷없는 강다짐을 놓았다.

"너 지난번 그곳 알지? 내일도 그곳에 가 있어. 그러면 아버지가 탄 공장차가 지나갈 테니 그때까지 꼼짝 말고 죽치고 있으란 말이다. 그리고 배낭 가지고 가는 거 잊어뿌리지 말고. 알았제?"

아버지는 가끔 도자기 공장 트럭 짐칸에 실려 어디인가를 다녀올 때면, 잡목이 우거진 산모롱이에다 종구를 숨겨 놓고, 공장에서 요긴하게 사용되는 무슨 약품인 듯한 물건을 떨어뜨리곤 했다. 그럴 때마다 종구는 그것들을 얼른 챙겨 몰래 배낭에다 넣고 와야 했다. 이틀 후면 초파일이라 학교가 쉬는 날이지만, 그 일을 시키는 결로 봐서 역시 아버지는 내일도 학교에 보낼 생각이 없는 모양이었다. 종구는 조금 전 집을 찾아왔다가 돌아가던 여선생의 뒷모습이 괜히 쓸쓸해 보여 죄스러웠던 생각보다도, 아버지와 함께 공장 물건을 얌생이질해야 한다는 사실이 선생님께 더 부끄러운 짓이 된다는 생각이 들었다.

'모기는 없을까?'

언제 올지도 모르는 공장 트럭을 기다리다 온종일 모기 밥이 되어야 했던 작년의 여름을 떠올리며 종구는 이마를 찌푸렸다.

그러나 다음날, 점심도 굶은 채 하루 종일 길섶 숲 속에 쪼그리고 앉아 있었지만, 아버지가 탄 공장 차는 지나가지 않았다.

"벼엉신 같은 노무 자석, 점심때가 지나도 차가 오지 않으모, 일정이 바뀐 줄을 알고 얼른 집으로 와야제. 어째 저런 깜냥도 없는 새끼를 싸질러 놓고 개 쌍년은……!"

해가 질 때까지 자기를 기다리다 돌아온 종구에게 아버지는 되려 역정을 내며 괜한 엄마를 저주했다.

이미 하루 먼저 온 사람들로 모든 숙박업소들이 다 찬 것도 그 이유였지만, 부처님오신날은 이른 아침부터 절 입구 길이 붐볐다. 여느 때보다도 종소리가 더 크게 들리는 듯한 느낌에 종구는 괜히 가슴이 설레었다. 어쩌면 부처님이 엄마도 함께 데려올지 모른다는 생각을 잠시 해보던 종구는, 그저께 절간에서 부처님의 사과를 훔친 것이 떠올라 시무룩해졌다.

종구는 색종이로 작은 연등을 만들기 시작했다. 생각대로 예쁘게 되지 않아 짜증이 났지만, 엉성하게나마 그것이 완성이 되었을 때, 녀석은 종이 리본을 달고 그 위에다 '부처님 우리 엄마를 보내 주세요' 라고 썼다.

종구는 색종이 등을 윗도리 속의 가슴에 안으면서 그것이 구겨지지 않을까 마음이 쓰였다. 집을 나오면서 담장 밑으로 허옇게 떨어진 감꽃 몇 개를 주워 먹던 종구는 곧 그것을 뱉어내었다. 시적지근하니 떫은맛이 영 어제의 사과 맛과는 달랐다.

봉축 법요식이 열리게 될 절 마당에는 어느새 '축 부처님오신날'이란 리본을 가슴에 매단 신도들로 가득 메워져 있었다. 향내가 코끝으로 가득히 몰려왔다. 빽빽하게 들어찬 얼굴들이 턱없이 엄숙하고 진지해 보였지만, 종구는 언제나 절에서 진행되는 모든 행사들이 따분하게 느껴졌다. 이제 곧 그 지루한 절차가 이어질 것이었다. 도무지 알 수 없는 염불과 독경, 그리고 재미도 없는 헌등, 헌화, 정근, 관욕, 불공, 찬불가……. 그리고 나면 싱거운 탑돌이나 바라춤이 고작인 절놀이는 사실 텔레비전에 나오는 신나는 쇼 프로나 번개춤에 댈 것이 못되었다.

몇 번 마이크 두드리는 소리가 스피커에서 툭툭거리자 신도들은 더욱 근엄한 표정이 되었다. 드디어 한 스님이 마이크를 잡고 입을 열기 시작했다.

— 지금부터 불기 이천오백이십칠 년 부처님오신날 봉축 법요식을 거행하겠습니다. 사부대중은 모두 일어나서 부처님을 향해 합장해 주시기 바랍니다.

잠시 소요가 일었지만 경내는 곧 숨소리 하나 없이 잠잠해졌다. 종구는 조심스럽게 그곳을 빠져나왔다. 그리고 그는 산신각이 있는 절 뒤쪽의 한 귀퉁이 나뭇가지에다 색종이 등을 달았다. 나무에서 내려온 종구의 머리엔 몇 가닥 거미줄이 묻어 있었다. 연꽃등,

수박등, 마늘등, 팔모등……. 수많은 등 가운데서 종구는 아무래도 자신의 색종이 등이 제일 초라하고 볼품이 없다는 생각이 들었다. 그렇지만 마음이 바다보다 더 크다는 부처님은 꼭 그 초라한 색종이 등을 볼 수 있을 것 같았다.

연신 색종이 등을 돌아보며 산신각을 내려온 종구는 명부전 앞에서 잠시 멈춰 섰다. 부처님 앞에는 예나 다름없이 향불과 함께 과일, 꽃, 곡물, 양초 등이 가득 쌓여져 있었다. 한창 법요식이 진행되는 중이라서 그런지 명부전에는 아무도 없었다. 종구는 쫑지칼이 있으면 돈이 가득 들어있을지도 모를 복전함을 한 번 열어보고 싶은 생각이 간절했다. 종구의 엉큼한 마음을 헤아리지 못했는지 부처님은 시종 빙그레 웃고만 있었다.

종구는 그저께처럼 또 슬쩍 사과 한 개를 주머니에 넣었다. 화가 난 부처님이 엄마를 영원히 보내주지 않을지도 모른다는 생각이 잠시 들었지만, 종구는 너무도 배가 고팠다. 혹시 요사채 뒤쪽으로 가면 스님들이 잡귀신들에게 던져주는 여동밥이 있을지도 모른다는 궁리를 하고 있을 때, 법요식장에서는 게송을 읊는 소리에 이어 찬불가가 들려왔다. 종구는 절 밖으로 바삐 빠져나왔다. 그때까지도 절을 향해 몰려드는 사람들은 끝이 없었다.

종구는 길가에 세워둔 자동차 문을 슬쩍슬쩍 당겨보면서 걸었다. 아무도 그것을 열어두고 간 사람은 없었다. 부처님도 자동차까지는 지켜주지 못하는 모양이었다. 언젠가 문이 열린 차 속에서 빼낸, 이만 원짜리 '철웅 스님 비디오 법문' 테이프를 삼천 원에 팔아 은경이와 신나게 전자오락을 했던 기억이 떠올랐다. 지금쯤은 그 가시내가 오락실에서 현우와 함께 재미있게 스타 크래프트나 어둠의 전설 게임에 빠져 있을지도 몰랐다. 종구는 갑자기 기분이 뒤틀려 침을 탁 뱉었다.

종구는 주머니에서 사과를 꺼내 들며 물소리가 크고, 오래 물에 씻겨 아름다운 바위들이 바라보이는 계곡 쪽으로 갔다. 종달새 소리가 아득히 들려오는 보리밭 너머 미루나무 밑에선 계집아이 몇이 줄넘기를 하고 있었다. 해가 어느덧 껑충하니 머리 꼭대기에서 이글거리고, 종구는 허리가 꺾일 만큼 배가 고팠다.

종구가 계곡 둔덕 바위에 앉아 막 사과를 입으로 가져가고 있을 때, 골짜기 쪽에서 물소리와 함께 어른들이 다투는 소리가 들렸다. 잠깐 머뭇거리던 종구는 아랑곳하지 않고 한입 가득 사과를 베어 물었다. 금시에 종구의 오른쪽 볼따구니가 솟아올랐다. 그때 더 크게 싸우는 소리가 계곡 아래에서 들려왔다. 종구는 우적우적 사과를 씹으면서 엉거주춤 일어나 낭떠러지 위에서 골짜기 쪽으로 눈을 내렸다. 순간 사과를 가득 베어 물어 벌어진 입보다 더 크게 종구의 눈이 열렸다.

'구 씨 아저씨다!'

구 씨 아저씨의 멱살을 잡고 아버지가 주먹을 올렸다 내렸다 하며 을러대고 있었다. 종구는 갑자기 가슴이 탁 막히는 기분이었다.

'구 씨 아저씨가 어떻게 왔을까? 아버지 말마따나 밀린 간조라도 타기 위해서 일부러 눈에 잘 띄지 않게 사람들이 많은 초파일에 온 것일까. 그렇다면 엄마는?'

종구는 입속의 사과를 모두 뱉어냈다.

"너 이 새끼, 거짓말을……!"

"성님! 그…… ㄱㄴ 오해…… ㅂ니다!"

계곡 물소리가 두 사람의 고함을 부수었다. 서로 부둥켜안고 뒤뚱거리고 있는 그들의 옆엔 먹다 둔 소주병이 뒹굴고 있었다.

"개새끼, 죽여 버……!

종내 아버지의 주먹이 구 씨 아저씨의 얼굴을 향해 날아갔고, 한동안 뻥해 있던 구 씨 아저씨가 급기야는 아버지를 넘어뜨리고 그 위로 올라탔다. 양다리 사이에 깔려 하늘을 향해 있는 아버지의 앞가슴으로 구 씨 아저씨의 붉은 코피가 떨어져 내렸다.

"씨팔 새끼가 죽을려고 환장……!"

구 씨 아저씨는 더 이상 아버지를 성님이라 부르지 않았다. 그리고 그는 발버둥을 치는 아버지 때문에 몇 번 몸이 기우뚱거리자 술병을 깨어들어 아버지의 가슴을 겨누었다. 절박한 아버지의 모습이 종구의 망막으로 날아왔다.

그 순간 언제 들고 있었는지도 모를 커다란 돌멩이 하나가 종구의 손에서 빠져나가 구 씨 아저씨의 머리에 떨어졌다. 돌을 맞은 아저씨가 나무등걸처럼 옆으로 쓰러지는 것과 동시에 아버지의 눈이 종구에게로 꽂혀왔다. 아버지는 넋 나간 듯 한참까지 종구를 보고 있었다.

"종구야!"

종구는 얼른 몸을 숨겼으나 거의 울부짖음에 가까운 아버지의 고함에 꼼짝할 수가 없었다. 절 쪽에선 다시 게송과 함께 목탁 소리가 날아왔다.

'어쩌면 구 씨 아저씨가 죽었는지도 모른다!'

종구는 숨이 막히고 아무 생각도 일어나지 않았다. 언제 왔는지 아버지의 큰 손이 쪼그리고 앉은 종구의 뒷덜미를 잡아 일으켰다.

"아버지, 지, 지는 참말로 그, 그럴 마음이 없었심니더!"

종구는 아버지의 주먹이 어디에서 날아올지 몰라 팔뚝으로 얼굴을 가리며 와들와들 떨었다.

"종구야아……!"

어쩐지 힘이 다 빠져버린 것 같은 아버지의 목소리에 더욱 기가 질리며, 종구는 팔뚝 사이로 아버지를 훔쳐보았다. 희한하게도 아버지의 얼굴엔 노기가 없었다. 아니 어쩌면 눈물이라도 뚝뚝 떨어질 것 같은 아버지의 얼굴은 거짓말처럼 독기가 빠져 있었다.

"종구야……!"

연해 이름만 불러대던 아버지는 종구를 끌어 앉히며 스스로도 몸을 낮추었다.

"너, 내 말 잘 들어야 한데이. 만약 아부지 말을 어기면 그땐 너 정말 죽이고 말끼다 알았제?"

아버지가 지난날처럼 다시 눈을 일으켜 세우며 목소리에 힘을 넣었지만, 종구는 이상하게도 갑자기 풀이 죽어버린 아버지가 무섭다는 느낌보다는 불쌍하다는 생각이 들었다. 참 고약한 기분이었다.

"아부지, 혹시 구 씨 아저씨 안 죽었닝기요?"

종구가 기어이 그것을 물어보자 더욱 굳어진 얼굴이 된 아버지는 재빨리 주위를 살피며 손가락을 입에다 갖다 대었다.

"아이다. 좀 다쳤을 뿐이다. 그거는 걱정 말고 니 오늘 있었던 사실 누구한테도 말하면 안 된데이. 만약 그랬다가는……!"

아버지는 또 한차례 입술을 깨물고 눈을 부릅떠 보이며, 몇 번이나 그 말을 되풀이했다. 종구는 얼른 고개를 끄덕였다.

“그라고 니는 오늘 당장 느거 외갓집으로 가거라. 찻길은 주인아
줌마한테 물어보고……. 외할머니한테까지도 나를 봤다는 말은 절
대로 하지 마라. 그라고 이거…….”

아버지는 허겁지겁 주머니를 뒤져 지폐를 있는 대로 종구에게 주
었다. 비록 구겨지긴 했지만 종구에게 그것은 난생처음 만져보는
큰돈이었다.

“자, 어여 가거라. 거듭 말하지만 아부지가 한 말 절대로 잊아뿌
리지 말고…….”

일찍이 그렇게 넋 나간 사람마냥 허둥거리는 아버지를 본 적이
없었던 종구는, 오늘따라 그 얼굴이 턱없이 낯설어 보였다.

몇 발짝을 떼어놓다가 종구는 다시 아버지를 돌아보았다. 종구가
베어 먹다 버린 사과가 아버지의 발밑에서 눈이 부시도록 하얀 속
살을 내보였다.

“퍼뜩 안 가고 뭐 하노!”

울 듯 말 듯한 얼굴로 아버지는 주위를 훔쳐보며 거듭 손 채찍을
했다. 미소만 없을 뿐이지 종구는 그때 처음으로 아버지의 얼굴이
얼토당토않게 부처를 약간 닮았다는 생각이 들었다.

아버지의 재촉으로 집으로 돌아왔지만 종구는 끊임없이 가슴이
콩닥거렸다. 전에 보지 못한 아버지의 형편없이 기죽고 어두운 얼
굴이 쉽게 머리에서 떠나지 않았다. 종구야아……, 니 누구한테도
말하지 말거레이. 한 번도 들어보지 못한 아버지의 다정하고, 간절
하고, 축축한 목소리였다. 종구는 손톱을 물어뜯었다. 배가 고프다
는 생각은 천리만리 달아나고 없었다.

구급차가 달려오는 소리를 듣고서야 종구는 집을 나섰다. 힐끗

쳐다본 계곡 쪽으로 사람들이 몰려가는 모습이 보이고, 그 옆길로 경광등을 돌리며 경찰차와 오토바이가 달리는 전경이 눈에 들어왔다. 자꾸만 가슴이 후들거렸다. 왔던 길로 되돌아가는 구급차 뒤로 경찰차 한 대가 따라붙었다.

사람이 죽었대. 친구끼리 싸우다 살인을 했는데, 자수를 했다지 아마?

수군거리는 사람들은 치를 떨어 보이며 어깨를 움츠렸다.

— 아이다. 좀 다쳤을 뿐이다. 그거는 걱정 말고…….

아버지의 엄숙하던 얼굴과 풀이 죽은 목소리를 되새기며 종구는 아버지의 그 말을 믿고 싶었다. 난데없이 아버지가 보고 싶었다. 참말로 기분이 엉망이었다.

큰길로 나와 한동안 망연히 집 쪽을 바라보던 종구는 달팽이 산에서 울어대는 소쩍새 소리에 정신이 돌아온 듯 발걸음을 옮기기 시작했다. 아주 어렸던 꼬맹이 시절, 동생 하나를 사오라고 보챘을 때, 나라에서 제일로 큰 도시에 가야 어린이를 사고파는 상점이 있다던 엄마를 떠올리며, 종구는 어쩜 엄마가 그 도시에 가 있을지도 모른다는 생각이 들었다. 엄마가 한없이 미웠다. 니 말 안 들으면 거기 가서 팔아버릴 끼다. 엄마는 자주 그런 말을 했었다. 종구는 그곳으로 가기 위해 걸음을 빨리하기 시작했다. 절 쪽에선 여전히 염불 소리가 끊이지 않았다. 이윽고 종구는 꼬부라진 길에서 그의 작은 모습을 감추었다. 길은 언제나 그렇게 어디인가로 정처 없이 사라졌다.

길을 잃고 싶다

이른 시각에 인천공항을 출발했지만 두 번의 환승을 거쳐 도착한 라오국의 수도 비엔티엔은 밤 아홉 시를 훨씬 넘어 있었다. 어쩐지 우중충해 보이는 공항에서 후텁지근한 기분과 함께 이따금 달려드는 모기를 발견하면서, 나는 비로소 눈이 펑펑 쏟아지던 고국을 떠나 타국에 와 있음을 실감했다. 그때 나는 기내의 선잠 속에서 문득문득 달려들던 똑같은 물음과 다시 부닥쳤다. 너는 어째서, 무얼 하기 위해 여길 왔는가. 비몽사몽간이었던 때와는 달리 이제 그 질문은 너무도 명확하고 구체적이어서, 나는 몇 번이나 독백처럼 되뇌던 단어를 떠올려야 했다. 세상의 모든 문제는 다 답이 있다. 그러나 그 답은 인식이 아니라 체험의 실증이어야 한다. 나는 중얼거렸다.

"휴식……"

그런데 정말 나는 그 휴식을 위해서 수만 리 길을 달려왔는가. 꼭 그 말이 틀린 것은 아니었다. 사실 나는 너무 오래 하얀 제복의 권

041

위를 지키기 위해 시달려 왔고, 또 그 제왕적 권세에서 밀려나지 않으려고 얼마나 골몰했던가. 빛 좋은 개살구. 우선 남들이 선망하는 한국의 의료인들은 왜 순수한 봉사자가 될 수 없는지, 나는 그것 때문에 늘 견디기가 힘들었다. 학창 시절 각박한 생활에 너무 지쳐 있었을 때, 내 앞에 선 어른에게 자리를 양보하지 못한 것을 두고두고 후회하고 또 후회했을 만큼, 지지리도 못난 성정을 가졌던 나는 애초부터 의사가 되는 것이 아니었다. 그것은 결벽이 아니고 한없이 치졸한 소심증이었다.

편모슬하의 시골뜨기가 언감생심 의사가 되기 위해 고군분투해 온 과정은 실로 맨발로 가시밭길을 걷는 고행이었다. 무슨 운명인진 몰라도 나는 학업이 경쟁의 도구가 되는 경로에선 단 한번도 선두의 자리를 누구에게든 내어 준 적이 없다. 그런 만큼 내 유일한 취미는 공부였다. 아니 사실 나는 다른 방면에 취미를 붙일 여유가 없었다. 공부하는 일 말고는 어떤 일이든 곁눈을 줄 틈이 없을 만큼 빈한했기 때문이었다. 온종일 부추밭을 가꾸고, 베어내고, 간추리고, 묶어내는 기술만 가지고 있는 어머니처럼, 나는 오직 책 속에서만 구차스러운 스스로를 감출 수가 있었다. 선천적으로 벌레가 싫은데도 나는 그 공부벌레가 되는 일을 지향했다. 그 짓이 이 세상에선 제일 편하고 쉬웠다. 그러면서도 나는 그런 내 취향이 한번도 행운이라는 생각은 해본 일이 없다. 그렇게 오직 공부밖에 할 수 없는 처지야말로 얼마나 따분하고 처량한 일인가. 일방적인 학업능력은 곧 보편적인 무능에 가깝다는 사실을 깨달은 것은, 인턴 과정을 거치고 군의관으로 복무를 하면서였다. 나는 그곳에서 소문난 고문관 의무 장교였다. 그 오명을 벗기 위해 나는 세 번이나 낙하산 점프 훈련을 자원했는데, 그런 마초적 오기 또한 멍청한 객기로 치부되어 '고문관' 앞에 '돌팔이'를 다는 등위만 더 보탰다.

지고 가던 짐을 부린 뒤의 휴식은 달콤하기 이를 데가 없다. 그런데 오늘의 이 여행이 과연 그런 휴식이 될 수 있는가. 육체가 아닌 정신적 휴양은 그것이 잠정적인 도피나 억지 일탈이라는 점에서 더 긴장이 가중되는 악성 스트레스라는 것이 내 임상적 소견이다. 그럼에도 불구하고 나는 일을 쉴 수 있을 때면 배낭을 메고 달아나는 짓에 생명을 걸다시피 했다. 일과 공부는 우선 돈을 쓰지 않는 가장 확실한 경제적 방책임을 진작 깨달은 나였지만, 유독 오지를 찾는 일에서만은 모든 걸 아끼지 않았다. 일종의 워크홀릭에 갇힌 나는 최선을 다해 일하고 그리고 시간을 얻으면 그 현장을 떠나는 일에도 열심이었다. 출국 수속이 끝나고 면세점을 만나는 순간, 나는 불과 몇 분 전에 밟고 있었던 땅은 곧 잊어버린다. 그저 혼자가 되어 불쑥 외롭다는 생각도 잠깐, 나는 금방 알 수 없는 자유와 행복감에 잠기고 만다. 마약의 위력이라면 혹시 그런 것은 아닐까.

"휴식이든 고행이든……어쨌거나……."

컨베이어 벨트 위에서 배낭을 찾아 든 나는 서두를 일도 없었지만 잰걸음으로 공항을 빠져나왔다. 말이 국제공항이지 붐비지 않은 비행장은 쓸쓸하기 이를 데 없었다.

안내 책자에서 사전에 익힌 지식을 참고하면서 나는 우선 택시를 잡고 호텔로 향했다. 메콩강변에 최고 빌딩의 위상으로 앉은 호텔은, 주변의 우중충한 불빛 속에서 홀로 우뚝했다. 고작 십여 층에 불과했지만, 괜히 돌출해 있다는 느낌에서 그것은 어쩐지 불손해 보이기까지 했다.

막연한 추측이나 이론적 증명, 그리고 추상적 사유와는 달리 실제로 만나고 거듭되는 대면의 경험은, 늘 생각지도 못했던 세상사의 간극과 매몰된 인간 비애의 본성을 새롭게 마주치게 만든다. 익히 사전 지식으로 학습되었음에도 단지 미확인의 유혹 때문에 달려와 만난, 한 나라의 어둑하고 낯선 풍경 앞에서 불쑥 습벽처럼 고개를 쳐든 것은 이미 타성으로 굳어진, 빈국에 대한 턱없는 폄하와 모독의 정서였다. 모독이란 것도 사실은 문명이라는 현란한 색깔과 근거 없는 우월감을 덧칠하고 사는 우리들의 일그러진 눈과 때묻은 가슴에서만 살아 있는 용어가 아닌가.

좀 늦은 시각이라지만 라오스의 밤은 너무 적막했다. 호텔 주변의 식당가나 매점은 물론, 길거리 행상들마저 자취를 감춘 비엔티엔은, 수도라는 행정적 위상으로 볼 때 어두침침하기가 이를 데 없었다. 애당초 견줄 수 없는 선입견이 있긴 했어도, 메콩강변의 고적한 야경은 불야성에 가까운 서울의 그것과는 확연히 달랐다. 인색한 불빛은 '시간이 멈추어진 땅'이란 명성에 걸맞게 나그네를 막연한 객수에 젖게 하는 마력이 있었다.

괜히……. 그랬다, 참으로 괜히 뭉클해지는 정조는 외람된 교만이었을까. 이른바 인도차이나 반도의 정략적 요충지임에도 불구하고, 너무 오래 강대국들에게 시달리며 때로는 주변국들의 부질없는 내전에 부대껴 온 국운, 그 어쩔 수 없이 떠맡은 미개국의 원한을 겹쳐보는 순간, 나는 터무니없는 동병상련에 속이 저렸다. 문명의 소외가 바로 은총이라 여겨지는 나는 또 무슨 놀부 심보란 말인가.

그날 늦은 밤 나는 호텔 식당에서 혼자 술판을 벌이는 객기를 부렸다. 약간의 주기로 객수가 부풀어 오르는 기분에 취한 나는 호텔 창가에 우두커니 서서 한밤의 메콩강을 추연히 내려다보았다. 불빛이 없어 번들거리지 않은 강은 그대로가 암묵의 모습이었다. 어쩌면 강물마저 흐르기를 멈추고 잠이 들었는지도 몰랐다.

서애(白瑞愛)는 지금 잠이 들었을까. 갑자기 한 여인이 떠올랐을 때, 나는 털퍼덕 옷도 벗지 않은 채 침대로 몸을 던졌다.

"왜, 하필이면 꾀죄죄하기로 소문난 그 라오스예요?"

공항까지 배웅을 나온 그녀의 투정 섞인 물음은, 내가 이쪽의 여행을 계획하고 준비하는 동안 수없이 되풀이해온 말이었다. 마침 사업 정보 수집을 위해 아버지를 따라 외국 출장을 앞둔 입장이기도 했지만, 그녀의 유미적 취향과 탐락적 기질로 볼 때, 선뜻 나를 따라서 오지 여행에 동참하기란 쉽지 않았을 것이다. 그것은 참으로 내겐 다행스런 일이었다. 얼마가 걸릴지는 몰라도 아무래도 쉽게는. 아니 어쩜 다시는 그녀를 만나지 못할지도 모른다는 수상한 예감에, 나는 불쑥불쑥 괜한 죄책감을 느끼고 있었기 때문인지도 모른다.

"그냥……."

그러고 보니 그 말은 사실 그 이상 절묘할 수가 없는 대답이었다. 그냥……. 나도 왜 하필이면 그곳이어야 하는지 모르긴 마찬가지였고, 사실 그 선택은 정말 그저 '그냥'이었다. 의례적인 레지던트 과정을 마치고 전문의가 된 나는, 그 영달을 기념하기 위한 휴가에 야바위 놀음을 하듯 그냥 라오스를 찍었을 뿐이었다. 굳이 이유가 된다면 동남아, 그것도 인도차이나 반도국 중에서는 가장 오지라는 사실 때문이었다. 세상을 살면서 오직 공부밖에 취미가 없었던 나는, 촌놈의 의식에 말뚝처럼 박힌 그 속절없는 향수 때문에, 오지를 찾아 혼자 여행을 떠나는 병이 있었다. 일종의 중독이었다.

어느덧 과일의 맛에 대한 산더미 같은 기록보다 꼭 그 맛을 봐야만 직성이 풀리는 연륜이 되면서, 나는 시각과 청각만으로는 세상을 터득하고 공명할 수가 없었다. 인생의 부피와 양(量)을 가늠한다는 여행에서, 보는 것과 들리는 것 말고도 냄새는 여행의 질을 따지는 참으로 중요한 요건이었다.

그랬다. 세상의 모든 땅이나 숨탄것들은 제각기의 냄새를 가지고 있었다. 그래서 나는 그 땅이 문명국이라는 허명에 훼손되지 않음으로써, 오히려 토박하면서도 당당한 발언권을 확보하고 있는 오지를 찾아가는 일에 늘 허기와 공복을 느꼈다.

가끔은 성지를 찾는 순례객에 끼일 때도 있었는데, 나는 한 번도 그곳에서 성령을 경험하지 못했다. 그 어떤 신령들도 나를 품어주지 않는 걸로 보아, 나는 정말 전생에서 어찌해 볼 수 없었던 악령이 아니었을까, 하는 생각도 들었다. 신명에 의지하여 구원을 얻고자 사실 나는 얼마나 많은 날을 떼를 썼던가. 수많은 성도들이 열광하는 성전에서 나 또한 이제야 같은 반열에 동참했구나, 고 여겨지는 순간 그러나 나는 어느새 그들의 범주가 아닌 아웃사이드에서 있는 자신을 발견해야 했다. 그렇게 누구나 참여할 수 있는 곳인 데도 신은 나를 끼워주지 않았다. 적어도 신이 옹졸했거나 내가 너무 낯을 가리는 것은 아니었는지. 아무려나 나는 신이 버린 나를 찾아 그리고 나를 버리고 떠나기 위해 여행에 매달렸다.

그러나 이번 여행만큼은 예의 그 꼴같잖은 방황에서 계획한 것만이 아님을 나는 인지하고 있었다. 가능하다면 자신마저 속이고 싶었던 음험한 속내. 나는 끊임없이 어딘가로 달아나고 싶었던 것이다. 인술의 미명 아래 거짓 양심이 창궐하는 병원에서부터, 일종의 정략결혼에 묶인 여자, 그리고 아직도 한때 고도성장의 타성에서 헤어나지 못하는, 그 오로지 진격만을 촉구하는 조국 대중의 일방적 조급증까지, 나는 그 모든 것으로부터 달아나고 싶었다. 그런데 인간은 누군가를 속이려는 욕념 때문에 자주 스스로를 속이는 함정에 갇히고 만다.

나는 다시 침대에서 일어나 창가로 갔다. 메콩강을 넘어서면 바로 태국이라고 설명하던 호텔 안내원의 말을 기억해내자, 난데없이 우리나라의 휴전선이 떠올랐다. 세상 어디에서도 볼 수 없는 살벌한 경계가 바로 그곳이다. 지구촌 유일의 분단국이라는 브랜드 가치를 위해, 어쩌면 남북은 짜고 치는 고스톱을 벌이고 있는지도 모른다. 슬며시 쓴웃음이 어금니에 깨물렸다. 남한은 경제 대국이 되기 위해 발버둥치고, 북한은 무기 생산국으로 사생결단 총력하는 집단, 좌우지간 양쪽 모두 못 말리는 나라임에는 틀림이 없었다. 분단의 시너지를 기대하고 세계의 이목을 집중시켜 상생을 도모하는 계략이라면 까짓 말릴 이유도 없다. 그런데 국경을 넘어 아득하게 반짝이는 몇 개의 불빛, 그야말로 강 건너 등불처럼 허술한 이국의 국경을 바라보는 심경은 그리 유쾌하지 못했다. 나는 허술한 국경이 없는 고국이 싫었다. 태국 땅에서는 약간 이울어진 모습으로 달이 떠오르고 있었고, 그 달을 향해 반짝반짝 비행기 한 대가 다가가는 모습이 보였다.

지구촌은 한결같이 이웃하여 이어져 있을 뿐인데, 인간들은 가소롭게도 선을 그어 그것을 분할한다. 그래서 비행기는 새처럼 날아왔었지만 결코 나는 새의 자유를 누리지 못했다. 더없이 원대하고 무상한 하늘까지도 인간들이 멋대로 그 소유권을 갈라놓았기 때문이다. 그것들은 처음부터 나누어진 것이 아니며 또한 누구의 것도 아니었다. 인간들이 탐욕적으로 즐기는 땅따먹기 놀이와는 관계없이 그것은 언제나 고유한 가치로 온전한 하나였다.

지구는 둥글다. 그리고 그것은 자전을 하며 태양을 돈다. 그런데 그 말은 거짓이어야 했다. 세상 어디를 가도 땅은 언제나 평평하고 흔들리지 않았다. 체험적 진실로서는 과학적 실제를 이해하기 힘들던 어릴 때의 그 가르침은 참으로 불친절한 것이었다.

"애야, 저 속엔 저래 보여도 사람들이 엄청 많이 타고 있단다."

어린 시절 어머니는 까마득히 날아가는 비행기를 가리키며 말했다.

"헹, 거짓말. 손가락보다 더 작은 저 비행기 속에 그럼 우리집보다 더 큰 방이 있단 말이야?"

원근에 따라 물체가 축소 또는 확대되는 시야 측정 개념을 미처 헤아리지 못했던 나는 어머니의 말이 사실이란 것을 오랫동안 믿지 못했었다. 비행기를 가까이에서 볼 수 없었던 나는 시골 왕촌놈이었다. 그리고 외갓집을 가다가 목격한 기차 교행에 대한 충격은 또한 잊을 수 없는 사건이었다. 멀리서 바라볼 때 기차역으로 진입하는 기차는 분명 정지해 있는 기차와 충돌을 하여 난리가 나야 함에도, 그 기차는 신통하게도 정지해 있는 기차 속으로 감쪽같이 사라지고 아무 일도 일어나지 않았던 것이다.

"야, 난 말이야, 밀물과 썰물이 도무지 납득이 되지 않았어. 단지 나는 그 물이 밀려나가면 도대체 어디로 가서 모여 있는가 하는 것만 생각했지."

　성장을 하여 지동설을 익힌 뒤 한 친구가 고백한 우주의 중력에
대한 무지를 접했을 때, 나는 그의 불가사의에 대한 추억에 공감하
며 얼마나 박수를 쳐댔던가.

　그러나 달에 계수나무와 토끼가 살지 않는 것을 알게 된 것은 불
행을 훨씬 뛰어넘는 절망이었다. 깨어진 신화는 복원이 불가능했
기 때문이었다. 그 달이 무심한 얼굴로 솟아오른 하늘에선 어느새
비행기도 모습을 감추고 없었다.

　어머니는 죽어 스스로 사랑하고 싸우던 땅에 묻혔다. 그런데 지
금 어머니는 정말 모든 사람들이 죽으면 간다는 그 천국으로 간 것
일까. 갑자기 어머니가 죽을 만치나 보고 싶었다. 비록 손바닥만한
땅이었지만 어머니는 그곳에 평생을 두더지처럼 매달리며 살아온
탓에 꼬부랑 노인이 되고 말았다. 악성 척추결핵의 중증으로 진단
받고 오래 입원해 있으면서도 당신은 정작 그 투병보다는 땅을 놓
지 못해 늘 한숨이었다. 그 한숨이 뇌출혈을 가져왔고, 급기야 그
녀는 지병인 척추결핵이나 뇌졸중이 아닌 엉뚱한 욕창으로 세상을
버렸다. 너무 오래 꼬부랑 몸을 병실에 눕혀 놓은 까닭이었다. 어
머니는 그렇게 땅이 좋아서 빨리 달아난 것인지도 모른다. 당신의
아들이 일등짜리 의사였지만 소용이 없었다. 어머니는 그 아들이
하루 내내 아픈 사람들만 상대해야 하는 불행한 자임을 미리 알았
을까.

　다음날 아침 나는 난작스러운 굴삭기 소리에 잠이 깼다. 메콩강
이 건기를 맞아 드러낸 바닥을 파서 쌓아 놓은 모래 더미 너머로
황량한 태국의 숲이 미명으로 붉게 일어서고 있었다. 그 동녘의 땅

길을 잃고 싶다　　　　　　　　　　　　　　　　　　　　　—— 049

은 어제저녁에 빨리 죽었음으로 오늘 아침은 먼저 깨어났다.

　나는 계획된 일정에 따라 비행기를 이용하여 고도 루앙푸라방으로 떠났다. 유네스코 지정 세계문화유산으로 남은 그곳은 비행기로 사십여 분의 거리에 있었다. 지름길로 가지 마라, 볼거리가 적다. 내 여행의 신조이지만 제한이 있는 시간을 살자니 어쩔 수가 없었다. 천년 역사를 고스란히 간직하고 있다는 점에서 우리의 경주에 비견되는, 이른바 엣지 라오스의 최초 통일왕국 란쌍의 수도 루앙푸라방은, 그 셀 수도 없는 많은 절 때문에 인간고뇌 역시 그 수량과 무슨 비례관계를 갖고 있지 않을까 하는 생각이 들게 했다. 여기에서도 이렇게 부랑하는 영혼들이 많구나. 나는 동속들이 많아서 우선 위안이 될 것 같았지만 그러하지가 못했다.

　왕들은 어찌하여 인민의 고혈을 쥐어짜 절을 짓는 데 혈안이었을까. 스스로의 영원한 권좌를 도모한 것이든 백성의 안녕을 위한 것이든, 사원들은 하나같이 교리와는 무관하게 턱없이 화려하고 거대해 보였다. 왓 씨엥통, 왓 마이, 왓 위순알랏 등 그 이름들도 기이해, 나는 모처럼 발성 공부를 하느라 입술이 다 얼얼할 지경이었다.

　세상 그 어떤 종교도 완전하게 인간을 구원할 수 없었던 것은, 모두가 다 허황되고 호사스러운 집에다 신들을 가두어 놓고는, 염치없이 너무 많은 복락을 조르고 성취를 빌었기 때문일 것이다. 애초에 신은 있었는데, 그는 니체의 말처럼 인간들이 주는 스트레스 때문에 단명해 버렸거나 아니면 도망을 간 것이지도 모른다. 그래서 신은 목마르게 찾는 나를 외면한 것일까.

　루앙푸라방을 한눈에 조망할 수 있는 328계단의 푸시산으로 가는 길에도, 각종의 황금칠을 덮어 쓴 불상 혹은 탑들은 현란한 몸짓으로 햇빛을 희롱하고 있었다. 곳곳에 안치된 수많은 신들에 대한 공양으로, 허리가 휘어진 인생을 살았을 인민들을 떠올려보는 내 마음은 오래도록 심란하고 편찮았다. 왕궁박물관에 순금으로 붙잡혀 있는 부처님의 토라진 표정을, 군주들은 황금의 그 눈부신 광휘에 취해 끝끝내 알아채지 못한 것은 아니었을까.

어느 임상 학자는, 인간이 신을 숭배하는 이유가 두뇌 속에 신을 믿고자 하는 엔진이 있어서라고 단언했다. 모든 만상의 구조와 생성은 섭리가 아니고 진화의 산물임을 믿는 나 역시, 인생의 끝이 흙과 물로 이어진다는 그 허무에 반발하는 뇌세포의 농간에 얼마나 자유로울 수 있었던가. 그래서 나는 동의했다. 적어도 나의 길은 아니지만 인간들이 종교적 환자가 되고자 하는 것을 만류하진 않겠다고. 오, 진심으로 그들에게 신의 가호와 축복이 있을진저.

축복은 금방 현실로 나타났다. 풍성한 자연림과 함께 석회동굴에서 흘러나오는 옥빛의 물 색깔이 환상적인 쾅씨 폭포에는 난데없는 인어 떼들로 어지러웠다. 아슬아슬한 비키니의 묘기로 관능의 미태를 과시하는 소위 퀸카들의 거침없는 유혹은, 몇 해 전에 이미 충격으로 만났던 아마존 정글에서의 그 페이소스적 비애와는 달리 확실히 눈이 부셨다. 미끄러운 광경을 카메라에 담고자 분주한 여행객들 때문에 모처럼의 원시림은 열대 몬순의 기후에다 느끼한 열기를 더 보탰다. 그리고 보니 그녀들은 셔터 소리가 터질 때면 더 농염한 포즈였다. 카메라 앞에서 자주 어설퍼져서 도망질 쳤던 나는 사실 그놈의 냉혹한 기계에 대한 의식보다 초라한 내 몰골 때문에 늘 민망스럽지 않았던가.

'나는 사진에 찍혀서 존재한다.' 라캉이 한 말이다. 사진을 통해서 스스로를 들여다보는 것을 즐기는 세태, 특히 모든 것을 영상으로 관리하는 시대가 된 까닭에 골목길에서 방뇨를 할 수 없는 나는 참 불편할 때가 많았다. 황태자의 비(妃) 다이에나 또한 그놈의 사진 때문에 죽었다는 추론은 그래서 설득력이 있는 것일지도…….

나는 내 스스로를 담는 여행 증명사진을 찍어본 일이 없다. 사진은 이미 흘러간 영상이라 생명이 없다. 병원에서 자주 만나는 그 주검들처럼 사진이야말로 손을 올리면 올리는 대로 눈을 감으면 감은 대로, 영원히 웃거나 웃고 있어 헛된 것이었다. 혹자는 물상이 사진에 담김으로써 영원히 살 수 있다고도 말한다. 그러나 순간에 붙잡혀 멈추고 있기는 하나, 그것은 실체의 수명을 확보하지 못함으로써 생물이 되지 못한다. 모든 숨탄것들이 생존하고, 멸하고, 부패할 때도 사진은 그 절차를 획득하지 못해 그저 박제에 머무를 뿐이다. 그래서 나는 여행자의 필수품이라는 카메라가 없다. 부질없이 죽은 찰나를 담아올 일이 없어 내 손은 언제나 가벼운 편이었다.

포즈는 가공이다. 모든 사물은 자신을 망각하고 완전한 무형이 될 때, 꾸밈없는 실제가 된다. 라오스에서 존재하는 모든 것들도 거의가 그렇게 피사체의 의식을 갖고 있지 않음으로써, 우선은 천연하고 고유한 물상의 권세를 누리고 있었다.

팔등신의 난데없는 인어 떼, 원시 지향의 욕망을 거침없이 몸뚱아리로 배설하려는 외지인들 때문에 잠시 관능의 몸살을 앓고 있던 푸씨산, 그 산에서 바라보는 남서쪽 하늘은 끝 간 데 없이 장엄한 선홍빛 노을이었다. 석양을 오래 바라보는 자 인생을 안다고 했던가. 이울고 사라질 수 있는 모든 것은 역시 아름다웠다. 특히 낙조는 그 뒷모습이 아릿한 서정을 가슴에 남긴다는 점에서 더욱 그러했다. 서애와 둘이서 석양을 바라보며 괜히 원인 모를 비애에 가슴이 저리던 때가 생각났다.

"왜, 내가 남자의 흔적이 있다고 해서 망설이는 거야? 솔직히 말해 봐, 오빠 혹시 내가 겁이 나는 게 아냐?"

그날 관광 명소가 있는 국내의 한 해변 호텔에서 서애가 처음으로 묵어갈 것을 제의했을 때 나는 왜 그렇게 허둥거렸던가.

"응, 내일 아침에 조기 축구 약속이 있어서……. 내가 팀의 간사를 맡았거든."

거짓말은 아니었지만 참으로 궁색한 발명이었다. 결코 그녀가 이혼녀라서 내키지 않은 것이 아니었다. 굳이 사회적 통념이나 지위로 볼 때 그녀와 나의 결합은 아무래도 걸맞지가 않았다. 솔직히 나는 그녀가 너무 버거웠다.

하산길에 들른 몽족 마을은 내 스스로가 나그네임을 단숨에 각성시켰다. 가장 원시적인 생존 형태를 견지하고 있는 그 마을은 우선 아이들이 들끓어 풍요로웠다. 그 맨망스럽고 분답한 환경 속에서 갑자기 떠오른 생각—남자가 암컷 아닌 동물과 수간(獸姦)을 하거나 수음을 하면 참수형을 당한다는 인도네시아 율법의 기억은, 또 무슨 비루한 망념인지 모를 일이었다. 어쨌든 출생률이 세계 최하위권이라며 걱정이 태산 같은 우리의 입장에서 보면 이야말로 축복이 아니고 무엇인가.

미려한 푸씨산의 경관에 비해 아이들은 형편없이 남루한 옷차림으로 새까맣게 탄 얼굴들이어서, 어딘지 모르게 불량스러워 보이긴 했다. 그러나 그들은, 비록 품질이 조악하기는 하나 내방객들에게 팔고자 하는 몇 가지의 토산품을 들고 있다는 점에서, 인도 혹은 아프리카 등지의 거지들과는 달랐다. 한결같이 순정만화의 주인공들이기나 한 것처럼 동그랗고 맑은 눈을 가진 녀석들은, 극성스럽지가 않은 탓에 관광지의 그 흔하고 그악한 장사꾼의 냄새도 없었다. 또 한 번 아날로그적 삶의 관습을 만나는 순간이었다.

길손 중의 누군가가 사탕을 꺼내어주자, 누런 코를 빼문 아이는 흔감해 어쩔 줄을 몰라 하면서도, 막연한 두려움과 미욱한 부끄러움은 감추지 못했다. 바로 까마득히 잊힌 내 유년의 무채색 흑백 사진을 나는 그곳에서 다시 보았다. 우는 새나 노래하는 새의 목소리가 아무 이유도 없이 아름답듯이, 그곳의 올망졸망하고 천진한 아이들이야말로, 내겐 그저 대책 없는 행복의 제공자였다. 특히 엉성한 몰골로 천덕꾸러기마냥 어정대는 남정네들에 비해, 어른 아이 할 것 없이 모두 다부지고 상냥해 보이는 여성들이 더 안쓰럽고 억울하게 느껴진 것은 무슨 까닭이었을까. 언뜻 억척이었던 어머니가 떠올라 내 눈길은 잠시 하늘을 더듬었다.

인간을 만물의 영장으로 선전하는 것이 가엾고 초라한 허장성세의 자존심이듯이, 세상은 도리 없이 남자가 지배할 수밖에 없다는 편견은, 불손하고, 지저분하고, 쭉정이뿐인 Y염색체를 지닌 수컷들의 물리적 역학에 근거한 불공정한 메커니즘일 뿐이다. 삼삼오오 모여 앉아 알록달록한 색실로 그들 선조들의 일상을 재현한 인형을 만들고 있는 여자들은, 모두가 아득한 세월의 저쪽을 살았던 내 유년의 고향 아줌마 혹은 누나들이었다. 나는 그네들의 돈 2만 낍을 풀어 작고 앙증스런 수공예품 두 점을 샀다. 우리 돈 천오백

원 정도에 그녀는 감사를 연발했다.

그러나 나는 마을을 빠져나오기 전에 얼른 그 수공예품을 다른 아이들에게 돌려주고 말았다. 우선 서애가 그런 조잡한 공작품은 좋아하지 않는 이유도 있었지만, 나는 그 물건을 딱히 누구에게 선물할 대상도 없었다.

끝 간 데 없이 밀림으로 아득한 '숲평선' 위로 부유하는 아름다운 구름덩어리와, 어쩐지 공평하지 못해 핍절해 보이는 삶의 극명한 부조화는, 잡다한 문명 세계의 각박한 세속에서 숨 가쁘게 부대껴 온 나를 괜한 죄의식에 사로잡히게 만들었다. 묵묵한 인종(忍從)의 미덕으로 구차한 삶을 견디는 그들에 비해 나야말로 매사 얼마나 경박하며, 삿되고, 호들갑스러운 삶을 누리고 있는가. 이 또한 부질없는 내 세속적 분별심일 터이지만, 그들 앞에서 나는 왜 턱없이 호사스럽다는 생각에서 자유로울 수가 없는가. 사람은 어차피 죽기 위해서 태어난다. 그 의례를 수행하는 과정에서 호사(好事)와 다마(多魔)의 층간은 그 거리가 얼마나 되는가. 신파조의 드라마가 대부분 그러했듯, 이 또한 공허하고 너절한 자기 연민 혹은 변명에서 비롯되는 값싼 감상(感傷)은 아닌지.

인생 드라마의 대단원은 언제나 죽음이다. 그것을 무서워하는 현대인의 대부분은 사후의 세계만은 꼭 종교에 맡기고 살려 한다. 죽음과 주검을 정면으로 바라보고 살던 티베트의 한 종족을 떠올리면서, 나는 왠지 나약하고 옹졸해지는 기분에 비참해졌다. 아무튼 개, 고양이, 닭 등등의 가축들과 함께 기거하는 담대한 그들의 삶의 현실은, 절절이 질긴 생존의 곡절과 태생적 멍에 때문에 너무도 누추하고 고달파 보여 진저리가 쳐졌다. 긍휼의 눈으로 자주 곁눈질을 하며 연신 셔터를 눌러대고 있는 행객들을 향해 거꾸로 토민들이 가지는 의문은, 저들은 왜 저렇게 하릴없이 분주하고 실없이 고달픈 짓을 하며 살고 있는가, 하는 조소와 동정이 아니었는지.

내가 학업 성적에서 줄곧 수석의 자리를 유지하고 있을 때, 와신상담 나를 추월하고자 칼을 갈며 결기를 다져온 친구가 있었다. 장대호였다. 그러나 녀석은 내 모든 학업 과정을 오기로 추적해오면서 한 번도 나를 이긴 적이 없었다. 단 하나 군 복무만은 나와 달리 전문의(專門醫)의 과정을 모두 마친 관계로, 그는 대위가 되고 나는 중위로 임관되었을 뿐이다. 그런데 그는 한차례도 중위 계급 앞에다 내 성을 다는 호칭을 쓰지 않음으로써, 나에 대한 배려와 자신의 체통을 지켰다. 그 또한 군생활만큼은 잠시 거치는 선택일 뿐이라 여겨 무시했는지도 모른다. 어쩌다 내가 그에게 '장 대위님'이라는 호칭을 달면 그는 스스로가 놀림을 받고 있다는 생각에서인지 외려 민망해할 정도였다. 장대호와 내가 국내에서도 신흥병원으로 명망이 높은 한 개인병원에 스카웃 되었을 때, 그는 술자리에서 처음으로 자신의 심회를 고백한 바가 있다.

"야, 도익수, 난 정말 널 한 번 이겨보려고 갖은 애를 다 썼다. 그런데 넌 언제나 내게는 태양을 등진 그림자였어. 내가 아무리 빨리 달려도 그림자는 항상 내 앞에 있었거든. 근데 난 죽으라고 널 쫓아가면서 단 한 차례도 널 미워해 본 일은 없었어. 그걸 나중에야 알았지. 너야 믿거나 말거나 한 얘기지만 말이야."

그런 야심이 있었군. 잠시 뜸을 들이던 그는 다시 입을 열었다.

"그래서 나는 만년 2등을 할 수밖에 없는 내 꼬라지를 알고는 네가 선택한 내과 계열만은 따라가지 않기로 했지. 부질없다고 여겼거든."

녀석은 술을 털어 넣으면서도 정작 비감한 표정은 없어 보였다.

정말 그랬구나! 나는 엉뚱한 일로 오래 마음을 졸이고 살았을 그를 생각하며 기분이 서늘해졌다.

"그런데 나중 생각해 보니 그 적수가 바로 나의 조력자였어. 내 반대쪽에 강력한 날개가 있었기 때문에 나도 따라 날 수 있었지. 그 날개가 바로 너였어. 비행기는 절대로 한쪽 날개론 날 수가 없는 거니까."

"짜식, 이거 어느새 개떡 같은 철학자가 되어 버렸네. 얌마, 철학은 개똥을 가지고 꿀떡을 만들자는 속임수야."

"그래도 그 개똥이 정말 약이 될 때가 있긴 하더라구."

한없이 편한 웃음을 털어내고 있는 장대호와는 달리 나는 자꾸 개똥이 씹혔다.

"근데 임마, 넌 심심하면 여자들 사타구니나 주물럭거리며 살 거라고 다짐했는데, 왜 니노지과는 때려치우고 머리통이나 쪼개는 험한 일을 선택했지? 요샌 건어물녀들이 늘어나서 그쪽에다 거미줄 칠 일밖에 없어서 그랬나?"

나는 괜히 꿀꿀해지는 기분이 싫어 그의 빈 잔에 술을 따르며 느물거렸다.

"얌마, 그 산부인과 지향도 니가 어느 쪽으로 찍는가, 하는 탐색 작전으로 미리 설레발을 쳐본 거였지 뭐."

그가 이젠 내 잔을 채웠다.

"암튼, 열심히 해 봐. 아직도 승부는 끝나지 않았고 골인 지점은 멀리 있어. 우리 병원의 그 최종 원장 자리는 남아 있잖아."

나는 일부러 짓궂은 표정을 만들며 장대호를 지그시 노려보았다.

"그렇지. 언젠가는 그 병원장 자리에도 누군가는 앉게 되겠지."

"마지막에 웃는 자가 진짜 승리자라구, 그 자리를 네가 차지하면 돼."

"그래, 내가 주인공이 될 수도 있겠지, 만약……."

"만약……?"

괜히 흥미가 진진해진 나는 그 기분을 숨기지 않고 두 어깨를 흔들어 우쭐거렸다.

"만약 네가 무슨 일로 죽어버린다면……!"

그러나 녀석의 얼굴엔 추호의 저주도 묻어있지 않았다. 그리고 그는 이내 내 가슴을 툭, 치며 말을 이었다.

"오해는 하지 마. 난 네가 없으면, 그러니까 그림자가 없으면 내 견인차가 사라지고 또 너라는 날개가 없으면 나도 말짱 황이지. 오늘이 있는 것도 다 너 때문이라는 것, 그거 나 절대로 잊지 않을 거야."

"새끼, 나 죽으라는 말보다 더 무서운 스토리네 이거."

내가 다시 그의 가슴을 두들겼다.

"야, 새꺄, 너 정말 죽으면 안 돼. 이 말 진심이야!"

"짜식아, 그렇다면 내가 돌아가시지 않도록 잘 보살펴."

둘은 누가 먼저랄 것도 없이 잔을 들어 거듭 부딪쳤다.

"돌팔이들의 영원한 우정을 위하여!"

"그리고 내 그림자, 아니 반대편의 날개를 위하여!"

그 순간 나의 망막으로 황급히 달려오는 환영이 있었다. 백서애. 병원장의 딸이었다. 오빠가 하나 있었는데, 외국 유학 중 음주 운전을 하다 사고를 내고 죽었다. 서애는 이른 나이에 외교관과 결혼했지만 그 남편이 아프리카의 한 후진국으로 발령이 나는 통에, 그 오지를 극복하지 못하고 물러난 이혼녀였다.

얌마, 너도 그 여자를 수용할 수 있으면 병원장이 될 수가 있어. 나는 이 말만은 차마 대호에게 할 수 없었다. 서애는 오지 취향만 빼고 내 모든 걸 사랑했다. 그녀는 심지어 생전에 한 번도 본 일이 없는 어머니의 무덤 앞에서 어린애처럼 울어줄 줄도 아는 여자였다.

"곧 세계적 명의가 될 텐데, 그 아들을 못 보고 가셨다니⋯⋯."

어쩌면 서애는 그것이 억울해서 울었는지도 몰랐다. 나는 그 자리에서, 그리움은 더해가도 슬픔만은 세월이 갈수록 줄어든다는 사실이 서러워 눈시울이 따가웠다.

"야, 내가 죽거나 그 병원을 떠나지 않아도 네가 병원장이 될 수가 있는 길이 있어."

나는 다시 장대호를 이죽거리고 자신을 물어뜯고 싶은 피가학적 충동을 만났다. 오늘따라 유달리 가슴이 넓어 보이는 그에게 나는 왠지 꼬부라지는 심사가 되고 싶었다.

"야, 괜히 술맛 떨어지게 그딴 얘기는 이제 끝내자. 방금 우정을 맹세하고 잔을 부딪쳤는데 무슨⋯⋯."

"얌마, 좋은 길이 있으면 그걸 안내하는 것도 우정이야."

녀석은 같잖은지 안주를 우적거리며 숫제 고개를 돌리고 있었다. 그의 눈이 가 있는 곳은 한 인기 연예인이 요염한 자태로 느끼한 웃음을 빼물고 있는 어느 주조회사의 달력이었다.

"그래, 저거야, 저런 여자를 네가 양도 받으면 돼."

"짜식아, 저 여자가 무슨 물건이니, 양도를 받게?"

장대호는 연해 그 달력에서 눈을 떼지 않은 채 말했다.

"서애를 네가 가지면 돼."

"뭣! 짜식, 이거 진짜로 상종 못할 놈이네."

녀석의 얼굴이 확 내게로 돌아왔다. 이어 불끈 쥐어진 그의 주먹이 곧 나에게 날아올 태세였다.

"할 말과 못할 말이 따로 있지. 임마, 서애 씨는 이미 니놈에게 침몰해 있다는 걸 온 병원 사람들이 다 알고 있는데……."

놈은 벌게진 얼굴로 슬며시 나를 외면했다.

그런데, 너 왜 그렇게 놀라니? 내 의도가 비열하다는 생각 때문에서가 아니라, 그래도 차마 그 말은 할 수 없었다. 그는 정말 너무 과장된 몸짓으로 어깨를 크게 들어올려 숨을 뱉어냈다. 그리고 급히 술을 들이키는 녀석의 울대뼈가 무슨 거대한 벌레처럼 꿈틀거렸다.

언젠가 병원 복도에서였다. 마침 병원의 뜰 앞에서 아버지와 함께 뭔가를 논의하고 있는 서애를 우두커니 바라보는 장대호를 목격한 일이 있었다. 연신 마른침을 삼켜대며 비릿하고도 애달픈 표정으로 그녀를 바라보던 광경이 너무 선연해 나는 오래도록 그 일이 잊혀지지 않았다. 어쩌면 저놈이 서애를 흠모하고 있는지도 모른다는 생각에 내 마음은 또 얼마나 요동을 쳤던가. 그런데 그건 꼭 질투심만은 아니었다.

그날의 술자리는 그것 말고도 두 차례나 더 이어졌다. 그러나 우리는 단 한 번도 히포크라테스적 양심이 훼손당하고 있는 현실에 대해서는 입을 열지 않았다. 의학정신과 윤리규범의 지침은 병원의 기업적 운영 차원에서 이미 충돌을 넘어 기피가 된 지도 오래다. 암 환자를 누가 얼마나 관리하고 있는가는 의사들의 능력과 권력의 상징으로 치부된다. 그런 의미에서 중환자들은 바로 노다지로 취급되는 실정이었다. 세상의 모든 일, 거룩한 사업까지도 이젠 비즈니스의 입장에서 평가되고, 그것 때문에 생명을 다루는 종사자들 또한 윤리 없는 경쟁을 피할 수가 없었다. 나 역시 이미 그런 뜻에서 자유인이 아니었다. 나는 모든 것이 너무 사실적이고 비정한 그 싸움터가 싫었다.

루앙푸라방의 몽족 야시장에서 나는 세상에서 제일 큰 만물상회 하나를 방문하는 기분을 만끽했다. 옹기종기 갖은 일용품들을 진열하고 앉은 장사치들은 실로 고객보다 그 숫자가 더 많아 보여서 마음이 아렸다. 마치 거대한 전시장에서 출품작들이나 관리하는 사람들인 양, 그들은 결코 물건 팔기에 안달하거나 조바심을 보이지 않았다. 물물교환 행위까지 목격하면서 원시적 판매 양태와 사회주의 체제의 구매풍속을 동시에 접하는 순간, 나는 어느새 과거행 타임머신의 고객이 되어 있었다.

이른 아침 오렌지색의 법의를 걸친 승려들의 유장한 탁발 행렬에 동참한 뒤, 몇몇 유서 깊은 고찰과 박물관을 둘러본 나는, 다소 미련이 남은 천연고도 루앙푸라방을 버리고 휴양 관광지 방비엥으로 떠났다.

고작 천오백 고지를 넘어가는 산길은 끝없는 나무와 하염없는 능선 길이어서 어지러웠다. 그 노정이 마치 시종 롤러코스터를 타듯 너무도 험하여 멀미가 날 지경이었다. 그런 중에서도 도중에 만난 고산 몽족의 한 사내아이가 먹고 있는 점심은 쉽게 잊혀질 것 같지가 않았다. 그것도 엄마가 다른 형제들에게 빼앗길까 봐 몰래 숨어서 할애하고 있는 그 식단 차림은, 약간의 쌀뜨물 죽에 금방 뽑은 파 두 뿌리와 소금 몇 알이 전부였다. 가당찮게도 '웰빙'이라는 말이 내 입에서 흘러나오는 순간 나는 몸서리치는 자기혐오를 만났다. 어쩐지 그 표현이 하늘 같은 모성애를 비아냥하는 느낌으로 달려왔기 때문이었다. 슬며시 어머니가 떠오르다간 사라졌다.

마을에 아이들이 많은 것은 축복이지만 그 아이들이 너무도 병약함에 노출되어 있는 모습을 보며 나는 발길이 떨어지지 않았다. 의과대학에 입학하여 처음으로 인체를 배울 때, 치명적 급소가 너무 많은 까닭에 한동안 세상의 모든 사람들이 무슨 부실한 석고상처럼 여겨진 일이 있었는데, 지금 눈앞에서 와글거리는 아이들이 바로 그랬다. 이놈은 기생충이 너무 많고, 저놈은 저거 어느 장기가 틀림없이 탈이 나 있을 텐데……, 아이고 저기 저 아저씨는 지금 팔뚝에서 진물이 솟고 있네.

어느새 주체할 수 없는 직업의식이 발동하는 나는 산마을 사람들이 모두 한 가지씩은 질환을 안고 있는 것 같았고, 육손과 육발, 사시가 많은 걸로 보아 근친 혼례 또한 적지 않은 듯이 보였다. 마침내가 무슨 구경거리라도 되는 듯 서로 비집고 들다가, 그만 무릎을 찧고 피를 흘리며 울고 있는 여자아이 하나를 발견한 나는 기어이 배낭을 벗었다. 아이들의 시선이 우르르 내 배낭에서 꺼내지는 상비약 상자에 와 박혔다. 그 아이들 뒤로 하나둘 어른들의 모습도 보이기 시작했다. 거의가 영양부조로 꾀죄죄해진 얼굴만 빼고 나면 그들은 모두 내 친족들을 닮아 있었다. 그러고 보면 일명 묘족이라고 불리기도 했던 그들이야말로, 바로 국내의 어느 역사학자가 주장한 그 고구려 유민인지도 몰랐다.

나는 우선 외상용 연고를 짜 탐폰에 바른 뒤 무릎을 다친 아이에게 다가갔다. 질겁을 하고 아이는 내 손을 뿌리치며 달아나고자 했다. 그때 양어깨를 내놓은 아가씨 하나가 그 소녀의 팔뚝을 완강히 잡으며 무어라고 아이를 달랬다. 얼굴이 많이나 닮은 것으로 보아 소녀의 언니인 듯싶었다. 아가씨는 방금 공동 우물가에서 머리를 감고 몸을 닦았는지 전신에 축축한 물기가 느껴졌다. 아이는 막무가내로 울어댔다. 간단한 치료를 마친 나는 우선 배낭에 남아 있는 과자 부스러기나 통조림 캔 등을 끄집어내고, 밑반찬이라고 사 들고 온 고추장, 볶음 된장, 장아찌 등속까지를 아이들 앞에 내놓았다. 그러나 녀석들은 나와 음식들을 번갈아보며 연신 코를 훌쩍거릴 뿐 누구 하나도 쉽사리 그것에 손을 대지 않았다. 고산족이어서 그런가, 같은 민족임에도 어제의 그 저지대 아이들보다 녀석들은 훨씬 더 점잔을 떨었다.

나는 좀 전의 그 물기가 느껴지던 아가씨를 찾아 눈을 돌렸다. 연신 나를 지켜보고 있었는지 그녀는 움찔 시선을 내렸다. 그 모습이 너무 순박해 보여 나는 잠시 가슴이 시려왔다. 볼록한 젖가슴을 감고 밑으로 내린 통짜의 옷은, 독특한 디자인으로 그녀의 노출된 양쪽 어깨를 눈부시게 했다. 무릎을 다친 소녀는 눈물로 꼬지레해진 얼굴로 어느새 울음은 그치고 있었다. 남은 탐폰 팩과 연고를 아가씨의 손에 쥐어주며 이 아이들이 다쳤을 때 아까처럼 바르라는 시늉을 했다. 그녀는 연신 부끄러운 표정과 몸짓을 하면서도 알았다는 의사 표시를 잊지 않았다. 세상 어디에서든 마음이 통하면 생각의 소통은 이루어지기 마련인가 보았다. 특히 그들이 고구려의 유민이라면 사실은 모두 내 동족이 아닌가.

큰길 아래쪽에서 몇 차례 버스가 클랙슨을 울렸기 때문에 나는 일어서지 않을 수가 없었다. 무슨 거창하게 무의촌 의료봉사활동이랄 것도 없이 나는 그저 그곳에 남고 싶었다. 기왕 의사가 된 이상 내가 머물러야 할 곳은 바로 이런 곳이라는 것을 나는 몇 군데의 오지를 밟으면서 뼈저리게 느꼈었다. 객기는 도발적 충동이라지만 그 소망은 사실 내 가슴속에서 오래 갈등으로 끓던 유혹이었다. 여기서는 적어도 병원 사무국에서 누가 중환자를 얼마나 확보하고 있는지를 넌지시 드러내어, 은연중 그런 환자들을 확보하라는 압박감은 주지 않을 것이다. 쏟아낸 몇 가지 음식들을 모두 아가씨에게 넘겨주면서 나는 통조림 몇 통은 유난히 거스러미가 많고 병약해 보이는 아이들을 골라 일일이 나누어 주었다.

가벼워진 배낭을 둘러멘 나는 서둘러 둔덕을 올라 버스가 있는 쪽을 향했다. 아이들의 모든 눈길이 일제히 내 동선을 따라 움직였다. 내가 준 물건 몇 가지를 양손에 움켜쥔 아가씨가 나를 바라보다간 다시 고개를 꺾었다. 나는 손을 들어올려 흔들려다가 이내 그만두었다. 양어깨를 내놓고 있는 여자가 그렇게 예뻐 보인 것은 난생 그 아가씨가 처음이었다.

"이 세상을 살면서 오빠가 젤 예뻐한 여자가 있었다면 누구였지? 신사임당, 황진이, 이영애, 오드리 헵번, 안젤리나 졸리……, 아니면 나?"

서애는 자주 장난스럽고 엉뚱한 질문을 잘해서 나를 곤혹스럽게 만들곤 했다. 그녀는 부잣집의 규애답게 그지없이 명쾌하고 발랄했다.

"응, 한 사람이 있긴 했었지."

"누군데?"

아카시아 나무 밑이라 초록 잎을 담고 있어서 더욱 맑고 예뻤던 눈, 그 눈으로 서애는 나를 꼼짝 못하게 했다. 그날 그녀 또한 세상에서 제일 예쁜 여자였다.

"새우처럼 꼬부라졌지만……, 우리 엄마……."

"치잇……!"

결코 거짓말이 아니었지만 서애는 내 가슴을 작은 주먹으로 사정없이 때렸고, 나는 주위를 아랑곳하지 않고 그녀를 껴안았다. 그때 나는 아무런 상념도 없이 행복했었다. 그러나 지금 저쪽에서 양어깨를 내놓고 있는 여자는 서애가 아니었다. 아이들이 서쪽으로 넘어가는 해를 등지고는 일제히 나를 바라보고 있었다.

푸쿤 휴게소에서 바라본 이른바 '작은 계림'이라 일컬어지는 방비엥은, 마침 가라앉고 있는 장엄한 석양과 함께 산수화의 극치였다. 엿새 동안 만든 세상을 바라보며 '보기에 좋았더라.'고 한 창조주가 이해가 될 듯도 했다. 특히 역광으로 일어서는 억새풀은 나를 잠시 시인으로 만들어 주었다.

그날 밤 방비엥 거리에서 나는 푸씨산에서 본 서양 아가씨들을 다시 만났다. 역시 비키니 차림을 한 채로였다. 그녀들은 아예 라오스 전역을 그렇게 반라(半裸) 순례를 벌일 모양이었다. 길손의 기본 예의를 따질 것도 없이 그녀들은 본토인들을 업신여기는 행동에 거리낌이 없었다. 비릿하고 충동적인 리비도의 방출에 목이 마른 그녀들의, 그 비례하고 오만방자하며 왜자스럽기조차 한 활보에, 나 역시 마음속으로 거침없는 무례와 함께 아낌없이 감자를 먹였다. 질박한 라오스의 정서에서 보면 이미 방비엥은 좋지 않은 물로 오염된 지가 오래인 듯싶었다.

밤이 깊었는데도 쉽게 잠을 이루지 못해 뒤척거리던 나는 너무 밝은 달 때문에 괜히 짜증이 났다. 조금만 보살펴 주면 모두가 씩씩하고 건강하게 자라게 될 몽족의 아이들과 함께, 자주 고개를 꺾어 내리던 아가씨가 떠오를 때면, 무슨 약속이나 한 듯 서애가 달려오곤 했다. 서애의 도전적이고도 발랄한 위세에 비껴서는 그녀의 모습은 넘실, 내 가슴을 파도로 적시고 사라졌다. 참 지랄 같은 심정이었다. 그러나 그 아가씨를 나의 베아트리체로 간수하기에는 내 품성이 너무 조야하고 낡아서 부끄러웠다.

다음날 아침 방문한 재래시장은 그야말로 몬도가네의 현장이었다. 온갖 동물들과 야채들이 만나 독특한 음식으로 조리되는 모습에서, 새삼 인간의 삶이 숙연하게 느껴졌다. 갖가지의 희귀한 채소나 과일 중에서도 가지, 호박, 오이, 상추 등을 보면 그것들이 눈에 익어 오히려 이상하게 보였다. 쥐, 고양이, 족제비 등 그들은 먹지 못할 것이 없었다. 죽은 것의 모습은 그것이 어떤 상황에서 그리되었든 거의가 턱없이 평화스러웠다. 그런데 그것들을 훔쳐보는 산 자들의 얼굴은 왜 저렇게도 흉측해 보이는가. 나는 오래도록 생명체에 대한 의구심에 신의 역할과 의도를 새롭게 떠올려보며 제법 오랫동안 개떡 같은 마음이었다.

'신이 존재하지 않는다는 증거는 자연과 우주 속에서 그 물증이 하나도 없다는 사실에서 확인된다.'고 과학자 세이건이 말했다. 만약 한 유수한 종교가 그 대안이라면, 창조주는 틀림없이 천사를 통해 시각적으로 복음을 전하며, 지구의 궤도에 십자가를 세우고, 달

폭설

표면에 십계명을 펼쳤을 것이라는 의견과 함께 그는, 성서에는 뚜 렷한데 이 세상에서만은 왜 그 증거를 나타내기에 그렇게 인색하 고 모호한가, 라는 말로 스스로의 주장을 보탰다. 그러함에도 세상 에서 신을 판매하는 종단은 고객이 많아 늘 번성했다. 그 외판원들 은 언제나 실물을 보여주지 않고도 물건을 잘 팔았다. 그렇게 그들 의 명품은 누구든 직접 볼 수 있거나 만질 수 없는 물건인데도, 인 간들은 그것들을 사려고 아우성을 쳤다. 그것이야말로 바겐세일이 없어 진짜라는 것일까.

전지전능하신 신이시여, 왜 당신은 나에게만은 물건을 파시려 하 지 않으십니까. 왜 저에게만은 그렇게 자비와 사랑에 인색하십니 까. 아무리 두드려도 신전의 문은 열리지 않았다. 사실은 신령이 내 마음의 문을 옴짝도 못하게 잠가 버린 것이었다.

지구가 입은 상처는 그 치유가 불가하다고 경고하는 마당에 성장 을 줄여야, 아니 아예 멈춰야 인류가 살아남을 수 있다면 후발국의 라오스인은 동의할 수 있을까. 새것으로의 교체 욕심과 낡음에 대 한 싫증이 없는 라오스인, 그들을 칭송하는 내 어쭙잖은 흰소리가 얼마나 뻔뻔스러운 짓인가.

인간에 의해서 번성한 세상은 반드시 인간에 의해서 적멸한다. 조물주는 언제나 스스로 창시한 만상의 법만 집행하기 때문이다. 현존하는 그 어떤 종교도 아직까진 그들의 복음을 역사 속에서 확 실히 실현시킨 바가 없다. 신앙이란 어차피 개인적 보험가입의 방 편에서 벗어날 수 없는 것이지 않겠는가. 그러나 수많은 기원과 염 망으로 간구하는 라오스인들을 보면서, 나는 기왕이면 오래 영혼 을 위탁받은 그들의 믿음이, 최소의 충족으로 살아가는 사막 생물들의 교훈을 지켜, '작은 것이 아름다운' 불교 경제학을 구현할 수 있기를 빌지 않을 수가 없었다.

방비엥에선 쏭강을 따라 카약킹을 체험하면서 튜브를 타고 탐사하는 프로그램이 멋지다는 안내를 받았지만, 나는 오전 내내 자리에서 일어나지 않았다. 나는 다시 내가 왜 이곳에 왔는지를 묻고 있는 스스로를 발견했다. 귀국 약속일이 가까워질수록 자꾸 갈피를 잡을 수 없는 마음은 도대체 무슨 연유에서인가.

도피……. 순간 나는 깜짝 놀라고 있는 자신을 다잡았다. 정말 나는 그렇게 인생에서 가장 불행한 정서 환경을 도모하고자 이곳에 왔는가. 그렇다면 무엇으로부터, 누구로부터 달아나고자 하는가. 병원? 서애? 삭막한 고국에서 장성한 나이로 고아가 된 슬픔 때문에? 아니면 장대호에게 행운을 주면서 진짜 질척한 신파 연극한번 연출해 보려고? 나는 고개를 내저었다. 그러나 그것은 전부가 다 관계가 있는 것이면서 또한 모두 말도 되지 않은 구실이었다. 마흔에 가까운 나이에 만날 수 있는 감상(感傷)으로는 너무 희떱고 구질구질한 것이었다. 그런데도 나는 그 까닭 모를 방황에 주체할 수 없는 마음이 되고 있음은 또 어쩔 수가 없었다. 팔등신의 서양 미녀들에게선 도무지 기별이 없던 관능의 기운이, 물기가 서린 몽족 아가씨의 눈부신 어깨가 떠오르자 맹렬한 기지개로 내 전신을 관류했다. 갑자기 부끄러워진 나는 어린애들처럼 괜히 바람벽에 걸린 거울을 향해 혀를 쑥 내밀었다. 참으로 추하고 볼품없는 얼굴이었다.

자학의 한 방편이었을까. 한차례 우왕좌왕하는 마음을 다스릴 수 없어 가슴을 긁어대고 있던 나는 기어이 자리에서 일어나 쏭강을 향했다. 그러나 무리한 고공 리버점프는, 우스갯말로 기어이 고생 진탕하고 감기만 옮는 고진감래가 되고 말았다. 병영 시절, 인간이 최고의 공포를 느낀다는 11.5미터의 막타워 훈련과 낙하산 점프의 단련과정을 당당히 거쳤음에도, 막상 강바닥으로 곤두박질을 치자니 두렵기가 그지없었다. 절망과 추락에 관한 미학 추구는 항용 과장된 객기에서 비롯된다.

"아버지시여, 가능하시다면 이 잔을 피하게 해 주소서"

괜한 만용으로 예수의 마음을 빌려 점프대에 섰으나, 형편없이 구겨진 나는 무슨 특별한 일이나 발생하여 그 짓거리가 중단되기를 얼마나 고대했던가. 수많은 관광객들은 어서 빨리 뛰어내리기를 재촉하며 소리를 지르고 휘파람을 불어 젖혔다. 그 성원이 너무 비정하게 다가왔다. 주먹을 치켜든 서애가 격려를 보내자 이번엔 사색이 된 어머니가 나타나 손사래를 치며 만류했다. 그 뒤쪽에서 몽족 아가씨가 왠지 웃는 듯 우는 얼굴로 나를 지켜보고 있었다.

"아버지시여, 어찌하여 나를 버리시나이까?"

아직은 삶 쪽에 미련이 많은 내 팔뚝은 굳세게도 그네를 놓치지 않았다. 그러나 나는 주변의 재촉과 함성을 이길 수가 없었다. 순간 양쪽 어깨를 내놓은 어제의 묘족 아가씨가 실망의 눈총으로 내 용기를 부추기는 환영이 떠올랐다. 안전장치가 없어서 더 절망감에 취할 수 있다는 자멸 충동으로 나는 마침내 강으로 몸을 버렸다. 예수께서 최후에 토해낸 그 '다 이루어졌도다' 라는 말 대신 나는 미친 듯 환호성만 내질렀다. 하지만 무사히 일을 끝냈다는 기분에 그저 세상을 다 차지한 것같이 기고만장 날뛰는 좀생이와 하느님의 아들은 같을 수가 없었다. 나는 역시 사람의 아들, 한없이 구차스럽고 잔졸한 인간 도익수에 불과했다.

길은 늘 어디엔가로 속절없이 사라진다. 땅 위에서 나는 너무 오래 미로를 더듬고 헤매며 살았다. 그러나 그 길은 내 인생의 가장 위대한 스승이요, 확실한 교과서이며, 꿈의 지향이었다. 나는 오로지 길 위에서만 생존을 확신할 수 있는 인간이었다. 그런데 이젠 왠지 그 길을 버리고 싶었다. 아니 잃어버리고 싶었다.

다시 첫날밤의 메콩강변 호텔로 돌아온 나는, 강의 둔치공사를 위해 모래 채취를 하는 작업단이 고국의 기업이라는 소식을 듣고 놀랐다. 좌우지간 파헤치고 뚫는 데는 2등이 서러운 국내의 건설 회사들이, 이미 이쪽에다 고가번쩍하는 건물을 지어 부동산 투기에 들어갔다는 소문은 그리 기분 좋은 소식이 못되었다. 특히 일부 복부인들이 몰려와 괜히 땅값만 올려놨다는 현지인들의 불평은 씁쓸한 우려까지 던져 주었다. 땅따먹기 놀이에서 우리는 정말 못 말리는 민족임이 확인된 셈이었다. 나무는 가만히 있고 싶은데 바람이 가만두질 않는다. 그들이 바로 그 못된 바람이었다.

나는 감히 뭔가를 속죄라도 하는 기분으로 수도 비엔티엔에서는 사람들이 가장 많이 찾는다는 왓 시 므앙 사원을 찾아갔다. 그런데 그곳에서 한 거대한 새를 발견하면서 나는 꼼짝없이 발이 묶이고 말았다. 그 새와의 만남은 참으로 운명적인 것이었다.

아무도 정확한 이름을 알 수 없고, 또 어디서 날아온 것인지도 모를 오리무중의 새. 녀석은 이곳 사람들이 수호자의 영혼이 깃든 곳이라 믿고 있는, 진실의 돌기둥 '락 므앙' 위에서 한 발자국도 움직이지 않고 명상에 잠겨 있었다. 펠리컨이라고 단정하기엔 부리가 좀 부실하고, 하여튼 사다샛과에 가까운 저놈은 한갓 길 잃은 새인

가. 아니면 전생의 적업을 저렇게 전신을 질곡시킴으로 속량하고
자 찾아온 회생(懷生)의 보살조인가.

"지금 꼬박 5년째나 저렇게 아무 데도 날아가지 않고 있어요."

한 무리의 서양 사람들 앞에서 현지 가이드가 설명하는 소리가
그렇게 들렸다.

도대체 저 새는 그 지은 업보가 얼마나 크길래 5년이나 되는 세
월 동안을 아무런 옴나위도 없이 저렇게 천지신명을 향해 부앙만
하고 있는가. 생물의 원죄적 책무가 번식과 양생임을 망각하고 저
새는 무리들의 전계(傳戒), 곧 새끼들이 먹을 게 없을 때는 자신의
가슴살을 쪼아 피를 먹여 구한다는 그 모성을 방기라도 했단 말인
가.

날지 못하는 새는 죽은 새다. 미조(迷鳥)이든 보살조이든 생존의
일을 포기한 새는 이미 존재 이유가 없는 주검의 껍데기일 뿐이다.

나는 한참 동안이나 눈을 지릅뜨고 놈을 주시했다. 이따금 구겨
넣었던 목을 슬며시 들어 올려보곤 하는 녀석은 줄곧 내 시선을 피
한 채 능청을 떨고 있었다. 루앙 왕국의 어느 왕이 이곳으로 수도
를 옮기면서, 크메르 지역에서 가져와 세웠다는 진실의 기둥을 저
새는 미리 알고 있었던 것일까. 그리하여 무리들과 더불어 살아가
는 조류의 일생이 참으로 부질없는 세월임을 깨닫기라도 했단 말
인가. 어쨌든 놈은 수호자의 영혼이 깃들어 있다는 열반의 자리에
서 한 발자국도 벗어나지 않았다. 승려들이 탁발해온 공양을 받아
먹으며 이미 부처의 예우를 누리고 있는 녀석은, 어느덧 신심이 충
만한 중생의 우상이 되어 군림하고 있었다. 많은 사람들은 그 앞에
서 불을 밝히고 참구의 머리를 조아렸다. 그러나 한 사람 어쩔 수

없는 의료인의 눈으로 볼 때, 녀석은 그저 한 마리의 길을 잃은 나그네 새, 아니 길을 버린 철새에 불과했다. 방생마저 거부하는 식물성의 새. 녀석에겐 차라리 안락사가 축복이라고 나는 확신했다. 더 이상 생명을 부지하자는 짓은 중생을 미혹시키고 기만하는 일이다. 객쩍은 소리지만 안락사의 어원은 '행복한 죽음'에서 비롯되었다지 않은가.

이미 내 의도를 눈치라도 챈 것일까. 녀석은 나에게 한 번도 눈길을 주지 않음으로써 내 짐작을 인정하지 않으려 했다. 그러나 놈은 나에게 발견된 이상 이젠 고향으로 돌아가야 한다. 본래의 보금자리가 있었던 시베리아나 중앙아시아 어디든 녀석은 귀환해야 한다. 그렇다. 놈은 이제 더는 여기에 머물러 있어서는 아니 된다. 나는 녀석을 구제해야 한다는 일념에 갑자기 가슴이 심하게 쿨렁거렸다. 방생마저 거부한 녀석에게 귀환의 방도는 오직 한 가지뿐이다. 그 일이야말로 고르디우스의 매듭을 푸는 방법일지도 몰랐다. 나는 서둘러 사원을 빠져나왔다.

사원 입구에서 한 노인이 내게 새 초롱 하나를 내밀었다. 방생용의 '메지로'라는 새였다. 고국의 참새보다 작은 그놈은, 그러나 내 눈엔 좀 전의 그 갈 길을 버린 사다새보다 더 커보였다. 왜냐하면 메지로는 적어도 혼자 날 수 있는 새였으니까. 나는 비상이 가능한 새를 당장 날려주고 싶은 생각에 얼른 가격을 물었다. 만 오천 낍, 고국의 돈 천 원 정도였다. 나는 서슴없이 돈 천 원을 공중으로 날려 보냈다. 메지로는 호들갑을 떨며 가까이에 있는 양타오나무에 가서 앉았다. 그러고 보니, 그 나무엔 양타오라는 과일보다 더 많은 새들이 지천으로 열려 있었다. 그때 한 아이가 짓궂은 웃음을 빼물며 나에게 뭔가 자기의 생각을 전달하려고, 연신 손가락으로 나무를 겨누었다간 다시 새 초롱을 가리키곤 했다.

"아하……!"

나는 녀석의 제스처에서 번쩍 스위스의 언어학자 소쉬르를 만났다. 시니피앙과 시니피에……, 녀석의 손짓은 바로 소통으로 이어지는 기호의 의미와 소리였다. 세계의 만국언어가 절묘하게 통용되는 순간이었다.

— 저렇게 날아가는 새는 또 이 사람에게 잡혀서 다시 초롱으로 돌아옵니다.

녀석이 내게 전하고 싶은 말은 그것이었다. 나는 문득 대학 일 학년 때의 이른바 알바 생활이 떠올랐다. 비교적 수당이 많다는 꾐에 빠져 한강에서 물고기를 잡는 어부를 도운 일이 그것이었는데, 그 때 음력 보름이 임박하면 수많은 불자들이 강변에서 물고기류들을 방생했다. 그렇게 강에 풀어진 자라들은 새벽이면 요상하게도 다시 강가로 모여들었다. 그걸 어부는 되잡아 팔고 또 불자들은 그놈으로 방생을 하고……, 그때의 한강은 너무 오염이 되어 그런 어족들이 잘 견디지 못할 때였다. 그걸 알고 난 뒤 나는 그 어부로부터 급료를 한 푼도 챙기지 않고 달아나 버렸다.

놀부적 방생……. 그랬다. 그것은 철저히 놀부 계략에 기만을 당한 잔혹한 살생이었다. 그런 방생법이 이 땅에도 있다니, 나는 새삼 인간의 퇴행적 악성 지능은 시공을 초월한다는 사실을 목격하고 몸서리를 쳤다.

그래, 이 짓거리야말로 물에 빠진 물고기 구하기다! 나는 다시 잠깐 잊었던 진실의 기둥 위에서 열반을 기다리는 새를 생각했다.

녀석은 이제 훙부적 방생으로 고향으로 돌아가게 될 것이다.

나는 길을 잃은 새, 아니 길을 잃고 싶었던 철새를 위해 자꾸 마음이 허둥거려졌다. 그 순간 나는 스스로야말로 끊임없이 길을 잃고 싶었다는 각성에 후르르 전율이 일었다. 갑자기 서애가 달려왔다. 이제 귀국을 하면 그녀와 결혼을 해야 한다. 그러고는 열심히 암 환자들을 찾아나서는 비즈니스맨이 되고, 그다음은 적당한 때에 병원장이 되어……. 병원의 모든 관계자들이 나를 만날 때마다 수상쩍은 미소로 인사를 건네던 모습이 어른거렸다. 아무리 지레짐작과 자괴심에서 비롯되었다고 치더라도, 그것은 미래의 병원장을 요량해보며 선망과 조롱을 섞은 억지 치레가 분명했다.

서애의 뒤에서 멀건이 웃고 있는 또 한 남자가 있었다. 장대호였다. 나 때문에 언제나 2등만 하여 포원이 많았던 사내. 세상엔 어디서나 행운이라는 것이 있다. 나를 만나 진짜 방생의 호기를 얻을 사다새처럼 말이다.

"만약……, 네가 죽는다면……!"

장대호가 악의 없이 뱉어내던 말이 비수처럼 내 가슴으로 달려와 꽂혔다. 웃기지 마라. 나는 죽지 않는다. 다만 길을 잃고 싶을 뿐이다. 내가 그러함으로써 네가 행운을 차지 할 수 있다면……, 정말 그것이 행운이라면 내 기꺼이 그것을 네게 주겠다. 세상엔 그런 행운도 가끔은 있었으니까. 그래, 이제 네가 일등을 할 차례다. 이왕이면 이 방법이 둘 다 승리하는 길이 되어 마지막에 웃는 자가 되었으면 좋겠다.

아, 이야말로 신파다. 그러나 세상엔 신파같이 흔연한 일이 또 얼마나 많은가. 나는 오래간만에 마음 놓고 진짜 신파적으로 웃었다.

그런 나를 줄곧 지켜보고 서 있던 소년이 자기의 뜻을 알아차렸다고 생각했는지 덩달아 신나게 웃었다.

나는 저녁이 되어 다시 사원으로 돌아와 밤을 새울 은신처를 찾았다. 밤늦게까지 예불을 드리던 교도들이 사라지자 사찰은 이내 괴괴해지기 시작했다. 헛된 조명이 없는 라오스의 밤은 훨씬 더 짙었다. 그래서 비엔티엔은 아직까지 달빛이 충만한 빛이 되는 도시였다.

돌기둥 옆 담장나무 숲에 몸을 숨긴 나는 모기를 쫓는다는 샹차이 잎을 연신 문질러대며, 밤이 더 깊어지기를 기다렸다. 새는 소리 하나 내지 않고 허연 가슴으로 달빛을 밀어내고 있었다. 고국에 있는 병원의 침울하고 분주한 모습들이 잠시 눈앞을 일렁거리고, 이어 서애와 장대호가 다시 쫓아왔다. 녀석은 어느새 병원장의 걸음을 흉내 내고 있었다. 나는 희한하게도 그 모습이 믿음직스럽고 당당해 보였다. 그러면서 내가 의료행위를 하면서 줄곧 생각해 온 한 가지의 포부를 떠올렸다.

신학교에서는 신을 찾을 수 없듯이 병원에서도 진정한 의미에서의 병은 찾지 못한다. 다만 그 병은 그 의료기관에서 완성이 될 뿐이다.

병원은 언제나 사람들이 아프고 난 뒤에야 그 환자들을 돌본다. 왜 그 병환을 미리 방지하는 전문병원은 없는가. 언젠가 내가 고국으로 다시 돌아갈 날이 있어, 병원장이 된 장대호를 만나면 그에게 그런 병원을 설립할 것을 권장하리라. 나는 확신했다. 그러면 그 병원이야말로 세계 최초의 예방병원이 되지 않겠는가. 장대호가 고개를 끄덕이며 엄지손가락을 치켜 올리고는 나를 향해 빙그레 웃었다. 그 뒤에서 배시시 서애가 따라 웃었다. 그 순간 난데없이 고산의 몽족 아가씨가 서애를 떠밀어 내고는 나를 향해 손을 까닥 거렸다. 빨리 오라는 재촉이었다. 나는 그녀를 피하기 위해 다시 새에게 눈을 돌렸다. 역시 놈은 나를 외면한 채 꼼짝을 않았다. 달 이 성큼 서쪽으로 물러앉은 채 나를 내려다보고 있었다.

무슨 연유인진 몰라도 길을 잃은, 아니 잃고 싶었던 새, 어쩜 저 녀석도 고향에 돌아가면 짝짓기를 고대하고 있는 동료가 있을지도 모른다. 저놈도 그 짝을 탐하고 있는 다른 한 친구에게 행운을 나 누고 싶었을까. 자주 길을 잃고 싶어 안달이 났던 새 그리고 나. 이 제 나는 저 새에게 방황을 멈추게 해 주어야 한다.

나는 조심스럽게 배낭을 열고 아이를 통해 어렵게 구한 고무총을 꺼냈다. 새총에다 돌멩이를 장전한 나는 어릴 때 자주 참새를 명중 시켰던 이력을 발휘해 고무줄을 당겼다. 그러나 그 돌멩이는 연신 놈의 가슴을 빗나갔다. 하늘을 날아올랐던 돌멩이가 다시 근처 어 딘가에 떨어지는 소리에 나는 몇 번이나 몸을 움찔거려야 했다. 놈 은 여전히 오불관언 꼼짝도 하지 않았다. 어쩌면 깊은 잠에 빠져 있는지도 몰랐다.

나는 좀 더 신중하게 놈을 조준했다. 돌멩이가 어디를 건드렸는 지 녀석은 기어이 몸을 움찔거렸다. 다시 한 발이 올라가자 놈은 한번 크게 기우뚱거리고는 고개를 아래로 꺾었다.

"그래, 이젠 이쪽으로 내려와. 넌 너무 오래 거기에 있었어."

대답인 양 녀석이 꾸루르 소리를 뱉어냈다. 드디어 녀석이 입을 연 것이었다.

"얘야, 이젠 가야 돼. 내가 이렇게 널 데리러 왔잖아."

나는 좀 더 오래 힘껏 놈을 겨누었다. 마침내 녀석이 급소를 맞았는지 픽, 하는 소리와 함께 열반의 자리에서 굴러떨어졌다. 놈의 최후는 너무도 품격이 없었다. 그 소리가 엄청 크게 느껴졌기 때문에 나는 잠시 머리카락이 일어서는 공포에 휩싸였다. 여기야말로 살생을 엄금하는 사찰이 아닌가. 그러나 내 의지는 곧 흔들리는 나를 위로했다. 이건 결코 살생이 아니라 어디까지나 새로운 부활을 위한 자비행이다. 이내 불경스럽다는 생각이 물러가고 평안이 다시 찾아왔다. 나는 서둘러 한 아름이나 되는 새를 배낭에 구겨 넣었다. 다행이도 배낭은 잡다한 물건들을 몽족 아이들에게 내어놓은 탓에 비어 있었다.

"너와 나는 애초 같은 몸이었어."

나는 입을 배낭에다 대고 조그만 소리로 말했다. '자살당한 새'는 이제 내 배낭 안에서 잠이 들었다. 나는 오래 참아 둔 요의를 해결하기 위하여 바지의 지퍼를 내렸다. 오줌을 덮어쓴 나뭇잎이 달빛을 받아 번들거렸다. 그때 몇 마리 개와 고양이가 내 쪽으로 달려오는 모습이 보였다. 사원의 개는 모두가 득도를 한 탓인지 짖지도 않았다. 그때서야 나는 동물들은 죽음의 냄새를 가장 잘 맡는 촉각을 지녔다고 배운 지식이 떠올랐다. 세포가 죽으면 탄수화물이 분해되어 특유의 향기인 '케톤'이 발생한다는 것이 그것이었다.

"어이, 아직 안 죽었어. 이 행운의 새는 곧 부활할 거야."

나는 작은 소리로 중얼거리며 걸신이 들린 것같이 달려온 개와 고양이들을 향해 손을 내저었다. 그랬다. 놈은 확실히 죽고 난 뒤에야 힘차게 퍼덕거리며 날아오를 것이다.

배낭을 둘러멘 나는 조심스럽게 사원을 빠져나왔다. 내가 지금 무슨 일을 도모하고 있는가. 순간 나는 몽상에서 깬 듯 잠시 자신을 둘러보았다. 땅바닥에서 어른거리는 스스로의 그림자가 너무 짧아 품위가 없었다. 나는 하늘을 올려다보았다. 거의 보름에 가까운 달이 머리 위에 있었다. 그 달이 내게 말했다. 이 세상에서 너를 가로막고 있는 건 바로 너 자신이다. 그냥 가기만 하면 된다. 망설이지 마라.

눈으로 보는 세계와 가슴으로 보는 세상이 다르듯이 햇빛이 아니고 달빛으로 보는 세상은 상이했다. 적어도 달빛은 모든 물상들을 두루 어루만질 줄을 안다.

나는 방비엥을 지나 루앙프라방으로 넘어가는 쪽을 아득한 시선으로 바라보았다. 둥근달이었지만 그 월광으로는 밤안개 때문인지 몽족이 사는 코쿤산이 보이지 않았다. 그러나 서두르지 않으면 안 되었다. 나는 달빛이 가리키는 쪽을 향해 발걸음을 재촉했다. 그 방향은 공항이 아니고 루앙프라방으로 가는 길이었다. 미명으로 달빛이 옅어지고 길 저 너머로는 세상에서 제일 아름다운 한 처녀의 눈부신 어깨가 아른거렸다. 그곳에 가면 이 새는 부활할 것이다. 나는 걸음을 좀 더 빨리했다. 어디선가 닭이 홰를 치는 소리와 함께 개 한 마리가 미친 듯이 짖어대기 시작했다.

폭설

이따금 차량들이 지나갈 때마다 두 손을 번쩍 들어올렸지만, 체인을 감고 철거덕거리며 길을 서두르는 그것들은 하나같이 사내를 외면한 채 달아났다. 눈은 쉽게 그칠 것 같지 않았다. 이미 적설에 발목이 잠긴 사내는 자주 발꿈치로 바닥을 긁어대곤 했다.

씨이팔, 사내의 입에서 안개가 피어올랐다. 자신의 간절한 요청을 거절한 채 꽁무니를 흔들며 부리나케 사라지는 차량을 향한 그의 눈엔 어느새 살기가 이글거렸다. 가죽 장갑을 낀 사내의 오른손이 연신 왼쪽 손바닥을 쳤다. 그의 행위는 누군가를 향해 주먹이라도 한 방 날리지 않고는 견딜 수 없다는 증오의 심사를 그대로 드러냈다. 양쪽 귀를 덮은 방한모와 약간 헐렁해 보이는 회색 양복바지, 거기에다 한때 누군가의 스키복으로 소용되었을 스판 점퍼는 도무지 그의 체구에 걸맞지 않아 보였다.

버릇처럼 헛주먹질을 해대던 사내는 점퍼의 속주머니에서 담배를 꺼내 물었다. 그러나 그의 오른손에서 몇 차례 칙칙거리던 '불

'티나' 라이터는 그야말로 몇 번 불티만 튀겼을 뿐 쉽게 불이 일지 않았다. 사내는 눈을 찌푸린 채 라이터를 들어올려 가스의 잔량을 확인했다. 검은 장갑 위로 연달아 눈송이가 내려앉자 사내는 새삼 생각이 난다는 듯 머리를 숙여 방한모와 어깨에 얹힌 눈을 털어냈다. 그 눈이 자신의 발등으로 떨어지는 것을 보며 사내는 또 한차례 신발을 털었다.

잠시 라이터를 손아귀에 움켜쥐고 냉기를 물리친 사내는 지퍼를 내린 윗도리에다 얼굴을 박고 칙칙 라이터를 다시 켜댔다. 이윽고 사내의 가슴으로부터 연기가 피어오르는 순간 곧 그의 얼굴이 점퍼로부터 빠져나왔다. 사내는 깊이 담배를 빨고는 천천히 허공으로 그것을 쏟아냈다. 눈발 때문인지 담배 연기가 곧장 하늘로 솟구치지 못하고 비실비실 옆으로 달아났다. 사내는 화풀이를 하듯 연거푸 담배를 빨았다. 타들어가던 담뱃불이 사내의 장갑을 위협하고 있을 무렵 다시 산모롱이에서 승용차 한 대가 나타났다.

마지막으로 빨아댄 담뱃불처럼 사내의 눈이 반짝 일어섰다. 사내가 버린 담배꽁초에서 연기가 멎고 난 한참 후에야 승용차는 눈길을 허우적거리며 사내 쪽으로 다가왔다. 사내는 거듭 두 손을 들어 차를 세우려 했다. 멈칫멈칫 잠시 멈출 기미를 보이던 차는 그러나 갑작스럽게 거친 숨을 토해내며 줄행랑을 쳤다. 사내는 눈을 뭉쳐 쥐고 던지며 차를 따라 뛰어 보았지만 그의 비칠거리는 발걸음보다는 차가 훨씬 더 빨랐다.

우라질 놈의 새끼, 칵 빵구나 나서 개골창에 빠져 뒈져버려라! 냅다 소리를 질러댔지만 사내의 목소리는 흡음(吸音)으로 방음재 역할을 하는 눈 때문인지 변변한 메아리도 만들지 못했다. 사내는 뭔가를 계속 궁시렁거리며 거칠게 차바퀴 자국 옆으로 쌓인 눈을 걸어찼다. 그러나 사내는 곧 그 짓을 멈추고는 다시 난감한 표정으로 하늘을 올려다보았다. 쉴 새 없이 그의 얼굴로 눈이 떨어져 내렸다. 그리고 그것들은 사내의 얼굴에서 너무 쉽게 숨을 거두었다. 사내의 가죽 장갑이 구지레해진 얼굴을 훔치자, 그의 얼굴은 금방 울음을 그친 사람의 그것처럼 추져보였다.

사내는 이미 몇 번이나 확인한 이정표에 다시 시선을 던졌다. 진촌읍 13㎞. 걸어가기엔 너무도 먼 눈길이었다. 고개를 하나 넘어야 하는 나경시(市)까지는 더더구나 엄두가 나지 않는 원거리였다. 옛날에는 호랑이가 나타나고 산적들이 출몰했다는 얘기가 있을 만큼 험한 이곳은 사실 인가도 쉽게 만날 수 없는 오지였다. 사내는 그때서야 자신의 선택에 후회가 막심한 듯 몇 번 도리질을 쳤고, 그 바람에 방한모 위에 얹혀 있던 눈송이들이 푸르르 떨어져 내렸다.

사내는 다시 담배를 피워 물었다. 하늘이 한층 무거워지는 걸로 보아 이미 해가 떨어지고 어둠이 오는 듯싶었다. 사내는 곧 밤이 달려올 것이라는 공포보다도 허기를 먼저 느꼈는지 담배를 오른손에서 왼손으로 옮기며, 점퍼 주머니에서 다리가 뜯겨나간 오징어 한 마리를 끄집어내었다. 그러나 그는 곧 그것을 도로 주머니에 넣고는 가죽 장갑으로 한 움큼 눈을 뭉쳐 입으로 가져갔다. 염소처럼 몇 차례 입을 오물거리던 사내는 그것도 내키지 않은 듯 뱉어 버렸다. 다시 담배를 입에 문 그는 눈길을 멀리 찻길 위로 던졌지만, 희부옇게 시야를 가리는 눈발 때문에 길은 끝이 보이지 않았다. 이제 그쪽으로는 다시 차가 나타날 것 같지 않았다.

폭설

사내의 어깨 위에는 훈장처럼 자꾸 눈이 쌓여갔다. 진퇴유곡의 절망감에 사로잡힌 사내는 모든 희망과 생각을 놓아버리기라도 한 듯 망연한 표정으로 한참을 꼼짝도 하지 않았다.

기적 같은 구원의 소음을 내며 한 대의 소형 트럭이 사내 앞에 전조등을 켜고 나타났을 때, 마치 눈사람처럼 꼼짝 않고 서 있던 사내는 그 불빛에 감전이라도 된 듯 한차례 부르르 몸을 떨었다. 사내가 두 손을 들어 올리자 그의 어깨에 쌓여 있던 눈이 은빛으로 부서져 내렸다. 사내는 여차하면 길 한가운데에 드러누워 버릴 요량으로 상체를 안쪽으로 구부려 아예 공격 자세를 취했다. 차가 멎고 파워 윈도우가 내려지자 곧 한 남자가 목을 길게 빼고 사내를 내려다보았다. 왜 무슨 일이라도 있으십니까?

마음이 급한 나머지 사내는 대답 대신 먼저 차 문의 손잡이부터 잡았다. 사내의 갑작스러운 행동에 남자는 약간 몸을 뒤로 빼며 경계의 표정을 지었다. 암자를 찾아가다 길을 잃고 헤매고 있습니다. 읍내까지만 좀 태워 주십시오. 사내의 간절한 눈빛과 애원에 남자는 잠시 긴장했던 얼굴을 풀며 조수석의 누군가에게 문을 열어주라는 턱짓을 했다. 다급한 몸짓으로 허겁지겁 차 앞을 돌아 우측으로 오르려던 사내는 자신의 옷에 너무 많은 눈이 묻어 있음을 발견하고는 다시 발을 내려 머리와 어깨를 털었다.

운전수 옆에는 그의 부인으로 보이는 한 여자가 타고 있었는데, 그녀는 두 돌을 채 넘기지 않았을 것 같은 어린아이를 안고 있었다. 이제 곧 어두워질 텐데 이 눈길에 하마터면 큰일 날 뻔하셨습니다. 남자가 사내의 옆얼굴을 훔쳐보며 입을 열었다. 이렇게 왼종일 눈이 올 줄을 몰랐지요. 눈이 덮인 길은 여엉 딴판이더라구요.

도무지 가늠을 할 수 있어야지 원. 어느새 눈이 물방울이 되어 구르고 있는 어깨를 주먹으로 훔치며 사내가 말을 받았다. 금년은 무슨 놈의 눈이 이렇게도 많이 오는지 우리도 나경시에서 몇 번이나 망설였는지 몰라요. 고개 너머 저쪽은 눈이 좀 덜 왔기 때문에 결국 나서긴 했는데, 계속 쏟아지니 이거 아무 탈 없이 갈 수나 있을지 모르겠네요. 참 이거나 한번 들어볼까? 일기 예보라도 기대하는지 남자가 라디오를 작동시키자 사내는 약간 신경질적인 반응과 함께 그것을 꺼버리며, 그런 거 들어봤자 마음만 심난해질 뿐이오. 더구나 이곳은 난청지역이라 잡소리만 요란할 테구. 하고 얼버무렸다.

사내의 무례한 행동에 남자는 좀 의아한 표정을 하다가는 힐끗 창밖을 살피면서 말을 이었다. 쇠넘이 고개부터 체인을 감고 오긴 했지만 가파른 내리막길에선 진땀께나 흘렸답니다. 다시 돌아설 수도 없고 참 난감하더군요. 보시다시피 이 동네 저 동네로 떠돌이 행상을 하는 우리로서는 나경시에서 도매로 받은 물건을 빨리 팔아넘겨야 하니까요. 남자는 사내가 묻지 않은 말까지 장황하게 늘어놓았다. 어려운 눈길을 달리다 동행을 만나니 한결 긴장이 풀리는 모양이었다. 사내는 고개를 돌려 비닐 창을 통해 뒤를 살폈다. 캔바스 탑이 장착된 뒤쪽에는 몇 가지의 식품들을 비롯해 잡동사니 생활 용구들이 비교적 가지런하게 실려 있었다. 여자의 품에 안겨 연신 사내를 올려다보고 있던 아이가 사내와 눈이 마주치자 두려운 듯 얼른 얼굴을 감추었다가는 다시 살며시 곁눈질을 하곤 했다. 몇 번을 그렇게 사내와 숨바꼭질을 벌이던 아이가 계속 겁에 질린 표정으로 엄마의 눈치를 살피자, 여자는 아이를 사내와 등이

지도록 고쳐 안았다.

완만한 경사였지만 눈 위를 달리는 트럭은 자주 뒤뚱거렸고, 운전석 옆에 나란히 앉은 사내와 여자는 서로 어깨가 부딪치곤 했는데, 그때마다 여자는 자세를 고치며 사내와 몸이 닿지 않으려고 애를 썼다. 아마도 우리 차가 쇠넘이 재를 넘어오는 마지막 차가 될 겁니다. 세찬 눈발로 볼 때, 우리처럼 생업에 쫓기지 않은 사람들은 굳이 생명을 건 모험을 자청할 필요가 없겠지요. 허긴 그때 이미 경찰들이 운행 통제 준비를 하고 있기도 했지만, 실제로 우리가 체인을 감고 있던 시간에는 한 대의 차도 우리 앞을 지나지 않았거든요. 끊임없이 들려오는 체인 소음과 거친 승차감에 신경이 쓰이는지 사내가 말을 받았다. 제가 그 마지막 차의 행운을 누리게 된 셈이네요, 감사합니다.

사실 남자는 어쩌면 사내로부터 그런 공치사라도 듣고 싶었는지 몰랐다. 암튼 여러모로 불편을 끼쳐 드려서 죄송합니다. 특히 부인께 더욱 송구스러운 생각이 드는군요. 그러면서 사내는 자신을 뿌리치며 몰인정하게 달아나던 몇 대의 차량들을 떠올리며 속으로 다시 이를 갈아붙였다. 아니에요, 저희들도 이런 눈길에 도전하며 좀 무모하단 생각을 했는데, 든든한 동행을 만났으니 잘 되었지 뭐예요. 처음으로 여자가 입을 열었다. 아이가 사내를 돌아보다간 이내 얼굴을 돌렸다. 몇 살입니까? 엄마 닮아서 이쁘게 생겼네요. 네 살이라고는 하지만 아직 만으로 세 해가 못 되었습니다. 대답은 남자가 했다. 세 살이라…… 사내는 잠시 자신의 세 살 나이를 돌아보기나 하듯 스르르 눈을 감았다. 시종 초조하고 불안했던 마음이 풀리면서 피로감과 함께 졸음이 한꺼번에 몰려오는지 그는 오래 눈을 뜨지 않았다.

눈꺼풀이 너무 무거운 나머지 이제 잠이 들면 영원히 뜰 수가 없을지도 모른다는 새로운 공포에 사내가 다시금 눈을 뜬 것은, 사실 그렇게 눈을 닫음으로 해서 괜스레 예민해진 후각 때문이었는지도 몰랐다. 여인에게서 풍겨나는 화장품 냄새는 오래 잠자고 있던 사내의 육감을 건드렸다. 사내는 곁눈질로 여인을 훔쳤다. 분홍색 스카프를 머리에 쓴 그녀는 갈색 반코트에 누비바지를 입고 있었다. 차가 비틀거릴 때마다 여자의 정강이가 사내의 허벅지를 쳤다. 사내는 여자의 몽실한 가슴에 머리를 박고 있는 아이가 턱없이 행복해 보이고 괜히 투기심이 솟는 바람에 한동안 실소를 깨물었다.

사내는 문득 석수장이 의붓아버지가 떠올랐다. 밤마다 의부에게 엄마를 빼앗긴 사내의 어린 시절은 참으로 고적한 세월이었다. 다큰 어른이 엄마의 젖을 독차지하고 있었기 때문에 사내는 쉽사리 엄마의 그것을 만져 볼 기회를 얻지 못했다. 특히 엄마의 젖을 만져 보려다가 그에게 들켜 치도곤을 당하고부터 밤이면 아예 엄마의 근처에도 갈 수가 없었다. 엄마의 젖이 너무도 컸기 때문에 그것을 즐겨 빨아대는 의부를 훔쳐볼 때마다 사내는 그가 흡사 커다란 풍선을 불고 있다는 생각이 들 정도였다. 그러다가 의부는 엄마를 올라타고 뭉개기를 잘했다. 그때마다 엄마는 꼭 불을 껐고, 그녀가 아이구, 나 죽네 나 죽어, 자기야, 나 좀 살려 줘! 하고 자지러지는 소리를 지른 후에야 의부는 젖 먹기를 멈췄다. 더구나 술과 안주를 배불리 먹고 들어오는 날이면 의부는 염치없게도 더욱 엄마의 젖을 보챘다. 자신의 요구에는 펄쩍 놀라며 손을 저으면서도 의부에게만 유독 죽는다고 소리를 지르면서까지 젖을 내어주는 엄마의 속내를 도무지 알 수가 없었다. 그런 엄마가 한없이 야속하고 미웠지만 사내는 모두가 어른들이 하는 일이라 어쩔 수가 없었다.

의붓아버지는 술만 먹으면 곧잘 주먹을 휘둘렀다. 더욱이 그는 눈엣가시 같은 꼬맹이가 스스로의 그런 염치없는 행동을 훔쳐보고 있음을 알고부터는 더욱 난폭해졌고, 그때마다 사내는 밖으로 쫓겨나가지 않으면 안 되었다. 그때 사내는 꽁꽁 언 손을 비비고 발을 동동 구르며 빨리 엄마가 의부에게 살려 달라고 빌기를 바랐다. 마침내 엄마가 까무러치는 소리를 끝낸 후 꽁꽁 언 사내의 손을 감싸 쥐고 방으로 들어갈 때면 어느새 의부는 떨어져 코를 골기가 일쑤였다. 그런 날이면 엄마는 의부와 등을 돌려 누워 자주 어깨를 떨며 훌쩍였다. 사내 또한 눈물을 주체할 수 없어 엄마의 품으로 파고들면 엄마는 그의 손을 꼭 잡고 더욱 섧게 흐느끼곤 했다. 그때도 엄마는 웬일인지 젖을 만지는 것만은 허락하지 않았다. 좌우지간 엄마의 젖은 사내에게 있어서 그저 보드랍고 물컹거리는 감촉만이 아닌, 탱탱하게 질기기까지 하면서 또한 한없이 연약하여 안쓰러운, 그렇다고 위태롭고 비밀스러운 장난감이랄 수도 없는, 아무튼 무엇이라고 함부로 말할 수 없는 그런 무엇이었다. 좌우지간……

다시 무거워지는 눈을 내리감은 사내는 오래도록 눈을 뜨지 않았다. 사내의 어깨가 여자 쪽으로 기울어지자 몇 번 팔뚝으로 사내를 밀쳐내 보던 여자는 결국 그 짓을 포기했다. 차가 쿨렁거릴 때마다 사내의 머리가 여자의 어깨를 짓눌렀다. 사방은 이미 어둑해져 있었고, 헤드라이트 조명을 받아 더욱 순백해 보이는 눈발은 아직도 그 세력을 흩트리지 않고 있었다. 느린 간격이었지만 와이퍼는 쉴 새 없이 유리창에 내려앉는 눈을 걷어냈다.

트럭이 몇 번 요동을 치다 덜컥 숨을 멈추자 사내는 여자의 어깨에 얹혔던 고개를 세우며 천천히 눈을 떴다. 젠장, 체인이 끊어져 버렸네. 남자의 말에 거슴츠레한 눈으로 한동안 차내를 두리번거리며 하품을 토해내던 사내가 갑자기 긴장된 표정으로 눈꼬리를 세웠다. 여기가 어디요! 사내의 핏발 선 눈이 재빨리 창밖을 더듬었다. 아직도 십여 키로는 더 가야 됩니다. 이윽히 달려온 것 같은데, 겨우 십 리도 못 온 것을 감지하자 사내는 실망보다는 먼저 긴장된 표정부터 풀었다. 남자가 차를 몇 바퀴 전진시키자 차는 미끄러지듯 옆으로 돌았다. 남자는 곧 주차 브레이크를 걸어 올리고는 글로브 박스에서 목장갑과 랜턴을 찾아들고 밖으로 나갔다. 근심이 가득한 표정으로 고개를 빼고 밖을 휘둘러보던 여자가 사내와 눈이 마주치자 이내 고개를 꺾었다. 어두워진 날씨나 아이 펜슬 자국이 아니더라도 여자는 눈썹이 짙고 동공 또한 깊었다. 순간 사내의 가슴에서 괜한 설렘이 일었다.

무심결에 담배를 빼물며 아이와 여자를 번갈아 보던 사내는 바삐 밖으로 빠져나갔다. 먼저 나간 남자가 지나온 뒷길을 더듬으며 끊어진 체인을 찾고 있었다. 랜턴 불빛 속으로 무수한 나방이들처럼 끊임없이 눈송이가 날아들었다. 사내는 트럭 뒤켠에서 바지를 내렸다. 뻗어 나가는 오줌발이 눈 위에서 희미한 금을 긋고 다시 발끝 쪽으로 돌아왔을 때, 사내는 한차례 진저리를 치고 바지를 여몄다. 그때 남자가 절그렁거리며 끊어져 달아난 체인을 주워들고 나타났다. 이젠 쓸모가 없을 텐데요. 사내의 말에, 가늘지만 철사가 좀 있어서 그걸루다 옭아매면……. 남자가 말을 받았다. 잭으로 트력을 들어 올린 후 두 남자는 곧 바퀴의 체인 감기에 열중했는데, 사내는 연신 고개를 갸우뚱거리며 못 미더운 표정을 지었다. 남자는 개의치 않고 열심히 체인의 달아난 부분을 철사로 감아 묶으며 가쁜 숨을 몰아쉬었다. 랜턴 불빛을 타고 입김이 솟아올랐다. 그때 차 문이 열리며 오줌을 누이기 위해서인지 여자가 아이를 안고 차 앞쪽으로 사라지는 것이 보였다. 사내의 망막으로는 아이가 아닌, 허연 둔부를 드러내고 눈 위에 앉은 여인이 떠올랐다. 그러면서 사내는 여자 속으로 들어가 본 지가 너무 오래 되었다는 생각과 함께 자신이 마지막으로 만난 여자를 떠올려 보았다.

김유나. 굳이 말하자면 사내의 첫사랑이자 생애에 첫 배신자로 각인된 여자였다. 그러면서도 정작은 단 한 번의 배반감이나 증오도 가져 보지 못했던 여자. 사내는 오래도록 그녀의 배신까지를 사랑했다. 그러면서 사내는 그 배신에 대한 사랑이야말로 세상에서 가장 속절없고 부박한 정서임을 깨닫지 않으면 안 되었다.

감방에서 네 번째로 출소했을 때, 사내는 고향의 인근 도시에서 살고 있는 초등학교 짝꿍이 김유나를 방문했다. 자신의 가슴속에서 끊임없이 살아 꼬물거리는 병소(病巢)의 정체를 확인하기 위해서 사내는 근 열흘간이나 그녀의 주소를 추적했다.

사내의 그 방문은 바로 침입이었다. 비교적 큰 자동차 학원을 경영하는 남자에게 시집간 그녀는 아담한 호수를 앞에 둔 전망 좋은 아파트에서 살고 있었다. 꽃 배달꾼으로 위장하여 나타난 사내를 유나는 알아보지 못했다. 그렇게 사내를 알아보지 못할 정도로 흘러버린 세월 속에서도 유나는 언제나 사내의 가슴 한가운데에서 살고 있었다. 비록 어릴 때의 깜찍스럽고 귀엽던 모습은 세월의 버캐에 묻혀 많이 가려지긴 했어도, 적당한 체지방으로 뽀얗게 물이 오른 그녀의 피부는 삼십 대 중반의 육감적인 싱그러움을 유지하고 있었다. 사진관을 경영했던 유나의 아버지는 선전용 진열장에다 실물보다 더 예쁜 얼굴의 딸 사진이 담긴 대형 액자를 걸어 두었고, 사내가 지나갈 때마다 유나는 늘 배시시한 웃음을 흘렸는데, 사내는 그걸 보며 세상에는 유나보다 더 예쁜 여자는 절대 없을 것이라고 확신했었다.

사내가 진짜 배달꾼이 아님을 간파한 유나는 그 즉시 눈이 흔들리기 시작했다. 집안엔 다른 식구들이 없었다. 너무 놀라지 말아요. 사내는 경어를 썼다. 가슴이 깊게 파인 실내복을 입은 유나의 어깨가 크게 부풀어 오르다가 천천히 가라앉았다. 나를 알아볼 수 있겠소? 정색을 한 사내를 향해 유나의 눈이 잠시 크게 열리는 듯 싶었지만, 그녀는 곧 고개를 저었다. 사내의 가슴에서 한차례 공허한 바람이 지나갔다. 이미 유나의 기억에 있어서 까마득한 유년의 영상은 구차스러운 기대뿐이었음을 확인하는 순간, 사내는 서운함과 함께 너무 오래 그녀를 마음에 담아 두었다는 후회가 일었다.

무, 무엇을 원하십니까? 말을 더듬거리며 입술은 떨고 있었지만, 유나의 어투는 의외로 도전적이었다. 사내새끼가 아무도 없는 고도에서 아리따운 여자를 만나는 순간 무엇을 원할 것인가를 생각해 보면 돼! 이쯤에서 좀 거칠어질 필요가 있다고 작심했는지 사내는 이제 경어를 쓰지 않았다. 어쩌면 유나가 사내를 끝내 알아보지 못한 서운함에 대한 서글픈 보복인지도 몰랐다. 여자는 더 이상 긴장을 견딜 수가 없는지 슬며시 바닥에 주저앉아 버렸다. 사내는 한동안 예기치 못한 갈등에 시달렸지만, 오래 망설이지는 않았다. 유나는 고분고분하지도 않았지만 강한 거부도 보이지 않았다. 사내는 문득 감방에서 누군가가 했던 실없던 말을 떠올리며 쓸쓸한 표정으로 고개를 가로저었다.

— 플라토닉 러브? 씨이팔, 개나 처먹으라고 해! 사랑이 건너가고 건너오면서 만나는 길, 그 다리가 바로 육체가 아니겠어? 고깃덩어리, 그래, 바로 그 고기 뭉치에다 고기 덩어리를 박아 넣는 순간, 사랑은 비로소 완성이 되는 게라구. 어이 씨팔, 이거 언제 그 다리 한번 건너보지?

사내는 별로 힘들이지 않고 다리를 건넜다. 그런 만큼 감동 또한 없었다. 정말 얼마나 오래 유나를 갈구하며 살아왔던가. 다리의 끝은 낭떠러지 같은 절망이었다. 너무도 허망한 절벽이었다. 사랑은 애초부터 완성되고 어쩌고 할 그런 것이 못되었다. 다시 난데없는 배신감이 밀려왔다. 그래서 사내는 한동안 아랫도리도 수습하지 않은 채 망연히 앉아 있어서 얼핏 자신의 처지까지도 잊고 있는 듯했다.

뭐라도 좀 마실 거예요? 유나의 말소리에 사내는 깜짝 정신이 돌아왔다. 허튼수작하면 죽여버릴 거야! 노루 제 방귀에 놀라듯 사내가 눈을 일으키며 엄포를 먹였다. 그러나 그 으름장은 사내 스스로가 더 공허하게 들렸다. 김유나, 네년은 아무도 못 말리는 배신자였어! 뜻밖에도 자신의 이름이 사내의 입에서 튀어나오자 그녀는 눈을 크게 떴다. 이미 그녀의 얼굴에는 극단적인 공포는 가시고 있었다.

사내가 난생처음으로 재활용 폐품을 팔아 모은 돈으로 구멍가게에서 산 귀한 초콜릿을 선물했을 때, 유나는 사진관에 진열된 미소보다 더 화사한 웃음을 지었다. 그래서 사내는 그날 이유도 없이 새소리가 아름다웠고, 밤에는 일부러 사진관 앞에서 불이 켜져 있는 유나의 방을 오랫동안 바라보기도 했다. 그러나 다음날 반장 아이로부터 유나에게서 초콜릿 선물을 받았다는 자랑을 듣는 순간, 가슴에서 고추장이 끓고 기분이 세상 최고로 나빠졌다. 그럼에도 불구하고 유나에 대한 사내의 증오는 이틀을 넘기지 못했다. 매일 등교 때마다 만나게 되는 액자 속의 유나가 너무도 아름다운 미소를 보내 주었기 때문이었다. 괜한 짜증이 일었지만 사내는 정말 유나를 미워할 수가 없었다.

도대체 댁은 누구세요? 유나가 헝크러진 머리를 쓸어내리며 말했다. 나? 사내가 크윽 자조를 깨물었다. 방귀쟁이 알아? 유나가 고개를 좌우로 저었다.

초등학교 5학년 때, 사실 사내는 6학년이 되지 못하고 학교란 곳을 영원히 끝냈다. 어느 여름날 교실에서 누군가가 방귀를 뀌어 놓았기 때문에 모두 코를 잡고 있었다. 그때 담임선생이 들어왔고, 이어서 그 담임 또한 악취로 코를 틀어막았다. 한참 동안 아이들을 둘러보던 선생은 사내를 가리키며 말했다. 이 녀석, 혹시 너 아냐? 오직 너 혼자만 코를 잡고 있지 않네. 참으로 억울한 모함이었지만 사내는 변명을 하지 않았고, 그 후로 그는 별명이 방귀쟁이가 되고 말았다.

방귀쟁이란 말도 그렇지만 배신자란 말은 또 무슨 뜻이에요? 유나는 어느덧 호기심까지 내비칠 정도로 대담해져 있었다. 참으로 일이 우습게 돌아간다고 여겨지자 사내는 버럭 소리를 질렀다. 소풍날 보물찾기에서 받은 크레용까지도 너는 반장 놈한테 줘 버렸어! 유나가 화들짝 놀라며 어깨를 움츠렸다.

5학년의 수봉산 가을 소풍은 사내에게 학생으로서는 마지막 행사였다. 그날 소풍지에서 이리 뛰고 저리 살펴, 어렵게 찾아낸 보물찾기의 최고 경품을 미련 없이 건네주었을 때에도 유나는 화사한 웃음을 사내에게 아끼지 않았다. 그런데 그것마저도 반장에게 기꺼이 바쳐버린 것을 알았을 땐 정말 너무도 쓸쓸했다.

내가 이 세상에 태어나서 타인에게 좋은 일을 한 기억이 있다면, 바로 너에게 초콜릿과 크레용을 선물한 그 두 가지 일뿐이었어. 사내는 비감하게 말했다. 아, 그러면 당신은 그때의 그……! 그래, 그 때의 그 얼간이……. 그러나 유나는 역시 사내의 이름은 기억하지 못했다. 사내는 다시 쓸쓸해졌지만 도리가 없었다.

그런데 정작 사내를 더 적막하고 환멸스럽게 만든 것은, 그녀에겐 남편 아닌 다른 남자들이 수없이 많다는 사실이었다. 여러 정황에서 사내는 그것을 간파하고 있었다. 글쎄, 우리 신랑은 있지? 너무도 의처증이 심한 사람이야. 난 정말 지금 살고 있는 게 아냐. 그냥 애옥살이를 하고 있는 거라구. 그래서 말인데……. 유나의 눈은 살의가 가득했다. 그녀는 화사한 미소의 옛날 유나가 아니었다. 적막한 무뢰배의 가슴에 마지막으로 실낱같이 남았던 순정이 여지없이 박살이 나는 순간이었다. 어떤 날이든 뒤틀리지 않는 일상이 드물었지만 사내에겐 정말 개떡같이 불행한 날이었다. 유나로부터 남편을 어떻게 해 주면 섭섭지 않은 대가를 지불하겠다는 제의를 받은 그날 밤 사내는 엉망으로 술이 취한 채 훔친 차를 천방지축 몰고 가다 결국은 노인 하나를 깔아뭉갰고, 그 때문에 그는 다시 다섯 번째의 별을 다는 영광을 누리지 않으면 안 되었다.

아마도 얼마 가지 못하고 다시 끊어지고 말 거요. 사내는 체인 수리를 마치고 일어서는 남자를 향해 악담을 던지듯 말했다. 다른 방법이 없지 않습니까? 가는 데까지는 가보는 수밖에…… 다시 트럭은 움직였다. 그러나 그것은 마치 살얼음 위를 가는 것처럼 느렸다. 눈은 그때까지도 헤드라이트 앞에서 펄펄 살아 있었다. 이렇게 가다가는 꼬박 밤을 새우겠네요. 여자가 오랜만에 입을 열었다. 아이는 손가락을 입에 넣은 채 잠에 빠져 있었다.

결국 트럭은 얼마 가지 못해 멈춰 서고 말았다. 사내가 예상했던 대로 임시변통으로 엉성하게 감은 철사가 버티지 못했기 때문이었다. 오기가 슬며시 치미는지 남자는 한쪽 바퀴에 체인을 감지 않은 채로 운행을 시도해 보았지만 결국 포기하지 않을 수가 없었다. 차가 자꾸 한쪽으로 쏠리며 휘청거려서였다. 차라리 한쪽 바퀴의 체인도 마저 걷어내고 갑시다. 사내가 제의했고 둘은 곧 차에서 내렸다.

얼마 후 차는 다시 움직이기 시작했는데, 이번에는 사내가 운전대를 잡았다. 이래 봬도 한때는 대형 화물 트럭을 몰고 전국을 누볐던 사람입니다. 검증된 것은 아니지만 부부는 그 말을 믿는 수밖에 없었다. 체인을 감았을 때보다 승차감은 좀 부드러워진 듯했으나, 이따금 브레이크 페달을 밟을 때마다 차가 불안하게 뒤틀리는 것은 마찬가지였다. 그럴 때면 차창 쪽에 앉아 바깥을 살피던 여자가 질겁을 하며 비명을 질러댔다.

눈 때문에 높낮이가 잘 구분되지는 않았지만 여자가 앉은 길옆은 계곡이었다. 아무래도 안 되겠습니다. 여자의 외마디 소리가 거듭되자 남자가 사내에게 차를 세우도록 종용했다. 어차피 목숨 건 모험이 아니고서는 차가 더 이상 나아갈 수 없소. 사내가 담배를 빼어 물며 변명하듯 말했다. 암튼 조금만 더 내려가다 저 모퉁이를 돌아서 세워 주십시오. 남자가 목을 길게 빼고 좌우를 살피며 뭔가를 찾는 눈치였다. 산막을 찾는 거예요? 거기는 다음다음 모퉁이예요. 여자가 스카프를 고쳐 쓰며 차창 밖을 가늠했다.

가끔 사냥꾼이나 심마니 약초꾼들 그리고 숯을 굽던 사람들이 이용하던 산막은 계곡을 건너고도 수백 걸음이나 떨어진 곳에 있었다. 어쩔 수가 없군요. 여기서 눈이 멎고 날이 밝을 때를 기다리는 수밖에. 남자가 랜턴으로 이리저리 산막 안을 비춰보며 말했다. 슬레이트 지붕에다 허연 눈을 이고 있는 산막은 나지막했지만 곁방까지 하나 달고 있었다. 누군가가 태우다 남긴 나무 삭정이를 긁어 모아 불을 지피고 차에서 내린 재료로 여자가 끼니를 준비하는 동안 사내와 남자는 눈속을 더듬어 땔감을 찾았다. 이따금 쌓인 눈을 못 이겨 나무가 부러지는 소리가 밤공기를 흔들었다.

산막 안은 금방 훈훈해지고 음식 익는 냄새가 허기진 사내의 내장을 곤두서게 만들었다. 그때서야 생각이 났다는 듯 사내는 주머니에서 오징어를 꺼내 굽고는 그것을 아이에게 내밀었다. 과자 부스러기를 씹고 있던 아이는 엄마와 아빠를 번갈아 볼 뿐 받으려 하지 않았다. 아, 참 그걸 두고 왔군. 남자가 급히 랜턴을 켜들고 다시 밖으로 나가자, 차 속에 둔 술병을 가지고 올 모양이에요. 하고 여자가 설명을 달았다. 아 정말, 바깥세상엔 술이란 것도 있었지. 사내는 하마터면 그 말을 입 밖에 내놓을 뻔했다.

사내는 몇 번이나 입맛을 다셨다. 모닥불의 일렁거리는 불빛이 익숙하게 칼질을 하고 있는 여자의 목덜미를 핥았다. 스카프를 벗은 여자의 머리 뒤꼭지에 얹힌 나선형 헤어밴드의 장식 위에서도 영롱한 불꽃이 튀었다. 사내는 다시 마른침을 삼켜 내렸다. 그러면서 그는 눈이 내리는 밤 이런 엉뚱한 곳에서 한 여자와 같이 있다는 사실이 믿기지가 않았다. 자신과는 도무지 어울릴 것 같지 않던 낭만이란 단어를 막연히 떠올리며 사내는 바깥으로 나간 남자가 무슨 일인가로 그만 돌아오지 않았으면 좋겠다고 잠시 불온한 생각을 했다. 사내는 그런 스스로의 망념에 일순 두려움이 느껴졌다. 여자가 무슨 낌새라도 챘는지 힐끗 사내를 훔쳐보자 사내는 깊이 고개를 숙여 버렸다. 모닥불 빛이 사내의 얼굴을 붉게 물들였다.

언 속을 데우는 데는 그저 이놈보다 좋은 것이 없지. 사내의 희망과는 달리 남자는 술 두 병을 들고 멀쩡하게 돌아왔다. 그 술병이 한량없이 반가워진 사내는 결코 아무 일도 일어나지 않고 돌아온 남자를 미워할 수가 없었다.

솜씨도 없는 데다 경황 중이라 대충 끓였어요. 비상요리가 얼추 끝났는지 여자가 변명과 겸손을 뭉뚱그린 말투로 조리한 음식을 담아냈다. 시장했던 탓인지, 소금도 입에 맞으면 진미라고 그것은 정말 꿀맛이었다. 거기다가 반주까지 곁들인 만찬은 더 이상 견줄 것이 없었다. 아이에게 국물을 떠먹이는 여자의 냉기가 완연히 가신 얼굴이 모닥불 때문인지 유달리 붉어 보였다. 비록 눈 때문에 발은 묶였지만 기가 막히게 흥겨운 밤이었다.

사내는 어쩐지 그 난데없는 행복이 두려웠다. 아주머니도 이 술 한잔하십시오. 사내가 종이컵을 내밀었지만 여자는 사양했다. 저 사람은 밀밭 옆에만 가도 취하는 사람이오. 여학교 때 포도주 한

잔 먹고 쓰러진 추억이 있다는 여자라니까요. 남자가 아내를 변명했다. 여학교 시절……. 사내는 새삼 여자가 쳐다보였다. 그놈의 아이 엠 에픈가 뭔가 때문에 이런 희한한 밤도 다 만나게 되는군. 세상 살다보니 참……. 남자가 추연히 천장을 올려다보았다. 모닥불이 펄럭일 때마다 군데군데 그을음으로 얼룩진 슬레이트에 불그림자가 흔들렸다. 암튼 다니던 회사가 부도가 나 직장을 잃고 나니 갈 데 없는 백수가 되더군요. 반년을 무위도식으로 헤매고 다니다 결국은 구멍가게 하나 갖출 능력도 없이 이렇게 달리는 백화점 사장이 되었지요. 남자는 몇 잔 술이 들어가자 말이 많아졌다. 오랜만에 술이 오르니 사내 역시 자신을 향한 세상의 모든 족쇄들이 헐렁하게 느껴졌다. 언제나 누더기같이 어지러운 삶에 부대껴온 그에게 있어서 술은 바로 그 어떤 것과도 대체할 수 없는 구원이었다. 세상엔 아이 엠 에프가 오니까 외려 기다렸단 듯이 부자가 되는 사람들도 있던데, 우리 같은 멍텅구리들은 그저…….

제기랄, 경찰 놈들 때문에 이놈의 행상도 이젠 못 해먹게 생겼다니까요. 남자가 사내에게 술잔을 돌렸다. 형씨도 참 순진하시구랴. 무전 유죄, 돈이 없으면 죄도 많다는 소리 아직도 못 들었소? 원래 세상은 그런 거요. 정의를 떠벌이는 자는 대개가 미친 사기 폭력꾼들이고, 그들이 외치는 공정과 평등이란 것도 따지고 보면 모두 어떤 특정된 인간들의 범주 안에서만 인정되는 용어가 아닌가 말이오. 좆같이……. 갑자기 상스러운 사내의 말에 두 부부는 순간적으로 눈길을 주고받았다.

사내는 감방에서 주위들은 얘기지만 정말 술이란 참 묘한 것이어서 갑자기 머저리를 유식하게 만드는 묘약이란 생각도 들었다. 사실 법이란 것은 알고 보면 모두가 배운 놈, 가진 놈, 힘께나 쓰는 놈들 꺼가 아니겠소. 큰놈들은 무슨 짓으로든 뚫고 나가고 잔챙이들만 걸려드는, 거미줄 같이 무력한 그물, 아, 새가 거미줄에 걸리는 것 봤소? 상 차리는 놈 따로 있고 밥 먹는 놈 따로 있듯이 원래 세상의 법은 그런 것이오. 사내는 술과 함께 스스로의 사설에 취하기 시작했다. 맞아요. 법이란 만드는 일보다 그 집행 절차와 실천 윤리가 더 중요하다고 했습니다. 그럼에도 불구하고, 말하자면 현재 지상의 모든 법률가들은 돈 때문에 어릴 때부터 흰 것은 검고 검은 것은 희다고 수없이 많은 말을 동원하여 이를 증명하는 기술을 배운 사람들이라고 비난받고 있어요. 그래서 판사는 돈과 권력에 굴복하는 것을 운명으로 아는 집단이고, 변호사는 타인의 보물을 탐내는 사람들에게 그걸 뺏어주기 위해 팔려 다니는 족속이라는 게요. 검사, 경찰들은 숫제 있는 죄는 뭉개고 없는 죄는 만들어낼 수도 있는 족속들이란 말이오. 먹물깨나 들었는지 남자도 지지 않았다. 아니 그는 사내보다 더 현학적인 어법과 수사를 동원한 달변으로 사내를 압도하려 들었다.

사내는 슬그머니 부아가 치밀었다. 그깐 놈의 똥개도 안 먹을 법률 따윈 그걸 핥고 빠는 놈들에게나 맽겨두고 우린 그저 술이나 마십시다. 괜히 쓰잘데없는 얘기로 분위기만 깨졌네. 건 그렇고 아줌마 이거 예의가 아닌 것 같습니다만 여기 술 한 잔 따뤄 보소. 이래뵈도 나는 원래가 상가(喪家)에서마저 여자가 따라 주지 않는 술은 마시질 않았던 놈이었소. 사내가 여자에게 술잔을 내밀었다.

여자는 옷매무시부터 고쳤다. 이봐요 형씨, 우리가 이렇게 만난 것도 인연이라면 좋은 인연인데 서로 지킬 것은 지킵시다. 난간 앞에라도 서면 느닷없이 밀어 떨어뜨릴 것같이 불안한 느낌으로 조금씩 거칠어지고 있는 사내에게 남자가 달래듯 말했다. 좋수다, 그럼 이건 내 마음의 잔이니 이 술 먼저 받으시오. 사내가 술병을 들어올리자 여자가 힐끗 남편의 눈치를 살피고는 마지못해 사내의 술을 받았다. 그러나 여자는 술잔에 잠깐 입만 대는 시늉을 했을 뿐 이내 그 잔을 남편에게 건넸다. 저 여자는 술을 정말 못해요. 거자꾸 끼어들어 하품 나오는 소리하지 마시오, 씨팔. 요의(尿意) 때문인지 사내는 방한모를 벗어 던지며 밖으로 나갔고, 얼마 아니 있어 쌓인 눈을 녹이고 돌더미에 오줌발 부딪치는 소리가 들렸다.

부부는 사내가 방한모를 벗으면서 처음으로 보인 그리 길지 않은 머리카락과 우측 뺨의 깊은 상흔을 똑같이 떠올리며 약간 질린 표정이었다. 뭔가 심상치 않은 기분에 위기감이 느껴졌는지 여자는 만일의 사태를 대비해 슬쩍 식칼을 닦아 남편에게 건넸다. 남자는 그걸 얼른 가슴에 품었다. 허리춤을 추스리며 돌아오는 사내의 얼굴에 언뜻 비웃음인지도 모를 냉소가 스쳤다.

후루루 바람이 숲을 흔들고 달아나는 소리에 이어 눈덩이 쏟아지는 소리와 나뭇가지 부러지는 소리가 들렸다. 포대기에 싸인 아이는 천지도 모르고 잠에 빠져 있었다. 사내는 담배를 빼어 물고 처음 남자가 모닥불을 피울 때 사용했던 라이터를 주워들었다. 장미빛 인생. 어느 카페의 광고 스티커가 붙은 그것은 가스가 반쯤 남아 있었다. 나도 한 대 주십시오. 남자가 친밀감을 좀 진작시켜 보려는지 평소 피우지 않던 담배를 청했다. 사내가 남자에게 담뱃갑을 통째로 던졌다. 남자는 라이터 대신 모닥불에 담뱃불을 붙였다. 나도 왕년엔 골초였습니다.

그러나 사내는 그 말엔 아랑곳없이 약간 음충맞게 풀어진 눈으로 시종 여자를 보고 있었다. 어이 형씨, 뭘 그렇게 골똘히 생각하십니까? 자, 우리 남은 술이나 마저 비웁시다. 남자는 사내에게 '보십니까' 대신 '생각하십니까' 라는 말을 씀으로써 자신의 알량한 체모를 지키려 했다. 사내는 노골적인 대응으로 남자를 면박했다. 구린내 나는 똥을 굽고 있어도 입맛은 다신다고, 아, 사내새끼가 여자 얼굴 좀 쳐다보는 것도 죄가 돼요? 일그러지는 사내의 얼굴이 오른쪽 귀밑의 상흔과 함께 더욱 도발적인 느낌을 주었다. 사내의 비외(卑猥)한 수작에 남자는 끝내 인내를 잃고 안면 근육을 실룩거리며 얼굴 가득 적개심을 드러냈다.

얼마간 정적이 흐르고 사내의 음예한 시선은 다시 여자에게로 돌아갔다. 모닥불의 열기를 받은 성숙한 여자의 홍조 띤 얼굴이 섬뜩한 매력으로 사내를 뇌쇄시켰다. 사내는 여자가 남편에게 짓눌려 요분질을 치고 있는 장면을 그려보았다. 아이구, 나 죽네, 나 죽어. 제발 좀 살려 줘. 사내가 엄마의 그런 비명이 색탐에 의한 절정의 교성임을 알아낸 것은 처음으로 감화원(感化院)에 갔을 때였다.

— 깔치들은 말이야, 그걸 거기에다 콱콱 박아주면 그저 미치고 환장을 한다고. 씨이팔…… 먼저 감화원에 들어온 늙다리 소년들은 너무 많은 걸 알고 있었다. 그곳에서 사내는 처음으로 수음을 배우고, 4등분된 카드놀이로 양말이며 특식 등을 따먹는 놀음도 배웠다. 이른 아침 점호 시간, 각자가 고향을 향해 고개를 숙이면 스피커에선 징징 짜는 여자의 목소리가 흘러나왔다. ……어머니, 저는 매일 어머님을 생각하며 잘못을 뉘우치고 있습니다. 참으로 제가 어리석었습니다. 이제 다시 어머니 앞에 서는 날 저는 틀림없

이 이 세상에서 제일 착한 아들이 되어 있을 것입니다. 믿어 주십시오, 어머니! 보고 싶어요, 어머니……. 소년들은 하나같이 홀쩍홀쩍 눈물을 짰지만 사내는 울지 않았다. 그 순간에도 엄마는 열심히 의붓아버지에게 젖을 먹이고 있을 것이라는 생각에 사내는 지랄 같은 기분만 목덜미에 감겼다.

눈 좀 붙이시지요? 남자가 마지막 남은 나뭇가지들을 모닥불 위로 던지며 사내의 시선을 다시 끌어당겼다. 주위로 모여들던 어둠이 화르르 타오르는 불길에 깜짝 놀라 달아나는 모습이 검은 실루엣으로 분주하게 흔들렸다. 그때 남자가 슬며시 일어나 돌아서며 마치 소피라도 보려는 듯 허리띠 앞으로 손을 모아 쥐었다. 연해 여자에게 머물러 있던 눈길이 재빨리 남자에게로 옮겨지는 순간, 사내는 잽싸게 소주병을 낚아채고는 남자의 뒷머리를 올려쳤다. 깨어진 병 유리 조각이 모닥불 위로 떨어져 내렸다. 여자의 입에서 꽥 외마디 비명이 터지고 남자가 나무 막대기처럼 쓰러졌다.

정말 너무도 순식간에 일어난 일이었다. 남자의 손이 바지 앞 지퍼를 잡고 있는 것이 확인되는 순간 사내의 표정엔 얼핏 후회가 지나갔다. 남자의 행동은 사실 의도적인 눈비음이 아니고 정말은 오줌을 누고자 했는지도 몰랐다. 그러나 이미 엎질러진 물이었다. 개새끼, 어디 함부로! 사내가 스스로의 행동을 정당화라도 하듯 쓰러진 남자의 가슴에서 좀 전 조리에 사용되었던 칼을 찾아냈다.

남자는 일어나지 못했다. 쌍년, 이 칼 네년이 건네줬지? 누굴 바보로 아는 거야? 사내가 욕설을 씹으며 여자에게 칼을 겨누었다. 소동에 놀라 깨어난 아이가 울음을 터뜨리기 시작했다. 여자의 젖가슴이 오르락내리락 쉴 새 없이 헐떡거렸다. 공포와 불안감으로 혼비백산이 된 여자의 암울한 눈이 쓰러진 남편을 망연히 지켜보고 있었다. 눈바람이 또 한차례 휘파람 소리를 내며 지나갔다. 저 사람 저대로 두면 죽습니다! 정말 은혜는 잊지 않을게요. 좋은 일 한번 하세요 네? 여자가 세상에서 가장 슬픈 표정으로 사내에게 애걸했다. 여자의 그런 처절한 애소가 도리어 사내의 야비한 음욕을 건드렸다. 고등 동물의 더러운 역설이었다. 좆까는 소리 하지 마! 새끼가 나를 죽이려 했어. 아니에요, 저 사람 그런 인물이 못돼요 제발……. 여자의 간절한 눈빛이 사내를 물고 늘어졌다. 근데 어째서 저 자의 가슴에서 이 칼이 나왔지? 사내가 든 칼끝이 여자의 목덜미 앞에서 빛을 튕겼다. 그건……. 여자는 다음 말을 잇지 못했다.

루즈가 남은 여자의 벌어진 입술을 바라보는 사내의 눈이 음험하게 흔들렸다. 건 그렇고 어이, 이젠 내 몸도 한번 받아 봐, 편식은 미용에도 나쁘지. 사내가 여자에게 바투 다가서며 능글맞고도 흉측한 농지거리와 함께 노골적인 도발을 시도했다. 제발……. 여자가 뒤로 물러앉으며 가슴을 여몄다. 아이가 죽으라고 울어댔다. 빨리 벗어! 여자는 옷을 벗는 순간 부끄러움도 함께 벗는다고 했어. 깜빵에서 들은 소리지만 여자는 귀로, 남자는 눈으로 사랑을 느낀다는 말이 맞는 것 같애. 얼른 네 몸이 보고 싶어 미치겠거든. 사내가 다시 비릿한 웃음을 물고 여자 앞으로 한 발짝 다가섰다. 깜빵? 잠시 눈빛이 흔들리던 여자가 얼른 눈을 내리깔며 입술을 떨었다. 이건 은혜를 원수로 갚는 일이에요. 제발 한번만……. 여자가 두 손을 비비며 무릎걸음으로 사내에게 다가갔다. 무식한 시러배는 그런 것 몰라. 자, 저 애기 정말 저러다간 숨넘어갈 테니 빨리…….

세상엔 고고한 사람일수록 더 비열하다는 거 저 정말 너무 잘 알아요. 그쪽이 정말 무식하다면 그 무식으로 저희를 한번 도와주세요. 여자의 눈에서 갑자기 눈물이 그렁해졌다.

묘비명을 음각하는 데는 발군의 재주로 명성이 높았던 의붓아버지도 사실은 한글도 잘 모르는 무식쟁이였다. 주문서에 부연한 '※ 가능한 깊게 파주시오'란 글까지 새긴 망신을 당하고 웃음거리가 된 일이 있긴 했지만, 그는 절륜한 솜씨로 돈을 잘 벌었다. 사내의 엄마는 그의 저돌적인 육욕과 함께 그 돈으로 모든 불만을 상쇄시킬 수 있었지만, 사내는 자신을 끝까지 돌로만 취급하여 두들겨 패던 그의 비정을 용서할 수가 없었다.

용서할 수 없어! 사내가 여자를 밀치고 올라탔다. 아이가 깜박 숨넘어가는 소리를 하다가는 사내에게 덤벼들었다. 사내는 아이를 번쩍 들어 처마를 이어내 만든 곁방에다 던지듯 내려놓고는 강보로 덮어 버렸다. 이번엔 여자가 껍북 숨을 넘겼다. 아이의 울음이 갑자기 멀리서 들렸다. 여자가 일어나 달려가자 사내가 우악스러운 손으로 여자를 넘어뜨렸다. 그리고 그는 먼저 여자의 가슴에다 손을 넣었다. 언제나 사내에게 공복감을 느끼게 만드는 것은 여자들의 젖가슴이었다. 예사롭게 함부로 말할 수 없는 무엇, 좌우지간 그 무언가가 있을 것 같은 여자들의 젖가슴…… . 사내는 여자의 젖무덤에다 입을 박고 허기를 채우고 싶었지만 다른 일을 먼저 서둘렀다. 옷이 찢겨 나가자 여자는 동물 같은 비명을 질렀다. 먼저 저 사람을 어떻게 좀 해 봐요. 저대로 두고는 안 돼요! 여자가 손사래를 치며 소리를 높였지만 사내는 그녀의 껍질을 벗기기에 여념이 없었다. 잠자코 있어. 이 년아, 내 거기다 오줌을 싸 넣지는 않을 테니까. 모닥불에 비쳐 더 요염해 보이는 여자의 살결이 잠시 사내를 혼미하게 만들었다. 여자가 격하게 발버둥을 치자 사내의 몸이 여자의 배 위에서 출렁거렸다.

사내가 주먹을 번쩍 쳐들어 여자의 머리통을 겨냥하는 순간 거꾸로 사내가 모로 나동그라졌다. 어느새 일어났는지 남자가 칼을 들고 사내의 목을 겨누고 있었다. 한동안 혼절해 있던 남자는 한 손으로 뒷머리를 쓰다듬으며 이를 악물었다. 그 틈을 노리고 용수철처럼 튕겨오르던 사내가 완전히 벗지 않은 자신의 바지에 걸려 다시 넘어졌다. 남자의 칼끝이 사내의 울대뼈 앞에서 부르르 떨었다. 만신창이가 된 옷매무시도 아랑곳하지 않고 여자가 재빨리 사내의 발목으로 흘러내리는 바지의 허리띠를 조였다. 씨팔, 병이 깨지면 충격이 덜하다는 걸 알고 있었으면서도 성급해서 실수하고 말았네. 결국 잠깐 기절만 했었구면. 그 와중에서도 사내는 풀이 죽지 않고 있었다. 그러나 더 이상의 저항은 단념한 듯 사내는 두 팔을 늘어뜨리며 눈을 감아 버렸다.

곁방에서 걸어나온 아이가 별난 광경에 넋이 빠진 듯 멍한 표정이었다. 이제 아이는 울 힘도 없어 보였다. 모닥불이 죽어가고 있었다. 이봐요 아줌마, 이제야말로 좋은 일 한번 하시지? 칡넝쿨과 천 조각으로 친친 묶여진 천하의 무뢰한은 넉살좋게 말했다. 빨리 가요. 여자는 대꾸 대신 남자를 재촉했다. 이 친구야 그래, 밥 떠먹여주는데 손가락을 물어? 은혜를 악으로 갚아도 분수가 있지. 남자는 새삼 몸서리를 쳤다. 배꼽 밑에 털난 뒤로 난 그렇게 가끔 남이 쓰던 여자를 빌렸을 뿐이요. 사내가 크크크 웃었다. 그러나 자조는 아니었다. 새끼가 이게! 간덩이에 쇠줄을 박고 나왔나? 아

직도 입은 살아서……. 남자가 기어이 포박된 사내의 정강이를 걸
어찼다. 점잖은 양반 입 버리시겠소. 너무 흥분 마시오. 사내가 웃
는 듯 우는 듯 묘한 표정을 지었다. 아, 빨리 가지 않고 뭘 해요! 여
자가 남편을 떠밀었다.

　다음에 이곳에 들러 이 몸이 강시(僵屍)가 되어 있거든 쓴 쇠주나
한 잔 부어 주시오. 이거 이별식이 좀 그러네요. 나가시거든 사체
유기나 범죄자의 은닉 및 불고지죄가 어떤 벌을 받는지도 한번 알
아보쇼. 눈길 조심하시고……. 꼴에 어떤 식으로든 생명은 연장시
키고 싶다 이거지? 사람은 그렇게 벼랑 끝에 서 봐야 바람이 무서
운 줄 알고 발밑 소중한 걸 깨달아. 더러운 운명 너무 원망이나 하
지 말어. 남자가 돌아섰다. 그래도 마지막으로 이 한마디는 꼭 하
고 싶네요. 사내가 다시 그들을 돌려세웠다. 혹시 내가 죽지 못할
운명으로 다음에 또 만나는 일이 있으면 그땐 은혜니 사랑이니 하
는 말은 피차가 하지 말기로 합시다. 이거 괜한 불효자의 넋두리
같지만, 위인과 악인은 생육 환경과 더불어 어버이의 훈육으로 결
정된다고 볼 때, 유감스럽게도 난 지금까지 살아오면서 한 번도 타
인으로부터 사랑이나 은혜를 받아본 일이 없으니까. 그리고 오늘
내가 굳이 은혜를 입었다면 나도 말(言)로나마 그 빚은 갚고 가야지
요. 부인, 등 뒤에 검불 묻었소. 그거 보기 흉할 테니 털고 가시오.
용이 못된 이무기의 심술로만 듣지 말고. 세상은 그저 당신들처럼
선한 사람들이 잘 살아야 하는 건데……. 저 입에서 저런 말이 다
나오니 참, 인간들이란 것은 어디까지……! 아, 빨리 안 가고 뭣
해요? 여자가 냉연한 눈을 내리깔았다.

　부부는 허둥지둥 어떻게 트럭까지 도달했는지 몰랐다. 하늘은 어

느새 감쪽같이 눈구름이 물러가고 별이 총총했다. 마음이 다급한 그들은 서둘러 차를 몰았다. 그러나 그들은 얼마 못 가서 다시 차에서 내리지 않으면 안 되었다. 하필이면 구덩이에 차바퀴가 빠져 겉돌기 시작했던 것이다. 응급조치로 라면 박스를 뜯어 넉가래처럼 눈을 치우고 어렵게 흙을 파서 구덩이를 매웠을 때는 상당히 많은 시간이 흘렀다. 눈이 멎은 산골은 급격히 기온이 떨어졌다. 매운 골바람이 몰려올 때마다 훈훈했던 산막이 그리웠지만 여자는 거듭 진저리를 쳤다. 능글맞고 포악한 사내에 대한 혐오감이 언제고 뇌리에 남아 자신을 물어뜯을 것 같았다.

그때 차안에 있는 아이가 까무러치듯 울어댔다. 오래 시동을 끈 상태라 아이가 무척 추울 거라고 여자는 생각했다. 이제 당신은 차에 올라가 있어. 남자가 턱짓을 했다. 그 순간 난데없이 시동이 걸리고 차가 툴툴거렸다. 부부는 아연실색 차에서 물러섰다. 하이고 이거 또 만나서 어쩌지요? 틀림없는 사내였다. 랜턴에 비친 사내의 입술에선 포박을 얼마나 물어뜯었는지 붉은 피가 흐르고 눈에서는 시퍼런 인광이 튀었다. 어느새 사내는 글로브 박스에서 칼을 꺼내 들고 아이의 멱살을 거머쥐고 있었다. 백정 무서워하지 않는 송아지 봤소? 여차하면 뱃구레에서 창새기가 튀어나올 거요. 사내는 악랄했다. 부부는 절망감과 함께 새로운 공포에 허우적거렸다. 자, 날씨가 차거우니 빨리 출발하자구.

결국 사내는 부부를 캔바스 탑 짐칸에 태우고, 여자를 시켜 남편을 결박하도록 했다. 이 아이를 버리고 싶으면 다른 선택을 해도 좋아. 사내는 다시 한번 아이를 치켜들었다. 아이가 깜박 숨을 넘겼다. 다음은 여자 스스로 발을 묶게 했고 사내가 다시 여자의 팔을 감았다.

생각보다 사내는 치밀하고 용의주도했다. 아이는 목이 쉰 소리로 끊임없이 울어댔다. 이따금 사내는 룸미러와 비닐 문을 통해 짐칸의 부부를 살폈다. 차는 비틀거리면서도 곧잘 달렸다. 짐짝들과 함께 구겨져 누운 부부는 그 정황에서도 얼굴만은 하나같이 운전석을 향하고 있었다. 아이가 그렁그렁 목을 긁을 때마다 여자가 죽는 시늉을 했다. 멀리 희미하게 구름이 묻어있는 산 옆으로 뿌옇게 불빛이 오르고 있는 걸로 보아 진촌읍이 가까워 오는 모양이었다. 어떻게 생각하시우. 싸움이란 항상 역전(逆戰)에 반전(反轉), 이래서 세상은 살맛이 나는 거라구. 사내가 비닐 문의 구멍을 향해 소리를 질렀다. 부부가 끝내 아무런 대꾸가 없자 사내가 그들을 조롱하듯 노래를 흥얼거렸다. —인생은 일장춘몽 알쏭달쏭 사는 것. 눈물도 웃음도 잊어버리고……♬.

사내가 갑자기 차를 세웠다. 아니, 이놈 이거 죽으려는 거 아냐? 언제부턴가 울음을 그치고 있는 아이를 사내가 쳐들어 올렸다. 부부의 눈이 황급히 달려왔다. 사내가 실내등을 켜자 껍벅껍벅 아이가 기를 넘기고 있었다. 까악! 여자가 까무러치듯 소리를 질렀다. 아이가 감당키 어려운 연속된 충격을 이기지 못하고 급기야는 경기(驚氣)를 하고 있었다. 그래, 이까짓 더러운 세상 살아봐야 고통뿐일 테니 빨리 끝낸다고 해서 억울할 일도 없지. 사내가 아이를 밖으로 던지려는지 창문을 내렸다. 아, 아저씨! 여자가 자지러지며 몸부림을 쳤다. 보십쇼 선생, 제발 그 짓만은……! 어느새 남자는 사내의 호칭을 선생으로 바꾸었다. 그래요 아저씨, 아니 선생님! 내 요구하는 거 무엇이든지 다 들어드릴 테니 그 아이만 제발 좀 살려주세요 네? 여자가 바들바들 떨었다.

화간이든 겁간이든 이제 그딴 욕심은 모두 버렸소. 사내가 아이를 다시 들어올렸다. 아, 안 돼! 부부가 합창을 했다. 사내는 아이를 진짜로 밖으로 던지기엔 몸뚱이가 너무 뜨겁다는 생각이 들었다. 사내는 무슨 생각에서인지 아이를 다시 포대기에 싸고는 짐칸으로 건너가 부부에게 재갈을 물렸다. 여자가 완강히 저항을 하자 사내가 착 가라앉은 목소리로 말했다. 정말 죽고 싶어? 니년 목숨 정도는 이 모가지 누르고 담뱃불 하나 붙이면 끝이 나. 진짜 그렇게 해 줘?

사내가 소년원에서 출소했을 때 의붓아버지는 어머니의 허리를 망가뜨려 놓은 채 떠나고 없었다. 대소변을 갈아줄 때마다 어머니는 애원을 했다. 얘야, 나 좀 구해 줘. 어디 가서 농약 몇 방울만 얻어 와. 그러면 나 이 병치레 깨끗이 끝낼 수 있어. 얘야, 제발 나 좀 도와 줘. 어머니는 이제 아들에게 구원을 요청했다. 그녀의 구원은 곧 죽음이었다. 어머니가 고통으로부터 벗어나는 길은 당장 그 길밖에 없음을 생각한 사내는 파라치온을 구해왔지만, 그는 그것을 끝내 어머니에게 내놓지 못했다. 그러나 기어 다니면서도 용하게 사내의 주머니에서 그것을 몰래 찾아낸 그녀는 소원대로 구차한 인생을 마감했다. 농약이 자신의 주머니에서 나왔고, 그것을 어머니에게 주고 싶었다는 사실을 변명하지 않음으로써 사내는 두 번째로 영어(囹圄)의 몸이 되었다.

사내는 다시 차를 몰기 시작했다. 좀 위험스럽게 느껴질 정도로 속력을 내면서도 사내는 간간이 포대기에 쌓인 아이를 만져 보았다. 열이 식지 않는다는 사실이 좋은 것인지 나쁜 것인지는 몰라도 일단은 생명이 붙어 있다는 안도를 주었다.

떠돌이 주막 작부였던 사내의 어머니가 석수쟁이 의부를 만난 것은 사내가 다섯 살 때였다. 어느 폭설이 쏟아지던 날 술이 억병으로 취해온 의부는 밤마다 울어댄다고 사내를 밖에다 집어던졌다. 너무도 놀랐던 사내는 아주 어릴 때 일이지만 그날을 언제나 잊지 못했다. 사내는 조금 전 아이를 밖으로 던지려던 순간, 공교롭게도 그때의 일이 떠올랐다.

트럭이 진촌읍에 도착했을 때는 자정이 지나 있었다. 사내는 진촌의원을 지나고도 한참을 더 가서 농협 창고가 있는 후미진 곳에다 차를 세웠다. 그리고 그는 아이가 담긴 강보를 끌어안고는 잠시 무슨 생각에 잠겨 있다가 칼을 찾아 허리춤에 감추었다. 이 아이를 살리려면 딴 생각 말고 가만히 있어! 사내의 말에 재갈을 물린 부부는 몸만 약간 꿈틀거렸을 뿐 별다른 대응은 보이지 않았다.

사내는 쉬지 않고 불이 꺼진 진촌의원의 문을 두드렸다. 이건 참 우스운 짓이야. 사내는 문득문득 그런 엉뚱한 자신의 돌출 행동이 마땅치가 않게 여겨졌지만, 중도에 포기할 생각은 없었다. 개 짖는 소리가 퍼져 오르고 있는 하늘은 다시 눈이 내리려는지 무거워지기 시작했다. 시골의 병원들이 대개 그러하듯이 진촌의원 원장 역시 병동의 안채에서 기거하고 있었다. 선생님, 애가 갑자기 경기가 나서…….

생각보다는 나이가 젊은 한의사는 한밤중의 응급 환자를 받는 일이 귀찮았는지 얼굴이 부어 있었다. 선생님, 제발 좀 살려 주십시오. 사내는 다급한 목소리를 내면서도 젊은 의사에게 공손히 머리를 주억거리는 걸 잊지 않았다. 선생님……. 얼마 전 남자가 자신을 향해 던지던 호칭을 떠올리며 사내는 슬며시 쓴웃음을 지었다. 경풍(驚風)이군……. 의사는 간호사가 없는 시간이라 직접 주삿바늘을 챙겼다. 얼마나 열이 심했던지 아이를 내려놓고도 한참까지 사내의 가슴이 식지 않았다.

사내는 원장의 책상 뒤에 걸린 히포크라테스 선서를 훔쳐보며 자신의 허리춤에 찬 칼이 협박용으로 쓰이지 않았음을 다행으로 여겼다. 의사는 주사가 끝난 뒤 손수 무슨 알약을 으깨어 아이에게 먹였다. 탈진해 울지도 못하고 있는 아이는 입술을 비틀며 반쯤은 그 약물을 게워냈다. 한두 시간쯤 자고 나면 깨어날 것 같습니다. 그때까지 여기에서 보호하십시오. 의사는 침대에 눕힌 아이의 눈을 뒤집어보며 전기스토브에 불을 넣었다. 감사합니다. 정말 이 은혜는 잊지 않겠습니다. 사내가 허리를 굽혔다 일으키는 순간 사내의 발 앞에 칼이 떨어졌다. 얼굴에 잠시 당혹감이 일었지만 사내는 서두르지 않고 그 칼을 주웠다. 밖에 세워둔 차에 지갑을 두고 왔지 뭡니까. 금방 다녀오겠습니다.

사내가 문을 열고 나가자 실내로 찬바람이 왈칵 달려왔다. 무심히 진료 기구를 챙기던 의사가 갑자기 얼굴 가득 긴장을 띠며 재빨리 커튼을 열고 밖을 내다보았다. 하얀 눈길 위로 사내가 허둥지둥 뛰어가는 모습이 보였다. 출소한 지 보름이 안 되는 범인은 사흘 전 다시 그와 같은 끔찍한 범행을 저지르다 실패하자 은신처를 찾아 도주……! 조금 전 마감 뉴스에서 본 범인의 얼굴에다 방금 밖으로 나간 사내의 얼굴을 겹쳐보던 의사는 조심스럽게 송수화기를 들어올렸다.

트럭으로 돌아온 사내는 먼저 여자의 재갈을 풀었다. 하, 이거 또

헤어져야 할 시간이오. 좋지 않은 인연, 이제 우리 진짜로 다시는 만나지 않도록 합시다. 애기는 진촌의원에서 무사히 자고 있소. 정말이에요? 여자가 다급하게 물었다. 슬프게도 지금은 거짓말을 하고 싶지가 않소. 그러나 이건 내가 좀 필요할 것 같으니 양해하시오. 사내는 여자가 차고 있는 전대(纏帶)를 칼로 잘라 점퍼의 주머니에 쑤셔 넣었다. 물건을 떼어 오는 날이라 돈이 얼마 남지 않았어요. 전대에 돈이 많이 들어있지 않은 것이 큰 잘못이라도 되는 듯 여자가 기어들어 가는 목소리로 말했다. 상관없소. 그리고 일단 팔에 묶은 것은 풀어줄 테니 나머지는 아주머니가 천천히 풀고, 삼십 분쯤 후에 의원으로 가보시오. 내 마지막 경고를 어기면 내가 또 마음이 달라질지도 모르니, 아예 서두르거나 서툰 짓 할 생각은 마시오. 사내가 남자의 재갈을 풀어주며 몸을 돌렸다. 신의 은총이 있길 빕니다. 입이 열린 남자의 마지막 배웅이었다. 나는 그런 과분한 말을 들으면 두드러기가 나요. 그런 건 당신들이나 많이 차지하시오. 사내는 밖으로 나와 잠시 사방을 두리번거렸다.

자유는 언제나 산 너머 아니면 수평선이나 강 너머에 있었다. 사내는 갑자기 어딘가 암자에서 살고 있다는 의붓아버지를 아득바득 찾아가 죽이고 말겠다고 맹세한 결심이 부질없고 허랑하게 느껴졌다. 그는 주머니에서 꺼낸 전대를 도로 트럭 안으로 던져 버렸다. 그때 경광등을 끈 경찰차 한 대가 조심스럽게 진촌의원 쪽으로 달려가는 모습이 보였다. 사내는 서둘러 그곳을 떠나기 위해 발걸음을 서둘렀다. 그리고 그는 곧 눈밭에서 사라졌다. 다시 내리기 시작한 눈이 사내의 발자국을 덮기 시작했다.

음침한 골짜기

지하철역을 빠져나온 사내는 한동안 갈 길을 망설였다. 6년여 만에 돌아온 거리는 역시 낯이 설었다. 군데군데 새롭게 들어섰거나 개축한 빌딩과 업종이 바뀐 간판들, 그리고 무엇보다 거리엔 턱없이 많은 사람들이 우글거렸다. 잠시 이방에 버려진 느낌에 잠겨 있던 사내의 시선에 빌딩 너머 산동네가 들어오는 순간, 그때서야 그는 자신이 지하철 입구를 잘못 빠져나왔음을 알았다. 그러나 사내는 길을 건너는 일을 서두르지 않았다. 다닥다닥 어지럽게 붙어 앉은 조악한 가옥들, 아릿한 서글픔과 함께 언제나 까닭 모를 온기로 달려들던 그 살풍경한 정경만은 예나 다름이 없었다. 그의 표정에서 언뜻 짙은 비애가 스쳤다. 낮은 지대의 주택가와는 달리 무슨 특별난 종족이라도 모여 사는 듯한 이른바 달동네는 누런 하늘을 이고 있어 더욱 음산해 보였다. 그러고 보니 사방은 온통 자욱한 황사로 누르칙칙했다. 갑자기 목이 칼칼해지는 느낌에 사내는 황갈색의 하늘로부터 눈을 거두고는 몇 차례 잔기침을 토해냈다.

사내는 무슨 소중한 물건이라도 되는 듯 왼손에 든 검은색의 허름한 손가방을 오른손으로 바꾸어 잡은 뒤, 다시 자신이 빠져나온 지하철 입구로 되돌아섰다. 얼마 후 반대 방향의 입구로 나와 담배 한 갑을 산 사내는 곧 그것을 뜯으려다 말고는 조심스레 주위를 살피며 다시 걷기 시작했다. 연해 사방을 두리번거리며 걷던 사내는 자주 사람들과 부딪쳤고, 그때마다 그는 버릇처럼 그들의 등을 향해 정중히 머리를 숙이곤 했다.

이윽고 사내는 어느 골목 어귀에서 멈춰 섰다. 탐색하듯 한참이나 주변을 살피던 사내는 마침내 마음을 정한 듯 골목 안쪽으로 길을 잡았다. 소형차 두 대가 겨우 비켜 갈 정도로 좁은 골목길은 현란한 간판들로 더욱 북적거리는 느낌이었다. 명카수노래방 · 맛나분식 · 독도횟집 · 본토치킨&호프 · 무진장숯불갈비 · 알프스약국 · 홀인원안마시술소 · 해피단란주점 · 대지목욕탕 · 사랑방모텔…… . 정말 골목은 먹고, 마시고, 춤추고, 배설하고…… . 그 무엇이든 할 수 있는 환락의 땅이었다. 사내는 그러나 그 풍요한 축복의 땅에서 잠시 두려운 표정으로 눈을 감았다.

— 다시는 우리 이곳에서 만나지 맙시다. 그리고 여러분의 앞날이 꼭 보람되고 축복되시길 진심으로 기원합니다…… .

교도소장의 훈시를 겸한 마지막 출감 인사말을 떠올린 사내는 꿈에서 깨어난 듯 걸음을 빨리했다. 6년 전 거의 매일 지나다니던 길이라고는 도무지 믿어지지가 않을 정도로 변모한 풍경에 사내는 새삼 흘러간 세월이 느껴졌다. 그는 사방에서 들려오는 호객의 소음과 빠른 템포의 음악이 어쩌면 자신의 발을 옭아맬지도 모른다고 생각했는지 더욱 걸음을 서둘렀다.

대로변에 진을 치고 있던 빌딩들과 그 틈바구니에서 요란하게 흥청거리던 먹자골목을 벗어난 사내는 무슨 적지에서 생환이라도 한 듯 비로소 숨을 돌리며 담배를 꺼내 물었다. 운무가 낀 듯 짙은 황사로 우중충한 하늘 밑으로 달동네가 좀 더 가깝게 다가서자, 사내의 얼굴이 다시 원인 모를 비애에 젖어들었다. 그는 추연한 눈으로 오랫동안 동네를 더듬어 나갔다. 황사에 갇혀 희미해진 해는 이미 서쪽으로 기울고 있었다.

사내는 삼거리슈퍼 앞에서 또 한차례 망설였다. 여기저기 재개발 상담 스티커를 요란하게 매단 채 난데없이 불어난 부동산 소개소들과, 백마세탁소가 24시 모듬빨래방이라고 간판을 바꾼 것을 제외하면, 꼬끼오 통닭집이며 왕서방 만두집 등은 옛날 모습을 그대로 간직하고 있었다. 특히 세탁소가 아직도 '기술 본위 · 신용 본위'를 고집하고 있음 또한 묘한 정겨움으로 다가왔다. 사내는 왠지 그 간판들에 눈이 머물 때마다 까닭 없이 몸을 움찔거리곤 했다. 그러고 보면 달동네를 더듬어 보는 그의 표정은 막연한 비애감의 표출이라기보다는 어떤 두려움에 더 가까워 보였다.

엉거주춤 삼거리슈퍼 앞을 서성대던 사내는, 수상하다는 눈길로 자신을 훔쳐보는 주인 노파 때문에 신경이 쓰여 머뭇거리긴 했지만, 쉽게 그곳을 떠나지 못했다. 말이 슈퍼마켓이지 그새 주인이 바뀐 그것은 그저 고만고만한 구멍가게에 지나지 않았다.

파리채를 든 노파가 짐짓 파리를 쫓는 시늉을 하며 가게를 나오자, 사내는 쫓기듯 통닭집으로 들어갔다. 덕지덕지 파리똥이 눌러앉아 조도를 방해받고 있는 두 개의 형광등만 휑뎅그렁한 통닭집은 손님이 없었다. 사내가 탁자 위에다 검은 손가방을 훌쩍 던져

인기척을 알리자, 그제야 졸고 있던 주인 여자가 깜짝 놀라며 일어섰다.

"뭐시로 드릴까요 잉?"

아직도 졸음이 가시지 않은 듯 손으로 입을 막아 커다란 하품을 감추며 여자가 사내 앞으로 스적스적 걸어왔다. 오래 듣지 못했지만 분명 옛날에 자주 들었던 그 남도 억양의 사투리였다.

"아줌마, 그동안 별고 없으셨어요?"

사내는 처음으로 얼굴에 미소를 띠며 말했다. 워낙 긴장되고 침울해 보였던 표정에서 보면 그 미소는 차라리 은밀히 감춰 두었던 수줍음인지도 몰랐다.

"워매, 이거시 누구다냐!"

아줌마의 눈이 갑자기 커지며 눈과 입이 함께 닫히지 않았다. 그녀의 얼굴에도 세월이 스쳐간 자국은 어쩔 수 없는 듯 주름골이 깊어져 있었다.

"역시 알아보시는군요."

사내는 고개를 숙이며 겸연쩍은 표정으로 그러나 쓸쓸하게 웃었다.

"하먼이라, 시상에 워디 먼 곳으로다 돈을 벌러 갔다등마, 그래 거시기 돈은 또 을매나 벌어 왔으까 잉? 날 속이뿔라 허덜 말고, 조단조단 야그나 잠 혀보시오 잉."

좀 전과는 달리 눈을 가늘게 뜬 아줌마가 사내에게 눈씨름을 청했다.

'돈을 벌려고?'

사내는 아줌마가 뱉어낸 뜻밖의 말에 가슴이 한차례 삐걱거리긴 했지만, 이내 어깨를 으쓱거리며 그녀의 눈을 정면으로 맞받았다.

"그렇습니다. 돈이라면 이제 너무 많이 벌어 신물이 납니다!"

"그러지라, 내 첨서부터 거기가 솔찮이 괜찮은 사람인 줄을 알았등마, 근디……?"

아줌마의 눈길이 다시 의문 부호를 달고 사내의 얼굴에 매달렸다.

"집이는 왜 같이 안 왔어라?"

집이……. 아줌마의 갑작스러운 말에 사내의 가슴이 쩡, 하고 얼음 갈라지는 소리를 냈다. 어쩌면 그 말은 오래전부터 사내가 먼저 묻고 싶은 말이었는지도 몰랐다.

"……"

"각시는 머신가 거기가 어디로 멀리 돈을 벌러 갔다 하고는 여러 번 이곳을 들렀는데, 언제부텀 깜깜무소식이었제. 그때 홀몸이 아니었응께 시방은 귀염둥이 애 엄니가 되었을 것이구만."

사내는 아줌마가 더 이상 말을 못하도록 얼른 주문을 던졌다.

"아줌마, 우선 닭 한 마리 튀기고 소주나 한 병 주십시오."

"오매, 내 정신 좀 봐, 글고 봉께 내가 너무 쓰잘데 읎는 소리만 허고 있었지라."

아줌마가 몸을 돌리자 사내는 곧 담배를 빼어물었다. 바람벽에 걸린 어느 주조회사 광고 달력의 여자 모델이 사내를 향해 느끼한 웃음을 흘리고 있었다.

"거시기, 집이는 시방도 이쁘지라? 그라고 봉께 각시 이름이 음전이었다는 생각이 나는구만. 워쩌다가 한 번씩 웃는 것이 참 음전스럽고 귀여웠는디……, 그 각시 한 번 진짜 보구잡네 잉."

튀김통에 가스 불을 붙이고는 냉장고에서 소주를 꺼내며 아줌마
가 다시 수다를 날렸다.

"네. 그, 그 음전 씨께서는 지금 시집살이 잘하고 있습니다."

조음전……. 정말 얼마만에 입에다 올려보는 이름인가. 사내는
갑자기 가슴이 갈라지는 아픔에 숨이 막혔다.

"금메 말이시, 맘씨가 참혀 시엄니 귀염 많이 받을 것이제. 근디
쪼까 기다리시오 잉? 오래 불을 꺼 놔서……."

김치 한 보시기와 소주를 내려놓은 아줌마는 잠시 튀김통을 곁눈
질하고는 새삼 사내를 찬찬히 살폈다.

"낮바닥이 뽀오얀 것을 봉게 각시가 잘해 주는 모양인 갑소. 참
말로 은제 각시 한 번 데꼬 오소 잉? 내 대접할 건 읎지만, 닭은 지
일 존 놈으로다 구워 줄팅게."

"어때 아줌마 요즘 장사는 잘 됩니까?"

사내는 화제를 돌리기 위해 일부러 빈소리를 날리며 건성으로 실
내를 한 번 둘러보았다. 처음 들어섰을 때 번창은커녕 옛날의 경기
마저 지키지 못하고 있음을 짐작은 했지만, 퀴퀴한 분위기는 궁색
하기 이를 데 없었다.

"하이고라, 장사 한번 잘돼 봤음 소원이 없겠구만. 그나마 이 장
시도 이젠 끝장인 갑소."

아주머니의 얼굴에 갑자기 구름이 일었다.

"인자 이 웃동네가 다 철거되야뿔먼 곧 아파트가 올라갈 것이고,
그라면 이쪽에도 대형 상가들이 들어설 게 뻔할 것잉게. 그라면 우
리 같은 쫄챙이들은 쫓겨나불고 말지 별수 있간디."

체념으로 일그러지는 얼굴 위로 잔주름이 한층 더 짙게 드러났

다.

'그랬구나!'

사내의 망막으로 갑작스럽게 늘어난 부동산 소개소와 덕지덕지 나붙었던 재개발 상담 스티커들이 어지럽게 스쳐갔다.

"아주머니, 그럼 윗동네에 살던 사람들은 곧 어디론가 떠나야 되겠네요?"

사내는 연거푸 소주 두 잔을 따라 마시며 젓가락으로 김치를 집어들었다.

"니기럴, 진작 떠나부렸제. 지금이사 진짜로 오갈 데 없는 무지렁이들 몇 가구만 띄엄띄엄 버티고 있을 뿐이랑께."

사내의 귀에서 갑자기 집 무너지는 소리가 나고, 불도저의 굉음 같은 바람 소리가 들려왔다. 그 소리에 이어 사내의 가슴속에선 가늘었지만 질겼던 끈 하나가 툭 끊어지는 소리가 다시 들렸다. 사내가 애써 오랫동안 감추고 버티며 풀을 먹여온 그 작은 끈이 더이상은 어쩌지 못하고 떨어져 나가는 소리는 그러나 너무도 크게 들렸다. 그는 서둘러 자신의 잔에다 거듭 술을 따랐다.

"시방 남은 그니들도 두어 달 앞이면 어쩔 수 없이 집을 비워야할 것잉께. 벌써 저 넘시는 불도자들이 항꾼에 몰려와 집을 뿌시고 내려온답디다. 아, 근디 쪼까 참으라니깐, 깡술 먹지 말고."

아줌마가 서둘러 튀김통 쪽으로 떠나고 이어 찌지직 기름 타는 소리가 났다.

'그래, 아직까지 음전이가 그곳에 남아있을 거라는 생각은 순진함이 아니라 숫제 망념이지.'

사내는 자신을 지탱해온 모든 기력이 후르르 한꺼번에 아랫도리를 거쳐 땅속으로 달아나는 기분에 진저리가 쳐졌다.

"설마 옛날에 살던 그쪽 집에 뭔 볼일이 있는 건 아닐 테고, 어째 돈 좀 모았다고 이쪽 신축 아파트 시세 알아보러 온 모양인 갑소?"

아줌마가 쟁반에다 갓 구운 통닭을 받쳐오며 넌지시 물었다.

"그래, 이쪽 아파트가 어째 전망이 괜찮긴 해요?"

사내는 아무런 생각도 없이 아줌마의 호기심에 맞장구를 치고 있는 스스로가 그지없이 가증스러웠다.

"금메말이시, 요새는 옛날과 달라 부동산 경기가 쪼까 그렇긴 혀도 이쪽은 원체 인종들이 들끓는 곳이라……. 근디 각시가 이놈을 참말로 좋아했는디."

아줌마가 닭다리 하나를 찢어 사내에게로 내밀었다. 사내는 얼른 술잔을 비우고 한입 그것을 베어 물었다. 공복감에 군침이 돌던 좀 전과는 달리 종이라도 씹는 듯 갑자기 입속이 까실해졌다.

"아줌마의 솜씨는 변함이 없네요."

사내는 다시 헛소리를 씨부렁거리고 있는 자신에게 울컥 역겨움이 치밀었다. 아줌마가 벌쭉 기분 좋게 웃으며 빈 술잔에다 술을 채워 주었다. 사내는 얼른 그 술잔을 비우고 그것을 아줌마에게 내밀고는 술병을 들었다.

"나 술 못하는 거 알잖어. 더군다나 낮술을……. 어이 또 속에서 불나불겠네. 쪼까만 부어."

그러나 아줌마는 말과는 달리 익숙하게 술잔을 비우고는 사내에게 그것을 돌려주었다.

"참, 아저씬 보이지 않네, 요즈음도 술 많이 하세요?"

"아이고메, 그 풍신, 그 버릇 어디 개가 먹겄어? 찌리찌리 모여 또 어디서 뭔 판을 벌이고 있는지 몰겄네요 잉."

한 차례 흰자위를 휘번덕이던 아줌마가 다시 말을 달았다.

"건 그러고 거시기 왜 이 닭 안 묵어요? 뜨시할 때 얼른 드시랑께."

"아, 조금 전에 점심을 먹어 놔서……. 두세요, 천천히 먹을 테니."

사내는 다시 거짓말을 했다. 그리고 그는 다리 하나를 잃고 누워 있는 통닭을 내려다보며 곧 먼 눈길이 되었다.

음전이야말로 튀김 통닭을 너무 좋아했었다. 그래서 둘은 이 달동네를 오르내리면서 자주 이 집을 들르곤 했는데, 그때마다 그녀는 눈을 반짝거리며 말했다.

자기, 우리 이담 돈 모아서 통닭집 하나 내자. 그 통닭 좋아하는 가게 주인 때문에 맨날 적자 보면 어쩌지? 치이, 내가 먹으면 뭐 얼마나 먹을려구. 결국 그게 아까워서 우린 통닭집은 포기해야겠네요.

사내의 팔뚝을 꼬집으며 짐짓 토라진 얼굴을 하던 그때의 음전이는 정말 통닭처럼 탐스럽고 귀여웠다. 사내의 가슴에 한차례 거센 불길이 지나가고 이내 그을음 냄새가 목구멍으로 넘어왔다.

"아주머니, 남은 것은 싸주세요. 소주도 한 병 넣고……. 여기 온 김에 옛날 살던 곳을 한번 가보고 싶네요. 내려오는 길에 다시 들를게요."

사내가 담배에다 불을 달며 일어섰다. 아주머니는 소주 한 병에 덤으로 또 한 병을 더 넣어 주며 연신 사람 좋은 웃음을 풀풀 흘렸다.

밖으로 나온 사내는 만두집 앞에서 또 한차례 망설였다. 통닭집을 들르지 않는 날이면 만두를 사들고 가던 음전이를 생각해서였다.

'그렇지, 만에 하나라도……'

사내는 어쩌면 아직도 음전이가 그곳을 지키고 있을지도 모른다는 생각에 다시 붙잡혔다. 그렇게 매달리는 자신이 싫었지만, 그것은 바로 사내가 높은 산꼭대기에 대한 미련을 버릴 수 없는 유일한 동아줄이었다. 이미 끊어진 지 오래된 끈을 다시 이어보려는 마음이 너무도 부질없다는 생각을 하면서도 사내는 쉽게 그 기대를 포기할 수 없었다. 끝내 만두 한 봉지를 통닭 봉지에 보탠 사내는 서둘러 달동네를 오르기 시작했다. 해가 많이 기울어 있었다.

자랑처럼 텔레비전 안테나를 한 가옥에 두세 개씩 꽂고 있는 달동네는 올라갈수록 인적이 드물어지고 휘휘한 기분마저 들었다. 이따금 백열 전등이 켜진 집이 나타났지만 이미 사람들은 집을 버린 지 오래였다.

한때, 여공들을 모아 실을 올려 옷감을 짜내던 소규모 영세 방직 공장들과 쉐타 공장, 지시된 키판의 회로를 따라 전기 인두로 납땜질을 하여 만들어내던 전자 부품, 그리고 각종의 장신구 보세 가공을 하던 공장들도 모두 떠나고 없었다. 철거덕거리는 기계 마찰음에 목청을 돋우던 래디오의 유행가 소리가 멎은 텅 빈 공장들은, 바람에 날아와 걸린 카세트 테이프만 휘날릴 뿐 한결같이 적막한 침묵을 감당하고 있었다.

여기저기 내팽개쳐져 아무렇게나 나뒹구는 세간과 집기들, 사람들은 한동안 소중하게 감추고 아끼며 살았던 너무 많은 것들을 버리고 떠났다. 아직도 멀쩡한 항아리와 플라스틱 용구, 그리고 전자제품과 신발류 등 약간 낡긴 했어도 조금만 손을 보면 상당한 시간을 버티며 유용하게 쓰일 수도 있을 것 같은 생활 용품들이 곳곳에 지천으로 널려 있었다.

사내는 어느 한때 누군가가 그곳에 앉아 제왕처럼 흔감해 했을지도 모를 한 쇼파에 털썩 엉덩이를 올려놓고는 자신이 허적허적 올라온 길을 돌아보았다. 국제분식 · 과일나라 · 신데릴라헤어샵 · 천지이용원 · 헐리우드비디오 · 명물감자탕 · 독일호프 · 금강산소주방……. 거창한 이름의 간판에 비해 턱없이 왜소한 그것들이, 같은 골목 어름에서 닥지닥지 맞붙어 늘어선 그 위로도 황사는 예외 없이 내려앉고 있었다.

담배에 불을 붙여 양쪽 볼이 패도록 빨아당긴 사내가 천천히 연기를 뿜어내자 판잣집들을 흔들고 달려온 바람이 이내 그것을 거두어 가버렸다. 그때 고양이 한 마리가 담벼락 위로 뛰어올라 사내를 빠안히 노려보았다. 이미 도둑고양이의 길로 들어선 지 오래된 녀석은 자신을 버리고 떠난 인간들을 저주하듯 악의에 찬 눈빛이었다.

사내는 비닐봉지를 풀고는 남은 닭다리를 뜯어 녀석에게로 던졌다. 움찔 몸을 빼보던 놈은 힐끗 사내를 일별하고는 곧 담 밑으로 굴러떨어진 그것을 물고 다시 담을 타고 사라졌다. 놈이 달아나며 건드린 라일락 나무가 몇 송이 꽃잎을 흩날렸다. 그러고 보니 시멘트 담벼락 위에는 군데군데 풀이 돋아 있었다. 바람에 날아온 모래와 씨앗이 몸을 합쳐 싹을 틔운 모습은 사내를 잠시 숙연하게 만들었다. 모두가 떠나간 빈집에서도 그들은 어김없이 자연 순환의 법

칙을 지켰다. 초목들은 그렇게 정직하고 신의가 있었다. 사내의 눈앞으로 난데없이 음전이가 달려오자 사내는 다시 일어나 걸음을 재촉했다. 황사에 갇힌 해가 좀 더 기울어져 있었다.

달동네 꼭대기가 가까워지자 여기저기 뿌려진 전단지와 함께 담벽에 쓰여진 스프레이 낙서가 많아졌다. 우리 모두 하나되어 주거권 쟁취하자. 세입자도 인간이다 인간답게 살고 싶다. 세입자 권리 인정하여 가수용 단지 제공하라. 그러고 보니 여기에서도 재개발에 의한 보상 문제와 그 해당자 선정 과정에서 진통이 적지 않았던 모양이었다. 사내는 붉은 띠를 머리에 두른 음전이를 잠시 상상해 보았으나 곧 머리를 흔들었다. 우선은 무허가 누옥에다 사글셋방, 무엇보다 그녀는 우선 그렇게 뻔뻔할 만큼 그악스러울 수 있는 여자가 못되었다. 그리고 그 세월은 너무 오래된 일이었다.

개조심. 쓰레기 무단 투기 의법조치함. 방뇨금지. 붉은 페인트로 갈겨놓은 그것들은 그러나 이제 아무런 발언권도 없이 허황하고 무기력한 것들이었다. 5학년 4반 최성수와 김채경이 ××했다. 그 복자(伏字)가 가리키는 뜻과는 관계없이, 아무튼 ××를 했다는 그 아이들도 이미 이곳에선 사라진 지 오래였다.

통닭집 아줌마의 말대로 가끔은 아직도 이곳을 떠나지 못한 사람들은 남아 있었다. 그들은 하나같이 후줄그레한 몰골을 하고는 낯선 사내를 적대감으로 훔쳐보곤 했다. 그러나 이제 그들은 슬프게도 자유인이었다. 쓰레기를 함부로 버리거나 방뇨를 일삼아도 제지할 사람이 아무도 없었다.

마침내 고개에 오른 사내는 맨 처음으로 교회를 만났다. 진리가 너희를 자유케 하리라. 빛바랜 현수막이 군데군데 찢긴 채 담벼락에 걸려 있었지만 교회 역시 텅 비어 있기는 마찬가지였다. 미닫이가 아니고 돌쩌귀로 된 문을 밀고 안으로 들어간 사내는 깨어진 유리 조각과 함께 땅에 버려진 책자 하나를 주워들었다.

사망의 음침한 골짜기로 다닐지라도……. 표제어는 한글이었지만 내용은 한글 뒤에다 영역의 형태를 취한 손바닥만한 작은 책이었다. 사내는 그것을 손가방에다 소중하게 넣었다. 어쩌다 쉬는 공일날 음전이와 교회에 들렀을 때면, 신뢰할 수 있는 목자, 승리하는 생활, 우리를 지키시는 하나님 속에서 예수는 바로 부활이요 생명이며, 이곳이 바로 우리들의 피난처라고 역설하던 한 젊은 목사에 대한 예의라고 생각했기 때문이었다.

내가 죽음의 그늘 골짜기로 다닐지라도 주께서 나와 함께 계시고 주의 지팡이와 막대기로 나를 위로해 주시니 내게는 두려움이 없습니다.

사내는 교회에서 나와 다시 등성이로 길을 잡았다. 그러나 그는 곧 한 안내문이 담긴 팻말 앞에서 걸음을 멈추었다. 발밑에서는 연탄재 부서지는 소리가 났다.

— 도로 개설 공사를 위하여 솔샘길 기존 도로를 폐쇄하오니 이용에 착오 없으시기 바랍니다. 특별시 건설 관리부.

사내는 그걸 개의치 않았다. 그러나 그는 또 다른 초라하고 작은 쪽지 글 하나를 두고는 오래도록 발이 묶이고 생각에 잠겨야 했다. 잡기장을 뜯어 서툰 볼펜 글씨로 쓴 맞춤법이 엉성한 그 안내문은 몇 겹의 투명한 비닐로 포장이 된 채 집 앞 대문에 못으로 박혀 있었다.

— 고여순 혹시 이고새 들리서 이 쪽찌르 보거든 안산 고모 지브

로 연락해라 엄마

사내는 고개를 들어 황사로 칙칙한 하늘 쪽에다 오래 눈을 버려 두었다. 또렷하지는 않았지만 소녀 하나가 그 하늘 위에서 어른거렸는데, 소녀는 까닭 없이 슬픈 얼굴이었다. 무슨 일로인지는 몰라도 아무튼 한 여인은 오랫동안 딸을 기다렸고, 급기야는 이곳을 떠나지 않으면 안 되었을 것이다. 지그시 눈을 감자 다시 소녀가 나타나고 그 얼굴은 곧 음전으로 바뀌었다. 사내는 재빨리 눈을 뜨면서 다시는 눈을 감지 않으리라 마음먹었다. 눈은 때로 그렇게 감음으로 해서 모든 게 더욱 확연히 보이는, 희한하고 못 믿을 것이기도 했다.

사내는 계속 등성이를 오르면서 심심파적으로 광고 전단을 곁눈질하거나 스스로가 걸어온 길을 되돌아보곤 했다.

― 우리 사회 곳곳에는 간첩과 좌익 조직 및 국제 범죄 사범이 숨어 있는지도 모릅니다. 여러분의 신고 정신이 국가 안보를 지켜 줍니다. 국가 정보원. 좌익 사범 최고 3천만 원 간첩 최고 1억 원. 기독교 도시빈민협의회의 주거권 쟁취를 위한 주민 한마당. 어음할인. 가스배달. 포장이사. 투견상담. 직업소개……. 그때 가까운 곳에서 대형 스피커가 터지며 우렁찬 음악 소리가 흘러나오는 바람에 사내는 한차례 기겁을 했다. 시그널 뮤직이 끝나자 확성기에선 웅변조의 깐깐한 남자 목소리가 흘러나왔다.

― 세입자 여러분 안녕하십니까? 여기는 주거권 쟁취를 위한 국민 연합 세입자 대책위원회입니다. 세입자들을 짓밟는 조합의 만행에 우리는 더 이상 가만히 있어서는 안 됩니다. 오늘 저녁에도 우리는 힘을 합쳐서 우리들의 뜻을 관철시키기 위한 의지를 다집

시다. 우리의 터전을 지키자는데 공권력을 투입하여 수십 명의 주민을 연행하다니 이런 일을 좌시할 수가 있겠습니까? 이번 사태를 배후 조정하고 폭력 철거를 조장한 박기문 조합장을 타도합시다!

솔샘길 입구에 높이 축조해 놓은 망대 위의 스피커가 입을 닫았을 때, 사내는 적병에게 노출당한 첨병처럼 난데없는 공포가 엄습했다. 어디선가 곧 실탄이라도 날아올 것 같은 기분에 사내는 한동안 꼼짝 않고 서 있었다. 그를 지켜보는 망대엔 몇 개의 깃발이 꽂혀 펄럭이고 있었다. 모두가 떠나고 텅 빈 산마을 꼭대기에서 혼자 소리쳐 대는 스피커의 결연한 구호가 공허하게 들렸지만, 그 내용으로 보아 아직도 재개발에 관한 문제 해결은 끝나지 않은 모양이었다.

달동네의 모든 집들은 주민들이 함께 부대끼며 싸우고 용서하고, 미워하고 사랑하면서 누렸던 애환 서린 생활 쓰레기들을 무차별 게워내고는 거슴츠레하니 입을 벌린 채 탈진해 있었다. 사내는 그 산더미 같은 쓰레기를 보면서 정말 인간들이 너무도 많은 걸 껴안고 그리고 버리며 산다는 생각이 들었다. 그것들 위에서 새들이 먹이를 찾고 고양이와 쥐들이 뒤지고 다녔지만, 개는 한 마리도 보이지 않았다. 일찍부터 개를 가축으로 여긴 인간들은 그것들에게만은 자유를 줄 아량이 없었는지도 몰랐다. 연등을 만들다 버리고 떠난 초라한 절간 하나와 그 절간의 이불 더미에다 앙증맞은 새끼 몇 마리를 낳은 고양이에게 닭의 날개 쭉지를 떼어준 사내는, 드디어 낯이 설지 않은 감나무 한 그루가 눈에 들어오자 괜히 가슴이 뛰기 시작했다. 어느새 큰 대추나무가 없어지고 색이 바래긴 해도 갈색의 시멘트 기와와 하얀 소석회 회벽이 돋보이던 집은, 분명 6년 전 사내가 방 한 칸을 얻어 살던 집이 틀림없었다.

반쯤 열려 있는 대문을 밀치자 비록 손바닥만은 했지만 때로 소담스런 정원의 흉내를 내곤 했던 마당은, 여느 집과 마찬가지로 온통 잡동사니 생활 쓰레기가 가득 널려 있었다. 애당초 기대를 한건 아니지만, 순간 가슴 밑바닥을 훑고 지나가는 절망감을 사내는어쩔 수가 없었다. 그는 조심스럽게 쓰레기 더미 위를 걸어 쪽마루에 걸터앉았다. 그리고 그다음 그가 할 수 있는 행동은 담배에 불을 붙이는 일뿐이었다.

그러나 사내는 그 일을 잠깐 보류하고 먼저 주인이 살던 방문을열었다. 몇 개의 허접스런 집기들이 방구석에 나뒹굴고 있긴 했어도 방은 비교적 깨끗했다. 특히 스티로폼이 깔려있는 걸로 보아 더러 사람들이 잠자리로 이용한 성싶었다. 사내는 벽 쪽으로 기어가고 있는 노린재 한 마리를 발견하고는 괜히 코를 킁킁거렸다. 퇴색한 도배지 위에 누군가가 질탕한 음화를 그려 놓고는 유치한 해설을 달아놓았다.

사내는 다시 옆방으로 갔다. 이미 문짝이 떨어져 나가 훤히 들여다보이는 방이었지만 사내는 매우 진지한 표정과 신중한 걸음걸이로 방에 들어갔다. 비교적 정갈한 안방에 비해 그 방은 너무도 지저분했다. 천장은 군데군데 누수인지 쥐 오줌인지 모를 흔적이 찍혀 있었다. 사내는 무슨 생각에서인지 우선 신문지 조각으로 방바닥을 쓸어내고, 떨어져 나간 문짝을 바로 세워 밀어넣었다. 그러나비바람을 맞아 비틀려 이가 맞지 않은 문짝은 더는 어쩔 수가 없어대충 바람막이나 되도록 비스듬히 걸쳐 둘 수밖에 없었다. 그런 뒤사내는 무슨 중요한 단서를 찾아내려는 수사관이나 되는 것처럼 방안을 탐색했다. 그새 도배를 새로 했는지 바람벽엔 옛날에 없던 노력, 성공, 하면 된다. 라고 쓴 커다란 글자와 영화배우인 듯싶은 남녀의 화보가 붙어 있을 뿐 다른 흔적은 없었다.

사내는 비로소 자신이 참으로 한심하고 볼품없는 존재임을 절감하지 않을 수 없었다. 그는 오랜 감옥살이—일 년만큼이나 혐오스러운 하루와 또 하루만큼이나 덧없는 일 년의 세월을 무려 여섯 차례나 견디면서 끊임없이 반복했던 덧없는 다짐을 떠올렸다. 밀쳐내면 밀쳐낼수록 더욱 절절하게 자신을 포박해 오던 한 여인의 영상. 음전이를 잊기 위해 부러 고향을 생각하고, 친구들을 떠올리고, 세상에서 제일 맛있는 음식, 신나는 일, 나쁜 일, 그리고 강, 산, 들을 생각하고 나면 또 마지막에는 어김없이 그녀가 돌아와 스스로를 물어뜯던 그 수많은 시간들. 그래서 그녀를 얼마나 미워했던가. 땅바닥에 털썩 주저앉아 담배에 불을 다는 순간 마침내 사내는 감당할 수 없는 설움과 자기혐오에 몸서리가 쳐졌다. 사내는 스스로를 처절하게 부수어 버리고 싶은 염세와 자멸충동에서 벗어날 때까지 오랫동안 담뱃불을 끄지 않았다.

사내가 다시 쪽마루로 나왔을 때는 해가 산 위에서 한 뼘 가량 남아 있었다. 반쯤 햇빛을 가리고 있는 감나무가 바람이 나서 건들거렸다. 사내는 무연한 시선으로 마당에 널려 있는 잡동사니들을 바라보았다. 감당키 어려운 허망감과 더불어 또 한차례 달동네 사람들이 너무 많은 것들을 버리고 쫓겨났다는 생각이 들었다.

한때는 그것을 들고 기고만장 기염을 토했을 각종 트로피와 상패들, 화툿장과 장난감, 유모차, 사내는 그 유모차에 한 어린이를 올려놔 보았다. 그러나 그는 곧 고개를 내저었다. 부질없는 망상이라는 생각에서였다. 사내는 특히 비교적 깨끗하게 보존된 수십 권의 백과사전과 동화책이 팽개쳐진 것을 보면서 이젠 책마저도 그렇게 소용이 없는 세상이 되었는가도 싶었다. 더구나 버려진 동화책을 발견한 순간 자칭 교주라며 교도소에서 수인들에게 다소 현학적인 교설로 관심과 인기를 모으던 한 인간이 떠올랐다. 너무도 무료한 일상을 견뎌야 하는 수인들에겐 때로 그의 견강부회마저 무슨 깊은 사유의 훈화처럼 들렸다. 대개의 작자들이 그러하듯 자신을 추종하는 신도들의 재물을 탈취하고 농락한 죄로 수감된, 이른바 그 사이비 교주는 이렇게 말하였다.

— 양심의 가책이 없는 죄는 죄가 아니다. 양심의 반대말은 비양심이 아니고, 그것은 어디까지나 가책과 죄책감이어야 한다. 따라서 진정으로 한줌 죄의식이 없는 나는 죄인이 아니다. 섹스와 키스 또한 결국은 피부 접촉에 불과하다. 그리고 앞으로의 시대는 소유가 필요 없이 오직 클릭, 클릭, 접속만으로 모든 일이 끝나는 시대가 도래할 것이다. 누가 나의 것이 있음을 주장하는가. 세상엔 처음부터 나의 것이란 없었다. 따라서 미래의 세상은 철저한 임대의 시대, 오늘날 우리가 웬만한 물건들은 모두 빌려쓰고 있듯이, 남편이나 마누라들 역시 잠깐 빌려온 대상일 뿐이다.

그러면서 그는 세상의 모든 동화들은 거짓말이라고 단언했다. 왜냐하면 그것들은 대개 해피 엔딩으로 끝나는 것이어서, 실제로 왕자나 공주가 결혼해서 끝까지 행복한 경우는 거의 없다는 것이 그 이유였다. 또한 그는 하느님이 천당 지옥행을 심사할 때 적성검사를 하게 되는데, 춤추고 노래하고 즐기는 사람은 그쪽으로, 살인과 악덕을 좋아하는 자는 언제나 또한 그런 일거리가 있는 쪽으로 배정을 한다는 것이었다. 그때 사내는 생각해 보았었다. 비록 사람을 죽였지만 그 행위를 혐오하는 자신은 그렇다면 어느 쪽인가.

마침내 황사에 갇혀 있던 해가 넘어갔다. 사내는 쪽마루에서 일어나 쓰레기를 뒤지기 시작했다. 우선 그는 깨어진 거울 조각에 자신을 비춰 보았다. 아무리 이리저리 고쳐 보아도 못나고 바보스러운 얼굴만 거기에 나타났다. 그는 그것을 곧 담벼락에다 집어던졌고, 그 소리에 놀라서 쥐 한 마리가 그 구멍에서 빠져나와 달아나는 모습이 보였다. 수첩과 가계부를 주워든 사내는 그것 또한 금방 내려놓았다. 아이스케키 2개 600원, 콩나물 300원, 아빠 교통비 3천 원……. 결코 음전이의 글씨가 아니기 때문이었다. '엄마가 아빠 때문에 울었다'로 시작된 아이의 일기장 한 모서리에는 숙제 준비물로서 폐품 가져오기, 불조심 포스터 그려오기가 적혀 있었다.

사내는 한 번 마른침을 삼키며 자신도 이런 아이 하나 있었으면 좋겠다는 생각을 하다가 그것 또한 턱없는 욕심이라 여겨져서 고개를 저었다. 등산화 한 짝과 멀쩡한 표정으로 누워있는 아기곰, 겉보기엔 아무런 탈이 없을 것 같은 괘종시계와 머리를 땅에 처박고 있는 탁상시계는 멎은 시각이 각각 달랐다. 그러고 보니 대개의 인간들이 그러하듯 달동네로 올라오면서 목격한 시계들은 모두 죽은 시각이 같지 않았다.

담 모퉁이에서 제법 두툼한 앨범 한 권을 발견한 사내는 그것을 들고 다시 쪽마루로 돌아왔다. 처음 이 산동네에서 동거를 시작하던 날 음전이와 마그네슘 조명탄을 터트리며 찍었던 기념사진도 그녀는 이렇게 버리고 떠났을까, 하는 생각에 사내는 한차례 마음이 서늘해졌다. 그는 곧 앨범에 눈을 뺏겼다.

한 번 해병은 영원한 해병, 대한민국 박두만 해병에게 행운을!!!
R.O.K.M.C의 전역 기념, 다마네기 크럽 일동 등 좀 장황한 글귀
가 새겨진 사진의 주인공, 그 늠름한 귀신 잡는 해병도 그러나 이
곳의 아파트 신축 귀신만은 잡지 못하고 떠났는지도 모른다. 군에
있을 때의 연애편지인 듯한 몇 장의 서신 쪽지와 대형 결혼 기념,
그리고 여러 스냅 사진이 담겨있는 앨범에는 아기 돌사진이 꽂혀
있었는데, 그 앨범은 한동안 사내를 혼란에 빠뜨렸다.

대체 어떤 사연으로 이들은 이 사진을 버리고 가지 않으면 안 되
었는가. 이혼 아니면 사별? 그렇더라도 아기의 사진은 왜 버렸는
가. 어쩌면 온 가족이 참사라도? 사내는 진저리를 치며 슬며시 앨
범을 덮었다. 너무도 섬뜩한 추리를 하고 있는 자신을 책망하며,
그는 막연하나마 그들 가족이 무사하고 아무 탈없이 행복하기를
빌었다.

사내는 담 너머로 하나둘 불이 켜지고 있는 도회를 이윽히 내려
다보았다. 달동네를 정벌하기 위해 버티고 서서 공격 명령을 기다
리고 있는 기중기와 굴착기에서 생성하는 듯한 어둠이 어느새 산
기슭의 집과 집 사이를 야금야금 먹어가고 있었다.

— 정성껏 보호하여 바르게 선도하자. 오신 손님 가족처럼. 법과
질서의 확립. 교도소 본관 건물 위에 걸린 대형 편액이 떠오르며
같이 생활하던 동료들의 얼굴이 다가왔다. 그들은 지금 이 시간도
맨소래담이나 파스 등으로 칼라 화보를 복사하여 만든 카드 놀이
를 즐기고 있을까. 아니면 자칭 교주의 궤변이나 듣고 있을까.

— 어차피 인생은 웃음과 눈물로 짜내는 한 자락의 천조각에 지
나지 않는 것. 천당을 가시려면 빨리 빈둥빈둥 노는 연습부터 배우

시라. 그리고 저승에서의 역할은 이승의 업(業)에 의해 결정됨을 잊지 마시라. 인간 세상은 부처와 하느님의 아들이 오기 전보다 그들이 오고 난 뒤에 더 많이 황폐해졌음을 알아야 한다. 그러니 우리는 하루빨리 경전(經典)이 없어도 되는 세상을 만들어야 하느니라.

교주의 터무니없이 근엄한 얼굴을 밀어내며 사내는 담 옆으로 가 바지의 지퍼를 내렸다. 사내의 오줌발이 송송 솟아난 풀잎을 사정없이 흔들었다. 사내는 손가방과 비닐봉지를 찾아들고 아까의 쪽방으로 들어갔다. 새벽이면 좀 선득한 기운이 돌긴 하겠지만 그는 거기서 달동네의 마지막 밤을 견디기로 했다. 동쪽 하늘로 황사 먹은 뿌우연 달이 오르고 있었다. 그 달빛이 어둠을 밀어내고자 안간힘을 썼지만, 특히 쓰레기 더미 위에 두껍게 쌓인 그것은 쉽게 물러서지 않았다.

사내는 비닐봉지를 열고 남은 안주와 소주 두 병을 꺼냈다. 들창으로 들어오는 인색한 빛을 받아 희끄무레하게 보이는 그것들이 묘한 슬픔으로 다가왔다. 사내는 소주병을 입에 박고 나발을 불었다. 화끈하게 식도를 달군 주기가 이내 가슴을 찔렀다.

일을 쉬는 날 아침 솔샘길 산책이라도 다녀올 때면, 비록 성찬은 아니지만, 사내를 한동안 감격스럽게 했던 눈부신 밥상, 사내는 그 행복했던 날들과 음전이가 새삼 미치도록 그리웠다. 거푸 나발을 불어대는 사내의 뺨으로 술이 흘러내렸다. 아니 눈물이었다. 눈물은 언제나 마신 술보다 훨씬 더 많이 나왔다. 울 줄 모르는 남자는 야만인이고, 울음을 잃어버린 남자는 더욱 처절한 동물이다. 울어라. 남자는 자고로 실컷 울고 난 뒤, 그것을 그칠 때가 가장 순수하고 강하다는 사실을 알고 있는가. 사내는 개도 안 먹을 깜방 철학자의 억설을 안주처럼 씹었다. 그때 망대 쪽의 확성기가 다시 울기 시작했다. 세입자 여러분……!

사내는 목구멍을 타고 아래로 내려가던 주기가 한꺼번에 되올라오는 느낌에 한동안 몽롱해졌다. 그 혼몽한 기운을 타고 음전이가 달려왔다. 화장을 좀 더 했으면 좋겠다는 생각이 들 만큼 언제나 꾸밈에 게을렀던 얼굴. 그녀와 첫 키스를 나누었을 때 사내는 비릿한 입 내음이 때론 달콤할 때도 있다는 사실을 처음 알았다.

별로 배우지 못해 무지하고, 무지한 만큼 순박한 사람들이 모여 살던 농촌에서 무작정 상경한 촌놈이 중국집 배달원, 목수 보조원, 딱새, 식당 종업원을 거쳐 도달한 곳은 살기 위해서 매일 죽으러 다녀야 하는 스턴트맨이었다. 사후 분쟁을 막기 위해 보호자는 어떠한 경우에도 사인(死因)의 책임을 물을 수 없다는 서약서와 유서를 매일 들고 다녀야 했던 그 세월은 결국 고생 끝에 골병만 드는 생활이었다. 고용주들은 말끝마다 명예로운 죽음을 강조했지만, 사내는 그 명예란 단어가 두렵고 황공해 결국 그 짓을 그만두었다. 그리고 다시 식당가로 돌아온 그는 자그마한 레스토랑의 주방장이 됨으로써 송충이가 솔잎만 먹고 사는 이유를 자각했다. 그 양식집에서 사내는 역시 비슷한 운명을 점지받은 음전이를 만났다.

사내는 우선 거기에서는 된장을 끓일 일이 없어 좋았다. 중학교 3학년 때 암병에 걸린 어머니가 애초부터 넉넉하지 못했던 재산을 치료비로 다 날리고 집으로 돌아온 날, 힘겨운 몸을 버티며 된장국을 끓여 주었다. 그때 어머니가 된장이 맛있느냐고 물었고, 오랜만에 엄마가 끓여 주는 된장을 먹으니 너무 신이 난다고 말하자 어머니는 난데없이 울음을 터뜨렸다. 그리고 나흘 후 어머니는 피를 토하며 죽었다. 사내는 그 후부터 된장을 먹지 않았다.

레스토랑에서 두 번째 추석을 맞이하던 날 사내는 덩달아 귀성을 포기한 두 명의 여자 종업원과 함께 보냈는데, 한 아이는 친구가 찾아와 나가고 남은 여자가 음전이었다.

오늘은 음전 씨가 정말 천사처럼 이뻐 보이네. 가을날의 멋진 거짓말은 죄가 되지 않는다지만, 사실 그 말은 꼭 거짓말도 아니었다. 늘 슬픈 빛이 어울리는 그녀는 아무도 없는 텅 빈 레스토랑에서 더욱 슬퍼 보였고, 그런 얼굴은 사내의 쓸쓸하고 어둑한 가슴을 더 빨리 적셨다. 주방장님도 농담할 줄 아시네요. 음전이가 사내를 흘기며 눈싸움을 하겠다는 표정을 짓자, 그녀의 보조개는 더 깊어졌다.

손님들이 지분거릴 때마다 너무 그렇게 쌀쌀맞게 굴지 말아요. 그리고 특히 우리 사장님한테는……. 사내는 진짜로 좋아하는 사람 앞에선 유독 다정하고 아름다운 말이 잘되지 않았다. 그렇다면 주방장님은 주인 아저씨가 내 몸을 툭툭 건드릴 때는 아예 박수라도 치고 싶었겠네요. 샐쭉해진 눈으로 사내를 노려보던 음전이가 휙 돌아서자 사내가 재빨리 그녀의 팔뚝을 잡고 단숨에 돌려세웠다. 내 말은 어디까지나……. 음전이가 주먹으로 사내의 가슴을 때리자, 말을 이을 수 없는 사내는 양쪽 팔에 힘을 넣어 음전이를 껴안았다. 어차피 두 사람은 자웅동체가 아니라서 절반이 장애자였다. 사내는 번개처럼 음전이의 입술을 훔치고 다시 그걸 반복함으로써 훔친 입술을 그녀에게 돌려주었다.

그런 얼마 후 음전이는 사내에게로 오고 사내는 음전이에게로 갔다. 그렇게 오고 간 서로의 시간은 짧았지만 격렬했다. 사내는 음전이가 지체없이 몸을 열어주지 않았음으로 해서, 또한 끝까지 거부하지도 않음으로 해서 타향의 명절이 충분히 감격적이었다. 사내는 껍데기를 벗은 음전이의 눈부신 몸을 바라보았다. 그러면서 그는 정말 인간들은 옷을 입으면서부터 초라해졌다는 누군가의 말이 맞는지도 모른다는 생각을 했다.

처음이 아니에요. 사내의 눈길이 너무 오래 자신의 몸에 머물자 음전이는 벗은 옷을 끌어 자신의 몸을 가리며 말했다. 그리고 그녀는 이내 어깨를 출렁거렸다. 아니야, 괜찮아. 사내는 그녀가 처음이 아니란 말이 신선하지도 않았지만, 그리 부패한 느낌도 들지 않았다. 어차피 세상은 허물과 얼룩이 있는 사람들끼리 모여 사는 곳이고, 그런 잡티 역시 서로의 도움으로 치료가 되어야 할 것이기 때문이었다.

시골에 있을 때 의붓아버지가……. 사내는 음전이의 입을 손으로 막았다. 암튼 나는 지금 세상의 절반을 차지한 기분이야, 다른 말은 하지 말아 줘. 천하를 차지한 기분은 아니구요? 물기가 그렁한 눈이었지만 음전이는 와중에도 불만을 터뜨릴 줄 아는 여자였다.

세상 절반은 항상 남겨 둬야지. 왜요? 음전이가 날 버리고 떠날 때 내가 서 있을 땅을 위해서. 사내는 언젠가 본 영화에서 남자가 하던 대사를 풀었다. 싫어요 그런 불길한 전제는……. 그건 자기가 떠나도 마찬가지잖아요, 어쨌든 기분이 나빠요.

자기……. 사내는 갑자기 그 호칭에 음전이가 가진 모든 물건들이 새로운 의미로 자신에게 달려옴을 느꼈다.

'그래, 이제부턴 너의 머리카락 하나, 귀고리, 아니 네가 차고 있

는 그 블래지어도 반쪽은 나의 것이야.'

음전이가 지니고 있는 것은 모두가 이젠 사내에게 보석처럼 소중한 것이었다. 그러나 부끄럽고 나쁜 소문은 언제나 빨리 퍼져나갔다. 음전이가 굳이 사내 앞에서 다리를 꼬고 앉을 필요가 없어졌을 때쯤, 레스토랑의 사장은 위장이 좋지 않은지 자주 꺽꺽 생트림을 뿜어대면서도 노골적으로 음전이를 지분거리고 사내를 빈정거렸다. 구부려서는 구두끈을 매는 일조차 거북할 정도로 배불뚝이인 그는 걸핏하면 주방에 걸어둔 주머니의 돈이 빈다는 둥 어쩌고 하며 사내의 심기를 비틀곤 했다. 결국 사내와 음전이는 둘만의 보금자리를 만들 것을 결의한 끝에, 달과 별이 가까운 동네를 찾아들었다.

저는요, 무대에서나 영화, 소설, 그 어디에서도 볼 수 없는 그런 사랑을 나누며 살고 싶어요. 오른손이 하는 일을 왼손이 알아주는 그런 평범한 인간들이 하는 사랑이 아니구? 그럼요, 좌우지간 이 세상 사람들은 아무도 흉내낼 수 없는 사랑……. 예를 들어 개나 돼지 같은……. 아니면 뱀이나 악어……? 뭐예요! 지금 내말 농담으로 듣는 거예요? 음전이의 집게 손이 곧바로 사내의 옆구리로 날아들고, 이어 사내가 기성을 질러댄 그날 달동네의 첫날밤은 그렇게 소란스러워서 행복했다.

친숙성은 곧잘 두 사람만이 교감하는 새로운 언어를 창출시켰다. 그녀와 함께 하는 침실에선 모든 위선과 정중함, 예의 바름이 진부해지고, 쉴 새 없이 키득거리며 이웃을 비웃고 험담하는 것이 정당화됨으로써 더욱 뜨겁고 정다웠다. 그랬다. 사내와 그녀의 사랑놀이는 바로 모든 타인들에 대한 흉보기와 음모에서 비롯되었다.

동거를 시작하자 배불뚝이 레스토랑 사장은 내놓고 두 사람을 경멸했다. 그러나 그는 온갖 구박을 가하면서도 일에 충직한 사내와 음전이를 당장 어쩌지는 못했다. 외려 요리 솜씨가 출중한 사내가 다른 생각을 가질까 봐 그는 두 달 정도의 노임을 체불하기까지 하여 사내의 발목을 잡는 비열을 자행했다.

이 복권이 당첨되면 우리 그 레스토랑을 사버려요. 헛된 꿈이야, 그게 당첨될 확률은 바로 우리가 교통사고로 함께 죽을 수 있는 순간보다 더 적대. 그러나 음전이는 매번 꽝을 치면서도 열심히 복권을 샀다. 저는요, 돈이면 모든 걸 이룰 수 있다고 생각하지는 않지만, 행복을 돈으로 살 수 없다는 사람들의 말도 믿지 않아요.

그럼에도 사랑의 가장 큰 결점은 불행하게도 잠시만 그들에게 행복을 허락한다는 사실이었다. 사랑 때문에 웃고 행복했던 자는 그것 때문에 참담하게 울 수 있다는 것을 깨달은 것은 꿈같은 달동네 생활이 반년도 채 되지 않아서였다.

느닷없이 유명 업소에 대한 요리 순례의 심부름을 시킨 사장의 의도가 의심스러워 서둘러 레스토랑으로 달려왔을 때, 사장은 음전이를 올라타고 사투를 벌이고 있었다. 아무리 흠이 있는 관계로 출발했지만, 결코 음전이가 한갓 접속의 대상이 아니고 소유의 가치로 자리 매겨져 있는 사내에게 그것은 용납할 수 없는 도발이요 침략이었다. 그리고 처음으로 음전이와 몸을 묶으면서 새롭게 확인한 재산 목록, 머리카락과 귀고리, 옷가지, 블래지어 등이 음전이와 함께 놈으로부터 수모를 받고 있었기 때문이었다. 사내의 화산 같은 분노는 결국 주방용의 칼이 그의 목숨을 끊어놓음으로써 끝이 났다. 그와 동시에 사내가 아껴 지녔던 모든 마음의 보석들도 사라졌다. 죄형이 확정되고 구치소에서 교도소로 이감된 뒤 음전이는 매달 면회를 왔다. 그때마다 그녀는 구매물과 소정의 영치금을 함께 넣어주었다.

저 임신했어요. 음전이가 마치 뱃속에 아이가 들어선 것이 무슨 죄라도 된다는 듯 작은 소리로 말했을 때, 사내는 자신이 지은 범죄보다 더 큰 충격과 가책을 만났다. 어쩌면 참으로 기쁜 소식일 수도 있는 말이지만, 그것을 전하는 음전이의 얼굴은 너무도 침통해 보였다.

지금 아이가 태어나서는 안 돼. 사내는 음전이를 보지 않은 채 말했다. 펄쩍 뛸 줄 알았던 음전이가 아무 말도 않은 채 한숨을 말아냈다. 방 정리하고 우선 다른 일자리를 알아 봐. 그리고 이담부턴 여기 오지 마, 절대로. 꼴에 사랑이 현실을 무시한 어거지가 되어서는 안 된다는 자각에 사내는 어금니를 물었다.

그다음 두 번을 더 음전이가 찾아왔지만, 날개를 빼앗긴 새에게 날개를 되돌려주는 일이 자신의 몫이라고 결심한 사내는 면회에 응하지 않았다. 그러나 사내는 교도소에서 봉제나 앨범, 쇼핑백 만들기, 그리고 세탁반을 전전하면서도 정작 자신만은 음전이로부터 한 번도 날개를 달아본 일이 없었다. 사내는 언제나 음전이의 편이었고 그녀와 살았다. 자유로운 운신이 허락되는 원예반에 한 번도 배정돼 보지 못함으로써, 유전무죄 무전유죄를 뼈저리게 확인해야 하는 고통 속에서도 사내는 늘 음전이와 함께 있었다. 그때 사내는 새들도 우는 새와 노래하는 새로 구별된다는 사실을 배웠다.

사내가 소주 한 병을 다 비우고 두 병째의 뚜껑을 따고 있을 때 옆방으로 일단의 무리들이 랜턴을 켜고 몰려오는 소리가 들렸다.

아연 긴장한 사내는 문 앞에 걸쳐 둔 문짝을 확인하며 숨을 죽였다.

야, 오일 통 몇 병이나 뿌렸어? 세 병. 새꺄, 그걸로는 입술에만 바르다가 끝나. 짜샤, 그럼 편의점 꼰대가 일부러 뿌리꾼 잡을려고 몰래 거울까지 동원해 째려보고 있는데 어떻게 해. 씨벌 놈, 변명은…….

변성기가 넘은 목소리로 미루어 고등학생 정도로 보였다.

야, 이왕이면 배꼽 밑에 구멍이 있는 동물들과 마시고 싶다. 한 아이가 툴툴거리자 다른 아이가 술을 마시다가 사레가 들렸는지 곧 기침을 토해냈다. 야, 삼초 이상 술병에다 입 대놓고 있지 마! 어, 이거 벌써 다 비워가네. 걸레가 깔 몇 마리 차고 온다는데 오일 좀 남겨 놔야지. 씨팔, 그때까지 언제 기다려, 셀프 서비스나 한번 할까? 얌마, DDR(딸딸이) 너무 좋아하면 몸 삭는 거 몰라?

골골하는 어머니 때문에 늦게 중학교에 진학한 사내는 자신이야 말로 hand와 play란 단어를 익히기 전에 먼저 수음부터 배웠던 기억을 떠올리며 슬며시 자조를 깨물었다.

야, 빨리 콩 까고 싶은데 걸레가 왜 빨리 안 오지? 나는 콩 까는 것보다 빨통 만지는 게 더 좋아. 짜식 꼴에 가리 틀고 있네. 근데 오늘 걸레가 학교 뒤에서 알(당구) 까고 담 넘어오다 담임한테 걸려 구겨졌잖아. 그래서 담임 똥차 타이어에 구멍을 내놨는데, 어떻게 됐는지 몰라. 씨팔 나도 오늘 테이프에 동전 감아 오락기구 작동시키다 주인한테 깨졌는데, 그 주인 새끼가 담임한테 통보한다고 협박했어. 이것들아, 대학 문 앞이라도 구경할 테면 담임한테 밉보이면 안 돼. 니이미, 지옥과 천당엔 없다는 정원(定員)이 왜 대학에만 있는지 몰라. 이 보시오들 대학 안 나오고도 유명하게 된 위인들 많아요. 한번 읊어 보실까? 영국의 처칠을 비롯해 미국의 워싱턴. 링칸. 트루먼 대통령, 헤밍웨이. 삐카소. 록펠라. 정주영……. 씹새끼 공분 안 하고 그런 것만 외워가지고.

사실 그런 것쯤은 어디서 들었는지 음전이도 알고 있었다. 에디슨, 채플린, 카네기 등 초등학교도 안 나온 유명인도 세상엔 너무나 많대요. 그러니 고등학교까지를 나온 우리는 양반이지 뭐. 그때 사내는 스스로가 그 고등학교도 끝내지 못한 주제임은 말하지 않았다.

다시 한 무더기의 아이들이 들이닥쳤을 때는 밤도 꽤 깊어진 무렵이었다.

야, 걸레 너랑 같이 잔 지도 정말 까맣다. 그리고 은영이, 지혜, 소연이 너희들 본 지도 까맣고. 한 녀석이 음예한 말투로 환영사를 터뜨렸다. 야, 얘는 벌써 꼭지가 돌았네, 빨리 땅이나 한 대 줘. 나도 폐활량 배가 운동 좀 해야 스겄어. 담배를 보채는 여자아이들의 목소리가 무척이나 도전적이었다.

역시 걸레는 달라. 오일 통에다 떡뽁이, 김밥, 어쭈 순대도 있네. 야, 근데 까데기 통은 치워! 나 같은 모범생은 유해 화학물질 관리법 위반자가 되는 게 싫다구. 정말이야 이따 이 까데기 여럿이 불면 위험하니까 특히 불조심 해야 돼.

녀석들은 먹고 마시고 노래를 불렀다. 책을 읽듯 하는 그들의 노래는 너무 빨라서 도무지 가사를 알아내기가 힘들었다. 사내가 유일하게 이해한 것은 흥을 돋구기 위한 몇몇 간투사(間投詞)에 불과했다.

다시 한 순배 술이 돌아가는 소리가 들리고, 이어서 불조심을 당부하는 경고와 부스럭거리며 비닐봉지에 가스를 쏘아 넣는 긴장이 흘렀다. 사내는 곧 폭발음이 달동네를 울릴 것 같아 가슴속부터 소름이 돋고 있는 기분이었다. 비록 인위적인 통제이긴 하지만 질서정연한 감옥소보다 바깥세상은 너무 거칠고 부패해 있었다. 더구나 청소년들의 정도가 넘은 방종은 사내를 두렵게 만들었다.

얼마 후 다시 아이들의 두런거리는 소리와 함께 거친 숨소리가 넘어왔다. 그중 어떤 계집아이는 훌쩍훌쩍 울기까지 했다.

야, 빨리 벗어. 사내아이의 재촉에, 랜턴은 껐으면 좋겠어. 계집아이가 말을 받았다. 지퍼 내리는 소리, 웅얼거리는 소리, 울음소리 키득거리는 소리……. 네가 한번 올라가서 해 봐. 싫어 힘들어! 임마, 사랑도 기술이야, 배워야 해. 괜히 왕 후다이면서 아다인 척하지 마.

— 여자는 옷을 벗는 순간 부끄러움도 함께 벗어 던진다. 여성 상위 체위를 여성의 성 노예 의식으로 보는 것은 편견이지. 주체적 입장에서 보면 남자를 올라타고 있는 모습은 바로 그 여자가 주인이라는 뜻이야. 깜방 교주의 말이었다.

음전이는 절정에 오를 때마다 항상 얼굴을 일그러뜨렸다. 사내는 그때 이미 최상의 희열과 고통은 같은 얼굴임을 터득했다.

이제 고만해, 너무 아퍼. 계집아이의 호소에 사내는 귀를 막았다. 그러나 귀를 막으면 그 소리는 더 크게 가슴에서 울렸다. 그 순간 사내는 배반처럼 슬며시 자신의 몸이 일어서는 느낌에 진저리를 쳤다. 고통을 호소하는 여자아이의 신음에 몸이 부풀어오름을 감지한 사내는 자신의 몸속에 참으로 음험하고 가증스런 늑대가 살고 있었음을 통감하며 절망하고 또 절망했다. 사내는 오래도록 불행했다. 이제 안방이나 쪽방은 어느 쪽이나 다 미란성(糜爛性) 공기로 가득했다.

옛날 사람들은 자주 태양이나 별 그리고 달이 어디로 사라지는지를 묻곤 했다. 그런데 오늘날의 사람들도 그때의 그들처럼 아직 물을 것은 너무도 많았다. 사내야말로 더욱 그러했다. 음전이는 어디 있으며, 그리고 우리 인간들 모두는 어디로 향해 가고 있는가. 사내는 마침내 소주 두 병을 다 비우고 무슨 화풀이라도 하듯 오래오래 닭고기를 씹었다.

옆방에선 이제 모두 잠에 곯아떨어졌는지 이따금 코를 고는 소리만 들릴 뿐 별다른 기척이 없었다. 바람이 한차례 집을 흔들고 달아나는 소리가 들려왔다. 사내는 서쪽 창으로 달빛이 들어와 흰해진 바람벽에다 손가방에서 더듬어낸 볼펜으로 낙서를 했다.

— 음전이 만약 이곳에 들리는 일이 있으면 예전에 말한 내 고향을 찾아와 주기 바래.

그러나 사내는 곧 부질없다는 생각이 들었는지 그 위에다 큰 가위표를 덮었다. 사내는 조심스럽게 문짝을 들어내고 방을 나왔다. 다시 불어온 바람이 재활원에서 가꾼 사내의 머리를 흩날렸다. 사내는 발소리를 죽여 집 모퉁이에서 바지 앞을 풀었다. 조금 전 수치스럽게 기지개를 켜던 그것은 어느새 고개를 숙이고 있었다. 황사와 공해로 찌든 하늘에선 달과 별들이 부패하고 있었다. 사내가 눈 오줌이 희미한 달빛을 받아 풀잎 위에서 번들거렸다.

사내는 추연한 눈길로 도회를 내려다보았다. 군데군데 불빛을 달고 있는 빌딩들이 음흉한 모반을 벌이고 있는 듯한 광경을 지켜보며, 사내는 어쩌면 저 도회지가 바로 '사망의 음침한 골짜기'일지도 모른다는 생각이 들었다. 자신의 모든 것을 빼앗아간 도회에서 이제 사내가 바랄 것은 아무것도 없었다. 실로 특별시는 언제나 나그네의 도시요, 강탈의 도시였다.

남자들은 외로울 때 어머니가 생각난다고 했는데, 사내는 정말 어머니가 미치도록 보고 싶었다. 스스로가 불행해진 것은 바로 그 엄마의 품을 벗어나면서였다는 깨달음이 오자 사내는 더욱 못 견디게 어머니가 그리워졌다.

가자, 골짜기의 저쪽, 이젠 비록 무덤으로 남았지만, 한때 어머니와 함께 했던 그 고향으로 가자. 어쩌면 음전이도 이 도회를 버렸는지 모른다.

새삼 자신이 머물었던 집을 돌아본 사내는 다시 도회를 망연히 내려다보았다. 여기저기 붉은 십자가가 꽂혀있는 그곳은 정녕 공동묘지와 다를 바가 없었다.

— 이제 예수와 부처는 오지 않아. 염치없는 민중들이 너무 많은 걸 얻으려고 조르고, 괴롭히고, 보채기 때문에 그분들은 멀리 달아나 버린 거야.

바람결에 교주의 말이 들리는 것 같았다. 사내는 왼손에 들린 비닐봉지에서 이미 식은 지 오래인 만두 하나를 꺼내 우물우물 씹었다. 그리고 잠시 생각에 잠겨 있던 그는 남은 만두를 담벼락 위에다 올려 두었다. 아직도 이곳을 떠나지 못한 고양이와 쥐 그리고 새들을 위해서였다.

어느 덧 동쪽으로는 무거운 어둠을 털어내며 서서히 미명이 트여오고 있었다. 사내는 얼마 후면 동녘으로부터 떠오를 해가 이 음침한 골짜기를 밝히고는 다시 자신의 발목을 잡을지도 모른다는 생각에 문득 조바심이 났다. 사내는 새벽 기차를 생각하며 뛰듯이 산으로부터 달아나기 시작했다.

그대 어디로 가는가

　친구가 나를 보며 웃고 있다. 비록 태생적이긴 했지만 완연한 쌍꺼풀에 요염한 색조까지 담고 있는 그의 미소는, 사내로서는 차라리 징그럽고 느끼한 웃음이다. 나는 아무 생각 없이, 그래, 정말은 아무런 감정도 없이 의례적으로 그의 영정 앞에서 향을 올리고 절을 한다. 순간 까닭 모를 분심에 울컥 울대뼈가 아프다. 내가 이놈한테 이렇게 정중한 자세로 절을 올려야 하다니, 그것도 두 번씩이나……. 내 눈은 다시 그를 향한다. 녀석은 여전히 예의 그 터무니없는 미소로 나를 놀리듯 내려다본다. 죽은 자가 웃고 있을 때 우리는 대개 그 의연한 면모에서 한층 역설적인 슬픔을 만난다. 그런데 도무지 그의 죽음엔 실감이 없다. 그래서 나는 더욱 막연해진다. 영정으로서는 사진 선택에 문제가 있다는 기분에 괜히 심기가 뒤틀린 내가 그의 느물거리는 시선을 피해 얼굴을 돌리자, 언제 왔는지 상복을 갖춰 입은 젊은이 몇이 내 주변에서 주억거린다. 낯선 얼굴들, 그러나 그들은 제각기 피할 수 없는 고인의 흔적을 얼굴에 매달고 있다. 상장(喪章)을 머리에 꽂은 셋은 딸이고 완장을 팔뚝에 두른 녀석은 아들일 터이다.

상제들을 일별해 나가는 순간 갑자기 속절없는 세월과 함께 지구의 반 바퀴를 돌아서야 갈 수 있는 아르헨티나의 한 국립공원이 달려온다. 그곳에서 만난 친구의 딸들은 모두가 철없는 소녀들이었고, 더구나 아들놈은 당시 걸음마도 채 익히지 못한 유아였다. 불현듯 절감되는 시간의 속성이 자주 우리를 그야말로 느닷없는 슬픔에 잠기게 했듯이, 이미 성큼한 성인이 되어버린 그들을 바라보며 나는 주저가 없는 그 시간의 질주 때문에 생급스러운 비애를 만난다. 어렵게 귀환한 친구의 가족들에게 너무 무심했다는 자책이 가슴에서 따갑다.

"그래, 이렇게 갑작스럽고 황당한 자리에 서고 보니 무어라 할 말이 없구나. 상제들은 아마도 내가 누구인지 잘 모를 거야. 본 지가 너무 오래되었고 또 막내 상주는 내가 남미에 갔을 땐 젖먹이였으니까 더욱……"

문상의 경우 흔히 그러하듯 나는 떠듬떠듬 두서가 없는 말을 애써 주워 모으며 아들의 손을 먼저 잡는다.

"아, 그러면 그때의 그 하모니카 아저씨가 바로……?"

비로소 어렴풋한 기억이 떠오르는지 큰딸이 한 발짝 나에게로 다가서다가는 금방 그렁한 눈물을 매달며 흐느끼기 시작한다. 절친했던 아버지의 친구를 대하는 순간 새삼 그 이역만리에서의 생활이 떠오르는 모양이다.

"그래, 우리는 한때 부에노스아이레스에서 근 한 달 동안을 함께한 적이 있었지. 그때 내가 하모니카로 '고향의 봄'이나 '아리랑'

등을 불면 곧잘 따라 부르곤 했는데, 그걸 네가 기억하고 있구나. 근데 아버지는 도대체 어쩌다가 이렇게……."

"심장마비를 일으키셨대요. 새벽에 조깅을 하시다가……. 정말 믿기지가 않아요."

갑자기 얼굴이 굳어지는 아들이 머리를 좌우로 내젓다간 나를 힐끗 올려다본다. 뭔가로 불신의 여울이 일고 있는 눈길에서 언뜻 제 아버지의 쌍꺼풀을 본다.

"아빠는 젊을 때 축구도 잘하셨잖아요. 근데 어떻게……?"

큰딸도 아버지의 사인이 미심쩍다는 듯 남동생의 말을 거든다. 사실 그는 작은 키로 축구공을 잘 다뤘던 까닭에 친구들로부터 한국의 마라도나라고 불리기도 했다.

그래서 그대는 그쪽으로 이민을 갔던가. 나는 별난 운명으로 세상을 부랑하며 기구하게 살아온 그의 죽음 앞에 선 자신이 자꾸 생경스럽기만 하다. 어떻게 당신은 이렇게 죽음까지도 비명으로 마감하시는가. 다시 터무니없는 표정의 영정을 지켜보는 나는 스스로가 고작 사후약방문이나 풀어내고 있는 비정하고 무능한 방관자일 뿐임을 절감하지 않을 수가 없다.

"아무래도 아빠는 누군가가 해코지를 한 것 같애요."

이번에는 아직도 애티가 남아 있는 막내딸이 합세한다. 그 순간 나는 조심스럽지만 자주 남매들의 시선이 훔쳐내는 한 여인을 발견하고는, 새삼 빈소에서 눈을 돌려 조문객 접대실을 둘러본다.

띄엄띄엄 서너 군데만 간신히 고인의 친인척으로 보이는 사람들이 앉아 있을 뿐 장례식장은 너무도 쓸쓸하다. 그 한구석에 상복을 입고 혼자 앉아 있는 중년의 여인, 그녀를 향하는 남매들의 눈에서 나는 까닭 모를 적대감을 발견한다. 나는 언젠가 친구가 전화를 하면서 중국의 교포 여인 하나를 새로 만나고 있는데 참 마음이 땡긴다고 한 얘길 떠올린다. 갑자기 십수 년이나 끊은 담배 생각이 간절해진다. 그리고 죽을 때까지 그 담배를 버리지 못했을 친구를 올려다보는 마음이 착잡하다.

"너희들은 잘 모르겠지만 아버지는 그동안 몹시도 외로웠어. 그리고 아버지의 급서에 대해서는 함부로 말하지 마라. 우선은 의료진의 진단을 믿어야지. 지금이 어떤 세상이야. 특히 네 할아버지가 큰 의료기관을 갖고 계시는데 아무렴 그 점에서야 소홀히 하실려구. 어째 기별은 보냈겠지?"

말은 그렇게 하면서도 나는 중국 교포들과의 사이에서 곧잘 듣게 되는 불미스러운 소문들을 떠올리며 마음이 스산해진다.

"할아버진 코빼기도 안 비쳤어요."

아들의 입술이 악물리고 볼이 부어오른다.

"뭔 다른 사정이 있었던 모양이지? 아마도 곧 소식이 있을 게다."

녀석들을 위로하고 달래면서도 마음은 자꾸 허랑해진다.

"사람이 죽는 것보다 더 중한 일이 어디 있어요? 그래도 명색이 장남인데……!"

둘째 딸도 지지 않는다. 나는 속수무책 그들의 서운함을 더 이상 어째볼 수가 없어 자신도 모르게 눈길을 예의 그 여인에게로 보낸다. 무슨 낌새를 챘는지 큰딸이 입을 연다.

"지금 부산에서 살고 계시는 엄마에게도 소식은 보냈는데, 번거롭게 할 것 같다며 오시지 않겠다고 하셨어요."

큰딸은 변명을 하듯 묻지도 않은 말을 늘어놓으면서 곁눈으로 힐 끗 여인을 훔친다. 나는 머룩하니 창밖을 보고 있는 여인에게서 다시 영정으로 눈을 돌린다. 참 마음씨가 고운 사람이야. 녀석이 내게 했던 말이다. 영정이 미소를 거두지 않는 걸로 봐서 그 믿음은 아직도 확실한 모양이다.

맨 처음 나에게 고인의 소식을 전해준 사람은, 한동네에서 부동산중개업을 하고 있는 고교 동기생이었다. 어제의 한 신문 단신에 의하면 아침 운동을 하다가 급사한 사람이 있는데, 사건 장소나 성씨 그리고 나이 등을 종합해 볼 때, 공교롭게도 나와 가장 친한 동기와 거의 유사하다며, 혹시 무슨 일이 없느냐고 물어왔던 것이다. 그때서야 나는 자식들 뒷바라지와 노모의 병구완으로 분황하고 각박해진 나머지, 한동안 그를 잊고 살아온 것을 생각했다. 인간의 친분관계란 것이 때로는 이런저런 사정에 의해 연륜이 더할수록 돈독해지기는커녕 소원해지는 경우도 많다는 것을 스스로의 현실을 통해 인식한 것이다.

친구가 이민 생활을 청산하고 귀국했을 때 나는 잃어버렸던 연인을 다시 찾은 기분이었다. 아무튼 그와 나는 초등학교는 물론 중고교 시절까지를 계속 같이 보내며 친분을 다져온 까닭에 서로에겐 형제 이상의 그 무엇이 있었다. 그래서 학창 시절엔 주변으로부터 둘이 무슨 특별히 '사귀는 사이'라고 놀림까지 받을 정도였다.

친구의 신변 이상 유무를 묻는 동기생의 전화가 너무 막연한 것이어서 한동안 심드렁해져 있던 나는, 딴은 그의 근황이 궁금하기도 해서 에멜무지로나마 이리저리 전화를 넣어 추적했는데, 결국 그 소식이 사실임을 확인하고 장례식장을 찾아낸 것이었다.

"아버지는 둘째 누나의 혼례를 치르고 난 뒤부터는 아예 집에 돌아오시지 않았어요. 무슨 무역 사업이라고는 했지만 사실은 중국을 드나들며 자잘한 물건이나 받고 넘기는 보따리 장사였지요. 그때 저 교포 여자를 만난 것 같아요."

내 앞에 놓인 종이컵에다 가득 소주를 따른 상주는 정작 그 여자는 보지도 않은 채 말한다. 나 역시 그녀 대신 친구의 영정 쪽으로 눈을 보냈을 뿐이다. 친구는 연해 묘한 웃음으로 나를 바라보고 있다. 나는 단번에 소주잔을 비워낸다. 그 잔에 술을 채우며 친구의 아들은 다시 말을 잇는다.

"아버지가 중국을 드나들면서부터 어머니와는 급작스럽게 사이가 나빠졌어요. 그러다 아예 집에 들어오시지 않자 어머니는 일자리를 구해 부산으로 가셨지요."

사실은 너희 어머니가 먼저 아버지를 버린 거란다. 그때 너의 엄마는 이미 남자가 있었거든. 이 내용은 피를 토하듯 친구가 내게 실토한 고백이다. 그러나 나는 이 말을 그의 아들에게 전할 수가 없다. 친구의 아들 또한 지금은 엄마에게 남자가 생겨 함께 살고 있다는 말은 끝까지 하지 않는다.

친구는 다부진 성격과 담대한 모험심을 가지고 있었지만 외모는 여러 면에서 여성적인 취향이 많이 풍겨지는 위인이었다. 그중에서도 그의 깔끔한 성격은 선민의식과 자존을 구사하는 면에서 더욱 두드러진 효용을 나타냈다. 언제나 깨끗한 신발과 옷가지 그리고 오종종한 이목구비에서 느껴지는 미태. 거기에다 생래적으로 타고난 쌍꺼풀진 눈과 긴 속눈썹. 항상 동안의 미관에 걸맞게 물결처럼 얄랑이는 미소와 더불어 유달리 작은 키마저 오묘한 여성적인 귀태를 드러내는데 한몫을 더했다. 어찌 보면 자칫 섬약함의 전형으로 오인될 수도 있는 풍모였지만 작은 고추가 더 맵다고 했듯, 그는 그 작은 신장의 콤플렉스를 높은 승부욕으로 무장시킴으로써 배가(倍加)되는 스스로의 용력을 과시했다. 그런 모든 것들이 결코 허장성세로 비춰지지 않게 하는, 외려 신비스럽게까지 만드는 배경은 사실, 큰 병원을 경영하면서 스스로가 원장의 직분까지를 수행하는 아버지 때문이기도 했다. 덕분에 그는 대부분의 청소년 시절을 남부럽지 않게 보낼 수가 있었다. 그러나 기실 아버지의 그러한 위력은 결국 당신의 야심과 결탁한 탐욕이, 스스로의 수분(守分)과 자식의 한계를 긍정하지 못함으로써 아들을 버리게 한 요소가 되고 만 것이다.

모든 승부에서 당찬 오기를 행사하면서도 친구는 안타깝게도 학업에서만은 그렇지가 못했다. 그의 아버지는 우선 가업을 잇기 위해서도 당신의 외동아들만은 반드시 의과대학에 진학해야 한다고 고집했다. 통상적으로 볼 때 전통 가계의 맥이나 가업의 세습 의지는 사실 고집이랄 수가 없다. 그러나 친구만은 어떤 성정에서인진 몰라도 부친의 그러한 강요가 참을 수 없었고, 적성면에서도 도무지 합당하지 않다고 여겼다. 어쨌든 부자지간의 충돌은 날이 갈수록 심해졌다. 그러한 분란에서 확인되는 공통점이 있다면 두 사람 모두 자신의 의지에 양보가 없다는 점이었다. 거금을 들여 명망 높은 고급 과외교사를 동원, 재수까지 시켰지만 종내 아들의 성적은 의과대학을 뚫을 성적을 얻는 데까진 미치지 못했다. 그 결과로 친구의 양친은 괜히 잦은 불화를 겪게 되고, 부친의 백안시를 받고 있던 아들은 인문학부 그것도 이름이 낮은 대학을 진학해 버림으로써 불효자가 되는데 한몫을 보탰다. 자식 이기는 부모가 없다고 했던가. 아들의 작심이나 새로운 각오에 대해 변화의 기대를 놓지 않고 있던 아버지는, 아들이 대학의 연극반원이 되어 거기에 미쳐 버리자 삼수에 대한 욕심은 일단 접는 듯했다.

"야, 나 곧 결혼한다."

내가 공학부를 지원, 얌전히 실습에 열중함으로써 제법 공돌이 냄새를 풍기고 있었던 대학 2년 때의 어느 가을날, 불쑥 찾아온 녀석이 느닷없이 던진 말이었다.

"야, 그거 신나는 일이네. 근데 어부인이 될 사람은 어느 왕가의 공주님인데?"

나는 우선 믿기지가 않아서 농담 따먹기로 씨부렁거렸다.

"우리 병원의 간호사란다. 꼰대가 원래 산부인과가 전문이잖니? 특별히 수태 잘하는 씨받이 똥개 한 마리 골라놨으니 어서 새끼나 쑥쑥 뽑아 보라는 속셈이지."

녀석의 얼굴에서 언뜻 허무가 일렁거리는 것을 훔쳐본 나는 황당한 소리이긴 해도, 얘기의 소재가 제법 구체적이어서 괜히 긴장이 되고 목이 말랐다. 의외로 진지해진 얼굴로 그는 다시 말을 이었다.

"나를 포기한 아버지가 이젠 아예 손자를 보고 싶어 하는 것 같애. 아무래도 가업을 세습시키겠다는 욕심만은 포기할 수가 없는 모양인가 봐. 사도세자가 따로 없지 뭐. 이제 아들 하나 뽑고 나면 나 또한 뒤주 안에서 죽을지도 몰라."

진짜로 녀석의 표정이 비감해졌기 때문에 나는 갑자기 화가 치밀었다.

"야, 새꺄. 말도 되지 않는 소리 작작해. 지금이 무슨 영·정 시대 니? 그리고 결혼이란 게 뭐 그렇게 돼지 접붙이듯 마음대로 되는 일이야?"

그런데 친구는 정말 그 이듬해 봄 결혼을 했다. 여자는 녀석보다 우선 키가 커서 늘씬했고, 얼굴 생김새 또한 절색은 아니더라도 오밀조밀한 미인형인 데다, 성격 역시 서글서글하여 나무랄 데가 없는 듯했다.

친구의 아내는 기대에 어긋나지 않게 두 살 터울로 딸을 내리 셋이나 낳았다. 하지만 그의 아버지는 그 손녀들로서는 성이 차지 않아 했다. 급기야 친구는 아버지의 그런 부당하고 케케묵은 허욕에 동조하지 않기로 선언했다. 그는 무엇보다 두 내외가 손자 생산용의 기계로 전용되는 것을 용납하지 않았다. 가계 세습에서 손자와 손녀의 차이가 무엇인지는 모르지만, 어쨌든 그것이 충족되지 않을 때 차선책을 수용하는 법을 배우지 못한 외골수는, 마침내 최후 방책으로 스스로가 수컷이 되는 일을 선택했다.

친구의 아버지는 마침내 한 튼실하고 젊은 간호사와 통정하여 아들을 둘이나 얻음으로써 자신의 포원을 풀었다. 아들을 낳아 준 간호사는 일약 왕후로 등극하는 몸이 되어, 제 오빠를 병원 사무장으로 채용시키는데 성공하면서 당당한 막후 실력자로 만들었다. 비록 일제강점기이긴 해도 여성으로선 드물게 최고학부를 수학했던 친구의 어머니는 기꺼이 망집의 남편을 세속으로 던져버림으로써 구차스러워진 스스로의 품위를 지켰다. 그러나 수구의 더러운 통념과 인습이 창궐하는 조국에 대한 환멸에 더 이상의 인내심이 부질없음을 통감하고 있던 친구는 서둘러 탈출을 도모했다. 그는 한 시라도 빨리 부패한 공기를 피하고 싶었다. 어떤 권고나 회유도 이미 그의 결심을 막아낼 수 없다는 것을 알아챈 나는 더 이상 그를 붙잡지 않았다.

그가 몇 안 되는 친지들과 친구들의 배웅을 받으며 조국의 공항을 떠나던 날 나는 그에게 아무 말도 하지 못했다. 그리고 그를 보낸 뒤 나는 걷잡을 수 없는 회한과 함께 근 열흘간이나 입맛을 찾을 수가 없었다. 그러면서 내가 두고두고 맹세한 것은 적어도 삼년 이내엔 꼭 그를 찾아볼 것이라는 결심이었다. 그래서는 공항에서 그와 헤어지면서 도무지 입술이 떨어지지 않아 들려주지 못했던 말을 꼭 돌려주자는 다짐도 여러 번을 했다. 병신아, 너 왜 그렇게 나약해졌니? 그렇게 승부욕에서 야멸차던 널 누가 이따위로 만들어 놓았느냐구. 그래 짜샤, 이 세상에서 너같이 무기력한 놈은 빨리 이 나라를 떠나야 해! 그랬다. 그때 내가 하고 싶었던 말은 바로 이것이었다.

잉카와 마야의 저주로 이글거리는 태양을 향해 멕시코의 공항을 이륙한 비행기는 오래도록 광활한 녹색 평원 위를 날았다. 간간이 온몸을 뒤틀며 흐르고 있는, 수도 없이 다기한 강줄기들의 그 환상적이고도 아득한 풍경들은 익히 들었던 아마존의 밀림과 세계 최대의 폭포라는 이구아수와 연관될지도 모른다는 생각을 하면서, 나는 친구를 만날 일로 내내 가슴이 설레었다. 아, 나는 드디어 조국을 버리고 달아난 친구 놈을 보게 된다. 언젠가 그가 내게 보낸 편지를 떠올리며 나름대로 공부한 아르헨티나를 복기해보았다.

원주민이었던 케추아족의 언어로 초원이란 뜻을 가진 거대한 팜 파 아르헨티나는 한반도의 열네 배, 세계 여덟 번째로 큰 땅을 가 진 대국으로서는 인구 삼천만이라는 숫자가 너무 헐겁게 느껴지는 나라였다. 공기가 맑고 깨끗하다고 하여 붙여진 수도 부에노스아 이레스는 그러나 이미 그 지명처럼 좋은 공기의 도시는 아니었다.

조국을 떠나던 날 공항에서 친구는 말했었다. 내 목적지는 미국 이야. 어차피 그곳에서도 나처럼 왜소한 동양 치는 더 괄시받고 살 겠지만 나는 정말 이 땅이 싫어. 그래도 그곳은 의사가 되지 못했 다고 불행해지는 나라는 아니잖아. 요샌 그쪽 이민도 쉽지가 않은 모양이야. 그래서 그 길목으로 아르헨티나를 택한 거지.

광대하고 비옥한 국토에 의한 농목축 정책의 성공과 산업혁명 후 의 수요 급증의 유럽 국가들에 대한 식료품 공급국으로 갑자기 부 국이 된 아르헨티나는, 페론 대통령이 집권함에 따라 국가산업이 농목축에서 급격히 공업으로 전환되어, 무역수지와 수급에서 차질 을 빚음으로써 신흥 경제대국의 빛이 바래기 시작했다. 게다가 라 틴아메리카 거개의 나라들이 그러했듯 전쟁과 내란, 쿠데타의 다 발, 그리고 민정과 군정의 반복으로 일대 정치적 혼란을 겪으면서 빈국이 되어갔다. 그런 과정에서 다시 재집권한 페론은, 모든 국민 들에게 무상으로 빵을 배급하겠다고 공언한 선거공약을 무리하게 실천함으로써, 미래추구의 대안도 없이 무절제하게 국가 금고만을 바닥내는 결과를 초래했다. 그 무모한 페론의 약속 이행이 결국은 아르헨티나의 경제를 거덜내고 만 것이었다. 74세의 고령으로 페 론이 사망하자 그의 부인 이사벨 부통령이 세계 최초의 여성 대통 령이 되었는데, 그녀 또한 쿠데타로 실각하고 말았다.

— 나를 위해 울지 마오, 아르헨티나.

너무도 유명한 세계적 뮤지컬 '에비타'는 페론의 둘째 부인 에바 페론의 기구한 일생을 그린 아르헨티나의 대서사적 엘레지로서, 지금도 많은 국민들의 가슴에 뭉클한 향수와 함께 애틋한 전설로 남아 있다. 그 파란만장한 운명은 비극적이란 면에서 어쩐지 친구의 그것과 닮은 듯도 했다. 그러나 부유한 집안의 당당한 적자로 이 세상을 나온 내 친구와는 달리, 에바는 조그만 도시의 무식하고 가난한 집에서 태어났다. 게다가 첩의 자식이라는 이유로 아버지의 장례식 참석마저 거부당한 그녀는, 너절한 나이트클럽의 별볼일 없는 가수 겸 댄서에서 일약 대통령 영부인의 자리까지 오른 입지전적인 인물이라는 점에서 친구와는 대별된다.

에바의 불우했던 성장과정에서 굳어진 부유층에 대한 증오심은, 빈한하고 소외된 자들을 위한 구휼 정책에 심혈을 기울임으로써 서민 대중들의 열광적인 지지를 받았다. 그러나 그녀 역시 온갖 굴욕과 도전 그리고 환상적인 성취와 다시 절망으로 이어지는 운명의 장난에서 자유로울 수가 없었다. 그 과정에서 어쩔 수 없이 체득한 상류사회를 향한 본능적 동경은 예기치 못한 갈등과 번민이 되어, 그녀는 종내 젊은 나이에 병마(癌)를 얻어 33세의 짧은 인생을 마감하고 만다. 그녀의 처절했던 그 살아남고 이기는 기술과 정상을 향한 당찬 야망도 모두가 공허한 환호와 부질없는 이름으로만 남았을 뿐이다. 국민이 달아준 '성녀' 혹은 '여신'의 칭호로 그녀의 포한은 풀리고 그리고 행복했을까.

부에노스아이레스 중심가의 도로는 수도의 그것으로는 세계 최대라고 할 만큼 넓고 시원스러웠다. 문득 고국 서울의 교통전쟁이 떠올라 한편 부럽기도 했다. 그러나 그 넓은 거리로 달리는 자동차들은 하나같이 낡아보였다. 한때 선진 문명국으로 세계의 관심을 모으며 부상하던 아르헨티나는 어느덧 오랜 정치적 혼란으로 쇠락과 빈곤의 누추한 반흔만 덕지덕지 매달고 있었다.

아침이면 복지국가의 귀감인 양 정부로부터 빵과 우유를 무상으로 지급받았던 페로니즘의 환상, 그 거룩했던 빵 바구니는 덧없는 역사의 영욕을 대변하듯 어느새 잡다한 쓰레기통으로 전락해 있었다. 이젠 아무도 그들의 머리맡에 '즐거운 아침'을 던져주고 가는 사람이 없었다. 더 나아가 온갖 것으로 땜질당하고 더러는 한쪽 전조등마저 파괴된 애꾸눈 차량들이 부끄러움도 없이 질주하고 있는 광경은 어쩐지 발악같이 허황한 느낌마저 주었다.

더구나 우리들의 1960년대 시절 길거리에서나 볼 수 있었던, 설탕물이 담긴 비닐 주머니 혹은 아이스케이크 장수 그리고 가위와 칼을 가는 사람들은 구차한 생존을 위해 목쉰 소리를 질러대고 있었고, 페론과 에바의 표풀리즘적 인기정책은 그야말로 허망한 환상이요 아득한 전설이 되어 있었다.

그 혼돈과 긍휼의 도회에서 나는 의과대학에 진학하지 못해 아버지로부터 버림받고 쫓겨 온 한 키 작은 거인을 만나야 했다. 한때의 좌절과 분노 굴욕과 천대를 끝내 견디지 못해 조국을 버리고 지구의 끝으로 달아난 친구와 그의 가족, 그들을 만나러 수천 리 길을 날아온 나는 설렘보다는 왠지 두려움이 앞섰다. 그는 이곳에서 무슨 생각을 하며 살았을까.

나는 미아처럼 오래 거리 위에 서 있었다. 당초부터 그를 깜짝 놀라게 해줄 요량으로 아무런 예고도 없이 달려온 나는 그때서야 약간의 후회가 일었다.

나는 다소 조마조마한 마음으로 한 카페에서 그에게 전화를 넣었다. 몇 초 긴장된 신호음이 끝나자 곧 그의 목소리가 넘어왔다. 나는 숨이 막히도록 그 음성이 반가웠다.

"나, 정길이야. 조국의 친구 김정길을 아직 잊지는 않았겠지. 그가 지금 아세이사 국제공항버스를 타고 부에노스아이레스의 한 찻집에 와 있어. 빨리 나와서 나 좀 데리고 가."

나는 자신의 목소리가 낯설게 느껴질 정도로 목이 메었다. 너무도 갑작스러웠는지 한동안 말이 없던 친구는 드디어 소울음 같은 목소리로 격하게 원망부터 터뜨렸다.

"아이쿠, 이 개새끼야, 미리 전화나 좀 하지!"

역시 그는 의사가 못된 주제답게 감회의 표현이 세련되지가 않았다. 이어진 통화에서 알게 되었지만 공교롭게도 친구는 그날 고국 방문을 위해 밤 비행기표를 확보한 채 모처럼의 환국에 들떠 있던 상태였다. 하마터면 우리는 엇박자로 이역만리에서의 감격적인 상봉도 이루지 못할 뻔했다. 그래서 나는 졸지에 '개새끼'가 되긴 했지만 그의 욕지거리가 미치도록 반갑지 않을 수가 없었다.

"그래, 한국의 똥개 한 마리가 지구의 절반을 돌아 네 놈을 물어뜯어러 왔다!"

결국 의사가 되지 못한 친구의 친구 또한 유유상종이라선지 점잖고 고급한 언사를 구사하지 못한다는 점에서는 마찬가지였다.

뜻밖의 전화를 받고 헐레벌떡 달려온 한 허름하고 작은 몽골리안을 다짜고짜로 껴안으면서 나는 반가움을 넘어 까닭 모르게 솟구치는 서러움을 한아름 차지했다. 그랬다. 그는 어느새 사슴의 눈을 닮은 인디오가 되어 있었다. 친구와 나는 한참까지 서로의 팔을 풀어내지 못했다. 둘의 가슴이 터질 것같이 출렁거렸다. 녀석은 자꾸 땀이 밴 얼굴을 내 볼따구니에다 부벼댔다. 그런데 인디오를 닮은 녀석의 얼굴에서는 정작 버터 냄새가 아닌 보리풀 냄새가 났다. 그러고 보니 그는 그곳에서 십 년을 넘게 살았음에도 여태껏 라틴 아메리칸이 되지 못하고 있었다. 못난 놈. 그때 친구의 작은 어깨 너머로 한 여인이 어린아이를 안고 나타났다. 그의 부인이었다.

"이 먼 데까지 웬일이세요!"

그녀는 숨찬 목소리로 반가움을 그렇게 표현했다. 아이를 넷이나 낳았음에도 아직도 그녀는 어엿한 미모를 지키고 있었다.

"내가 그대들을 한국으로 잡아가려고 왔소."

나는 정말 너무도 오랜만에 던지는 인사말이 참으로 멋대가리가 없다는 생각에 속이 상했다.

"내가 이곳에 와서 확실히 얻은 것이 있다면 바로 이놈이지. 내 아들이야."

친구는 어설프게, 그러나 얼굴 가득 행복한 웃음을 머금은 채 그의 부인이 안고 온 아이를 자랑스럽게 부둥켜안았다. 그랬지 참! 나는 줄줄이 태어난 딸 셋을 거느리고 조국을 탈출하던 날의 그를 생각해냈다. 그리고 나는 그가 떠나고 난 후 참 지랄같이 느꺼운 마음에 오래 속이 아렸던 기억도 떠올렸다.

그들 부부가 아버지로부터 아들 하나까지도 못 낳는다고 구박을 받던 일을 기억하며 나는 얼른 그의 아들을 뺏어 안았다. 이래저래 참 마음고생이 심했던 그들이었다. 낯선 남자의 가슴에 안긴 녀석은 숫기도 좋게 벙글벙글 웃었다. 놈도 내가 같은 동포임을 알아차린 것일까.

친구는 나의 간곡한 만류에도 불구하고 십 년 만에 자신 앞에 불쑥 나타난 조국의 친구를 위해, 그의 한국행 항공 예약을 미련 없이 취소했다. 그날 밤 결국 우리 둘은 그가 조부님 제사 때 올리고자 특별히 마련, 고국행 짐 꾸러미에 단단히 단속해 두었던 세계적 명성의 술 한 병을 거침없이 비우고 말았다. 그는 한 허름한 조국의 친구를 위해 기꺼이 불효막심한 자손이 되는 일을 주저하지 않았고, 나 또한 그의 불효에 철저히 동조함으로써 근사한 공범자가 되어주었다. 그날 나는 혀가 꼬부라진 목소리로 변명처럼 이렇게 주절거렸다.

"얌마, 옛 조상님들께 고국 땅의 정기가 하나도 담기지 않은 이 따위 양주를 올릴 생각을 했다는 건 불손하고 비례한 짓이야. 신토불이. 그래 임마, 넌 그 신토불이 정신도 몰라? 무식하게!"

그때 친구는 내게 이렇게 항변했다.

"너야말로 꽁생원같이 아직도 꽉 막힌 놈이네. 위대한 한국의 국민이라면 우리 조상들도 이젠 외제 음식을 좀 흠향하실 때가 되었다는 걸 알아야지."

"딴은 그럴지도 몰라. 요즈음은 모든 게 국제화 시대니까. 그치만 신토불이를 까먹으면 안 되지."

나는 괜히 그에게 트집을 잡고 싶었다. 왜 그런 투정을 부리고 싶어졌는지는 지금 생각해도 아리송하다. 그다음날 저녁에는 어느 국립공원에서 가족 모두와 함께 숯불을 피우고 '아사도'라는 아르헨티나식의 불고기 파티를 했는데, 그날의 기억을 나는 잊을 수가 없다. 울창한 숲속에 군데군데 마련된 취사용 구조물, 그리고 공원내의 시민들을 보호하기 위해 멀찌감치서 지켜보고 있는 기마병만 빼고 나면, 그곳은 바로 우리 한국의 여느 숲속과 다를 바가 없었다.

그날 공원에는 오직 우리뿐이었는데도, 한 가족을 지키고자 기마병은 끝내 그곳을 떠나지 않았다. 경제 위기에 뒤뚱거리는 나라임에도 국민 복지를 위한 그런 배려는 솔직히 부럽지 않을 수가 없었다. 나는 그 숲속에서 친구의 딸내미들과 오래도록 하모니카를 불고 고국의 노래를 불렀다. 정말 흔연한 밤이었다.

숙취로 어지럽게 떨어져 있던 친구와 나는 다음날 오후 그의 부인이 끓여 준 야채죽으로 속을 푼 뒤, 아직도 한국인의 슬픈 이민사 흔적이 묻어 있는 109번 버스의 종점, 이른바 '백구촌'을 가 보았다.

대낮에도 단신으로는 겁이 나 외지인들의 편안한 보행이 힘들다는 음산한 부에노스아이레스의 할렘가. 그 난민촌의 살풍경한 모습은 찌푸려 우중충한 날씨와 더불어 흉흉하기 이를 데가 없었다. 지금은 세계의 독종 유대인들마저 몰아내고 새로운 상권을 확립하여 그곳 주민들의 부러움과 질시를 함께 받고 있는 한국인들도 처음은 모두 그 백구촌에서 출발했다고 했는데, 그런 흔적은 군데군데 퇴색한 한글 간판이 남아 있는 걸로 미루어 족히 짐작이 되었다.

그날 밤도 친구와 나는 한 허름한 인디오의 술집에서 밤새 술을 마셨다. 밤새라고는 하지만 사실 그곳의 술집은 대개가 자정이 넘어서야 문을 열고 흥청거렸다. 노인들만으로 구성된 연주단, 그리고 간간이 드러내는 그들의 노련한 탱고 춤은 그래도 밝은 웃음과 함께 오직 예술로만 살아온 자들의 넉넉함을 보여 주었다.

연주단은 두 한국인을 위해 친절하게도 자주 우리의 대중가요를 연주해 주었는데, 그들은 이미 상당히 많은 양의 곡목들을 꿰고 있었다. 고국에선 그렇게도 청승맞고 진부하게만 느껴지던 유행가 나부랭이들이 뜻밖에도 묘한 감흥으로 달려드는 것은 또 무슨 조화이던가. 그것이야말로 외국에 가면 모두가 애국자가 된다는 이른바 '객수로 돌아보는 특별한 조국의식'이 아니겠는가. 나는 자주 기고만장 손을 흔들어 환호하며 그들의 연주에 감사를 표했다. 경쾌한 가운데도 어딘지 모르게 팜파와 카우초의 비애가 깔린 듯한 탱고와 겨루기 위해서 나는 도연히 일어나 노래를 부르곤 했다. 오늘도 걷는다마는 정처 없는 이 발길~……. 그곳에서 보면 까마득한 지구촌의 끝, 코리아에서 온 객기 충만한 한 사내를 위해서 그들은 아낌없이 박수를 던졌다.

나는 문득 이베리아 반도 에스파냐의 한 허름한 토굴방 주점에서 만났던 아코디언 악사를 떠올렸다. 그 또한 너무도 많은 한국의 가요를 알고 있었다. 그래, 이제 한국의 노래가 없는 술집은 더 이상 술집일 수가 없다. 내 서글픈 긍지가 자꾸만 값싼 객기를 부추겼다. 마침내 둘은 아홉 병의 포도주를 비웠고, 고작 두어 잔 정도의 낱 술잔으로 밤을 꼴딱 새우는 고객들은 아예 입을 다물지 못한 채 죽고 살기로 퍼마시고 있는 괴물들을 지켜보고 있었다. 그래서 우리는 졸지에 그들의 구경거리가 되어 있었고, 술집 주인은 연신 무상으로 두부 안주까지 마련해 주며 흥겨운 시중으로 코리아의 두 괴물을 환대했다.

그날 새벽 나는 잠시 술자리를 같이 한 인디오 처녀에게 행하 돈

십 불을 주었는데, 그 고마움을 절대로 그냥 넘길 수 없다며 끝까지 따라붙는 바람에 죽으라고 도망질을 치는 해프닝까지 연출했다. 팁 10$이면 그 당시의 우리 돈 8천 원. 그 어쭙잖은 선심이 그래도 그녀에겐 거금이었다는 게 친구의 설명이었다. 아무튼 그녀는 백인들에 대한 콤플렉스나 우월감에 관계없이, 흑인 혹은 인디오에 관한 맹목적인 동류의식과 연민을 갖고 있는 내 진심을 이해하지 못했다.

편협하고 무지한 내 시각에서는 화려한 청사진도 조촐한 미래의 설계도 훔쳐볼 수 없는, 어쩐지 몰락의 냄새만 자욱한 아르헨티나, 그러나 그곳에서도 정복자의 오랜 훈련과 그 타성으로 완결된 고집불통의 질서의식만은 당당하게 남아 있었다. 어떤 경우라도 끊임없이 줄을 서서 기다릴 줄 아는 그들의 돋보이는 인내심. 그것은 우리도 배워야 할 덕목이었다.

"저놈들은 창녀촌에서도 줄을 서는 놈들이라고 알려져 있어."

어쩌면 자랑이었을지도 모르는 친구의 그 말이 내겐 난데없이도 절망과 자기비하로 들렸음은 왜일까. 시민의 편의를 위해 24시간 문을 닫지 않는 약방. 그리고 부득이 문을 닫을 수밖에 없는 상점들은 또 하나같이 다른 상점을 안내하는 약도를 친절히 매달고 있었다. 그러나 그런 성숙된 친절과 질서의식의 외양에도 불구하고 곳곳에 흉물처럼 우뚝 선 성당들에 대한 거부감은, 나폴라타 성당의 그 지하에 가득한 유골들 때문이었는지도 모른다.

미개한 인종의 개화, 그리고 그들을 천국으로 인도한다는 미명하에 전횡된, 스페인의 선교를 앞세운 침략과 종교 재판은 결국 인디오의 거대한 지하 공동묘지의 축조와 뻔뻔스러운 찬탈 외에 더 어떤 의미로 남을 것인가. 끊임없는 이명이 되어 오래 귓바퀴를 서성이는 고혼들의 원성, 그 애잔한 팬 플루트 소리와 함께 아, 인디오의 모든 표정들은 왜 또 그렇게 슬프게만 보였던가. 한문, 유교권을 제외한 나머지 몽골리안들은 모두가 지배당하고, 혼혈이 되고, 강제 동화가 되고 말았다는 저주스런 인류 역사는 언제쯤 어떤 방법으로 그 원혼들을 위무할 수가 있을 것인가. 명색이 한 나라의 수도 그리고 국제공항이라는 데서 부친 짐 속의 카메라가 감쪽같이 사라질 정도로 신뢰가 무너진 나라. 한때 그토록 기대를 모았던 선진국 반열의 자존심마저 팽개친, 도무지 미래가 아득한 남미의 끝자락 아르헨티나의 국제공항에서 나는 이미 그곳의 말을 유창하게 구사하는 친구의 딸에게 강조했다.

"너희들, 이 아저씬 잊더라도 한국의 말만은 절대 잊지 마라."

국수주의자의 공연한 호기였을까. 나는 그날의 그 당부가 왠지 부질없고 공허하게만 되돌아오던 느낌만은 쉽게 잊혀지지가 않았다. 갑자기 외로워진 나는 친구의 등을 잡고 소리쳤다.

"야, 친구야, 다시 고국으로 되돌아 와!"

아무런 설명도 없이 3시간씩이나 연발하는 무성의한 비행기를 기다리면서 아무리 배웅을 끝내자고 해도 친구의 가족은 나를 공항에 혼자 두려 하지 않았다. 거의 한 달 가량을 함께 하면서 쌓인 정분도 있겠지만, 우선 두 부부는 타국 생활의 외로움을 견디지 못하는 듯했다. 아주 그쪽에서 주저앉아 같이 살자고 농담조로 탐문해 보는 친구의 말이 사실은 빈말이 아닐 성도 싶었다.

그러나 나는 오래 그곳에 머무를 수가 없었다. 곧 겨울방학이 끝나고 새 학기가 시작되는 고국의 직장으로 돌아가야 하기 때문이었다. 대한민국은 지금 눈이 펄펄 내리고 있을지도 모른다. 그러고 보면 겨울의 한동안을 나는 이역만리에서 뜨겁게 보낸 셈이었다. 나와 함께 고국으로 피서를 가지 않겠느냐고 역공을 했을 때 친구는 다음 휴가 때는 꼭 그렇게 하겠다며 쓸쓸하게 웃었다. 괜히 내가 나타나는 통에 모처럼의 모국 방문이 취소가 된 것이 미안하기 짝이 없었다. 그는 어떤 경로를 밟았는지 자동차 수리공이 되어 있었는데, 한국 사람들의 손맛을 그들이 인정하고 있기 때문에 인기가 있다고 자랑까지 했다.

내가 친구를 만나고 온 뒤 4년이 지나서 친구의 가족은 다시 한국으로 돌아왔다. 후에 들은 그의 말에 의하면 병원 경영에서 많이 힘들어 하고 있는 아버지의 간곡한 요청 때문이라는 것이었다.
"영감님께서 보고 싶어 했을 그 손주 놈 때문이 아니고?"
친구는 굳이 내 말을 부정하지는 않았다. 당시 한 전문대학에서 실습 교관을 하고 있었던 나는 좀 더 나은 일을 탐하여, 대학에서 늦깎이로 박사 과정을 밟고 있어서 그를 자주 만날 수가 없었는데, 친구 또한 환국 후의 여러 가지 분망한 일들 때문에 여유롭게 시간을 내지 못하기는 마찬가지였다. 내 학위취득에 대한 배려로 어쩌면 그는 부러 나를 피하고 있었는지도 몰랐다. 그러다 보니 간혹 통화는 있었지만 자연히 우리는 만남이 뜸해지기 시작했다. 약간 허우룩한 마음이 들지 않은 건 아니었지만, 그런 경황 중에서도 나는 그가 같은 서울의 하늘 아래에서 살고 있다는 사실만으로도 마음이 든든했다. 어쨌든 나는 한시바삐 친구가 그동안 조국을 비운 공백을 만회하길 빌며 그를 보채고 싶은 마음을 달랬다.

그러던 어느 날 나는 친구가 아버지의 일을 돕다가 무슨 의료사고를 내고는 감옥에 갔다는 충격적인 소식을 접하고 말았다. 대충 짐작했던 대로 그 사단이 무면허에 의한 의료 행위 때문이라는 것을 알았을 때, 나는 그 비도덕적인 사건 배후에 그의 아버지가 있다는 것을 확신했다. 지구의 반대편까지 아들을 쫓아내었던 그는 기어이 그 아들을 다시 불러 범죄자로 만들고 만 것이었다. 그들 부자는 그렇게 기가 막힌 악연으로 묶여 참으로 황당한 일들을 연출해 내고 있었다. 나는 우선 영어의 몸이 된 친구보다도 그의 처와 자식들이 겪어야 할 절망이나 고통에 마음이 쓰였다. 그중에서도 어린아이들이 받을 상처가 더 걱정이었다.

친구의 부인은 처음 그의 옥바라지에 매우 열성적이었다. 그 친구와 가까웠던 몇몇 동기생들은 그녀가 구치소로 면회를 갈 때마다 성의껏 동행하며 격려를 아끼지 않았고, 그때마다 그녀는 결코 기가 죽지 않은 활달한 모습으로 도리어 우리들을 안심시키고자 노력했다. 친구가 모범수로 일 년 반 만에 가석방이 되자, 우리들은 약간 과장된 응원이긴 했지만 잔치까지 벌이며 그를 북돋워 주었다. 다행히 친구가 별 장애 없이 순조롭게 일상생활로 복귀하는 듯해 나는 우선 안심이 되었다.

친구가 나를 찾아온 것은 군대를 제대한 아들의 대학원 진학과 딸의 결혼 문제로 한참 골머리를 앓고 있던 어느 날이었다. 여느 때와 달리 자주 하늘에 눈길을 주거나 담배에 잇달아 불을 다는 일, 게다가 실없는 한숨에다 괜히 벌쭉 웃는 표정을 짓는 그의 모습에서 나는 이미 심상치 않은 어떤 조짐을 발견하고 있었다. 아니나 다를까 친구는 내가 이끌고 들어간 한 주점에서 어쩐지 불안하기만 했던 내 조바심에 기어이 불편한 응답을 던지고 말았다.

"나, 애들 엄마와 헤어지기로 했어."

친구는 나를 보지 않고 말했다.

"무슨 말이야! 그 사람과는 이미 지구 끝까지를 왕래하며 산전수전을 다 치러, 더 이상 뭘 보태고 끼워 넣을 틈새도 없을 텐데?"

그러나 내가 뱉어내는 말은 이미 내 자신에게도 공허하게 들리는 걸 어쩔 수가 없었다.

"그 여자가 지칠 만도 했을 거야. 세상엔 나보다 능력 있는 남자들이 너무 많으니까."

친구는 흡사 남의 말을 하듯 담담하게 말했다. 남녀의 문제는 그 어떤 공식으로도 정답을 쉽게 찾을 수가 없는 것이긴 해도, 나는 어쩐지 그녀의 남편에 대한 옥바라지 생활이 너무 활달했던 모습을 소환하지 않을 수가 없었다.

"뭐, 확실한 실마리라도 붙잡고 하는 말이야?"

"내가 빵깐에 있을 때부터 생긴 놈이야. 아이들이 먼저 알고 있더군."

이미 친구의 대답은 기정사실 뒤의 실제까지를 피력하고 있었다. 나는 친구를 위무할 그 어떤 말도 찾아낼 수가 없어 난감하기만 했다.

"너무 신경 쓰지 마. 어차피 출발부터가 뒤죽박죽인 인연이었으니까. 그 여자도 나같이 맹탕인 남자를 만나 고생이 참 많았지. 우선 아버지의 눈덫에 걸린 것 자체부터가 불행이었고……."

친구는 술안주라도 되는 듯 아버지를 씹고 스스로의 운명을 물어뜯었다.

"그 양반도 불쌍하기로야 나보다 덜 할 수가 없지. 우선 아들 하나 잘못 둔 게 천추의 한일 테고……. 아버지의 여자가 친구들을 집으로 초대했는데, 그들을 위해 칠순 노인이 요리를 해다 바치는 걸 보고 나는 당신도 참 안 됐다는 생각이 들었어. 아니 어쩜 그것이 그 양반에겐 행복이었는지도 모르지만 말이야. 아무튼……."

친구는 이어서 자신이 의료사고에 연루된 것은 계모의 오빠인 병원 사무장의 농간이었음을 토로하면서, 현재의 병원은 언제부터인가 알맹이가 다 빠져 이젠 주저앉을 일만 남았다는 얘기까지 했다.

"앞으로는 주로 중국 쪽에 가 있을 것 같애. 그곳에 드나들면서 계획하고 있는 일도 좀 있고……. 그리고 이 얘긴 뭐 해도 그만 안 해도 그럴 테지만 그곳에서 만난 여자가 하나 있어. 참 마음씨가 고운 사람이야. 건 그렇고 야, 정길아……."

친구가 갑자기 목소리를 낮추며 한참 동안을 망설였다. 뭔가 어려운 부탁이 있음을 직감하며 내가 그의 손을 살며시 움켜잡자, 그는 도도히 고개를 추켜세우며 야, 우리 그냥 술이나 먹자, 하고 생뚱한 소리를 했다.

"얌마, 너 진짜 내게 뭔가 은밀히 부탁할 일이 있는 모양인데, 무슨 말이든 망설이지 말고 해 봐. 혹시 내가 도울 수 있는 일이라면……."

혹시 금전적인 부탁은 아닐까. 나는 갑자기 아들의 진로와 딸의 결혼 문제가 떠올라 속이 서걱거리고 조바심이 났지만, 애써 머리를 내젓고는 조심스럽게 쥐고 있던 친구의 손에다 힘을 넣었다. 그러나 그는 술이 억병으로 취해 내가 차를 잡아 줄 때까지 그 망설이던 말에 대해서는 한마디도 입을 열지 않았다. 멀어지는 택시가 마치 아장거리며 걷는 평소 그의 키 작은 모습과 닮았다는 생각을 하면서, 나는 인생지사 새옹지마라는 말을 떠올렸다. 진짜로 세상 일이란 참 지랄 같다는 생각이 들었다.

나는 다음날 전화로 녀석의 안부를 확인하며 언제고 의논할 일이 있으면 꼭 연락을 하라고 다짐을 주었다. 그런데 그는 그 뒤 한참까지 소식이 없었고, 다시 내가 그의 안위가 궁금하여 연락을 취했을 때는 전화기가 응답을 하지 않았다. 그 뒤 한참까지 나는 친구의 행방에 대해서 아는 바가 없이 그저 중국에나 가 있으려니 하고 여겼다. 아니 어쩌면 내 스스로가 그의 종적을 외면하고 싶었는지도 몰랐다.

"야, 저 영정 사진은 누가 골랐니?"

연해 웃음을 흩트리지 않고 있는 친구를 올려다보며 나는 괜한 실언을 하고 있다는 생각을 해본다. 아닌 게 아니라 친구는 아까부터 계속 나에게만 유독 시선을 고정시키고 있는 것 같다. 결국 마지막이 된 그날 친구는 진정 내게 무슨 부탁을 하고 싶었을까. 어쩌면 그는 긴급하게 돈이 필요했는지도 모른다. 내 형편을 헤아릴 때 그 말은 정말 하기가 어려웠을 것이다. 새삼 못난 기분이 된 나는 그의 영정으로 다시 시선을 보낸다. 여전히 친구는 웃고 있다. 그의 얼굴엔 도무지 원망의 빛이 없어 더 눈이 시리다.

"아버지는 사진도 별로 찍어 놓은 게 없었어요. 저것도 간신히 찾아낸 거예요."

둘째 딸이 먼 눈길로 창밖으로 내다보며 말한다.

"웃고 있으니 좋긴 하네."

나는 또 하지 않아도 좋을 말을 했다는 괜한 자책감에 주먹으로 이마를 치며 슬며시 밖을 빠져나온다. 얼핏 돌아보는 시선에서도 친구의 눈길은 나를 놓치지 않는다. 나는 그의 시선에서 다시 부끄러움을 느끼며 그의 눈길을 털어내듯 몇 번 등허리를 쓸어내린다.

"어르신이 김정길이란 분 맞으시지요?"

언제 따라 나왔는지 혼자 다소곳이 앉아 있던 예의 중국동포 여자가 내 옆에 나란히 선다. 말은 또박또박인데 억양은 어쩔 수 없이 북쪽의 그것이다.

"아, 네에. 아주머니가 그러면 바로……?"

나는 괜히 허둥거리며 시선 둘 데를 찾는다.

"그이가 선생님 말씀을 자주 했어요. 지금은 학교에 나가시고 또 이 세상에선 제일 친한 친구라고 말입네다."

제일 친한 친구. 그 말이 참 아프게 들린다. 그러면서도 슬며시 여자에 대해 경계심이 생기는 것은 어쩔 수가 없다.

"네, 그런데 저에게 무슨 특별히 하실 말씀이라도 있으신지요?"

나는 여전히 그녀에게 눈을 주지 못한 채 허둥거린다.

"예. 저는 그이의 유골함을 제 고향으로 모시고 싶은데, 선생님께서 좀 도와주실 수 없는가 하고요. 그이는 죽어서도 이쪽 한국에는 묻히기 싫다고 늘 말씀하셔서……. 근데 딸과 아들이 도무지 내 말을 믿지 않네요."

여자의 말을 듣는 순간 나는 또 괜한 부채감에 사로잡힌다. 그는 진짜로 그렇게 한국이 싫었을까. 다시 가슴이 먹먹해온다. 그러면서도 나는 왠지 그가 죽어서 비로소 행복해지는 모습을 본다는 생각이 든다. 참 마음씨가 고운 여자야. 문득 친구가 내게 남기고 간 말이 귀속을 때린다. 그래, 세상에 어디 못된 사람들만 있는가. 더구나 그 버접기만 하고 쓰잘머리 없는 유골을 굳이 챙기고 싶어 하다니. 나는 오랜만에 순정을 보는 것 같아 마음이 숙연해진다.

이 세상에선 이미 오래전 유효기간이 끝난 순정의 정서. 그렇더라도 나는 정말 그 골동품적인 용어를 한번 믿어보고 싶다. 까짓 어차피 흙이 되고 말 그 유해가 무어 그리 대순가. 찬찬히 여자를 내려다보는 나는 자주 듣게 되는 여러 정황들을 통해 자신도 모르게 이국동포들에 대해 편견을 가졌던 사실이 슬며시 부끄러워진다. 어느 쪽에선가 친구가 나를 그 영정의 미소로 훔쳐보고 있는 것 같아 더욱 민망스럽다. 순간 나는 무슨 한편의 신파극을 보고 있는 것 같은 착각에 잠긴다. 사실 잘 꾸며진 허구는 자기기만의 욕구와 결탁하여 더 사실적으로 보일 때가 있다. 그런데 명쾌하고 진지한 인생의 실제는 때로 자주 신파로 비춰질 때가 많지 않은가. 인간의 삶 자체가 신파이기 때문일까.

나는 고개를 들어 문득 하늘을 본다. 북서쪽을 향해 흘러가는 뭉게구름 한 조각이 그럴 수 없이 여유롭고 평화로워 보인다. 그대 어디로 가는가. 나는 그제야 친구의 고혼이 한(恨)많은 고국을 떠나 훨훨 어디론가 날아가는 환영을 목격하며 당당하게 여자를 향해 말이 하고 싶어진다.

좋습니다. 그것이 당신의 뜻이라면 내 친구가 당신과 함께 꼭 당신의 고향으로 돌아갈 수 있도록 도와드리겠습니다. 다시 올려다보는 하얀 구름 덩어리가 정말 너무 순백하고 아름다워 보인다. 친구여, 그대는 다시 어디로 가고자 하는가.

별이 된 남자

여자는 떠났다. 별이 되고 싶었던 남자는 그 욕심 때문에 여자로 부터 버려졌다. 한때 선택의 갈림길에서 오래도록 고뇌하던 남자도 결국은 여자를 버리고 별을 선택했다. 아니 남자는 사실 아무것도 버린 것이 없었다. 여자를 놓아주고 스스로 자유를 얻은 것뿐이었다. 자유는 언제나 별처럼 먼 곳에 있으면서, 한 존재를 고독한 광야 속으로 들어가게 하는 힘이 있었다. 욕망, 계획, 성공 그 어떤 것에도 매이거나 집착하지 않고, 계속되는 실패까지도 좌절로 가름하지 않는 질긴 생명력의 그 무엇, 말하자면 '호불호' 혹은 '태평 · 고저 · 선악 · 미추 · 득실' 등의 분별마저 단호히 거부하는 그 힘이 자유였다. 자유는 온몸으로 내가 되는 것이었다. 그렇게 되지 못할 때는 그 어떤 경우도 가능의 주체로 인정될 수 없었고, 설사 천지를 다 차지한다고 해도 그것은 늘 불안한 소유가 되었다.

어쨌든 남자는 사납고 거센 바람이 부는 곳, 그 고독 속으로 달아날 것을 결정함으로써 자유를 차지했고 혼자가 되었다. 그러나 그것은 결코 홀가분하거나 편안하게 돌아오는 이념의 몫이 아니었다. 자유가 많을수록 갈등도 많다는 말은 거짓이 아니었다. 남자는 자유 때문에 별을 찾아 떠날 수는 있었지만 행복하지는 않았다. 너무 외롭고 너무 많이 힘이 들어 가슴이 저렸지만 그래도 후회하진 않았다.

올림픽 공원 88잔디마당은 몰려드는 사람들로 무슨 잔치판 같았지만, 여느 때처럼 흥겹고 여유로운 분위기는 아니었다.

'한국우주인1차선발기초체력평가장'이란 현수막이 주는 느낌이 있어서인지 가족들의 응원이나 격려를 받으며 몰려들고 있는 사람들의 얼굴은, 약간 장난스러운 표정 가운데서도 제각기 한 가닥씩의 긴장은 숨기지 못하고 있었다. 나는 윗주머니를 뒤져 건강진단서와 동의서를 확인했다.

탈의실에서 추리닝을 갈아입고 운동화를 착용한 나는 모서리가 닳아 너덜너덜한 쪽지를 펴고 주의사항을 다시 한번 일별했다. 참가 전 음주는 피하시고 충분한 휴식을 취하시기 바랍니다. 나는 잠시 쓸쓸해지는 기분을 떨쳐내기 위해 입술을 지그시 깨물었다.

어젯밤 예주와 나는 오래도록 술자리를 같이 했다. 따라서 충분한 수면을 취하지 못했음은 당연하다. 그것은 23분 만에 9.5킬로미터를 완주하는 기초체력 평가를 무시해서가 아니었다. 허기야 어릴 때부터 마라톤 선수가 되는 것을 여러 번 생각했던 나로서는 까짓 평가쯤은 우습게 볼 수도 있었다. 하지만 어젯밤은 예주가 마지막으로 결별 통첩을 하던 날이었고, 오늘은 숙취와 함께 그 선언을 감당해야 했기 때문이다. 예주의 최후통첩은 오늘 이 자리에 그녀가 나타나지 않은 것으로 보아 더욱 명백해졌다.

"우선 어머니가 허락하지 않은 일을 왜 고집하는 거야?"

예주는 어머니를 동원해서라도 끝내 내가 우주인이 되려는 걸 말리려 했다. 어머닌 벌써 허락하셨어. 그러나 나는 이 말을 하지 못했다. 설사 어머니의 고뇌에 찬 결단을 예주가 헤아린다고 해도, 그 순간 그녀는 어머니로부터 먼저 배신감을 느낄 것이 자명했기 때문이다.

정말 그랬다. 사실 어머니는 당신의 유일한 가족이며 하나뿐인 아들을 불확실하고도 두려운 미지의 세계로 던지는 데 동의할 수가 없는 여자였다. 예주는 내 어머니께서 일찍이 지아비를 하늘에다 묻은 한을 가슴에 새기고 사는 여인임을 너무도 잘 알고 있었다. 아버지는 공군 항공대에서도 미래가 촉망되던 편대장이었지만, 연습 비행 중 기체 고장에 의한 폭발로 더 높은 하늘로 오르신 분이었다. 내가 다섯 살 때였다.

아버지의 영정 앞에서 조문객들은 엄숙한 표정으로 잘 견디다가도 나를 보는 순간엔 곧잘 눈시울을 적시곤 했다. 많은 사람들이 모여들고 아버지의 사진 앞에서 몇 번이나 까무러치는 어머니를 볼 때, 나는 아버지에게 무슨 큰일이 일어난 것이 틀림없다고 막연히 느끼긴 했지만, 끝내 돌아오지 않을 줄은 몰랐다. 그 후 아빠가 언제 오느냐고 물을 때면 금세 눈물이 그렁해진 눈으로 엄마는 '하늘나라가 너무 멀어서 말이야' 하고 고개를 돌리곤 했다.

어느 때부턴가 나는 슬픈 엄마의 얼굴이 보기 싫어 그런 물음을 하지 않게 되었지만, 그때도 나는 아버지가 꼭 커다란 장난감 항공기를 들고 나타날 것을 의심하지 않았다. 두 팔로 내 겨드랑이를 잡고는 번쩍 하늘로 치켜 올리기를 잘했던 아빠가 다시는 집으로 돌아올 수 없다는 걸 깨달을 나이가 되었을 때, 이미 나는 엄마가 하나씩 둘씩 내 장난감 상자에서 각종의 항공기들을 버리고 있다는 것을 알았다. 더 나아가 엄마는 내가 오랫동안 하늘에 눈을 주고 있는 것도 두려워했다. 그래서인지 엄마는 눈길을 하늘을 향하고 있을 때가 드물었다. 아니 그녀는 오늘날까지 아예 비행기를 타지 않으려 함으로써 그 흔한 제주도도 한번 다녀오지 못했다.

나는 하늘이 유난히 높고 푸를 때면 자주 그 속에서 아버지를 만나곤 했다. 놀랍게도 그때 아버지의 얼굴은 늘 쓸쓸해지는 내 마음과는 달리 두 팔을 활짝 벌리며 웃고 있는 표정이었다. 고등학생이 되면서 나는 자주 아버지가 달리던 하늘을 바라다보며, 파일럿으로서의 그의 긍지가 어땠는지 알고 싶었다. 하늘은 간혹 오래도록 나를 붙잡고는 놓아주질 않았다. 그곳에서 아버지는 늘 미소를 보냈고, 나는 그때마다 그 품에 안기고 싶다는 생각을 떨쳐내지 못했다.

공군사관학교를 지원하고 싶다는 말을 처음으로 어머니께 했을 때, 어머니는 가타부타 말이 없었다. 모든 일에서 웬만하면 자율적인 선택권을 주시던 어머니도 자식의 진로에서만은 넉넉하지 않았다. 그 침묵은 이틀이나 계속되었고 3일째가 되는 날 나는 먼저 담임선생께 공사 지원을 취소한다는 통고를 했다. 아버지가 좀 섭섭히 여기시지 않을까……? 담임의 말을 등 뒤로 들으며 나는 정말 아버질 배신했다는 기분이 들었다. 그러나 너무도 힘겨워하는 어머니의 표정을 떠올리는 순간, 나는 단호한 결의로 교무실의 문을 닫고 나와 버렸다. 진로를 기술과학 분야 쪽으로 바꾸었다는 말을 했을 때도 어머니는 역시 묵묵부답이었다. 몹시 기뻐하실 거라고 여겼던 나는 한동안 무참해지고 말았다.

어깨가 처진 채 자리를 일어났을 때야 어머니는 화들짝 놀라며 내 손을 잡았다. 무척 힘들었겠구나, 엄마가 좀 심란했던 것 같애. 그러니 다시 번복해도 괜찮아. 그러면서 어머니는 살며시 나를 끌어안았다. 오랜만에 안겨보는 어머니의 품이었다. 어린 시절에 비해 다소 비린내가 옅어졌을 뿐 엄마의 냄새는 예나 다름이 없었다. 나는 갑자기 콧등이 저렸다.

"어머니, 제가 좀 경솔했던 것 같습니다. 잠깐 동안이었지만 걱정을 끼쳐드려 죄송합니다."

거꾸로 아들이 어머니의 등을 두드려주자 어머니는 기어이 눈물을 찍어냈다.

"니 마음 내 다 안다. 근데 말이다……"

어머니는 더 이상 말을 잇지 못했다.

나는 결국 공과대학을 지망했고, 박사학위를 취득한 끝에 국내 굴지기업의 연구원이 되면서 하늘을 나는 꿈을 접었다. 그러나 그렇게 꿈은 꺾였으나 밤이면 하늘에선 여전히 나를 유혹하는 별들이 떴다. 그 별을 볼 때마다 나는 어릴 때 아버지가 사다 주셨던 그 수많은 장난감 항공기들을 잊을 수가 없었다.

어머니는 그 많던 장난감들을 아들 몰래 하나씩 버리며 어떤 기분이었을까. 그리고 어머닌 지금도 하늘을 나는 비행기를 보거나 그 소리를 들으면 쓸쓸하고 참담한 마음이 되는 것일까. 아무리 인간에겐 시간이 약이고 세월이 망각을 선물한다고는 하지만, 한 여인에게 남긴 상처는 쉽게 아물지 않으리란 생각으로, 나는 얼마나 많은 조바심과 함께 그쪽의 유혹을 경계하며 살아왔던가.

그런데 최근 어머니가 내게 귀띔한 정보는 실로 충격이 아닐 수 없었다.

　"얘야, 너 우주여행을 한번 가고 싶은 생각은 없니?"

　처음에 나는 어머니의 그 말이 무엇을 뜻하는지 몰랐다. 순간 나는 어머니가 너무 이른 나이에 노망이 나시거나 혼란이 오신 게 아닌가 하는 생각에 덜컥 겁부터 났다. 그러면서 이어지는 생각은 그녀를 너무 오래 외롭게 내버려뒀다는 자책이었다.

　"나라에선지 어디선지, 무슨 우주인을 선발한다는구나."

　어머니의 두 번째 말에 나는 다시 한 번 깊은 충격을 맞이했다. 그것은 차라리 혼돈이었다. 옛날 같았으면 지금쯤 허파에 풍선이 수십 개나 들어찰 정도로 바람이 들었겠지만, 이미 하늘의 꿈을 접은 지 오래인 나는, 과학기술부 산하의 한국항공우주연구원의 우주인 선발 정보를 귓등으로 흘리고 있었다. 아니 나는 어쩜 잠자고 있는 그 욕망을 건드려 내 가슴이 요동칠 것을 미리 두려워한 나머지, 애써 그 소식을 외면하고 있었는지도 몰랐다. 그런데 이번엔 어머니가 먼저 그 꼭꼭 숨겨 놓은 폭발물의 뇌관을 건드리고 있는 것이 아닌가. 나는 자신도 모르게 침을 꿀꺽 삼켜 내렸다.

　"어머님도 참, 그렇게 할 일이 없으세요?"

　나는 자신의 속내를 들킬 것 같아 괜한 너스레를 치며 허둥거렸다.

　"남자가 세상에 나왔다가 그런 여행을 한번 해보는 것도 의미 있는 일이지 않겠니? 늬 아버지도 하늘에서 가만히 보고만 있지는 않을 테고……."

　아들의 의중을 떠보는 어머니의 탐색은, 그러나 너무도 진중해 보여서 더는 농변으로 돌릴 수도 없었다.

"나는 네가 공사를 간다고 했을 때 그걸 못하게 한 것이 늘 가슴이 아프더구나."

"다 지나간 일이에요. 전 지금 하고 있는 일에 보람을 느끼고 있음은 물론, 오히려 그때 이쪽으로 진로를 바꾼 것을 참 잘했다고 여기고 있어요."

사실 이 말은 전혀 틀린 말도 아니었다. 세상에는 꿈과 현실의 세계가 엄연히 다른 것이고, 더구나 그 꿈이 무지개를 좇는 것이라면 더욱 그러하다.

"예부터 선조가 하던 유업을 자손이 자랑으로 이어가는 것은 큰 효행의 덕목으로 여겼다. 아무리 세상이 바뀌어도 선대가 사명감 가지고 하던 일은 존중되어야 하지 않겠니? 요샌 네 아버지가 자꾸 꿈에 나타나는데 아무래도……."

나는 어느덧 어머니를 다른 시각으로, 새롭게 바라보는 처지가 되었다. 정말 영혼이라는 게 있어서 아버지의 혼령이 지금 어머니를 일깨우고 계시는 것일까. 내 눈은 어느새 창밖의 하늘에 가 있었다. 여느 날보다 유달리 푸른 하늘엔 몇 덩이 유혹처럼 구름 떼가 떠가고 있었다.

"어머님, 지금 혹시 어머니의 아들이 또 바람이 날까 봐 미리 시험해 보시는 건 아니십니까?"

나는 일부러 농조로 능글거리며 어머니의 어깨를 주무르는 시늉을 했다.

"이번엔 아니다!"

비록 부드럽긴 했지만 어머니는 잔등으로부터 내 손을 뜯어내었는데, 약간은 힘이 들어가 있었다.

"어머니는 진짜로 제가 한번 우주인에 도전하는 모습을 보고 싶으세요?"

나는 어머니를 돌려세워 얼굴을 마주하며 정색을 해보였다.

"너에게 그럴 의지가 있다면……!"

어머니는 분명한 어조로 말했고 그리고 결코 내 눈싸움을 피하지 않았다. 나는 다음날 당당하게 인터넷을 통해 우주인 선발에 대한 지원서를 냄으로써 어머니의 비장한 결심을 도와드리기로 했다.

적어도 예주는 어머니와 나 사이에 이런 묵계가 있었던 사실은 모를 것이다.

"우리 어머님은 결코 당신의 아들이 아버지의 길을 가는 것을 막지 않으실 거야."

나는 절대로 어머니의 허락을 받아내지 못할 것이라고 단정하는 예주에게, 기왕이면 나의 어머니가 평범한 여인이 아님을 과시하고도 싶었다. 그러나 사실 그것은 굳이 예주에 대해 어머니가 비범하다는 것을 자랑하고자 함이 아니라, 아직도 아버지에 대한 사랑을 놓지 못하고 있는 한 여인의 결기를 강조하고 싶은, 내 알량한 시위인지도 몰랐다.

"착각하지 마, 비행기 조종사와 우주 비행사는 근본적으로 달라."

예주는 지지 않았다. 그 말에는 우주인에 대비되는, 비행사에 대한 폄하도 묻어있었다. 사실 희소가치나 위험도에서 두 분야가 추구하는 역할과 가치는 다를 수가 있다. 특히 우주 비행사는 특이신체 조건을 갖춰야 된다는 점에서 조종사와의 기준과 현격한 차이가 있음도 사실이다.

"그러나 하늘을 무대로 활동한다는 점에서는 다를 바가 없지."

나는 괜한 오기로 응수하고 있다는 사실에 역겨움이 일었지만 취소하고 싶은 생각은 없었다.

"암튼 오빠가 우주인이 된다는 게 난 싫어!"

예주는 애꿎은 맥주잔을 노려보면서 말했다.

"정말이야, 나는 별을 찾아 한번 하늘로 떠나고 싶었어."

"진정한 발견은 새로운 무엇을 찾는 것만이 아니고, 이미 있는 모든 것을 새로운 눈으로 바라보는 것이래."

"그래도 난 꼭 해내고 말 거야!"

나는 물러서지 않았다. 아니 나는 정말 어떤 일이 있어도 이번의 기회를 놓치고 싶지 않았다. 나는 유년 시절부터 종일 하늘에서 날고, 잠을 잘 수 있는 페루의 하늘새, 그 별난 독수리가 되고 싶은 꿈을 가지고 살지 않았던가. 안데스 산맥의 고공에서 수천 년 하늘을 덮고 살아온 콘도르, 그 진정한 조류같이 하늘 높이 나는 크고 큰 새.

"오빠의 꿈이 정말 우주인이 되는 것이라면 나 또한 그 꿈을 꺾는 여자가 되고 싶진 않아. 그러나 오빠도 이건 잊지 말아야 해. 우주인들은 말이야, 우주 공간에 머무르는 동안 많은 칼슘의 소비로 뼈의 밀도 감소와 근육에선 질소까지 빠져나간다는 것. 그래서 생긴 골다공증은 지구 귀환 후에도 잘 회복되지 않아 완치가 힘들다고 했어. 그뿐만이 아니야, 우주 공간 체류시는 우선 고독한 환경에서 오는 자극 결핍과 공시야에 의한 존재 감각 상실 때문에 사고 과정의 퇴행은 물론, 여러 가지의 판단 능력이 저하되어, 착각, 환각 등의 정신분열 증세가 일어난다는 것도 간과할 수가 없대요. 거기다 다른 알 수 없는 질병까지 겹쳐서 골골하는 꼴을 누가 감당하라구."

역시 예주는 국립의료원에서 일하며 익힌 지식을 아끼지 않았다. 그것은 한 미래 우주인 후보자에 대한 은근한 협박이기도 했다.

"그렇다면 지금 항공우주의료 분야에서도 그런 후유증에 대한 상당한 연구와 함께 그 대처방법의 성과가 속속 발표되고 있다는 사실도 알고 있겠군. 원래 세상은 도둑이 강해지면 그 도둑을 잡는 기술도 발전하게 돼 있어."

나는 거푸 술잔을 비워내며 내 의지를 다졌다. 알코올은 만용과 함께 자신감이나 호기도 부풀려 주었다.

"정히 그렇게 고집한다면 우리의 미래도 다시 한번 새롭게 검토해 봐야 되겠네."

예주는 조용히 술잔을 들어 올리며 애써 가라앉은 목소리를 내었지만 끝내 나를 보진 않았다.

"아, 그래, 장래 부인이 될 사람이 남편의 꿈에 대해서 그렇게 인색해도 되는 거야? 설마 내조란 말뜻을 모르고 있진 않겠지. 그리고 예주는 진정으로 날 사랑하고 있기는 한 거야?"

나의 볼멘소리가 다소 높아졌는지 주위의 시선을 잠시 의식하는 듯하던 예주는 다시 입을 열었다.

"내조란 용어는 원래 페미니즘적 차원에선 추방되어야 할 말이지만 까짓것은 아무래도 좋아. 하지만 난 오빠가 우주인이 되는 게 싫어. 그리고 아직도 사랑에 의문을 달고 있다니 정말……. 그리고……!"

잠시 뜸을 들이고 있던 예주가 다시 말을 이었다.

"최종 후보자가 두 사람이라는데, 상징적으로라도 이번엔 남녀 두 명이 뽑히지 않겠어? 그래서는 오랫동안 국내외로 훈련을 같이 다닐 터인데, 좀스러운 투기라고 빈정거리겠지만 그걸 보면서 눈엣가시가 돋지 않은 연인이 어디 있겠어!"

예주는 실제로 그런 꼴을 보고 있기나 한 듯 크게 가슴이 흔들리며 색색 숨을 몰아쉬었다. 나는 그런 그녀가 한없이 사랑스러웠다. 왈칵 그녀를 껴안고 싶은 충동에 괜히 주변에 있는 사람들이 미워졌다.

"아, 그래서 세상엔 다 희생이 있고 숨은 공로가 얘기되기도 하는 거 아니냐구. 누군가는 신화란 있었던 일이 아니고, 있어야 할 일이라고 했는데, 내가 그 한국 우주 비행사의 신화 한번 쓰면 안 돼? 어차피 국가의 미래는 우주 개발력에 의해 판가름 나고, 우주를 지배하는 자 세계를 지배한다는 믿음 아래, 세계 선진국들은 지금 하늘과 우주를 영토 개념으로 우주 식민지 영역 확보에 혈안이 되고 있다구. 좀 거창하긴 하지만, 이 오빠, 박정후가 한국의 존망이 달린 우주개발의 첨병이 되어보자는데 뭐가 그리 문제야!"

조심스럽긴 했지만 내 주먹이 탁자를 내리치자 예주는 다시 주위부터 살폈다.

"취했어, 이젠 돌아가!"

예주가 옆자리에 놓아둔 손가방을 챙기며 일어섰다. 내가 얼른 그녀의 손을 잡아 다시 앉혔다.

"예주야, 아까도 말했지만 정말 너 나를 사랑하기나 해? 그리고 아까 한 말 그게 뭐야! 뭐 우리의 미래를 새롭게 검토해 봐야 할 때가 왔다구? 아줌마, 여기 술 한 병 더 줘요!"

별이 된 남자 ———————— 183

나는 손을 들어 올렸다. 아니, 그것은 주먹이었다.

"사랑이란 거 그게 어디 한쪽만의 노력으로 이루어질 수 있다고 생각해? 내가 그렇게 말리는 데도 기어이 고집을 부린다면 어쩔 수 없는 일이지 뭐. 명성이란 새로운 이름 주위로 모여드는 모든 오해와 허명의 총체라고 했어. 아직은 검증되지 않은 것이 우주인들의 건강 문제인데, 그걸 잃고서야 무슨 삶의 명분이 있다고. 우린 뭐 2세도 후손도 필요 없다 이거야?"

"명성 때문이 아니야, 절대로……. 내가 좀 특별한 것에 대한 호기심이 많은 건 사실이기도 하지. 공격적 남성은 Y염색체가 하나 더 있다는 학설이 있다는데, 그것이 아버지의 피를 이어받았기 때문인지는 몰라도, 나는 정말 어릴 때부터 하늘을 날고 싶었어. 좀 더 커서 중학생이 되었을 땐 아예 별들을 따고 싶었지. 내가 시골에서 보았던 하늘에는 별이 너무도 많아서 정말 하늘 반(半) 별 반이었어. 정말이야. 별을 따고 싶어 하는 날 격려해주기 위해서라도 내일 시험장에 좀 나와 줘. 누구보다도 난 너의 응원이 필요해."

난 숫제 통사정을 했다. 그녀와 6년간이나 긴 교제를 하면서도 정말 그렇게 애원을 해보기는 처음이었다.

"내 생각은 변함이 없어. 사랑이란 그냥 같이 밥을 먹는 일이래. 나는 그저 가족끼리 모여 앉아 오순도순 밥이나 먹고 사는 그런 가정을 이루고 싶었어. 그러니 오빠가 우주인이 되는 걸 포기하지 않는 한 나는 오빠와 미래를 같이 하지 않을 거야."

"좋아, 내일 올림픽 공원 88잔디마당에 나오지 않음 예주가 날 버린 걸로 간주하고 포기하겠어."

나는 갑자기 설움이 북받쳤다. 이어서 아버지의 희미한 얼굴이 떠오르고, 구질구질하게 눈물이 나오려 했다.

"우리의 로맨스 그레이, 졸업반 미팅 때 써낸 희망의 쪽지를 기억하겠지. 좀 고전적인 방법이긴 했지만 그때의 미팅으로 만난 우리의 인연은 정말 잊을 수가 없어."

나는 눈을 감은 채 술잔을 더듬어 술을 비웠다. 그리고 푸념하듯 말을 이었다.

"그때 무작위 추첨을 통해 비슷한 이미지끼리 묶여진 우리의 희망은 '하늘'과 '산'이었지. 예주 또한 알피니스트였던 아버지가 외국의 만년 설산에서 조난을 당하고 영영 돌아오시지 못하자 그 한 맺힌 '산'을 끌어안고, 저주하고, 사랑하며 살았지. 내가 아버지를 훔쳐간 하늘을 원망하며 살았던 것처럼 말이야. 그래서 예주의 어머닌 유독 산에 가는 일은 못하게 했잖아. 우리 어머니가 어린 시절 내가 오래 하늘을 보고 있는 것을 두려워했던 것처럼 말이지. 예주 어머니도 그 등산이란 걸 치를 떨며 싫어 하셨겠지. 그래, 우린 그렇게 혼자 남게 된 여인들을 이해하고 잘 보살펴야 돼. 우연이라면 참으로 기이한 우연으로 우린 비슷한 처지의 동병상련을 앓고 살았잖아. 그래서 그 기이한 우연을 받아들여 사랑을 보태고 키운 지도 어언 6년, 그동안 우리의 사랑은 어쩌면 서로에 대한 연민이었을지도 몰라. 결국 자기 자신에게 상처가 많은 사람일수록 평생 자신을 증오하고, 저주하고, 사랑하다 가는 거라더군. 그런 의미에서도 예주는 내 꿈을 막아서는 안 되지. 그러니 내일 꼭 나와 줘. 나올 수 있겠지?"

그러나 내가 말을 끝내고 눈을 떴을 때 그녀는 내 앞에 있지 않았다.

"아가씨가 계산을 끝내고 갔어요."

비웃기라도 하는 듯 아주머니의 얼굴에 객쩍은 웃음이 스쳤다. 혼자 중얼거리고 있는 나를 보며 저 아줌마가 생각한 것은 무엇이었을까? 세상의 남자들이란 그저 허황한 꿈이나 꾸며, 여자들의 복장이나 썩히다가 집안을 거덜내는 애물단지뿐임을 확인이라도 한 것일까. 난 엉거주춤 일어나 술집을 나왔다. 다행히 내가 꼴찌 손님이 아니어서 안주인에겐 좀 덜 미안한 생각이 들었다.

예주, 그래, 넌 날 버릴 자격이 있어! 그렇지만 난 너도, 하늘로 가는 일도 포기할 수가 없어. 내일이 있기 때문에 난 아직 실연자는 아니지? 만약 네가 내일 나오지 않는다 해도 나는 혼자서 간다. 이번의 우주선이 혼자 탑승하는 것처럼. 그래, 무소의 뿔처럼 난 혼자서 간다. 혼자 걸어가는 사람은 아름답다. 달구지나 자동차와 스님, 마사이족, 구름 이 모든 것들이 혼자 떠나가는 모습은 외로워 보이지만 아름답다. 이래서 술은 좋은 것이지. 적당히 처량하고, 외롭고, 감상적일 수가 있어서……. 나는 주절주절 소월을 읊었다. 산에는 꽃피네. 꽃이 피네, …… 산에서 피는 꽃은 저만치 혼자서 피어 있네. 그래서 혼자서 피어 있는 꽃들은 다 아름다운가. 그런데 별들은 많이 모여 있어서 외롭지 않은데도 아름답다. 그러니까 별을 따러 가야 한다. 내가 웃으니 별들이 웃고 내가 우니 별들도 따라 운다. 그러고 보니 별들은 참 지조가 없다. 그래도 나는 별이 좋다. 별을 좋아하는 사내가 혼자 간다. 여인을 잃은 사내가 혼자 걷는다. 버림받은 녀석이 혼자서 흔들거린다. 흔들리는 것은 아름답다. 술이 취해 혼자 가는 그 사내는 처량해서 더욱 아름답다.

나는 집 앞에 도착할 때까지 혼자서 주절거렸다. 아름답다, 슬프다, 슬픈 건 아름답고, 아름다운 건 슬프다. 배신당한 사람은 아름답다. 슬프긴 하지만 무척 아름답다. 아름다운 것은 죄가 아니다. 죄가 없으니 차라리 슬프다. 슬퍼서 더욱 아름답다.

　일찍 아버지를 잃고 형제도 없이 자란 나는 본능적으로 대인 방어적 삶에 충실해 왔다. 어릴 때부터 태권도를 익히고, 다부진 체력을 유지하는데 유용한 각종의 구기 운동에서도 남에게 뒤지지 않을 만큼 열심이었다. 따라서 나는 웬만한 체력 테스트쯤은 걱정할 일이 못되었다. 간단한 몸풀이 준비 체조를 선도하는 초빙 여자 요원은 마네킹같이 몸매가 다듬어져 있어서 차라리 이물스러웠다. 그 여자 위로 예주를 잠시 겹쳐보던 나는 자신이 너무도 그녀를 사랑하고 있음을 알았다.

　우주인 운영요원은 주의사항과 함께, 만일의 사태 대비를 위해 모든 지원자에게 상해보험을 들어 놓았다고 설명했고, 우리는 모두 남의 애기나 되는 듯 크크크 웃었다. 실제로 한 사람도 사고가 난 경우가 없어 좀 싱거웠지만, 숙취가 남은 나에겐 적당한 거리의 달리기가 오히려 약이었다.

　나는 거뜬히 적정 시간 내에 소정의 거리를 주파했다. 골인선의 기록 측정용 매트를 가볍게 밟고 들어온 나는 부착하고 있던 기록용 칩을 운영 요원에게 재빨리 넘겼다. 그 칩을 분실할 시는 현금 2만 2천 원의 변상을 해야 한다는 주의사항이 떠올라 나는 히죽이 웃었다. 시시한 웃음이었지만 참으로 오랜만에 웃어 본다는 느낌이 들었다.

　땀을 흘려 가뿐해진 몸은 상쾌하면서도 마음은 거꾸로 축축하니

가라앉고 있었다. 완주를 축하하는 여러 가족들의 환호 속으로 개선장군처럼 뛰어가는 지원자들을 보며 나는 조금씩 외로워지기 시작했다. 어젯밤 술에 취해 귀가하며 독백처럼 주절거렸던 말을 떠올리며 그 말들이 얼마나 엉터리였는가도 확인했다. 응원자 하나 없이 쓸쓸히 혼자 걸어가는 사람은 아름답지 않았으며, 혼자 떠가는 구름 또한 예쁘지 않았다. 더구나 여자에게서 버림받은 남자는 너무도 쓸쓸해서 훨씬 더 아름답지 못했다.

예주는 끝내 얼굴을 보이지 않았다. 탈의실에 보관된 옷을 갈아입으며 핸드폰을 열었을 때도 거기엔 그 누구도 왔다 간 흔적이 없었다. 나는 텅 빈 마음을 주체할 수 없어 아무 생각 없이 단축키를 눌렀다. 예의상 1번을 어머니께 양보하고 2번은 예주의 귀와 연결된 줄이었다. 그러나 그 줄은 끊어져 있진 않아도 응답이 없었다. 지금은 전화를 받을 수가 없으니, 전화번호를 남기려면…… . 두 번 세 번…… . 나는 폴더를 닫았다. 혼자 우두커니 서서 응답 없는 전화번호를 누르고 있는 사람은 정말 아름답지 못했다.

내가 몇 번이나 당긴 줄의 자국이 그녀의 핸드폰에 남아 있었겠지만, 예주는 그날 이후 한 번도 전화를 보내오지 않았다. 아름다운 풍경은 아니라고 해도 나는 수십 번도 더 예주에게 홀로 통화를 시도했고, 종국엔 쓸쓸히 응답 없는 폴더를 닫아야 했다. 동원은 되었지만 아무런 소용이 없었던 구급차가 공원을 빠져나갈 때까지도 예주는 나타나지 않았다.

우주인 선발 2차 평가는 1박 2일의 일정으로 대전 한국과학기술원에서 있었는데, 이번엔 어머니도 동행했다. 토요일 날이라 웬만하면 연가라도 내고 따라올 줄 알았던 예주가 빠진 것을 두고 어머니가 물었을 때, 나는 의료원에서 갑자기 무슨 일이 생겼다고 둘러대었고, 어머니는 더 이상 그녀에 대해서 묻지 않았다.

3만 6천여 명이 지원한 1차 선발에서 기초체력 평가와 기본 신체검사, 필기시험, 서류 평가 등으로 걸러진 2백40여 명은 다시 심층 체력 테스트와 정신 심리 검사, 면접, 영어, 일반 상식의 관문을 통과해야 했다.

첫날의 평가와 검사가 끝난 것은 오후 2시 30분. 이어진 축하 공연장은 열기구와 애드벌룬 등이 떠오르고 헬륨 풍선 등의 선물이 증정되면서 이내 축제 분위기가 되었다. 그때까지도 예주로부터 전화 한 통이 없자 어머니는 약간 섭섭한 눈치였고, 나는 얼른 어머니를 우주 관련 영상물 상영장으로 모시면서 위기를 피해갔다.

어머니가 상경을 위해 평가장을 떠나자, 나는 곧바로 배정된 숙소로 돌아갔다. 샤워를 끝내자 낮 동안 이어진 각종의 평가와 검사로 인한 약간의 피로가 몰려왔다. 나는 전등을 끄고 잠시 창밖을 내다보았다. 하늘엔 몇 개 별이 떠 있었다. 지금쯤은 어쩌면 별이 싫어졌을지도 모를 한 여자가 내 망막으로 달려오다간 사라졌다. 그 여자와 나는 정말 결별로 끝나는 것일까. 내가 얼마나 예주를 아끼고 사랑했던가. 갖가지 그녀와의 즐거웠던 추억들이 달려들면서 나는 갑자기 가슴이 빠개지도록 아파왔다.

가슴이 아픈 것은 살아 있음의 확실한 증거라고 하지만, 순간 나는 모든 것이 부질없다는 생각이 들었다. 사람들은 사랑을 하면서 자기 자신을 발견해야 한다. 그런데 대부분의 인간들은 사랑을 하면서 그것을 잃고 있지 않은가. 예주와 나는 정말 진정으로 사랑하는 사이였던가. 나는 새삼스러운 회의와 함께 숨이 막힐 것 같은 속을 풀기 위해 와락 창문을 열어젖혔다. 어느새 왼쪽으로 보이는 동녘 하늘 위엔 채 영글지 못한 달이 떠 있었다. 역시 달은 혼자 있어도 아름다웠다. 내게있어서 달과 별은 언제나 유혹의 실체였다. 그것은 내가 늘 달려가고 싶었던 섬이었다. 순간 나는 4년간이나 끊었던 담배가 갑자기 피우고 싶다는 생각이 들었다. 그러나 나는 몇 번의 심호흡으로 담배 연기를 내뿜는 시늉만 했을 뿐 달리 방법이 없었다.

그때 숙소 건물 앞 잔디밭에 앉아 뭔가를 중얼거리고 있는 한 인기척을 발견하고 난 시야를 좁혔다. ⋯⋯R⋯⋯A⋯⋯S⋯⋯T⋯⋯? 머리를 숙인 채 준비해 온 쪽지를 읽고 있는 사람은 사내였다. 아⋯⋯! 내 눈이 크게 열렸다. 그는 내일의 영어 면접 평가를 위해 예습을 하고 있는 한 사람의 지원자였다. 나는 갑자기 가슴이 떨리고 묘한 기분과 함께 엄습해 오는 숙연한 감동을 만났다. 역시 혼자 있는 건 아름답고, 또 의욕으로 깨어 있는 자는 더욱 아름다운 모습이었다. 다시 홀수의 미학이 회복되는 순간이었다. 종일의 연속된 선발 테스트 과정을 다하고 모두가 노곤한 몸을 깊은 잠에 처박아 두고 있는 시간에 저렇게 깨어 있는 자는 누구인가. 나는 눈을 더 가늘게 뜨고는 그를 탐색하기에 총력을 기울였다.

아⋯⋯! 내 입에선 다시 탄성이 튀어나왔다. 그는 오늘 아침 7분여를 지각하여 땀투성이로 평가장에 도착했던 사람이었다. 그는 무슨 중죄라도 지은 듯 운영 요원에게 손바닥까지 비벼대며 매달렸다. 한밤중에 갑자기 아내가 해산기가 있어서 그 일을 수습하고 오느라고 부득이 늦고 말았다며 반 울음을 토해내던 사내. 그가 쓰고 있던 하얀 골 무늬의 챙 모자를 조용히 흔들어대며 잔디밭 위에서 지금 그는 내일의 평가에 대비, 쏟아지는 잠을 쫓고 있었다. 스스로의 꿈을 향해 최선을 다해 투지와 정열을 불태우는 정경, 정말 엄숙한 인생을 숙연하게 보여주는 드라마의 한 장면이었다.

나는 바보처럼 울고 싶었다. 자주, 울 줄 모르는 남자는 야만인이라고 떠벌이면서도 정작은 한 번도 목놓아 울어 본 적이 없었던, 진짜로 못난 남자 박정후. 나는 오래도록 잠을 이루지 못하고 있는 사내를 지켜 주었다. 그러면서 생각한 것은, 여기에 모인 지원자들은 모두 서로를 밟고 눌러야 하는 경쟁자가 아니라는 것이었다. 같은 목표 아래 서로의 꿈을 치열하게 성취하고자 노력하는 동반자들, 서로를 격려하고 응원하기 위해 만난 동지들이었다.

나는 잠시 흰 골 무늬 챙 모자의 절치부심하는 투지를 위해 중도 포기를 고려했던 스스로의 비겁을 반성했다. 그 짓이야말로 모든 힘을 모아 강인한 정점을 이루려는 이른바 사회통합론에 대한 모독이 아니고 무엇인가. 나 또한 그를 위해 최선을 다해야 한다. 나는 문득 정충들이 난자를 향해 공격해 들어가는 장면을 떠올렸다. 하나의 정충이 수억의 경쟁자를 물리치고 비정하게 난자를 차지하는 것은 애초부터 거짓인지도 모른다. 수억의 정충은 선택받은 한 정자를 위해 격려하고, 응원하고, 힘을 모아 주는 것이다. 그래서 수억의 그것들은 한 정충을 위해 기꺼이 사라진다. 사라지는 것 또한 얼마나 아름다운 일인가. 그래서 예주는 사라지고자 하는 것인가. 나는 눈을 감고 내일 있을 영어 면접시험을 예상해 보았다. 나를 위하고 그를 위해서였다.

면접관은 물을 것이다. 왜, 무엇 때문에 우주 비행사를 지원했는가? 추상적이고 원론적이지만 언제나 그런 질문엔 모범 답안이 있다. 미래는 하늘과 우주에 있고, 우주를 지배하는 자가 곧 세계를 지배하기 때문이며, 현재 우주 강국의 정보에 의존하고 있는 우리의 안보를 우리가 책임지기 위해서다. 이미 우리의 상공에는 빽빽할 정도로 우주 선진국의 위성으로 가득 차 있어 우리가 들어갈 틈이 없고, 종국에 가서는 우리도 하루빨리 우주 영역을 확보하여 우주 식민지가 되는 것을 막아야 한다. 따라서 우리의 생활과 직결되는 우주개발을 위해 몸을 던지는 것은 대한민국의 국민으로서는 지극히 당연한 일이다.

오래전 원시인들이 태양과 그 그늘의 길이를 재고, 절기가 바뀌는 이치를 깨달았을 때부터 시작된 것이긴 하지만, 파스칼이 최초로 계산기를 만들어내면서부터 이미 인간의 하늘 따먹기 전쟁은 시작된 것이었다. 우리 또한 그 하늘 따먹기 전쟁에서 구경꾼이 될수는 없다. 그리고 무엇보다도 나의 영원한 꿈이었던 그 별을 따기 위해서 더욱 그러했다. 별을 따기 위해서……! 나는 바로 앞에 평가단이 있기라도 하듯 힘을 주어 말했다. To reach for the stars……!

2차 선발 과정을 끝내고 뽑힌 30명 후보자 가운데는, 그러나 그날 밤 잔디밭에 쪼그리고 앉아 졸음과 싸우며 영어 면접 테스트를 대비하던 하얀 골 무늬의 챙 모자는 없었다. 나는 문득문득 그 쓸쓸하던 장면이 떠오르며 가슴이 아렸다. 정말 그런 식으로 혼자 사라지는 모습은 아름답지가 못하다. 아니다, 그 또한 그날 밤 한 마리의 정충을 위해 희생한 협력자로 본다면 충분히 아름다운 인간이 될 수도 있을 것이다. 그렇게 위쪽으로 올라갈수록 수치나 부피가 줄어드는 인간 서열의 구조는, 평화를 약속하고 엄숙한 인생의 질서와 맞닿게 하는, 참으로 인간적이고도 안정적인 사슬의 인연인지도 모른다.

심전도 내시경 등의 정밀 신체검사에 이어 우주 적성검사과정은 너무도 혹독해서 그야말로 장난이 아니었다.

"정면을 똑바로 보고 엉덩이와 허리는 좌석 뒤에 바짝 붙이세요. 그러지 않으면 부상의 위험이 큽니다."

가뜩이나 공포에 질려 있는 나에게 의료원 원사의 충고는 차라리 비정이었다. 바야흐로 공군 항공우주의료원 가속도 내성 훈련실에서, 전투기 이륙 시 발생하는 엄청난 중력을 조종사가 견딜 수 있는지를 측정하는 순간이었다. 그 공포의 공간은 그러나 언젠가는 내가 돌아가야 할 곳이었다. 아무리 힘겨운 곳이라 해도 그곳은 영원한 나의 안식처여야 했다.

갑자기 나는 내가 한동안 머물며, 내 존재가 만들어졌을 어머니의 자궁을 떠올렸다. 사실은 내가 십 개월은 살았던 집, 아니 내 존재의 가장 절실했던 그 단어 자궁. 그럼에도 불구하고 나는 그 단어를 만날 때마다 얼마나 낯설고 이질적인 그 무엇, 아니면 그것이 나와는 아무런 상관도 없는 것이라고 여기지 않았던가. 나는 과연 이런 자궁 같은 공간에서 다시 만들어져 우주인으로 새롭게 태어날 수 있을 것인가. 벗이여, 너의 고독 속으로 달아나라. 니체의 짜라투스트를 떠올리며, 나는 비장한 기분으로 중력을 견디기에 최선을 다했다.

그러나 테스트를 위해 오십에서 육십 킬로미터 속도로 20초를 회전하는 동안이 나에겐 두 시간이 넘는 시간으로 감지되었고, 내 몸무게보다 다섯 배나 넘는 중력으로 온몸의 피가 다리로 쏠리면서 머리는 형편없이 쪼그라드는 느낌이었다. 더구나 회전이 멈추는 순간은 한없이 추락하는 기분에 요실금을 염려해야 할 정도였다. 급경사 스키에서 맛본 추락의 느낌은 그 어디에도 견줄 수 없는 자멸충동적 미학이었는데 반해 그것은 사실 완벽한 공포였다. 거기다가 측정기에서 내리자 나는 비틀거림은 물론 한동안 어지럼증에 시달리지 않으면 안 되었다.

나는 4박 5일 동안을 합숙하며 20여 항목에 걸쳐 정밀 테스트를 받았는데, 특히 우주선의 엔진이 고장 났을 때를 대처하는 능력 평가에서, 의자 옆의 탈출 레버를 당기는 순간, 좌석 전체가 고가 상태의 기둥을 따라 4미터 가까이나 솟구치던 느낌은 영원히 잊지 못할 절망적 체험이었다.

그밖에도 높이 2미터, 지름 1.5미터의 원통형 측정기 안에서 50여 분간에 걸쳐 회전 감각 유지상태를 점검받는 전정기관 검사를 비롯, 하루 종일 배설한 소변의 검사와 24시간 휴대하며 받는 심전도 검사, 그리고 위와 대장을 동시에 점검하는 내시경 검사 등의 과정은 사람을 파김치로 만드는 데 충분했다.

3차의 테스트를 끝내고 거의 탈진 상태로 돌아오면서 나는 솔직히 어머니보다도 예주가 더 보고 싶었다. 별을 탐하는 남자를 버리고 떠난 여자는 지금 어디에서 땅을 파는 두더지라도 찾고 있는 것일까. 나는 핸드폰을 열었다. 문자 메시지 세 개가 떠 있었다. 갑자기 나는 목이 마르고 숨이 차올랐다. 문득 중력 내성 테스트와 비상탈출 능력을 측정하던 일이 생각나 머리를 절레절레 흔들었다. 나는 서둘러 핸드폰의 메시지 '확인' 버튼을 눌러 나갔다. 행복한 시간 만들어 드립니다. 연락 주세요. 무제한 신용 대출. 밤을 진하고 뜨겁게 보내실 분 전화 요망.

　가슴 가득 공허가 밀려왔다. 예주야, 난 말이다. 머리통이 쪼개질 것 같은 회전통 속에서도 너의 이름을 불렀어. 나는 정말 그 순간을 그녀에게 전하고 싶었다. 허겁지겁 번호를 찍었지만 그녀는 역시 말문을 열어 주지 않았다. 나는 눈을 들어 하늘을 보았다. 해가 시멘트 지붕 위로 내려앉고 있었다. 하늘을 지향하고 별을 경모하는 한국 최초의 우주 후보 지망생 30인이 이대로 헤어질 수 없다고 누군가가 모임을 주창했을 때, 오늘은 긴한 일이 있다며 서둘러 떠나온 걸 나는 후회했다.

　그래, 나는 이제 여자와의 결혼은 포기할 수밖에 없다. 나는 별과 결혼할 것이다. 손자를 보지 못해 애석해할 어머니가 마음에 걸렸지만, 그것 또한 그녀의 팔자로 어쩔 수가 없다. 어차피 미래의 인간은 모든 조직이나 장기가 인공으로 만들어진 사이보그가 될 것이 뻔하지 않은가. 현존의 인간은 결국 자기 자신만을 체험하며 일생을 끝맺는 동물이다. 애기의 성장이 옷이 줄어드는 것으로 확인되는 것이라면, 지구가 좁다는 것은 별을 따 모으는 나의 성숙으로 이해될 것이다. 나는 꼭 별을 따러 갈 것이다. 그렇다. 나는 아직 명칭이 없는 그 무엇, 수많은 별들에게 내 명찰을 다는 일을 할 것이다. 얼마나 독창적인 일인가. 일찍이 석가모니는 하늘에는 갠지스강보다 더 많은 별이 있다고 설파했다. 나는 그 별들을 따러 간다. 그래서 나는 마침내 '스타'가 될 것이다.

　3차 선발 과정을 거쳐 한국우주인 후보가 10명으로 압축된 명단 중 내 이름이 포함된 걸 확인한 뒤에서야 어머니는 예주와 나 사이가 심상치 않음을 알아챘다. 당혹해하는 시선이 좀 불안해 보이긴 했지만, 그녀는 결코 자신의 아들이 우주로 갈 의지를 굽히지 않을 것임을 잘 알고 있었다.

"그렇다고 이제야 어떻게 물러서겠니?"

애당초 당신이 앞서서 종용한 일이었기에 어머니는 더욱 다른 말을 하지 못했다. 언필칭 무소유를 주장하던 한 스님은 말했다. 크게 버리면 크게 얻고, 모든 걸 다 버리면 천하를 얻는다고.

거짓말이었다. 여자를 버렸다고 생각하는 순간 얻은 것은 고통뿐이었다. 다시 고개를 드는 격려가 있었다. 당장의 고통은 미래의 즐거움을 약속한다. 풍파는 언제나 전진하는 자의 벗이고, 항해할 용기가 없는 자는 대양을 발견하지도 못한다.

모두가 다 호사가들의 궤변이었다. 그러나 나는 결코 여기에서 물러설 수는 없었다. 다시 세상을 떠돌아다니는 온갖 거짓 위로들을 주워 모았다.

일주일의 행복을 원하려면 아내를 얻어라. 더 나아가 한 달을 행복하고자 한다면 돼지를 잡아라. 그러나 평생의 행복을 담보하고 싶거든 채마밭을 개간하시라.

그렇다. 나는 이제 하늘을 개발하러 간다. 거기에서 나는 꼭 별밭을 개간하리라.

행복하게 죽기 위해서는 사는 법을 알아야 하고, 진정으로 행복하게 살기 위해서는 죽는 법도 터득해야 한다. 그런 의미에서 위인은 탄생일을 축복하지만, 소인들은 사망일이 기념일이 된다. 만에 하나 내가 장렬하게 죽는 날이 오면, 그날이 바로 나의 장엄한 기념일이 되지 않겠는가.

한국 최초의 우주인이라면 이미 어느 순간의 일이라도 그 주인공은 장엄한 경우가 되지 않을 수 없다. 오, 장엄한 한국의 내 아들, 정후야! 나는 문득 하늘에서 크게 웃고 있는 아버지를 보았다. 오, 하늘에 계시는 아버님! 나는 만세를 불러 허공을 통해 아버지를 부둥켜안았다.

그렇다. 이제 마음으로부터 예주를 돌려보내자. 소유는 도적질이다. 프랑스의 사상가 프루동이 한 말이다. 사랑은 물건이 아니다. 서로를 소유할 수 있으리라는 과대망상은 끊임없이 소모적 질투심만 유발시켜 두 사람의 사랑을 위협하고 파괴한다. 예주 지금까진 네가 있어서 행복했다. 그러나 넌 이제 나를 버림으로써 행복했다오.

그런데 왜 이렇게 마음이 편하지 않은가. 아무리 나를 위로할 말을 동원시켜도 텅 빈 마음은 도무지 채워지지가 않는다.

마지막 후보자 2명의 선발을 앞두고 3차 합격자 10명은, 현지 적응도 평가를 받기 위해 러시아로 떠나게 되었다. 그날이 오기 바로 직전 나는 무려 석 달 만에 예주를 만날 수 있었다. 수려한 미모를 갖추고 있던 예주는 그동안 약간 여윈 듯은 했지만, 그 때문에 더욱 이지적인 매력을 지키고 있었다. 또 한차례 내 가슴이 요동을 치기는 해도, 이미 수많은 별에 묶인 내 의지는 스스로도 대견할 정도로 침착을 견지하고 있었다.

"축하해. 그리고 꼭 최종 후보자가 되기를 빌어 줄게. 어제 어머니를 만나 뵈었는데, 뜻밖에도 무척 자랑스럽게 여기더군."

그랬구나. 어머니가 예주를 찾아갔구나. 나는 어머니가 예주를 붙잡고 구차스러운 사정을 하고 있는 정경이 떠오르자 괜히 마음이 뒤틀렸다.

"미안해. 내가 예주보다 별을 더 좋아해서……. 변명 같지만 나는, 청년은 안전한 주식을 사서는 안 된다고 말한 장콕도의 말을 신봉했어. 그리고 여행의 적은 안락이라는 말도……. 그런 생각엔 지금도 변함이 없어. 나를 보지 않은 세월이 편하고 좋았던 모양이지? 얼굴이 더 고와진 걸 보면……. 앞으론 더 예뻐지겠구나."

"좀 빈정거리는 소리로 들리지만 그 말 그대로 접수해 둘 게. 어차피 나야 별을 볼 일이 없는, 진짜 별볼일 없는 여자니까 별빛처럼 예쁠 수는 없을 게야."

우리는 한동안 할 말이 없었다.

"나 어쩌면 오빠가 러시아에서 돌아올 때쯤엔 시집가고 없을지도 몰라."

예주가 나를 빤히 올려다보며 짓궂게 웃었다.

마음에 없는 남자에게 시집가는 건 매춘이야! 그러나 나는 이 말을 하지 못했다.

"축하할 일이군. 암튼 우린 둘 다 똑같이 축하받을 일을 앞두고 있다는 점에서 행복한 축에 속하는 사람들이지."

말은 그렇게 하면서도 사실 나는 내 속의 모든 장기가 다 녹아내리는 기분이었다. 얼마 아니 있어 진짜 별을 찾아 떠날지도 모를 남자가 왜 또 이렇게 약해지는 것일까. 나는 스스로의 마음을 달래려는 듯 하늘로 눈을 보냈다. 눈에 들어오는 별들은 죄다 울고 있었다. 억지로 웃어 보았지만 이제 별들은 따라 웃지 않았다.

"아, 참, 이거 훈련이 끝나고 소기의 목적을 이루는 날까지 보관하고 있어 주기 바래. 예주의 마지막 우정이니까 절대로 그때까지는 뜯어보지 마. 일종의 부적이거든. 첨단 과학을 주무르고 사는 사람에게 무슨 부적이냐고 웃겠지. 사실 부적도 과학이야. 심령과학. 우리나라의 아리랑 위성도 4호만은 건너뛰었잖아. 미국의 챌린저 호도 13호, 그게 터부의 숫자였기 때문에 폭발했다는 말이 있어. 어찌 보면 과학자들이 더 미신으로부터 자유롭지 못할지도 몰라."

"허기야 로켓을 만들 때도 고사는 지내니까. 암튼 고마워. 내 이 부적은 마스코트처럼 꼭 몸에 지니고 다닐게."

나는 예주의 마지막 우정을 소중하게 받아 주머니에 넣었다.

"내가 혹시 결혼식에 참석하지 못하더라도 섭섭해하진 마. 만약 최종 후보자가 되면 아마 그 시간에 나는 별을 따고 있을지도 모르니까."

나는 이미 한없이 정중한 신사가 되어 있었고 그것이 더욱 나를 슬프게 했다.

"염려하지 마. 오빠가 내 결혼식에 참석하지 못하는 일은 절대로 없을 테니까. 어쨌든 나도 오빠가 돌아올 때까진 절대로 결혼식은 올리지 않고 있을 거야."

예주의 너무도 자신만만하고 당돌한 언사에 나는 또 한 번 기가 질렸다.

"어쩐지 그 말은 내게 저주같이도 들리네. 결국은 내가 최종 후보자가 못된단 얘기군. 두고 보라구. 나는 꼭 이 땅에선 첫 번째로 우주를 밟는 남자가 되고 말 테니까."

나는 자신에게 물었다. 인간의 욕심은 실로 어디까지가 될 것인가. 한쪽을 얻기 위하여 다른 한쪽의 손은 놓아야 하는가. 정말 양손의 떡은 먹어서는 아니 되는가. 그것이 피할 수 없는 규칙이라면 방법이 없다. 지금에 와서는 절대 우주를 포기할 수가 없다. 돌아설 수가 없다. 결국 한쪽 손의 것은 놓아 주기로 하자. 자, 예주야, 이제 너는 자유의 새가 되는 것이다. 날아가라. 그리고 행복해라. 나는 모아 쥐었던 손을 풀었다. 땀이 밴 손바닥으로 서늘한 바람이 일었다.

러시아에서의 현지 적응 평가는 주로 소유즈 시뮬레이터를 통해 우주선 탑승과 임무 수행을 하는 훈련이었다. 기초 생존 훈련을 위해 진공 환경에 적응하며, 우주복을 착용한 상태에서 각종의 관찰과 구조 신호 보내기 등을 익히고, 지상 풀장에서 무중력 훈련을 받기도 했는데, 특히 여덟 차례에 걸쳐 정상 중력 훈련을 받는 등의 고난도 훈련은, 우주정거장에서의 주어진 임무 수행과 적합한 행동 지식으로, 고도한 기술을 가진 우주인 양성에서는 필수적인 것이었다. 그런 만큼 너무 힘이 들었다.

인류 사상 최초의 우주선을 탑승한 우주인의 이름을 따서 만든 러시아의 가가린 우주센터에서 무사히 훈련을 마치고 돌아와 일주일이 지날 때까지, 나는 예주가 준 부적을 뜯어보지 못했다. 어쩐지 그 부적을 뜯는 순간, 내 모든 소망이 물거품이 되고 말 것 같은 예감 때문이었다. 집에는 내가 없는 동안 날아든 서신들이 그야말로 산더미처럼 쌓여 있었는데, 그중에서도 좀 특이한 내용들을 살펴보면 대강 이런 것들이었다.

외계인에게 납치를 당한 적이 있거나 있게 되면 제게 전화 주세요. 저는 외계인에게 납치되었다고 주장하는 피해자에게 국가 보상을 도와주고 주선하는 독일의 전문 변호사 젠스 로데크입니다.

그러면서 로데크 씨는 이 분야에선 분명히 법정 조언에 대한 상당한 요구가 있음을 명시한 뒤에, '유일한 문제는 피해자들이 법정에서 놀림감이 될까 봐 걱정하는 것'이라며, '매년 20여 건씩 외계인의 습격에 대한 피해 보고가 들어오고 있는 실정'이라고 주장했다. 한편 그는 이런 분야에서 '잠재 고객'이 엄청나다면서, '외계인에게 납치된 사람은 적절한 치료가 절실한데, 그런 피해자들을 위한 국가 보상이 당연시되는 국제법 개정을 위해 노력하겠다'는 희망도 빠뜨리지 않고 있었다.

그런가 하면, 비록 '만약'이라는 조건을 전제하긴 했지만, 한국 최초의 우주인 후보자가 될 경우 그 첫 광고 계약을 우리 회사와 맺자는 국내 굴지기업의 제안과, 각종의 인터뷰 요청서를 위시하여 각 신문사들은 우주 기행문 청탁서를 보내오기도 했는데, 아무튼 각계각층의 단체나 기관에서 쇄도해 온 주문서는 도무지 헤아릴 수조차 없을 정도였다. 심지어 어떤 대형 요식업체에서는 우주로부터 귀환 후 제일 먼저 자신의 식당에 들러주면 온 가족에게 평생 무료 식사권을 제공하겠다는 뜻을 전해오기도 했다.

그러나 그중에서도 특히 내 눈길을 끈 제안은, 앞으로 각국에서 쏘아올린 인공위성의 쓰레기가 우주 공간에 즐비할 테니, 그것을 전담하는 우주 청소 용역회사 하나를 공동으로 설립하자는 것이었는데, 상당히 구미가 당기는 일로 여겨졌다. 그래서 나는 얼른 그 연락처를 적어 놓았다.

나는 실로 수도 없이 많은 요청서를 앞에 두고도 한쪽으론 자꾸 가슴이 비어오는 느낌을 어쩔 수가 없었다. 그런데 예주는 왜 여태까지 아무런 요청이 없는가. 오늘따라 그녀가 보고 싶어 미칠 지경이었다. 너무 오래 떨어져 있었음으로 해서 그녀의 흔적은 이제 내게 그 어떤 것도 남아 있지 않은 것 같았다. 정말 못 견딜 정도로 그녀의 체취가 그리워졌다.

만약 내가 진짜로 최초의 한국 우주인 후보자가 된다면……!

나는 비장한 결심으로 가슴속에 깊이 묻어 둔 예주의 마지막 부적을 꺼내들었다. 갑자기 그녀의 냄새가 가슴으로 전해져오기 시작했다. 마침내 나는 그 부적을 뜯어내고야 말았다.

"……!!!"

부적 속에 또박또박 써 놓은 예주의 글이 순식간에 내 가슴을 치는 순간, 나는 자신도 모르게 양손을 치켜들었다. 양쪽 손 모두가 행운을 잡은 자세였다.

그때 나의 핸드폰이 부르르 몸서리를 치는 게 전신으로 느껴졌다. 나는 얼른 주머니에서 그것을 꺼내어 폴더를 열었다. 그러나 부르르 떤 것은 예주가 아니었다.

아, 그런데 정녕 이 소식은 어디에서 오는가. 그것은 바로 별나라에서 날아온 소식이었다. 아니 신의 음성이었다. 신은 주사위 놀이를 하지 않는다. 갑자기 아인슈타인이 한 말이 떠오른 것은, 내가 한국 최초의 우주인 후보가 된 것도 결코 주사위 놀이에 의한 것이 아니기 때문이었다.

— 축하합니다! 한국 최초의 우주인이 되신 것을 진심으로 축하드립니다!

오, 하늘에 계신 아버님, 기뻐해 주십시오. 저는 이제 아버님을 만나 뵙게 되었습니다!

어떻게 알고 달려왔는지 나는 곧 한꺼번에 몰려온 취재진 속에

파묻혔다. 어느새 나는 스타가 되어 있었다. 별이 되어 있었다. 불꽃놀이를 하듯 플래시가 터지고 사방에선 질문 공세가 시작되었다. 우주로 떠나게 되는 첫 소감이 무엇입니까? 첫 소감, 첫 소감! 그때서야 불현듯 조금 전에 읽은 예주의 부적이 생각되었고, 나는 단숨에 그 부적을 펼쳐들었다.

"이것이 바로 저의 소감입니다!"

취재진들이 그것을 빼앗아 갔고, 그들은 곧 그것을 먼저 취하려고 전쟁을 벌였다.

다음날 도하의 각 신문에 대서특필된 나의 소감은, 꼭 별을 따오겠다는 포부에 이어, 그 머리 제목으로 한국 최초의 우주인을 향한 예주의 명령을 써 놓고 있었다.

오빠, 절대로 나를 포기하지 마. 내가 바로 오빠의 별이야!

아버지의 강

　바람을 거슬러 올라오는 강물은 하늘보다 훨씬 더 짙은 암청색이다. 강은 다소 완만한 능선을 이룬 야산을 끼고 세월처럼 길게 누워있다. 한낮도 기울어진 시각, 그럼에도 가을의 해는 아직도 따갑다. 더러는 조무래기들이 물장구를 치는 광경을 볼 수 있을 듯도 한 강변은 군데군데 몇몇 낚시꾼들만이 덩그러니 눈에 띌 뿐 한결 고즈넉하다. 강수욕을 즐기는 피서객들을 위해 급조된 풍경 없는 천막집들이 아직도 띄엄띄엄 남아 있지만 이미 여름은 강을 떠나고 없다. 그리고 아버지도 이젠 이 세상에 계시지 않는다. 그러나 대개의 사람들이 추억이 있는 곳은 쉽게 망각하지 못하듯 아버지 또한 이 강만은 잊을 수가 없을 것이다. 이곳은 바로 아버지의 강이며 한이 서린 당신의 유택이기 때문이다. 나는 새삼 아버지가 보고 싶어 목이 멘다.

　강이 많이 변한 것 같네. 그날 아버지가 하신 말씀이었다. 그리고 아버지는 곧 강심에서 눈을 거두고는 강줄기의 아래위를 번갈아 가늠하며, 몇 번이나 와서 살펴보았는데, 이곳이 틀림없어. 그래, 여기쯤이 될 거야. 하고 덧붙였다. 나는 줄곧 아버지의 그 깊고 아득한 눈을 주시하며 계속 품어 온 당신에 대한 일련의 의구심을 다시 한번 확인했다. 도대체 아버진 이곳에서 무엇을, 그 어떤 정황을 캐내겠단 말인가. 나는 아버지를 향해 오랜 세월 길러 온 역정 (逆情)이 가슴을 차오르고 있음을 느꼈다.

애야, 너 오늘은 나와 같이 어딜 좀 다녀올 데가 있다. 잊지 말고 준비해서 기다려라. 조반을 마치고 밖으로 나가기 위해 신발을 조이고 있을 때, 등 뒤에서 들려 온 아버지의 음성이었다. 그 말만 듣지 않았어도 나는 그날 그렇게 따분한 여행으로 황당한 기분에 허우적거리지 않아도 되었을 것이다.

언제부터인지 딱히는 몰라도 아무튼 철이 들면서부터 시작된, 아버지를 향한 막연한 경원(敬遠)은 고질 같은 내 외면과 반목 속에서 더욱 그 키가 자랐다. 우리의 부자지간은 늘 통상의 보편적 혈육 관계를 유지하기가 힘들었다. 따라서 그 제의를 받고 나는 한동안 어정쩡한 기분이 되지 않을 수가 없었다. 그것은 너무도 뜻밖의 요청인 데다, 말소리마저 평소와는 달리 눅진한 애소가 담겨있어서, 마치 아버지가 지금에야 변성기를 맞는 게 아닌가 싶을 정도였다. 그러나 나는 신발끈을 묶는 일을 멈추지 않았다. 그것은 아버지의 갑작스런 제의에 대한 거부의 몸짓이라기보다, 결코 이변이 있을 수 없었던 부자지간의 오랜 타성 때문이었는지도 몰랐다.

내 말 알아들었느냐? 약속이 있으면 취소해라! 아버지의 두 번째 음성이 들려왔을 때, 나는 비로소 마루에 서 있는 아버지를 올

폭설

려다보았다. 생전 보지 못했던 그의 근엄한 얼굴이 나를 내려다보고 있었다. 아, 하마터면 나는 어떤 착란에 빠질 뻔했다. 여태껏 그렇게 진지하고 위엄이 있는 표정을 한 아버지를 본 일이 없었기 때문이었다. 갑자기 타인이 되어버린 것 같은 아버지의 생소한 모습 때문에 나는 난생처음으로 그에 대해서 두려움을 느꼈다. 언제나 비굴한 몰골로 실성한 광기를 보이는 어머니 앞에서 왜소하게만 비쳐졌던 나부(懦夫)……, 그 사내가 갑작스럽게 저렇게 돌변하다니……. 나는 어떤 혼돈을 맞는 기분에 차라리 막막한 심정이었다.

저녁때면 돌아올 수 있는 거리다. 옷차림은……. 그래, 그 작업복이면 된다. 나지막하면서도 굵은 목소리와 함께 아버지의 구부정한 등허리가 안방 쪽으로 사라지고 난 한참까지 나는 사실 아무 일도 할 수 없었다.

그 신발끈 마저 매려무나. 이윽고 간편한 외출복 차림을 한 아버지가 나타났을 때야 나는 무엇에 홀린 듯 그를 따라나서지 않을 수가 없었다. 우리는 한 시간여를 경원선을 달려 J읍을 우회하고 있는 한탄강에 도착했다.

틀림없는 이곳이야. 아버지는 확신이라도 하듯 몇 번 고개를 끄덕거렸다. 그리고 그는 오랫동안 강줄기를 바라보고 있었다. 나는 감당할 수 없는 무료함과 함께 아버지의 그 밑도 끝도 없는 중얼거림에 왈칵 짜증이 치밀었다. 힘껏 강 쪽으로 모래더미를 발로 차면서 자리를 뜨려던 나는 아버지의 신음 비슷한, 그러나 분명한 목소리에 발길을 멈추고 말았다.

여기에서 우린 너의 누나 셋을 버렸다. 참으로 어처구니가 없게도 늬 엄마가……. 끅……끄흑……. 속으로 삼키려는 듯한 그 목소리는 평소 아버지의 그것이 아니었다. 목에 질긴 음식물이라도 걸린 것같이 끅끅거리는 그 괴성은 무슨 짐승의 그것처럼 망측스러웠다. 집을 나설 때 잠시 견지했던 위엄이 순식간에 무너지는 순간이었다. 나는 천천히 고개를 돌려 아버지를 지켜보았다. 강줄기를 배경으로 일그러진 중노의 얼굴이 난데없는 눈물로 구지레해져 있었다. 일순 나의 안면엔 다시 조소가 차오르기 시작했다. 드디어 오늘 이 양반께서는 그날의 실수를 생각하며 회한에 떨고 있구나.

그래요, 아버지가 그 누나들을 죽였잖아요. 그 장소가 여기라고요? 그래서 오늘 아들 앞에서 근사한 속죄 장면 한번 연출해 보시려구요? 그러나 나는 이 말을 하지 않았다. 그 대신 나는 한동안 아버지의 얼굴에서 좀 전의 그 비굴하고 절망적이었던 모습을 찾아내려고 노력했다.

들쥐 때문이었어! 그 원수 같은 놈의……! 아버지의 수염발 잡힌 아래턱이 한차례 경련을 일으켰다. 들쥐라구요? 무슨 얼토당토 않는……. 나는 코웃음을 흘렸다. 이젠 아예 책임 전가까지 하시려는군, 나는 새삼 아버지의 얼굴이 뻔뻔스럽게 느껴졌다. 결국은 그 케케묵은 옛날얘기의 각색을 위해서 나를 이곳으로 끌어내었군. 아버지의 느닷없는 한탄강행의 저의를 파악한 나는 그만 허탈해지고 말았다. 처음부터 무시하고 응하지 않았어야 하는 건데 젠장맞을……, 아버지와의 동행에 대한 늦은 후회가 분노와 짜증으로 가슴을 물어뜯었다.

아버지, 지금 무슨 말씀을 저에게 하고 싶은 겁니까? 아버지가 이곳에서 실수로 누나들을 죽게 했다는 건 이미 다 알고 있잖아요. 근데 굳이 그 장소까지 알려 줄 필요가 뭐 있으세요? 그래요, 됐어

폭설

요. 이젠 그 현장까지 다 확인했으니, 그래서 아버지께서 속이 시원해지신다면야 뭐……. 어째 우리 이다음 여기서 씻김굿이나 위령제라도 한판 벌일까요? 나는 혼잣말처럼 툴툴거리며 돌아갈 차비를 위해 이미 몇 발짝 기차역이 있는 쪽으로 발을 옮겼다.

야, 너 참 못된 놈이구나. 아무리 생면부지의, 그리고 지금은 이 세상에 없는 누나들이지만 그래도 너와는 같은 피를 나눈 형제가 아니냐. 평소에는 한 번도 들을 수 없었던 아버지의 뜻밖 도발적인 언사였다. 그의 얼굴에 다시 눈물이 그렁해졌다.

그래서 어쩌자는 겁니까, 우선 아버진 한 번도 어떻게 해서 그 누나들을 죽이게 되었는지를 구체적으로 말씀하시지 않으셨잖아요? 나는 그동안 참아왔던 말을 기어이 뱉어내고 말았다. 아버지가 잠시 눈물방울이 달린 눈으로 나를 바라보았다.

사실은 말이다. 사실은……. 그래, 새삼스러운 얘기가 될진 모르지만 말이다. 아버지는 또 종잡을 수 없는 말을 뱉어내기 시작했다.

좋아요. 기왕 예까지 왔으니 저 오늘은 아버지께서 하시는 말씀 죄다 들어드릴게요. 그러니 어서 말씀하십시오. 제가 아버지를 도와드릴 일이 도대체 뭡니까? 정작 아버지는 아무 말씀도 않으시고 한동안 강을 보다간 다시 나를 보고 그러다간 또 눈을 섬벅거렸다. 나는 그 표정이 역겨웠다. 뙤약볕에서 오래 짜증을 다스리는 일이 귀찮아진 나는 아예 모래바닥에 털썩 주저앉아 버리고 말았다.

애야, 우리 그만 가자. 그래, 다 부질없는 일이다. 한참 만에 아버지는 손수건으로 눈언저리를 단속하며 발걸음을 옮기기 시작했다. 나는 아버지의 변덕이 나의 당돌한 공박 때문이 아닐까, 하는 생각에 약간 송구스러운 마음이 들긴 했지만, 이내 그로부터 놓여날 일에 마음이 더 가벼워졌다. 가만있자, 우리 저 천막집으로 가보자. 갑자기 술을 한 모금하고 싶구나. 돌연 아버지가 또 생각을 바꾸는 통에 나는 가슴이 서걱대는 소음을 들어야 했다.

'그러실 테지, 어차피 그 참담했던 과거를 도금시키려면 술이 필요하실 거야.'

아버지는 연거푸 두 잔의 소주를 비웠다. 그리고는 언뜻 생각이라도 해낸 듯 나에게도 술을 따르며, 한잔 하려무나, 하고 말했다. 그리고 그는 연신 날아드는 파리떼들을 쫓기 위해 손을 내저었는데, 그때 포장마차 주인 여자는, 근처에 양계장이 있어서 파리가 아주 말도 못해요, 하고 묻지도 않은 말을 변명처럼 주절거렸다. 그녀가 가리키는 강변 미루나무 숲속으로 제법 규모가 큰 양계장과 돈사가 숨어 있었는데, 그 위로 헬리콥터 한 대가 요란한 소음을 흩뿌리며 날고 있었다.

그날 밤 우리는 어렵게 이곳에 도착했단다. 아버지는 헬기의 소음에 약간 눈을 찌푸리며 얘길 꺼내기 시작했다. 그래, 정말 천신만고 끝에 우린 이곳을 왔었지……. 아버지의 눈길은 조금씩 먼 곳을 더듬어가고 있었고, 주기가 오르고 있는 그의 얼굴엔 아득한 회억의 그늘이 덮히기 시작했다. 나는 가능한 아버지의 그 천연덕스런 얼굴을 보지 않으리라 작정하며 멀리 강 너머를 바라보았다. 벌겋게 생채기를 드러내고 엎드린, 포장되지 않은 군용도로 위로 트럭 하나가 붉은 먼지를 말아 올리며 달려가고 있었다.

해방 후의 이념투쟁은 정말 우리들에게 너무도 엄청난 상처를 남겼다. 너희 세대들에겐 그런 전쟁 얘기가 식상해서 별스럽게 들리지 않을지도 모르지만, 그러나 그 치욕의 동족상잔을 결코 잊어서는 안 된다. 모처럼 아들을 앞에 두고 아버지는 정말 무엇을 말하고 싶은 것일까. 새삼 이념교육이라도 하고 싶은 것인가. 여태껏 한 번도 보지 못한 아버지의 턱없이 근엄한 표정에서, 나는 당신이 지금 무슨 정신적 변환을 맞고 있지는 않나 하는 생각이 들었다.

'아버지, 당신의 과오로 가득한 추억을 경청해 드리기엔 어머니나 제가 너무도 오래 힘이 들었습니다. 그리고 어머니께서 제 명에 가시지 못한 것도 다 아버지 때문이 아닙니까?' 나는 차마 내뱉을 수 없는 말을 삼키며 슬며시 이를 악물었다.

내가 어렸을 때 우리집에서는 자주 무당굿이 열렸다. 복술이 좋다고 명망이 높던 복술·무당쟁이들 치고 우리집을 거쳐 가지 않은 작자가 없을 정도로 어머니는 그때 무속인들을 끌어들이는 데 열중해 있었다. 온갖 법석을 다 떨어대는 안방엔 언제나 가지각색의 조화와 흡사 도깨비라도 튀어나올 것 같은 경채비가 차려져 있었고, 한 손엔 느슨한 부채 또 한 손엔 섬뜩한 무도를 들고는 살풀이 경이니, 큰경이니를 외치며 신바람을 일으켜대는 그들 앞에서 어머니는 언제나처럼 손을 비벼댔다. 그리고 무당쟁이들의 소름끼치는 휘파람과 더불어 방안의 공기를 매섭게 가르며 번득이는 칼춤 앞에서 아버지는 중죄인같이 땀을 뻘뻘 흘렸다.

네 죄가 크도다. 휘익, 휘잇……! 그 어린 것들을 버리고 온 너희들의 죄는 너무도 크구나. 무당의 질풍 같은 닦달에 아버지는 언제나 고개를 꺾고는 머리를 조아렸다. 나는 그때 구경꾼들 속에 숨어서 그 무참한 형상의 어머니와 아버질 곁눈질하며 숨도 크게 쉬지 못했다. 그리고 그런 굿판은 내가 초등학교를 들어갈 때까지 계속되었는데, 무수한 구경꾼들과는 달리 어린 가슴에 너무도 섬뜩하게만 느껴졌던 그 푸닥거리가 나는 죽을 만큼이나 지겹고 싫었다. 더구나 그러한 짓이 미신 행위에 해당되는 것임을 학교에서 배운 뒤부터는 더욱 소름이 끼쳤다. 그래서 나는 언제부터인가 그 무당굿을 주도하고 있는 아버지를 저주하기 시작했다.

  아니 사실 내가 아버지를 경멸하게 된 이유는 정작 다른 곳에 있었는지도 몰랐다. 내가 아버지에게 정식으로 그 무당굿의 철폐를 주장했을 때 아버지는 말했다. 늬 엄만 지금 미침병에 걸려 있다. 엄마를 구할 수만 있다면 미신 아니라 그 어떤 짓이라도 난 할 수 있다. 그러나 아버지는 그때 어머니가 그 병에 걸린 이유를 끝내 내게 말하지 않았다. 그러던 어느 날 어머니는 기어이 무당쟁이들과 더불어 이른바 진혼제를 주재한다며 어느 강을 다녀왔는데, 그 후부터 어머니의 광증은 외려 심각해졌다. 마침내 아버지는 그런 어머니에게 술을 먹이기 시작했다. 그럴 때마다 그녀는 곧 오랜 잠속에 빠져들곤 했는데, 아버지의 그런 치료는 상당히 오래 계속되었고, 그 때문에 그녀는 늘 덜쩍지근한 술냄새를 풍겼다. 드디어 나는 아버지에게 그 무작스러운 치유방법의 취소를 완강히 제의했다. 그러나 그는 나의 만류를 받아들이지 않았다.

  엄마는 네가 헤아릴 수 없을 정도의 너무도 큰 슬픔을 가지고 있다. 그것을 잠재우기 위해선 어쩔 수 없는 일이야. 그때 아버지가 내게 변명처럼 들려주던 말이었다. 그러나 나는 고작 그런 방도밖에 취할 수 없는 아버지의 무능이 너무도 원망스러웠다. 그런데 얼마 후 어머니의 그 술은 또 새로운 추태를 연출하기 시작했다. 술

을 마시기만 하면 곧장 깊은 잠에 빠지곤 하던 그녀는 어느덧 무당
춤을 흉내 내기 시작했다. 어머니는 쉬지 않고 중얼거리고 그리고
끊임없이 술을 요구했다. 어느새 그녀는 알코올 중독 증세를 보이
고 있었다.

나는 이웃들이 넌지시 던지는 동정의 눈길 앞에서 늘 부끄러웠
다. 그때마다 나는 그만 땅속 깊은 곳으로 싹 사그라져 버리고 싶
은 충동으로 가슴이 아득해지곤 했다. 이미 나는 민망스러움을 잘
못 견딜 나이의 사춘기 중학생이 되어 있었다.

'엄마는 기어코 아버지 땜에 죽을 것이다!'

나는 참담한 절망감에 몸서리를 쳤다. 그러나 정작 더 큰 충격과
절망은 그 후에 찾아왔다. 그것은 바로 청천의 벽력이었다. 어느
날 이웃으로부터 우연히 주워들은 아버지에 관한 과거는 내게 엄
청난 충격과 조숙한 염세를 안겨 주었다.

아버지는 살인자였다. 그 어떤 이유로도 납득할 수 없는 아버지
의 행위, 설사 그것이 어쩔 수 없는 동족 분쟁의 비극 속에서 빚어
진, 불가피한 경우였다손 치더라도, 아직 가슴이 여물지 않은 내게
있어서 아버지의 행적은 결코 용서받을 수 없는 죄악이었다. 피난
길, 아무리 생사를 결단해야 할 정도의 피할 수 없는 순간이었다곤
하지만, 아버지 스스로가 나의 누나, 그것도 연년생으로 태어난 다
섯 살에서 일곱 살까지의 세 핏줄을, 한꺼번에 질식시켜 죽였다는
사실은 상상조차 할 수 없는 일이었다. 남의 얘기인 양 쉽게 들어
넘겼던 그 육이오의 참상—더러는 적에게 들키지 않으려고 울음
을 터트리는 갓난아이들의 숨통을 막아 죽게 했다는 얘길 들으면
서도, 나는 그저 전쟁을 환상으로만 여겨오지 않았던가. 그런데 그

환상 아닌 현실이 벼락처럼 내 앞에 떨어지다니. 나는 그때 몇 번이고 도리질을 쳤다.

그 어린 것들을 버리고 온 너희들의 죄는 너무나 크도다. 휘익, 휘잇……! 새삼스럽게 달려드는 무당쟁이들의 독경사. 그것은 다시 예리한 비수가 되어 가슴을 난자했다.

아버지! 정말 강물에다 누나들을 던졌어요? 어느 날 내가 가슴을 떨면서 기어이 이 말을 해치웠을 때, 아버지는 이런 말로 입을 닫았다. 애야, 전쟁은 모든 걸 빼앗아가는 거란다. 그리고 한참 후에 당신은 이 말을 덧붙였다. 넌 아직 어리지만 곧 그걸 이해하게 될 게다! 아버지는 뻘뻘 땀을 흘렸다.

그런데 나는 아직까지도 그걸 이해해 본 일이 없다. 무엇보다도 나는 그 폭력의 당사자를 포용할 수가 없었다. 우선 그의 돌이킬 수 없는 엄청난 망동으로 해서 어머니의 인생은 슬프게도 침몰했으며, 급기야는 그 슬픔에 대한 무모한 땜질—술을 먹이는— 때문에 그녀를 종내 구제불능의 중환자로 만들었다는 사실을 용납할 수가 없었다.

결국 아버지는 우리 가족 모두를 죽였다! 나의 작은 가슴은 너무 어린 나이로 비정의 극치를 체험했다. 그 후 아버지는 모든 걸 함묵했다. 그리고 그는 오직 세 식솔의 생존을 위해 개미처럼 충직했다.

나의 학교생활은 늘 밝은 편이 못 되었다. 나는 대체로 혼자였다. 담임교사는 가정방문을 다녀간 뒤부터 더욱 나를 주시하는 눈치였다. 돌연한 말썽으로 어쩌면 그 흔해 빠진 '도의적 책임'에 연루될지도 모른다는 막연한 강박감 때문이었을까. 일종의 자격지심일는지는 모르지만, 아무튼 나를 바라보는 그의 눈은 늘 위험한 물건이라도 앞에 두고 있는 듯 불안해 보였다. 그것은 언젠가 우연히 훔쳐본 교무수첩의 신상기록—요주의 학생, 다소 침울한 성향, 모친 정신질환 운운—만 보더라도 그랬다. 치유될 수 없는 질환을 가진 여인의 자식임을 인지한 그는 내게 구역질이 날 만큼이나 세심했다. 그럴 때마다 나는 외려 흔들흔들 웃고 싶은 충동을 받곤 했다.

어느 날 나는 상담실에서 담임교사와 대좌했다. 그의 얘기는 너무도 장황했다. 어머니의 병세에 관한 이야기며, 학교생활에 대한 격려……. 그리고 그는 거듭거듭 올바른 정신생활을 위해서는 적당한 운동과 명랑하고 건전한 교우관계가 중요함을 강조했다. 그때 나는 불쑥, 선생님 전 결코 미치지 않을 거예요! 하고 내질렀다. 왜 갑자기 그런 말이 튀어나왔는지 나는 그 이유를 지금도 모르고 있다. 선생님의 당황해하는 얼굴을 보는 순간 나는 학교를 뛰쳐나오고 말았다. 강진구! 야, 진구야아. 선생님의 다급한 목소리를 등 뒤로 들으며 별스럽게도 통렬한 희열을 느꼈다. 그래서 나는 얼마 동안을 정말 통쾌하게 웃어젖혔는데, 그때 속으로 진짜 내가 지금 미치고 있는지도 모른다는 생각이 들어 덜컥 가슴이 내려앉았다. 웃음을 뚝 그친 나는 이를 악물었다. 결코 난 미치지 않을 것이야! 왠지 눈물이 나왔다. 가득 물기가 고인 눈을 통해 바라본 저녁놀은 무척이나 붉고 서럽게 느껴졌다.

한날은 점심시간, 학교 마당에 느닷없이 벌거벗은 한 여자가 나타났다. 그야말로 실오라기 하나 걸치지 않은 채, 그녀는 운동장을 가로지르며 달리기 시작했다. 한동안 전 세계를 유행시켰던 이른바 스트리킹을 방불케 하는 그 갑작스러운 풍경에 잠시 입을 벌리고 있던 아이들이 일제히 와—, 하고 탄성을 내질렀다. 나는 이미 숨이 멎어 있었다. 그 흉물스러운 여자가 생판 낯모르는, 그래서 나와는 전혀 무관한 사람임을 감지하고 나서도 나는 한동안 숨을 제대로 쉴 수가 없었다. 왠지 그 순간 난데없이 어머니가 떠올라 그 여자와 겹쳐 보였기 때문이었다. 어느덧 그녀는 운동장 교단 위에서 마치 청중들을 향해 열변을 토하는 웅변가이기나 한 것처럼 무어라고 소리를 질러대기 시작했다. 삽시간에 아이들이 그녀의 단상을 에워쌌다. 정말 너무도 갑작스럽게 벌어진 광경이었다.

그녀는 소리쳤다. 여기 이 구멍으로 비행기 열다섯 대가 들어갔다! 그리고 그녀의 오른손은 거무튀튀한 스스로의 아랫도리를 가리켰다. 와—, 하고 다시 아이들이 환호성을 질러댔다. 그때 교단을 포위한 조무래기들의 전열이 갑자기 흐트러지며 일순 아우성이 일었다. 언제 나타났는지 남자 선생님들이 제각기 막대기를 쳐들고는 아이들을 교실로 내쫓고 있었는데, 난데없이 붉어진 얼굴에다 괜히 강경해진 표정들이 너무 낯설어 보였기 때문에 우리들은 되려 한동안 어리둥절한 기분들이었다. 그러한 와중에서도 어느 여선생은 어디에서 준비했는지 한 벌의 치마로 그 벌거숭이의 여인을 다독거리기 시작했다. 그 모든 일들은 정말 순식간에 일어났다. 아이들은 모두 교실로 쫓겨 들어갔지만, 그들은 제각기 긴 목을 창문 밖으로 뽑아내고선 술이 취한 사내들처럼 까닭 없이 얼굴이 붉어진 선생님들을 훔쳐보다간 그 여인을 바라보며, 기막힌 풍경의 귀추를 가늠해 보고 있었다.

이윽고 그녀는 학교 용인들에게 이끌려 교문을 나갔는데, 길게 목을 빼낸 아이들은 일제히 손을 흔들고 환성을 질러 그녀를 배웅

                                               폭설

했다. 해가 쨍하게 하늘 가운데서 타고 있었다. 후에야 안 일이지만 그녀는 어느 남자로부터 버림을 받은 뒤 갑자기 돌아버린 여자라고 했다. 나는 그때 생각했다. 어떻게 사람이 사람을 내동댕이쳐버릴 수가 있을까, 하고.

그날 밤부터 나는 새로운 악몽에 시달리기 시작했다. 학교 운동장, 엄숙한 조례시간에 느닷없이 벌거벗은 어머니가 나타나 무당춤을 벌였다. 그리고 그녀는 연신 진구야, 진구야, 내 아들 진구야! 를 소리소리 지르며 정렬한 학우들 사이로 나를 찾으러 다녔다. 나는 끝도 없이 도망질 쳤다. 그러나 어머니의 걸음은 언제나 나보다 빨랐고, 급기야 나는 절망적인 허우적거림으로 발버둥을 치다간 잠이 깨곤 했다. 그러한 치욕의 술래잡기는 너무 자주 벌어졌기 때문에 나는 종내 꿈속에서도 그 상태가 악몽임을 알아차릴 정도였다. 아, 이것은 꿈이다, 빨리 깨어나야 한다. 나는 몸부림을 쳤다. 그러나 그것은 자주 가위눌림으로 변해 심한 곤욕을 치르지 않으면 안 되었다. 사생결단의 몸부림 끝에 그 어려움을 겪고 나면 나는 전신이 온통 식은땀으로 젖어 오랫동안 허탈에 빠지곤 했다.

아버지 때문이다! 마침내 나는 아버지를 살해하기 시작했다. 아버지를 독살한 꿈을 꾼 날밤, 나는 열일곱의 나이로 처음으로 몽정을 했다. 쫓고 쫓기는 지옥 같은 숨바꼭질 끝에 드디어 사면초가로 포위당한 나는, 자신을 둘러싼 추격자들이 경찰관들이 아닌, 제각기 한 아름씩 몽둥이를 쳐들고 있는 학우들임을 알아냈을 때 절망하고 또 절망했다. 그들은 하나같이 소리를 높여 준엄한 심판을 던졌다. 아버지를 시해한 자, 너는 이제·천벌을 받을 것이다! 아, 나는 정말 외롭고 외로웠다. 이젠 어쩔 수 없다는 진퇴양난의 찰나에서 나는 기어이 경련과 더불어 토정을 하고 말았던 것이다. 그때의 그 난감하고 불쾌했던 기억을 나는 오랫동안 잊을 수가 없었다. 그 것은 또 하나의 막막한 불가사의였다. 그런 일이 있고부터 나는 더욱 아버지를 기피했다.

한겨울날 아버지는 밖에서 참새구이를 사온 일이 있었다. 일찍이 없었던 별난 일이었다.

이걸 먹어 봐, 특히 머리가 어지러운 사람에겐 이게 좋단다. 아버지는 그걸 특별히 벼르고 사온 눈치였다. 싫어요. 먹지 않을 거예요! 나는 단숨에 거절해 버렸다. 나의 태도가 너무도 완강해 보였던지 아버지는 더 이상 권하지 않았다. 얼마 후 아버지는 그걸 모두 혼자 먹어 치우기 시작했다. 우두둑우두둑, 아버지는 매우 화가 난 표정이었다. 그는 오래 허우룩한 얼굴로 그것을 씹고 있었다.

아무튼 아버지와 나는 세월이 갈수록 더욱 소원해졌다. T시장에서 제법 큰 포목점을 운영하고 있는 아버지는 항용 귀가 시간이 늦기도 했었지만, 나는 집안에서 직접 그와 맞닥뜨리는 경우가 드물었다. 어머니를 위해 특별히 고용된 가정부 덕천댁은 힘이 장사여서 무지막지한 어머닐 수발하는 데는 안성맞춤이었다. 그녀를 통해 나는 아버지와의 모든 절차를 해결했다. 그런 중계 역할을 너무도 잘해주었기 때문에 그녀는 오로지 우리집을 위해 이 세상에 온 사람 같았다.

어쨌든 나는 그때 대학 진학에 관한 일마저 그녀와 상의할 정도였다. 오랜 방황으로 일관된 나의 학업상황은 끝내 너절한 삼류대학을 지망하게 했고, 그곳에 합격했을 때, 덕천댁은 자기 일이나 되듯 눈물을 찔끔거리면서까지 내 합격을 기뻐했다. 그 후 나는 그

알량한 대학에서마저 영예스럽게도 학사경고를 맞았는데 그 얘기만은 그녀에게 하지 않았다.

번듯한 말을 좋아하는 사람들은, 비극은 언제나 희극이 있는 곳에 있다고 했지만, 난 한 번도 우리들의 일을 그런 부류에다 놓고 생각해 본 일이 없단다. 아버지는 다시 술잔을 들어 올리고는 그것을 단숨에 마셔버렸다. 그 동작은 너무도 순식간이어서 목젖으로부터 꿀꺽하는 소리가 날 정도였다.

느이 엄마는……. 하고 아버지는 잠시 뜸을 들였다. 그러나 나는 이미 아버지의 말에는 관심이 없었다. 멀리 강 옆으로 솟아오른 산꼭대기에선 쪽빛 하늘을 배경으로 끊임없이 군용 레이더가 돌고 있었다.

전쟁이 남긴 상처 중에서도 특히 늬 엄마의 그것은……. 아버지는 크게 숨을 몰아쉬었다. 그는 얼른 얘기의 실마리를 잡지 못하고 있는 것처럼 보였다. 강 너머 어느 군부대에선가 사격연습이라도 하는지 이따금 총소리가 날아오곤 했다.

이 강에다 세 피붙이를 버리고 나서 늬 엄마는 거의 일 년간을 산송장이나 다름없었다. 그러던 중 또 한차례 날벼락이 떨어진 것은 바로 육이오 사변이었지. 설상가상의 북새통에서 차라리 늬 엄마는 거짓말처럼 일어나더군, 동족이 겨룬 전쟁은 아예 그런 슬픔까지도 허락지 않을 만큼 냉혹했었으니까. 사변이 우리에게 전화위복이었다면 참으로 서글픈 역설이 될 테지만, 아무튼 늬 엄만 그 통에 모든 슬픔을 다 잊어버린 것 같았어. 그런데 문제는……. 아버지는 다시 말을 멈췄다. 그리고 곧 라이터 켜는 소리가 들렸다.

담배 연기가 강 쪽으로 달아나다가는 금방 사라졌다.

정작 문제는 그 후에 일어났지. 전쟁이 끝나고 몇 년간, 그 어수선한 틈바구니에서 우리는 그래도 다부지고 억척스러운 기질을 동원해 우리가 살아남을 수 있는 기틀을 만들었어. 그때 용케도 엄마가 너를 낳았다. 앙증스런 너의 고추를 보면서 나는 사실 세상을 새로 태어나는 기분이었지. 나는 그날 처음으로 하느님께 감사하는 기도를 했다. 그리고는 불현듯 북쪽에 두고 온 너의 할아버지를 생각했어. 당신께선 오매불망 고추 달린 손주가 한이었거든……. 아버지는 칙―, 하고 코를 풀었다.

그런데 너를 키워내기에 한동안 정신이 없던 너의 엄마에게 다시 그 악몽이 찾아오고 말았지. 모든 것은, 설사 그 슬픔이 더할 수 없는 어떤 것이라 하더라도 종내는 망각되고 무디어져 곧 익숙해지기 마련인데도 말이야……, 혹 내어 뿜는 아버지의 담배 연기가 나의 덥수룩한 머리카락을 일렁이게 했다.

꿈속에서 세 자매를 만나고 난 늬 엄마는 다음날 온종일 울었어. 그담부터는 흡사 신들인 여자처럼 변하기 시작했지. 그리고는 온통 무당들만 찾아다니더군. 사실 나도 무당굿의 효험은 애당초 기대하지 않았지만, 그러나 늬 엄마의 간곡한 염원을 나는 차마 내칠 수가 없었어. 나는 차라리 그러한 짓으로나마 엄마가 다시 정상인이 될 수만 있다면 하고 막연히 빌기까지 했지. 그러나 결국 우리의 신은 모든 것을 뿌리기만 했지 거두어 갈 줄은 몰랐어. 나는 정말 신을 믿을 수가 없었지. 무엇보다 터무니없는 이데올로기와 전쟁 놀음에 빠진 인간들을 방조하고 있는 신, 세상의 온갖 비극을 방관만 하고 있는 그 직무유기의 신을 나는 경모할 수가 없었어.

아버지의 목소리엔 갑자기 분노가 차오르기 시작했다. 그러나 그것은 내게 공허한 메아리로만 들렸다. 다만 나는 오랜만에, 이미 단련된 표준말 속에 숨겨진 북쪽 지방의 독특한 억양을 그 화난 음성에서 느꼈을 뿐이었다. 그런데 아버지는 오늘 어쩌자고 나를 여기까지 데려 왔을까. 나는 다시 아버지의 그 새삼스러운 저의를 의심하기 시작했다. 스스로가 어쩔 수 없이 역사의 제물이 되었다는 그 억울함을 나에게 고백함으로 해서, 자신의 한(恨) 많고 구차스러운 멍에를 나누어 갖자는 의도라면, 그래서는 그 참담했던 과거를 동정받고자 한다면, 그것은 적어도 내겐 파렴치한 억지일 뿐이었다. 이제 와서 아버지는 나에게 무엇을 더 넘겨주고 싶은 것일까. 그리고 그는 이 가증스러운 역사적 현장에서 과연 무엇을 더 내게서 풀어내고 싶은 것일까.

내가 오늘 널 예까지 데려온 것은……. 마치 나의 심중을 꿰뚫고 있기나 한 것처럼 아버지가 말을 했을 때 나는 한순간 급소를 맞은 기분이었다.

네가 집을 떠나기 전에 나는 모든 것을 너에게 바로 들려주고 싶었다. 넌 이제 어린애가 아니야. 곧 집을 떠나게 돼. 내가 집을 떠나다니, 아버진 도대체 지금 무슨 얘길 하고 있는 것일까.

자, 이걸 보아라, 징집영장이다. 며칠 전 송부되어 왔지만, 일부러 오늘을 기다렸다. 나는 곧 아버지를 올려다보지 말자던 스스로의 다짐을 철회하지 않을 수 없었다. 영장이 떨어지다니, 그것은 예견된 일이었지만 너무 급작스러웠다. 나는 곧 작년 이맘때쯤 군의관에게 엉덩이를 철썩 맞으며 입대 전 신검에서 '갑종' 판정을 받은 사실이 떠올랐다. 우리는 그때 모두 볼기짝을 까내리고 치질

검사를 받으며 어린아이들처럼 키득거렸는데, 별로 굴욕감 같은
건 느끼지 못했었다.

나는 알고 있었다. 매사 네가 얼마나 나를 못마땅하게 생각하는
가를……. 그러나 사실 난 너에 대해 속수무책이었지. 우선 우리의
그 처참했던 비극을 너에게 어떻게 이해시켜야 될지가 막연했어.
우스운 얘기가 될지는 모르지만 그래도 나는 너의 그 끊임없는 저
항을 바라보면서, 네가 한 사람의 실팍한 청년으로 자라고 있음을
대견하게 생각했다. 그리고 아버지는 잠시 생각에 잠기는 듯 눈을
감았다. 만감이 교차되는 듯한 그의 안면으로 간단없이 파리떼가
날아들었다.

어쨌든 너는 이제 그 어떤 것도 이해할 만큼 나이가 들었다. 결코
이 자리가 너에게 한갓 곡해만을 풀게 하는 그런 자리라고는 생각
하지 않아. 다만 너는 이제 모든 사실을 바로 알 때가 됐다는 것을
말하고 싶을 뿐이다. 나는 너를 믿는다. 아버지는 얼른 소주잔을
들어 올리고는 다시 한 병의 술을 더 청했다.

너도 거, 한 잔만 해라. 아버지가 다시 자신의 잔에 술을 따르며
말했다. 그러나 나는 술잔에 손을 대지 않았다.

그 원쉰 놈의 들쥐만 아니었어도……. 아버지는 다시 황당한 들
쥐를 들먹였다. 두 번째였다. 순간 나는 얼른 하나의 기억을 떠올
렸다.

내가 초등학교에 들어가기 전 어느 날 어머니와 나는 별안간 안
방으로 침범한 쥐 한 마리 때문에 혼비백산한 일이 있었다. 그것은
방과 방 사이로 난 마루를 통해 뛰어든, 무척이나 큰 쥐였다. 그때
나는 엉겁결에 세숫대야를 내던졌는데, 신통하게도 그 세면도구에

쥐가 갇히고 말았다. 그 순간 어머니는 이미 하얗게 까무라쳐 있었다. 쥐는 쉴 새 없이 덜커덩거리며 발악을 쳐댔지만, 나는 그 세숫대야를 들치기만 하면 금방이라도 분노한 쥐가 공격을 할 것만 같은 두려움에 꼼짝할 수가 없었다. 무엇보다도 백짓장처럼 하얗게 질려 거품을 빼문 엄마를 보며, 나는 쥐보다 더 큰 공포로 숨이 막힐 지경이었다. 나중 어머니가 다시 정신을 차린 뒤에도 우리는 오직 아버지가 돌아올 때까지, 그리하여 그 쥐가 어떤 방식이든 처리가 될 때까지 책상 위에 동그마니 올라앉아 오들오들 떨고만 있었다. 그 후에도 어머닌 쥐만 보면 기겁을 하며 가슴을 떨어대곤 했다.

그야말로 갖은 고초를 다 겪으며 이곳에 도착한 우리는 그날 밤이 강을 앞에 두고 망설이지 않을 수 없었지. 정말 그때의 일을 생각하면…… 우리가 고향을 버리고 온 얘기, 그래, 우리 그 얘기부터 먼저 하자. 그렇게 하여 아버지로부터 최초로 듣는 당신의 '과거지사'는 제법 장황했다.

아버지 강종수 씨, 그는 삼수군과 더불어 함경도에서는 가장 깊고 험준한 오지로 알려진, 갑산군의 어느 집안에서 팔 남매 중 막내 외아들로 태어났다. 그러나 그는 그곳에서는 그래도 가장 부농으로 소문난, 소위 천석꾼 집안의 귀한 외동아들이었다. 그의 부친, 그러니깐 내겐 조부님이 되시는 분은 성격이 무척 활달한 편이었으나, 고집 또한 둘째가라면 서러워할 정도로 정평이 나 있었다. 비록 일제 치하이긴 했지만 지주 측에 속했던 그는, 그 일대에선 무시할 수 없는 토호로 군림하고 있었다. 당신의 그 아무도 못 말리는 쇠고집은 후에 많은 일화를 남기기도 했는데, 자신의 여식들이 말다툼을 벌였다고 해서 행랑채에다 불을 놓고는 진화하려 드는 가족들을 장대로 후려쳤다든지, 아니면 또 어떤 명절날에는 사위들을 모아 놓고 씨름판을 벌이고, 흥이라도 날 때면 기꺼이 마구간에서 소를 몰고 나와 도륙을 단행한다든지 하는 일이 그것이었다. 해서 아버지는 곧잘 어린 나이로 쇠불알에 바람을 넣어 축구공놀이를 하는 행운을 누렸다. 그렇게 함으로 해서 어쩜 할아버지는 딸을 일곱이나 출산시킨 스스로의 묘한 입장을 별나게 시위하고 있었는지도 몰랐다.

아무튼 당신의 그러한 서슬 때문에 아버지는 외려 겁약하게 자랐다. 그 후 다소 이른 나이로 혼례를 올린 아버지는 딸만 셋을 연년생으로 낳았다. 빨리 손자를 보고 싶어 한 할아버지로서는 속으로 못마땅했겠지만 일체 그런 내색은 하지 않았다. 그래서 아버지는 더욱 초조하고 죄스러운 마음이었다. 그러던 어느 날 해방은 갑자기 찾아왔다. 온통 새로운 희망으로 부풀어 올랐던 세상은, 그러나 곧 변하기 시작했다. 바야흐로 새 역사가 태동되려는 순간 조국은 다시 좌우익의 패당으로 술렁거렸다. 민심은 흉흉해지고 마침내 마을엔 계절풍처럼 '로스께'들이 밀려들기 시작했다. 그들이 조선 여인들의 노소(老小)를 잘 구별할 줄 몰라 더러 노파들을 납치해 갔다는 소문이 들려올 무렵엔 세상은 이미 주종이 바뀌는 세월로 꺾어지고 있었다. 무엇보다 충직했던 머슴들은 집을 뛰쳐나간 지 오래였고, 할아버지는 지주에 속했다는 이유로 서서히 수모를 맞이하기 시작했다.

마침내 할아버지는 소를 밀도살하기 시작했다. 그러나 그것은 종전의 그 활달했던 당신의 성벽이나 취향에서가 아니었다. 할아버지는 아버지와 어머닐 불러 놓고 은밀히 월남행을 명령했다. 결코 거역할 수 없는 당신의 지엄한 최후 하명이었다. 종내 아버지는 귀중품을 꾸리고 할아버지께서 손수 장만한 우육포를 짊어진 채, 어머니와 세 딸을 거느리고 야밤 마을을 떠나지 않으면 안 되었다. 그날은 결국, 동행월남하자는 어머니의 간곡한 청을 단호히 거절하고, 끝내 그곳을 지키겠다던 당신의 불같이 완고한 모습과 옹고집을 마지막 보는 날이 되었다. 상당히 먼 밤길을 따라 나오시며 당신은, 거듭 매사에 신중할 것을 강조하셨다. 그러나 월남해선 꼭 고추 달린 손주 하나를 낳아야 된다는 말씀은 끝내 하질 못했다. 아버지는 일주일간의 야행 끝에 간신히 철원에 도착했다. 거기서 겨우 전문 안내원을 만난 그는 다시 일주일여를 반딧불만 쫓아다니는 고행 끝에 이곳 한탄강에 도착했다.

그때 우리는 이미 지칠 대로 지쳐 있었지. 아버지의 얘기는 계속되었다. 그것은 강을 닮지 않은 건조한 음성이었지만 강보다 더 긴 이야기처럼 들렸다.

우린 이 어둠 속의 거대한 장애물인 강물 앞에서도 막연하나마 어떤 희망 같은 것에 잠겨 있었어. 저 강만 건너면 우리는 살 수 있을 것이라고 말이야. 그런데 우리는 곧 참담한 절망에 빠지지 않으면 안 되었지. 왜냐하면 안내원이 우선 난색을 표하며 맥을 놓아버렸기 때문이었어. 갑자기 북쪽에서 비가 내려 물이 불은 탓에 강을 건널 수가 없다는 거야. 그리고 보니 정말 시커먼 강물은 훨씬 공포스러운 모습으로 우리들에게 달려드는 듯했어. 오랫동안 우리들의 눈에 익었던 반딧불이도 그날은 유난히 차갑게 느껴지면서 한여름 밤임에도 아래턱이 덜덜 떨리는 추위가 느껴지더군. 나는 안내원에게 사정사정 매달렸지. 우리가 소유하고 있는 모든 것을 다 주겠노라며 나는 마치 어린애처럼 울먹였어. 그러나 그들은 완강히 고개를 흔들었지. 결국 확률 없고 위험하기 짝이 없는 도박에는 끼어들지 않겠다는 생각이더군. 나는 화가 나기 시작했어. 그때 가슴 밑바닥으로부터 어떤 오기 같은 것이 끓어오르기 시작했지. 나는 결심했어. 기어코 저 강을 건너고야 말겠다고. 항시 우유부단했던 내가 어떻게 그런 단호한 선택을 하게 되었는지는 지금 생각해도 알 수가 없어. 좀 우습긴 하지만 내 피 속에도 늬 할아버지의 그 불같은 왕고집이 숨어 있었던 모양이야. 허기야 그땐 이미 우린 다시 돌아간다 해도 생존을 보장받기 어려운 상태였으니까. 암튼 나는 곧 강을 건널 준비를 서둘렀어. 그런데 문제는 너의 누나들이었지. 곧 어떻게 될지 모르는 그 막막한 물속에 어린 목숨까지 한꺼번에 데리고 간다는 덴 선뜻 용기가 나지 않더군. 너의 엄만 죽어도 같이 죽어야 한다며 아이들의 동행을 우겼지만, 그 당시 그건 도저히 불가능한 일이었어. 할 수 없이 나는 다시 안내원들에게 애원을 했지. 우리가 먼저 강을 건너봐서 그것이 가능하면 다시 아이들을 데리러 올 테니까 그때까지만 좀 지켜 달라고 말이야. 그들도 그것까지는 거절하지 못하더군. 그리고 우리가 만일 도중에서 어떤 사고를 만나 돌아오지 못하게 되면 세 아이들을 좀 맡아 달라고 당부했어. 물론 우리는 그만한 돈과 귀중품을 그들에게 주었지. 그들은 우리들을 만류하지 않았어. 그때 늬 누나들은 똑같이 나의 계획, 틀림없이 우리가 짐을 옮겨 놓은 뒤 데리러 오겠다는 그 다짐에 고개를 끄덕였지. 걔들은 마치 철이 다 든 어른 같았어. 그래서 나는 집을 떠나온 지 처음으로 눈물이 쏟아졌지. 왜 그렇게 울고 싶었는지 몰라. 할 수만 있다면 모든 식구가 한꺼번에 목을 놓고 통곡이라도 하고 싶었지. 마침내 우리의 무모한 도강은 시작되었어. 그것은 정말 사생결단이었다. 강은 생각보다 얕더군. 모래가 밀려와 펑퍼짐해진 그곳은 제일 깊은 곳이래야 가슴께 오는 정도였지. 나는 너무 기뻤고 드디어 우린 강을 건너는데 성공했어. 정말 기적을 만난 기분이더군. 그러나 나는 곧 쓰러지고 말았어. 무거운 짐에 시달려 물집이 터진 발바닥 때문이 아니라, 그보다 더 무서운 중압감의 긴장이 무너지면서 잠시 몸을 가눌 수가 없었던 거야. 그러나 우린 빨리 아이들을 데려오기 위해서 서두르지 않으면 안 되었지. 그 위급한 마음이 내게 새삼스러운 용기와 자신감을 주더군. 간혹 띄엄띄엄 앉아 있는 소련군 감시초소의 불빛이 조그맣게 눈에 들어오긴 했지만, 한 번 강을 건너본 나는 별로 신경이 쓰이지 않았어. 아―, 그런데 그때 그 쥐새끼들이……!

난데없는 말과 함께 아버지의 얼굴은 갑자기 곤혹으로 일그러지기 시작했다. 잠시 침묵이 흘렀다. 아버지는 오래도록 눈물로 구지레해진 얼굴을 들지 않았다. 주름으로 여러 겹 구겨진 아버지의 목덜미에 몇 마리 파리가 붙어 있었다.

쥐새끼라뇨? 갑자기 또 무슨……. 나는 아버지의 얼토당토않는 말에 또 한차례 짜증을 느끼며 더없이 구차스러워진 당신이 갑자기 가련하다는 생각이 들었다.

어쩌다가 저쪽 초소 경비병에게 발각이 된 아버진 결국 누나들을 버리고 어머니를 윽박지르며 이곳으로부터 도망치고 말았다는 얘기 아니겠습니까? 나는 너무도 뻔한 변명이라고 여기며 무심한 강심으로 눈을 던졌다. 물총새 한 마리가 강물 위에서 뭔가를 탐색하는 날갯짓으로 팔랑팔랑 재주를 넘고 있었다.

됐어요. 이제, 어차피 저 강은 아버지가 만든 것이 아닐 테니까요. 나는 물총새에서 눈을 떼지 않은 채 이죽거리듯 말했다.

그래, 맞는 말이야. 나는 결코 저 강을 만들지 않았어. 이윽고 다시 고개를 든 아버지의 충혈된 눈이 멀리 강 쪽을 향해 황량하게 버려져 있었다.

결국 이데올로기의 싸움은 아무 쪽에도 이익이 없는 것이었지. 다만 그것은 너무도 엄청난 형벌만을 남겼을 뿐이야. 아버지는 또 선문답 같은 말을 함으로써 어쩌면 속죄로서 자백이 될 핵심을 피하고 있는 듯도 했다.

넌 이제 곧 군대를 가게 된다. 그러면 전쟁의 의미와 더불어 헛된 이념의 깃발이 얼마나 부질없는 것인가도 배우게 될 거야. 군 생활을 마치고 돌아올 때쯤 넌 더욱 성숙한 청년이 되어 있겠지. 결코 전쟁은 낭만의 병정놀이나 도락으로서의 게임이 아니야. 아, 그런데 이런 얘기가 다 무슨 소용이 있어. 그날 그 쥐새끼! 그래, 그 들쥐들만 아니었으면……! 아버지는 또 요령부득의 헛소리를 남발하기 시작했다. 그때 늬 엄마가 갑자기 그 쥐들 때문에……! 아버지의 얼굴이 다시 일그러졌다.

그 얘길 차마 어떻게 할 수 있겠니. 다 부질없는 짓이야. 그래, 이제 우리 그만 돌아가자. 아버지는 오래도록 넋을 놓고 있었다. 애써 평정을 되찾은 아버지는 천천히 일어서며 술값을 지불하기 위해 지갑을 꺼냈다. 새들은 주민등록증이 없어도 남북을 마음대로 날아다닐 수가 있겠지. 지갑의 한쪽에서 처연한 시선을 하고 있는 신분증의 사진을 보며 아버지는 어린애 같은 말을 했다. 그의 얼굴은 주기와 비통함 때문에 더욱 검어 보였다.

그리고 아버지는 반년도 채 되지 않아 간장 질환으로 돌아가셨다. 분단의 설움과 한을 혼자 짊어진 듯 부대끼며, 무슨 묘약이라도 되는 양 즐겼던 술과 담배가 간장을 거덜 낸 것은 어쩜 당연한 결과인지도 모른다. 나중에야 안 일이지만 아버지는 나를 이 한탄강에 데려오기 전 이미 그 절망적인 암 선고를 받고 있었던 것이다. 문상을 온 동향의 한 친구 분은 그 내용과 함께 내가 그동안 잘못 알고 있었던 얘기도 전했다.

느이 아버진 술만 취하면 자네 얘길 자주 했어. 가끔은 북쪽에 두고 온 늬 조부께서 자네를 보면 얼마나 좋아하시겠느냐며 눈물까지 찔금거리는 주책도 떨었지. 게다가 아버지는 느이 누나 셋을 결정적으로 잃게 만든 아내를 위해 평생을 희생했어야. 늬 엄마가 그놈의 사질(邪疾) 때문에 일찍 세상을 뜨긴 했지만, 그 병마로 자네 부친이 얼마나 고생을 했는지 몰라. 어쩔 수 없는 일이긴 했지만 자신의 실수로 딸 셋을 잃고 끝내 정신병이 든 늬 엄마……, 그런 상(賞)이 있는진 모르지만 암튼 그 병수발에 모든 걸 바친 너의 아버지야말로 효부상(孝夫賞)을 받아 백번 마땅하지.

얘기가 어째 잘못 진행되고 있다 싶어 내가 뜨악한 표정을 짓자 그는 다시 덧붙였다. 세상에 그런 경우를 당하면야 누구라도 그걸 피할 수가 없었겠지만 글쎄, 느이 엄마가 강을 건너와 자갈밭에 엎드려 있는데, 그놈의 들쥐가 갑자기 뛰어오르는 통에 그만 비명을 지르고 말았다지 뭐야. 그 때문에, 감시 초소가 한바탕 난리를 치렀다는 얘기는 암만 생각해도 참 안타까운 일이고.

그래도 내가 멍뚱한 표정을 풀지 않자, 그는 또 이렇게 말을 보냈다. 아, 그때의 그 사실 얘기를 아예 이 친구가 들려주지 않고 갔는지도 모르겠네. 허기사 그게 무슨 좋은 얘기라고 자식들한테 미주알고주알 털어놓을 수가 있었겠어. 다 지나간 얘기지만 그래도 이제 자네도 성인이 되었으니 알 것은 바로 알아야지. 그러면서 들려준 문제의 그 들쥐 사연을 그는 이렇게 마무리했다.

　　천신만고 끝에 무사히 강을 건너고도 문제의 그 들쥐 때문에 모든 노력이 허사가 되고 말았다니……, 세상에 그런 어처구니없는 일이 또 어디 있갔어. 아무튼 그때 돌연 강 건너 초소 쪽에선 총성이 날아왔고 그와 동시에 강 너머에선 엄마! 하는 딸의 절규가 들려왔다고 했던가? 암튼 난무하는 플래시 불빛과 더불어 연달아 총성이 울리고, 피 끓는 목소리로 아이들의 이름을 불러대던 늬 엄만 마침내 기절해 버렸다지 아마. 그때 자네 아버지 심정이 어떠했겠어.

　　아아……!. 나는 한참 동안 혼란에서 허우적거렸다. 그랬구나! 그래서 아버지는 나를 강까지 데려갔고, 난데없는 들쥐 얘기를 한 것이구나. 어쩜 모든 이야기를 다 털어내고도 싶었겠지만 끝까지 부질없다는 생각에 혼자 그 고뇌의 세월을 품고 떠난 양반…….

　　내 피 속에도 늬 할아버지의 그 불같은 왕고집이 숨어 있었던 모양이야……. 침울한 모습에서도 일말의 긍지가 언뜻 엿보이던 아버지의 얼굴이 소연한 환청과 함께 달려왔다. 강을 배경으로 시종 침통해 하시던 그날 아버지의 표정이 나는 너무도 그리워졌다. 새삼 영정이 올려다보였고, 그리고 한 번도 가슴으로 불러보지 못한 아버지의 이름이 내 입에서 신음처럼 새어나왔다.

강종수! 아, 바보 같은 아버지……! 나는 갑자기, 작은 액자 속에 갇힌 그의 모습이 거인처럼 느껴졌다. 한(恨)많은 실수로 세 딸을 죽인 여자를 파수꾼처럼 지켜온 거인, 나는 난데없는 감상(感傷)이 몰려옴과 동시에 자책과 회오의 감정을 한아름 맞이했다. 오래도록 가슴이 저렸다. 당신의 염원에 따라 이장(移葬)의 절차를 밟은 나는 한 줌의 가루로 화한 아버지와 어머니의 유해를 그 강에다 뿌렸다.

어느덧 많이 기울어진 해는 서산 위에서 탈진을 서두르고, 강물은 그러한 햇살을 받아 구겨진 금박지처럼 반짝거린다. 나는 강 위에서 자주 눈부신 그 물빛과 함께 한무리의 환영을 만난다. 이제 강은 아버지와 그의 가족의 것이기 때문이다.

아버지, 언젠가 이곳에서 말씀하셨지요. 새는 신분증이 없어도 어떤 곳이나 날아갈 수 있을 게라고요. 아버지께서도 이젠 저 새들처럼 어디든지 갈 수가 있습니다. 나는 어느새 아버지와 어머니, 그리고 누나들로 보이는 환영이 강 위에서 일렁이는 모습을 본다. 한 번도 만난 일이 없는 누나들의 얼굴이 왠지 낯설지가 않다. 해가 서서히 산을 넘어가고 있다. 언제나 그랬듯이 태양은 내일 또 아버지의 강으로 돌아올 것이다. 그래서 나는 언제고 이 강에 설 때면 키가 작으면서도 더없이 가슴이 크고 속이 깊었던 한 거인을 만날 것이다.

사선(射線)에서

　막사와 막사 사이를 포진하고 있던 어둠이 서서히 퇴각해 가는 병영(兵營)의 아침은 언제나 막막하고 나른한 권태를 동반했다. 그러나 그런 한차례의 거슴츠레한 의식도, 병사들의 새벽을 여는 기상나팔 소리가 깊은 수면에 취한 산을 깨울 때면, 병영은 또 새로운 긴장으로 일어서곤 했다.

　열주웅 쉬엇! 차려엇! 뒤로오 돌앗!

　아침 점호의 느닷없는 구령 소리가 합창으로 튀어 오르면, 병사들의 울분 같은 함성은 우엉우엉 산부리에 걸어차여 다시 메아리로 달려왔다. 그리고 이어지는, 졸음기가 완전히 가시지 않은 애국가는 무슨 윤창(輪唱)을 하듯 병촌의 각 부대로 전염되어 나갔다.

　동해물과……. 동해물과~ 백두산이……, 백두산이~

　그런 다음 병사들은 정말 길바닥이 닳도록 비질을 했다. 그렇게 땅바닥에다 빗자루 자국을 남기고 나면, 병영의 아침은 대체로 취사장으로부터 시작되었다. 그곳은 간혹 만성 향수병(鄕愁病)에 깊이 오염된 병사들에게 언제나 아득한 고향을 느끼게 했다. 병영 앞을 버티고 선 부악산 7부 능선의 허리에서 붉게 솟아오른 태양은 아직도 어렴풋이 묻어 있는 어둠의 편린을 쓸어내리느라 바빴다. 장끼 우는 소리와 함께 골짜구니에 숨어 있던 어둠들이 쫓겨가는 시늉인 듯 한차례 눅진한 골바람이 불어왔다.

취사장 옆에 납량기(納凉期)를 맞아 임시로 마련된 노천 야외 식당에선, 바야흐로 병사들의 왕성한 식욕에 짬밥(殘飯)이 죽어가는 아침이 열리고 있었다.

식사를 다 끝낸 박중수 일병은 세척장으로 가다 말고 잠시 주위를 두리번거렸다. 그맘때가 되면 영락없이 영외 거주자인 중대 선임하사 반돈우 중사가 어슬렁어슬렁 영내로 나타날 시간이었기 때문이었다. 다행히도 그는 아직 보이지 않았다.

바쁘게 세척장을 다녀온 박 일병은 별 요의(尿意)도 없으면서 화장실로 들어갔다.

군기확립. 정조준. 초전박살……. 분무기로 찍어 낸, 규격화된 표어는 그 어떤 곳이든 가리지 않고 침투해 있었다.

'제기랄, 엉뎅이 까내리는 데도 군기가 필요한 것인가…….'

정 조 준

박 일병은 잠시 그 숨막히는 전투 용어를 반 중사의 가슴에다 견주어 보았다. 섬뜩한 느낌과 함께 통렬한 전율감이 한동안 그의 전신을 훑고 지나갔다.

'개자식!'

박 일병은 몇 번이나 이를 악물었다. 그리고 그는 윗주머니에서 허름한 편지 봉투 하나를 끄집어내어 분홍색 알맹이를 펼쳤다.

— 수희의 영원한 우주. 빙점(氷點)의 사나이. 언제나 겉으로 얼음처럼 차고 안으로 용광로같이 뜨거웠던 오빠. 그러나 오빠는 지금 너무도 멀리 있어요.

눈에 익어 너무도 익숙하고 그래서 더욱 사랑스러운 수희의 편지 글씨 위로 난데없이 반 중사의 유들유들한 얼굴이 겹쳐졌다. 박 일병은 괜히 주변을 두리번거렸다. 작은 통풍구를 통해 들어온 아침 햇살이 소석회 벽 위에서 눈부셨다.

먼저 보고 먼저 쏘라. 졸면 죽는다. 때려잡자 공산당. 군대는 2등이 없다

까닭 없이 절박하고 턱없이 거칠게 느껴지면서도, 정작은 소리가 없는 아우성이 시각적 영상으로 압박하는 그 명령과 청유형의 표어는, 내무반의 천장, 식당, 휴식 공간, 화장실 등 그 어디든 가리지 않고 당당한 발언권을 가진 채 걸려 있었다.

하나같이 붉은 고딕체의 페인트 글씨, 그 편액(扁額)의 구호가 비웃듯 박 일병을 훔쳐보는 퀴퀴한 악취의 공간. 그는 갑자기 감당할 수 없는 자기혐오와 비애로 목이 메었다. 그토록 소중하고 사랑스럽던 수희랑 함께 이런 누추한 화장실에 서 있다니…….

박 일병은 얼른 화장실 문을 박차고 나왔다. 갑자기 달려드는 아침 햇살이 그의 눈시울에 맺힌 이슬 위에서 반짝하고 부서졌다.

박 일병은 서둘러 편지 봉투를 윗주머니에 수습하며 오전 일과가 시작될 중대 막사를 향해 걸었다.

"얌마! 박 일병, 그래 아주 이젠 이 선임하사가 눈깔에 들어오지도 않는다 이거야? 소위 먹물 튀기고 배웠다는 일류대학 법학도는

이런 깡통 계급장쯤은 안중에도 없다 이 말씀이지? 좋았어!"

공교롭게도 반 중사였다. 자칭 사신(私信)검열관으로서 박 일병에겐 원수만 같은 악명 높은 하사관이었다.

"충성!"

박 일병은 엉거주춤한 자세로 엉겁결에 거수경례를 올려붙였다. 그러나 반 중사는 그 경례를 받지 않은 채 돌아서 뚜벅뚜벅 중대본부를 향해 걸어가 버렸다. 박 일병의 가슴엔 또 한차례 곤혹스럽고 난감한 흙탕물이 일었다.

'제엔장맞을, 하필이면……!'

박 일병은 땅바닥만 내려다보며 걷고 있었던 자신의 실수가 주체스러워 견딜 수가 없었다. 그리고 그는 곧 딱히 누구에게랄 수도 없는 분노에 치를 떨었다.

맨 처음 수희가 편지를 보내 왔을 때, 그 편지를 내무반에서 반 중사가 건네주었다. 그때 이미 편지 봉투는 찢겨 있었다.

"야, 박 중수 일병, 수희라는 늬 애인 이뻐? 글씨를 볼라치면 꽤 삼삼한 편이던데 말이야. 어때 한 번 내무반 전우들의 귀를 즐겁게 할 수 없겠어?"

박 일병은 반 중사의 가당찮은 요청에 암말도 않고 오랫동안 그 뜯겨 나간 봉투만 내려다보았다.

"야, 박 일병, 어디 그 삼삼하다는 연애편지 한번 큰 소리로 낭독해 봐."

어느 고참병 하나가 반 중사의 말을 거들었다.

"특히 대학 캠퍼스 뒤 진달래꽃 숲속에 누워, 별 바라보던 장면 얘기가 기똥차드구만 그래."

반 중사가 다시 이죽거렸다.

"아, 그 꽃밭에서 꽃물들이고 씨앗 뿌리는 얘기 같으면 더더구나 그냥 넘어갈 수 없지. 어이 박 일병 어디 한번 기똥차게 읊어보라구."

누군가가 또 한차례 반주를 넣자, 내무반이 순식간에 후텁지근한 기대와 웃음소리로 가득했다.

그러나 박 일병은 꼼짝 않고 찢긴 편지 봉투만 뚫어지게 노려보았다. 어쩐지 발가벗겨진 수희가 뭇 병사들 앞에서 능욕을 당하고 있는 것만 같은 모멸감에 가슴이 모래가 낀 듯 서걱거렸다.

"이 새끼가 이거, 군기가 확 빠져버렸네! 고참이 까라면 깔 일이지. 이게 꼬질대 뿌러지고 좆팽이 한번 치고 싶나?"

한구석에 쌓아 놓은 메트리스에 비스듬히 기대어 섰던 반 중사가 몸을 일으키며 박 일병 앞으로 다가왔다.

박 일병은 힐끗 한번 반 중사를 쳐다보았다. 그의 눈엔 한동안 적개심이 이글거렸다.

"어쭈 이게 겁도 없이 꼬나 봐? 짜식아, 괜히 쫄따구 하나 초상 치르기 전에 얼른 터뜨리지 못하겠어?"

반 중사가 주먹에 힘을 넣었다.

"야, 박 일병 너, 여태까지 쫄병 수칙도 외우지 못하고 있는 거 아냐?"

보다 못한 고참병이 다시 끼어들었다. 그리고 그는 곧 상병 계급 장의 사병 하나를 불러내었다.

"김 상병, 지금부터 너는 쫄병 수칙 낭독을 시범 보인다. 알겠나!"

"네, 알았습니다!"

"알았으면 쫄병 수칙 한 크립 장전!"

"상병 김 일쭈, 쫄병 수칙 한 크립 장전!"

"쭈와. 김 상병 복창 소리 한 번 기똥차게 좋다! 제목은 쫄병 수칙, 요령은 따발총으로, 쫄병 수칙 발사!"

"발싸아!"

복창을 끝낸 김 상병이 정말 따발총을 쏘듯 읊어대기 시작했다.

일, 고참은 하느님과 동기이며 석가의 형님뻘이다!

이, 고참의 말은 진리이며 만고불변의 경전이다!

삼, 쫄병은 때리면 맞고 주면 주는 대로 받는다!

사, 고참이 하는 행동과 말은 무조건 F.M이다!

오, 고참의 입과 귀는 언제나 즐거워야 한다!

육, 여동생과 애인은 고참에게 상납하길 주저하지 말아야 한다!

칠, 대한민국 쫄병에겐 불가능이 없다!

팔, 쫄병은 까라면 까고 죽으라면 죽어야 한다!

"자, 시범 조교의 쫄병 수칙을 들었다면, 박 일병은 착오 없이 명령을 이행하기 바란다. 전달 끝!"

고참병이 슬쩍 반 중사의 눈치를 살피며 박 일병을 재촉했다. 사병들의 호기심 어린 눈길이 일제히 박 일병의 얼굴로 달려가 매달렸다. 잠시 곤혹으로 일그러지던 박 일병의 얼굴이 번쩍 쳐들리며 반 중사를 향했다.

"선임하사님, 사신을 이렇게 무단으로 뜯어봐도 되는 겁니까?

그리고 특히 편지를 공개하라는 법은 대한민국 어느 군법에도 억!"

그때 반 중사의 군화발이 박 일병의 정강이에 날아들었다. 박 일병은 얼핏 앞으로 꼬꾸라지려다 다시 일어섰다.

"쫄다구 새끼가 이거 진짜로 보자보자하니까 완전 겁대가리를 휴가보냈네. 누가 일류대학 법대생 아니랄까 봐 꼴갑떨구 있는 거야 지금? 얌마, 그 따위 법률공부는 느이 집 안방에서나 하구 군대는 고참의 말이 바로 법이니까 잔소리 말고 얼른 읊어! 짜아식 진짜로 법 좋아하시네!"

반 중사의 목소리엔 단호한 결의가 묻어 있었다. 그것은 세칭 일류대학 법대생 앞에서의 처절한 자존심의 발로인지도 몰랐다.

잠시 입술을 깨물며 탱천하는 분노를 삭이고 있던 박 일병은 이윽고 봉투 속에서 편지를 꺼내 들었다. 이를 악다문 그의 손이 사정없이 떨렸다. 내무반은 난데없는 긴장으로 갑자기 무겁고 삭막해졌다.

"뜸 들이지 말고 빨랑 읊어 짜식아!"

반 중사가 잠시 가라앉은 침묵을 건드렸다. 박 일병의 울대뼈가 쉴 새 없이 꿈틀거렸다. 다시 내무반은 묵직한 긴장으로 팽팽해졌다. 편지를 노려보던 박 일병의 눈초리가 뱁새의 그것처럼 가늘어진다고 생각되는 순간, 내무반은 전혀 예기치 않았던 광경에 침묵이 흩어졌다. 눈 깜짝할 사이에 박 일병이 편지를 산산조각 찢어버렸기 때문이었다.

"어! 이 새끼가 이거 반항인가? 죽으려고 환장까지……!"

잠시 벙벙해 있던 반 중사가 한참만에야 도끼눈을 치뜨면서 입을 열었다.

그 후 박 일병에 대한 반 중사의 부당한 조처는 부지기수, 필설로
다 표현 못할 정도였다. 성냥개비 총검술, 원산폭격에다 팬텀기 타
기, 0.5초 안에 지정된 수치의 음모 뽑기 등 군대 안에서 행해지는
사형(私刑)의 모든 기합의 시범은 물론, 병사에 대한 최소한의 권익
과 명예까지도 반 중사는 가차없이 차압했다. 그리고 박 일병은 끝
내 자신이 찢어 놓은 편지를 모자이크로 원상복구 해야만 했다. 다
만 반 중사는 그 모자이크한 편지를 다시 읽히지는 않음으로 해서
박 일병에 대한 마지막 예우를 할애했다.

그러나 그 후에도 예외 없이 수희의 편지는 언제나 반 중사에 의
해 벌거벗겨진 채 박 일병에게 전달되었고, 박 일병은 침묵으로써
그것을 수용했다. 그럼으로 해서 반 중사와 박 일병 사이는 깊고
험한 원구(怨構) 하나가 흐르게 됐다. 그것은 가히 전투에 가까운
대치였다.

한때 박 일병은 눈물로써 반 중사에게 '사신검열중단'을 호소했
지만, 반 중사는 그 점에 있어서만은 막무가내로 단호한 입장을 취
했다.

어제만 해도 그랬다. 반 중사는 박 일병에게 예의 그 수희의 핑크
색 서신을 전달하면서 친절히 초를 치는 것을 잊지 않았다.

"겉으로 얼음처럼 차고, 안으로 용광로같이 뜨거운 박 일병님.
그렇다면 그대 연인의 고구마 솥은 정녕 얼마나 뜨겁습니까?"

그것도 꼭 전 내무반원 앞에서였다. 그렇게 함으로 해서 어쩜 그
는 아직도 박 일병의 서신에 관한 한 자신이 철저한 검열관임을 천
명하고 싶었는지도 몰랐다.

'두고보라구 개자식! 내 너를 기어이……. 이는 쫄병을 애인으

로 둔 대한민국 모든 여인들의 명예를 위해서도 묵과할 수 없는 일이야!'

박 일병은 가슴에다 한아름의 증오와 저주를 키우며 방금 반 중사가 사라진 중대 막사를 향해 터덜터덜 걸었다. 그는 오래도록 자신의 입술을 씹었다.

그런 일이 있은 며칠 후 자신이 주번사관 근무(간혹 장교들의 출타로 하사관이 주번사관 근무를 대행할 때가 있었다)를 맡던 날, 반 중사는 정훈교육 시간을 이용하여 내무반 전 사병들에게 한 가지씩의 건의사항이나 소원을 말하게 했다. 그러면서 그는 어떤 말이든지 그 제한된 시간에 토설하는 말만은 책임을 묻지 않는다는 다짐도 덧붙였다.

"건전한 건의사항은 내가 중대장님께 꼭 말씀 드려서 시행이 되도록 하겠어. 깡통 계급장이라고 무시하지 말고 속에 있는 얘기는 모두 털어놔 봐."

반 중사는 자신의 말에 권위를 부여하듯 제법 어금니를 깨물며 굳은 결의를 다지는 표정을 지어 보였다.

일·공휴일은 취침시간을 더 늘려 달라, 목욕을 자주 하게 해 달라, 운동기구를 확충하고 외출·외박을 확대하며 귀대 시간도 연장해 달라 등의 뻔하고 서글픈 소원, 특히 육군 중사 반돈우로서는 도저히 해결하지 못할 건의사항이 개진되는 순간, 마침내 박 일병의 차례가 돌아왔다.

내무반원들이 박 일병의 소원이야 들어보나 마나 뻔한 게 아니냐고 지레짐작으로 키득거렸다. 박 일병은 잠시 반 중사의 저의를 헤아려 보았다. 적어도 오늘의 이 시간은 틀림없이 자신을 겨냥하고 취해진 것일 게라고 박 일병은 생각했다. 그는 단 한 번도 전우들 앞에서만은 그 '편지검열중단'에 대한 간청을 한 일이 없었기 때문이었다.

'개자식 또 무슨 망신을 주려고……. 내 너의 간교한 속셈을 모를라구. 이제 더 이상 너에게 비굴치 않으리라!'

박 일병은 잠시 이를 악물었다. 그의 안면으로 언뜻 짓궂은 미소가 스쳤다.

"국방부의 시계가 멈추어선 안 된다. 실탄이 장전되었으면 거침없이 갈겨라!"

김 상병이 반 중사에게 아당을 떨고 싶은지 박 일병을 재촉했다.

"일병 박종수, 건의 사항이 없습니다!"

뜻밖에도 박 일병은 단호하게 말했다. 내무반원들은 약간 부풀어올랐던 어깨에서 후르르 김을 빼며 반 중사를 쳐다보았다. 반 중사의 눈이 뜻밖이라는 듯 크게 열리다간 이지러지는 얼굴과 함께 다시 가늘어졌다.

"뭐라고, 소원이 없다고? 지금 나의 제의를 무시하는 건가?"

반 중사의 집요한 시선이 박 일병의 얼굴을 물고 늘어졌다.

"좋습니다. 저엉 그러시다면……!"

박 일병이 각오가 되었다는 듯 어깨를 한 번 움찔거리며 입을 열자 내무반은 다시 긴장이 차올랐다.

"우리도 '거꾸로 타임'을 한 번 가졌으면 합니다!"

"뭐 거꾸로 타임?"

내무반원들은 박 일병의 별난 제의에 한동안 어리둥절했다.

"그래, 그 거꾸로 타임인가 똑바로 타임인가가 도무지 무엔지 한

번 그 내용이나 말해 봐."

반 중사는 예견했던 건의가 아니어서 약간 실망했지만, 곧 새로운 호기심이 동한다는 듯 박 일병을 다그쳤다.

"예, 대학교 운동부에서는 가끔 있는 일인데, 선후배가 서로 거꾸로가 되어 그동안 쌓인 감정을 한 5분 정도 시간을 정해놓고 푸는 겁니다. 이를테면 '야자 타임'과 비슷한 것인데, 다른 점이 있다면, 선후배가 완전 거꾸로가 되어 마음 놓고 욕지거리도 하며 후배가 선배를……. 5분이 길면 3분, 아니 1분이라도 괜찮습니다."

"그러니까 거꾸로 니가 날 어째보겠다 이 말씀이지? 일테면 툭 까놓고 합법적으로 하극상 같은 공박을 한차례 벌여보겠다 이거 아냐? 이 새끼 이건 지금 순전 의도적인 도전을 하고 있는 거구만!"

반 중사의 눈이 시퍼렇게 일어섰다. 그러나 그는 곧 조금 전 자신이 내뱉은 그 '책임불문'을 떠올렸는지 이내 표정을 가라앉혔다.

"안 돼, 군대는 절대로 거꾸로가 없어. 그리고 여긴 그따위 엉터리 같은 대학 운동부가 아니라구. 임마, 대한민국 국방부의 시계는 결코 거꾸로 돌지 않아!"

그날 이후 박 일병은 반 중사에게 유독 고분고분했다. 그러나 그의 공손한 표정 뒤에 숨은 진짜로 얼음처럼 찬 냉소와 적개심을 반 중사는 읽지 못했다. 더구나 박 일병은 꿈속에서 수희가 전 내무반원들에게 윤간을 당하고, 그 옆에서 쾌재를 부르며 낄낄거리고 있는 반 중사를 본 후부터는 더욱 그에 대한 증오가 짙어졌다.

'내 너를 기어코 처단하고 말리라!'

그러나 박 일병은 거짓말처럼 매사에 순응하는, 충직한 모범사병이 되어갔다. 수희의 편지를 건네주며 느물거리는 반 중사의 안전에서는 오히려 한술 더 떠 그의 농에 스스로 동참하기까지 했다. 일견 둘의 관계는 새로운 국면의 평화 조약까지 구축된 듯이 보였다. 하지만 그때쯤 수희의 편지가 뜸해지기 시작했고, 박 일병은 그 이유가 어쩜 반 중사 때문인지도 모른다는 생각이 들 때가 있었는데, 그때마다 그는 이를 악물고 치를 떨었다.

그럴 즈음 박 일병에겐 행운의 휴가가 주어졌다. 군복무 지침 실천 종합경연대회에서 박 일병이 소속된 대대는 모범부대로 선발되었고, 그런 평가를 받게 된 데는 특등 사수 박 일병의 공로가 컸기 때문이었다.

"야, 박 일병, 이번 포상 휴가 때는 그 특등 사수의 실력을 마음껏 발휘하겠네."

"핑크빛 사연을 보낸 깔이 누구인진 몰라도 이제 그 과녁엔 벌집이 나겠구먼!"

"그래도 박 일병, 니 그 꼬질대 조심하는 거 잊아뿌리면 안 된데이. 그거 너무 굴리다가 뿌러지면 만사가 끝나는 기라.

정말 듣기 민망할 정도의 음충맞고 걸쩍한 빈정거림이었지만, 박 일병은 시종 웃음으로 그들의 농을 받아냈다. 더욱이 그것이 수희와 자신을 결부시킨 비아냥임에도 불구하고, 생각지도 못한 휴가를 얻어서 그런지 그렇게 기분이 나쁘지는 않았다. 그러나 정작 반 중사는 일언반구 대꾸도 없이 침묵을 지켰다.

박 일병은 몇 번이나 차를 갈아타고 집으로 달리면서 거듭거듭 찻길이 더디게 느껴졌다. 곧 수희를 만날 수 있다는 생각이 더욱 그를 안달스럽게 만들었다. 그런 한편 이따금 가족들의 얼굴이 떠오를 때면 금방 가슴이 침울해지곤 했다.

박 일병이 세칭 국내 최고의 법대를 합격하고는 장래가 촉망되는 법학도로서 온 가족의 기대와 주변의 주목을 받으며 학업을 시작한 지 반년도 못돼, 조그만 건설회사를 경영하던 아버지는 부도를 내고 말았다.

어디론가 잠적해 버린 아버지 때문에 빚쟁이들로부터 온갖 수모를 받아야 했던 어머니는, 당시 고교생이었던 여동생마저 외갓집에 보내지 않을 수가 없었다. 그렇게 풍비박산이 된 집안에서 2년여를 부대끼며 견디는 동안 박 일병은, 세상 사람들이 먹이를 두고 다투는 짐승들보다 결코 더 나을 것도 없다는 환멸과 염세를 터득해야 했다. 그때 만난 것이 수희였다.

대학생이 되고 처음 호기심 가득한 기분으로 이른바 학과별 그룹 미팅에 참여한 일이 있었는데, 거기서 그는 그녀와 짝이 되었고 그 후로는 서로 연락이 없다가 우연히 한 까페에서 만나 서로를 알아보면서 새로운 교제가 시작된 것이었다. 수습할 길이 쉽지 않은 가정 형편 때문에 학업의 지속이 벅찼던 박 일병은 자폭을 하듯 그녀에게 무너져 갔다. 적어도 모든 면에서 쾌활하기만 한 수희는 그의 구원자가 되기에 충분했다.

그런 가운데서도 문득문득 고문을 하듯 달려드는 명료한 자의식은 그를 그런 불안한 평화에 오래 머물게 하지 못했다. 온갖 기만으로 치장한 몰락한 법대생의 현존, 그러나 이미 자신의 포로가 된 가엾은 수희를 구제하기 위해서도 그는 탈바꿈이 필요했다. 그래서 그는 기꺼이 군 입대를 선택했다. 그러면서 그는 대한민국 남자에겐 국방 의무가 있다는 것이 축복으로 여겨졌고, 자신이 그 남자로 태어났다는 사실이 새삼 행복하게 여겨졌다.

"공부 좀 더 해서 응시에 합격하면 법무관으로 모든 군대 의무가 해결된다는데 왜 그래?"

수희는 도무지 납득이 가지 않는다며 만류를 거듭했다.

"세상을 밑바닥부터 배운다는 것도 중요한 학습이지. 나는 정말 최말단 쫄짜에서부터 인생을 시작해 보고 싶어."

참으로 군색한 변명이었지만, 박 일병은 결코 자신의 말이 허랑한 거짓으로 여겨지지만은 않았다.

"최후의 선택은 물론 오빠가 하는 것이지만, 좀 실망스러워."

수희는 진짜로 실망스러운 표정을 지었다. 그러나 박 일병은 자신의 결정을 번복하지 않았다. 어떤 역경이 있어도 사랑은 모든 상황을 이해하고 견디게 할 거라고 믿었기 때문이었다. 어느새 그는 사랑의 숭배자가 되어 있었다.

박 일병은 집이 가까워지자 웬지 모를 불안감에 어머니에게 전화부터 했다.

"지금 거신 전화는 결번이오니……."

여자의 안내는 너무 또렷하고 세련된 목소리여서 더욱 매정하고 서운하게 들렸다.

어머니는 결국 외가에서 여동생과 함께 기식하고 있는 상태였고, 아버지는 여전히 재기는커녕 경제 사범의 낙인도 벗지 못한 채 도피의 삶을 지속하고 있었다.

"너를 볼 면목이 없구나."

은밀하게 만난 아버지는 군복을 입은 아들을 외면한 채 말했다. 생각보다는 말끔한 얼굴이었지만 아버지는 너무도 지쳐 보였다.

"건강 조심하십시오."

박 일병은 아버지를 위로할 다른 말이 떠오르지 않았다. 문득 사람이 사는 일들이 너무 허망하다는 생각이 들었다.

수희는 입대 전보다 더욱 성숙하고 세련되어 있었다. 어쩐지 자신의 군복이 초라하게만 느껴진 박 일병은 수희의 그런 변모가 괜히 섭하게 생각되기도 했다.

"참, 오빠네 부대에 있는 반돈우 중사라는 사람 알아? 그 군발이 아저씨가 내게 편지를 보내 준 거 있지. 자기가 내 편지를 뜯어봐서 미안하다고 사과를 했는데, 정말 그 사람이 내 편지를 뜯어보고 그랬어? 맞춤법과 글솜씨는 엉망이었지만, 무척 솔직하고 좋은 사람 같아 보였어."

"그 새끼 얘긴 꺼내지도 마!"

수희가 뜻밖의 소식을 전하자 박 일병은 역정부터 치밀었다.

"그분은 오빠가 참 괜찮은 사람이라고, 잘 좀 지켜 주라고 했어. 근데 오빤 왜 화를 내고 그래?"

"하지 말래두!"

'개 새끼, 이건 뭐 병주고 약주나? 게다가 수희에게 편지까지 하다니, 도대체 무슨 꿍꿍이속으로?'

박 일병의 얼굴이 난데없이 시퍼렇게 뒤틀리자 수희는 뾰루퉁하니 입이 돌아갔다. 오직 자신의 여자를 만난다는 일념에 너무도 벅찬 가슴으로 허위허위 달려오던 순간들을 떠올리며, 박 일병은 갑자기 엉망이 되는 기분에 자기혐오가 끓어올랐다.

박 일병은 너무 구겨진 분위기를 바꿔놓기 위해 병영에서의 우스웠던 기억들을 더듬어내었지만, 수희는 별로 흥미를 느끼지 못하는 듯했다.

"오빠, 나 이번 겨울방학에 배낭여행을 떠나려고 해. 남들은 좀 어렵다고 하지만, 인도 쪽을 택했어. 몇몇 마음에 맞는 친구들이 모아졌거든."

"그래? 근데 그쪽이면 아직 초행의 여자들만으로는 좀 위험하잖아? 치안 문제도 그렇고……."

"여자들만은 아니야. 우리의 리더는 이미 배낭여행에 익숙한 분이고……."

"……."

박 일병은 잠시 배낭을 짊어지고 지구촌의 한구석에서 남녀 동호인들과 깔깔거리며 거침없이 웃어대고 있는 수희를 그려보았다. 그 뒤를 이어 완전 군장에 소총을 메고 연병장을 뛰고 있는 자신의 모습이 오버랩되자 갑자기 기분이 고적해지기 시작했다.

수희는 여러 가지 학창 생활, 이를테면 엠티, 축제, 등산, 동아리 모임……. 그리고 역사학을 전공하는 그녀의 잦은 고적 답사 체험담 등에 대해서 끊임없이 조잘거렸다. 그렇게 그녀가 즐겁던 시간에 자신은 얼마나 많이 반 중사로부터 수희의 자존심을 지키기 위해 곤욕을 치러 왔던가.

박 일병은 자꾸 허탈해지는 기분에 오랫동안 말을 잃고 있었다.

"오빠, 그리고 말이야. 요새는 엄마가 자꾸 맞선을 한번 보라구 난리야. 어디서 좋은 신랑감이 나타났다나? 참 우습지?"

그러나 박 일병은 하나도 우습지 않았고, 수희 역시 그 사실이 그렇게 싫지만은 않은 듯했다.

금쪽같이 소중한 포상 휴가 일주일간 박 일병은 내내 쓸쓸한 기분으로 보냈다. 수희는 어느 사이에 무척 바쁜 사람으로 바뀌어 있었다. 끊임없는 전화질과 학교 행사, 그리고 그녀는 왜 또 그렇게 만나야 할 사람들이 많은지…….

"오빠, 미안해. 하필이면 내가 최고로 바쁠 때 오빠가 휴가를 나왔지 뭐야."

휴가가 끝나기 하루 전날도 수희는 다음날 멀리 지방으로 고적 답사가 계획되어 있고, 그 준비가 필요하다며 귀가를 서둘렀다.

"야, 이젠 너 내가 귀찮아진 모양이다. 그동안에 너무 달라진 것 같애."

마침내 박 일병은 참았던 말을 내뱉고 말았다. 자꾸 속이 부글거렸다.

"그건 오빠도 마찬가지야. 군대에 가면 남자는 더 씩씩하고 통이 넓어진다고 들었는데, 그전에 비해 오빤 사람이 좀 작아진 것 같애. 그리고 요샌 엄마가 귀가 시간에 대해 갑자기 간섭도 심해졌거든. 오빠, 미안해. 나 언제 면회 한 번 갈 거야."

박 일병이 먼저 일어섰다.

"오빠, 오늘은 정말 좀 그러네. 내 곧 편지할게."

수희가 손을 움켜잡았지만, 박 일병은 곧 손을 빼내고는 그녀의 등을 떠밀어 주었다.

"얼른 들어가 봐."

정말 너무도 쓸쓸한 휴가였다. 다음날 박 일병은 어깨가 축 늘어진 모습으로 귀대를 했다.

"선임하사님, 이노마 이거 꼬질대 검사 한번 해 봐야 되지 않겠습니껴? 거시기가 닳아뿌리고 없어진 거는 아인지. 우째 이것이 힘이 하나도 없어 보이노."

경상도가 고향인 한 고참 병사가 빈정거리자,

"워따메 거시기가 고렇게꼬롬 되아버렸으면 총구의 녹은 무엇으로 딱으까 잉? 그거사 참말로 보통 일이 아닝께로 진짜 철저한 검사가 있어야 쓰것구만."

다른 병사가 또 전라도 방언을 흉내내며 맞장구를 쳤다.

소대원들은 모두 커르르 웃었으나 박 일병은 웃지 않았다. 며칠 후 그는 병사들이 죽기보다 더 싫어하는 공수 · 유격 훈련 차출에 스스로 자원을 했다. 어쩜 그는 수희와의 유쾌하지 못했던 일들을 강도 높은 훈련을 통해 잊고 싶었는지도 몰랐다.

"저 자식 저거 혹시 휴가 가서 뭐가 잘못된 거 아닐까? 예를 들어 애인이 신발을 거꾸로 신었다든가……."

아무튼 박 일병이 귀대하고 난 뒤 한 달이 넘었는데도 더 이상 반 중사가 박 일병에게 편지를 전하는 일은 없었다. 그러나 박 일병은 끊임없이 수희의 편지를 기다리는 눈치였다.

그러던 어느 날 박 일병은 서무계 김 병장으로부터 편지가 왔음을 귀띔받았다. 하지만 보름이 지나고도 반 중사는 박 일병에게 편지를 건네줄 낌새가 없었다.

'개자식, 내 정말 기어코!'

박 일병은 거듭거듭 이를 갈아붙이곤 했다.

반 중사가 다시 주번사관 직책을 대행하는 날, 야간 초병이 자주 담배를 피워 문다는 지적을 핑계로 그는 특수 훈련을 단행했다.

"이 새끼들아, 담배 불빛은 삼십 리 밖에서도 확연히 보인다구. 자고로 작전에 실패한 지휘관은 용서가 되어도, 경계를 소홀히 한

군인은 용서받을 수 없다는 거, 귀에 못이 박히도록 들었지? 특히 야간 초병이 담배를 피워 위치를 노출시킨 일은 모범 중대에선 절대로 용납될 수 없어. 전 중대원은 완전군장으로 선착순 연병장으로 집합!"

그 집합에서 박 일병은 꼴찌를 했다. 꼴찌가 박 일병임을 확인한 반 중사는 잠시 생각에 잠기는 듯하다가 그에게 기회를 주고 싶었는지 다시 명령을 내렸다.

"저 연병장 구령대를 우에서 좌로, 선착순 다섯 명!"

그러나 역시 끄트머리는 박 일병이었다. 평소 그런 훈련에선 활달하고 재빨라서 언제나 출중한 성적을 올리던 그로서는 뜻밖이었다.

"꼴찌 한 놈만 앞으로 나오고, 전원 내무반으로 0.5초 내로 꺼져!"

그렇게 해서 반 중사와 박 일병은 결국 외나무다리에서 만나게 되었다. 혼쭐이 날 거라고 긴장했던 사병들은 다행히 자신들이 제외되자 안도의 표정을 지었지만, 박 일병이 걱정이 되는지 내무반으로 돌아가면서도 힐끗힐끗 뒤를 돌아보았다.

"저 새끼 오늘 죽었다!"

안쓰럽다는 듯 누군가가 낮은 목소리로 조심스럽게 뱉었다.

"엎드려!"

반 중사의 손엔 5파운드 무게의 곡괭이 자루가 들려 있었다.

"임마, 그런 식의 유치한 반항은 집어 쳐!"

반 중사는 매질을 하기 시작했다.

퍽 퍽 퍽……. 둔탁한 소리는 영내의 눅진한 밤공기를 흔들었다.

희미하게 불빛이 새어 나오는 막사 쪽은 모두 겁에 질려 입이 굳었는지 숨소리 하나 들리지 않았다.

퍽 퍽 퍽…….

그러나 반 중사의 곡괭이 자루는 박 일병의 엉덩이가 아닌 방화사 모래 자루를 때리고 있었다.

"짜아식, 사내 새끼가 여자 하나 때문에……!"

반 중사는 다음 말을 잇지 않고 곡괭이 자루를 던져버렸다.

그런 일이 있은 후 어느 일요일 외출을 나간 박 일병은 반 중사가 기거하는 자취집으로 찾아갔다.

'반 중사는 왜, 무슨 연유로 나만 괴롭히는 것일까?'

모든 감정을 접고 우선 박 일병은 할 수만 있다면 반 중사에게 무릎을 꿇고서라도 타협을 하고 싶었다. 그런 생각은 야간 보초 때의 끽연 문제로 애매한 기합을 받고 난 뒤부터 더욱 굳어졌다. 처참해진 가족들과 수희의 일로 그는 정말 군대 생활이 너무도 힘겨웠다. 가능하면 모든 신경을 끈 채 지내고 싶었다.

병촌의 한 허름한 집 방 한 칸을 빌려 영외 거주를 하고 있는 반 중사는 출타 중이었지만 방문은 잠겨 있지 않았다. 방안을 둘러보았으나 사실 도둑이 탐낼 물건도 없어 보였다. 파리똥이 덕지덕지 앉은 형광등과 군데군데 신문지로 땜질을 한 벽에는 몇 가지의 겉옷가지와 한 장의 꾀죄죄한 팬티가 널려 있었다. 간이옷장 옆에 엎드린 트렁크 위에는 한 여인과 나란히 찍은 반 중사의 사진이 액자 속에 갇혀 있었는데, 그 표정들이 너무도 진지하고 근엄해 보여 박 일병은 차라리 실소가 나오려고 했다. 그리고는 어쩐지 이물스럽고 어울리지 않게만 여겨지는 난(蘭)과 선인장 화분을 보는 순간,

정말 꼴값을 떨고 있다는 기분에 더욱 속이 니글거렸다.

　박 일병은 방구석에 비스듬히 세워둔 거울에 잠시 자신의 얼굴을 비춰 보았다. 일주일간의 공수·유격 훈련으로 얼굴을 태우고, 또 역광을 받아서 그런지는 몰라도 자신의 얼굴이 너무 검어 보인다는 생각을 했다.

　박 일병은 걸터앉은 문지방으로부터 몸을 일으켜 세우려다가, 대체로 벌거벗고 있는 젊은 여자들과 아랫도리 이야기가 풍부한 주간지 위에 던져져 있는 노트 하나를 발견하고는, 무심히 그쪽으로 시선을 모았다. 거기에는 아무렇게나 휘갈겨 쓴 반 중사의 난삽스러운 낙서가 담겨 있었다.

　— 수희씨, 도라와 주오 나느 진짜로 당신을 사랑하오 증말 당신 업시는 몬 살거 갓소

　박 일병은 갑자기 동공이 크게 열리며 역겨움이 확 치밀었다. 언감생심, 꼴에 수희에게 이런 편지를 다 쓰다니! 박 일병은 한동안 가당치도 않은 상상으로 머리가 혼란스러웠다. 반 중사와 수희의 비밀 통로. 아니, 내가 지금 무슨 얼토당토않은 생각을 하고 있는가. 내가 왜 이러지? 그건 정말 말도 안 돼. 그러면서도 박 일병은 언뜻 수희가 하던 말이 떠올랐다.

　'그분은 무척 솔직하고 좋은 사람 같아 보였어.'

　박 일병은 벌떡 몸을 일으켜 세웠다. 벽에 걸린 카렌다의 여배우가 농염하고 느끼한 웃음을 빼물고는 자신을 비웃고 있었다. 박 일병은 쾅 하고 문을 닫았다. 괜히 심사가 뒤틀린 그는 방문 앞에 방치해 둔 연탄재를 발로 차버리고는 서둘러 그곳을 빠져나왔다. 정말 개떡 같은 심정이었다.

'내 결코 널 용서하지 않을 것이다!'

다음날 박 일병은 반 중사를 대면했으나 그의 방으로 찾아간 일은 실토하지 않았다.

"야, 박 일병, 이따 주간 보초 끝내고 돌아오는 길에 각개전투 교장 옆에서 조용히 나 좀 보자구. 긴히 할 말이 있으니까."

반 중사가 부대 주간 경계 근무를 나가는 박 일병을 불러 세우며 말했다.

'자식, 어제 내가 방문한 걸 알아채기라도 했나? 그나저나 이거 울고 싶은데 뺨 때려주네. 거꾸로 타임 발설 이후 내게 복수하려고 호시탐탐 노려온 걸 내가 모를 줄 알구. 그래 잘됐어. 좋다구, 이젠 내가 끝내주지. 더욱이 각개전투 교장이면 호젓한 게 더욱 안성맞춤이야……. 보초는 실탄도 지급된다. D데이, 그렇지 오늘이 바로 너의 제삿날, 그 D데이가 생각보단 너무 빨리 왔군!'

박 일병은 갑자기 가슴이 뛰기 시작했다. 그의 손이 걷잡을 수 없이 떨렸다.

"네, 선임하사님. 보아하니 또 그 뜨거운 고구마 솥을 가진 우리 님께서 오랜만에 편지가 온 모양이죠?"

박 일병은 결코 자조나 빈정거리는 얼굴이 아니었다. 그러나 그의 너스레 뒤에 숨은 사늘한 독기를 반 중사는 의식하지 못했다.

"짜아식, 이젠 농담까지 해?"

반 중사는 웃는 얼굴로 손을 한번 슬쩍 들어 보이고는 막사 안으로 사라졌다. 오늘따라 왠지 그의 등허리가 쓸쓸하고 굽어 보였다.

'죽음의 그림자인가.'

박 일병은 소총에 채워진 초병용 탄창을 어루만졌다. 다시 한번 구부정한 반 중사의 등허리가 떠올랐다. 지난번 휴가를 받고도 사고무친(四顧無親) 고아 출신이라 돌아갈 고향이 없다며, 그것을 반납하고는 빈들빈들 영내에서 시간을 죽이고 있을 때에 잠시 느꼈던, 그 구부정하고 쓸쓸해 보이던 등허리였다.

'개놈의 자식! 등허리가 굽은 건 제 사정이지. 까짓 거 내가 알게 뭐야.'

박 일병은 까닭 없이 처연해지려는 자신의 괜한 심사를 추스르고 다독거리며 초소로 향했다.

각개전투 교육장은 모든 나무들이 잎을 떨어뜨려 이불을 삼고, 바야흐로 겨울잠을 준비하는 계절이어서 더욱 을씨년스러웠다.

텅 빈 각개전투장에 반 중사가 나타났을 때, 박 일병은 결코 뜸을 들이지 않았다. 그는 망설이지 않고 총구를 반 중사의 가슴에다 겨눴다. 생각지도 못했다는 듯 질겁을 하던 반 중사가 어설픈 웃음을 지어 보이며 억지 여유를 부렸다.

"어이 봐, 박 일병! 자, 자네 진짜로 왜 이러나? 그, 그 총 좀 치우게 어, 어서……!"

"이것도 유치한 반항으로 보입니까?"

박 일병의 착 가라앉은 목소리를 듣자, 반 중사는 그제서야 장난이 아니란 생각이 들었는지 순식간에 얼굴이 하얗게 바래며 굳어졌다.

"선임하사 반돈우 중사님, 아니 육군의 깡통 계급 박중수 전속 사신 검열관님, 오늘은 날씨까지 유난히 좋아 천당행 일기치곤 정말 기뚱찹니다. 당신 같은 군인은 세계 최강의 초석이 되는 우리 쫄병들의 건강한 사랑을 위해서도 이젠 군대, 아니 이 세상을 떠나

주셔야 되겠습니다. 자 마지막 속죄의 기도나 준비하시오!"

박 일병은 차라리 울고 싶었다. 노리쇠 후퇴, 전진의 금속성이 한낮의 숲을 비정하게 울렸다. 아연실색 어찌할 줄을 모르고 있는 반 중사의 얼굴이 까맣게 타기 시작했다.

"어이 바, 박 일병! 그래, 내 그동안 내가 자넬 괴롭힌 죄는 변명하지 않겠어. 그러나 소위 배웠다는 너희들은 나 같은 무지렁뱅이가 살아온 과거를 몰라. 어서 그 총 좀 치우고 내 말 좀 들어 보게. 꼭 할 말이 있어! 저 저⋯⋯. 저⋯⋯."

반 중사는 갑자기 목이 메는 듯 말을 잇지 못했다. 한 그루의 소나무를 등진 그는 콩죽 같은 땀을 흘리며 얼굴이 납빛으로 질려 있었다.

"진짜 유치한 변명 늘어놓을 생각하지 마. 내 한 몸이 군법에 회부되고 이 세상에서 사라져 너 같은 악귀가 없어진다면 그것으로 난 족해. 자, 고개를 들고 마지막으로 날 한번 쳐다 봐!"

박 일병은 얼굴을 팔뚝에 문질러 땀을 닦아내고는 방아쇠를 고쳐 잡았다.

"박 일병, 나 같은 놈은 죽어도 진짜로 하나 아까울 게 없고, 또한 누구 하나 슬퍼해 줄 사람도 없어. 그러나 박 일병은 달라. 적어도 넌 이 나라 최고의 법학도가 아냐? 그만한 시련쯤은 견딜 수도 있어야지. 자, 박 일병 그 총 어서 거둬. 앞으로 넌 할 일이 많아. 자 어서어!"

반 중사가 한 발짝 앞으로 나섰다.

"개수작하지 말고, 손들어! 그리고 나한테 온 편지 어디 두었는지 똑바로 말해. 저승에 가기 전에 한 번쯤은 좋은 일도 하고 가야지."

　박 일병은 총구로 다시 한번 정확히 반 중사의 심장을 확인했다. 반 중사의 손이 번쩍 하늘로 올라갔다.

　"그래 좋다, 박 일병! 그러나 내 마지막 이 말만은 들어다오. 사실 난 너에게 그 편지만은 넘겨주고 싶지 않았어. 좀 우습게 들리겠지만 옛날 내가 동거했던 여자 이름이 수희였지. 그년의 성도 똑같은 김이었어. 근데 그년은 나한테 한마디 인사도 없이 떠나버렸어. 난 참 걜 너무도 좋아했거든. 근데 박 일병, 너의 여자 이름이 하필이면 김수희란 걸 알고부터는 괜히 호기심이 생겼던 거야. 그래, 처음에는 정말 호기심뿐이었어. 그러다가 어느새 나는 주제넘게도 너희들의 감독자가 된 착각에 빠졌지. 너희들만은 절대로 사랑이 깨어져선 안 된다고 말이야. 왠지는 몰라도 그렇게 되면 나의 수희도 영 돌아오지 않을 거라는 생각이 들었거든. 참말로 우스운 얘기지. 넌 아무래도 그런 내 심정은 모를 거야. 그런데……."

　박 일병은 언뜻 반 중사의 방에서 목격한 그 낙서가 떠올랐다. 그리고 박 일병은 참 좋은 사람이니 잘 지키고 사랑해 주라며 수희에게 했다는 편지도 생각났다. 기분이 엉망으로 더러워지기 시작했다.

　"짜식, 사설이 너무 길어. 그게 나하고 무슨 상관이야. 자 빨리 저 소나무에 붙어. 단숨에 끝내줄 테니."

　박 일병은 재빨리 한차례 사방을 훑어보았다. 어느덧 해가 머리 위에서 비켜나고 있었다.

　"사실 난 오늘 이 자리에서 그동안의 잘못을 용서받고 싶었어. 그래서 소주 한 따까리로 우선 화해부터 하자고 준비까지 했지. 믿지 않겠지만 정말이야. 내 다시 한번 마지막으로 말하지만, 넌 정말 이렇게 끝내긴 아까운 놈이야. 그리고 이 마당에⋯⋯."

반 중사는 잠시 망설인 끝에 주머니에서 이미 모서리가 풀풀 닳아빠진 편지 봉투 하나를 꺼내 박 일병에게로 던졌다. 그리고 그는 체념한 듯 눈을 지그시 감았다. 생각보다 반 중사는 대범한 구석이 있었다. 그는 결코 오래 비굴하려 들지 않았다.

총구 앞에서 처참한 자세로 오줌이라도 질질거리며, 살려달라고 애걸복걸하는 놈을 보고 싶어 했던 박 일병은 좀 실망스럽긴 했지만, 묘하게도 그런 반 중사가 밉지 않았다. 참으로 알 수 없는, 개떡 같은 기분이었다.

"그러나 이젠 너무 늦었어. 내가 셋을 세는 동안에 지옥에 입문할 주문이나 잘 외어 두시오. 자, 그럼 하나아, 두울, 세엣!"

박 일병은 있는 힘을 다해 방아쇠를 당겼다.

"탕!"

천지를 진동하는 총소리는, 그러나 둘의 마음속에서만 울렸다.

온통 초긴장으로 묶여 있던 반 중사가 소총의 격발 소리에 털썩 소나무 뿌리에 엉덩방아를 찧으며 무너져 내렸다. 그때 그의 바지 뒷주머니에서 소주병 하나가 튕겨져 나와 땅을 굴렀다.

박 일병이 총을 던지고 그 자리에 주저앉았다. 그의 주머니에서도 실탄이 주르르 흘러내렸다. 이미 애초부터 탄창에서 분리해 두었던 탄알이었다. 어디선가 산비둘기 우는 소리가 들렸다.

이윽고 탈진해 있던 반 중사가 먼저 일어났다. 그리고 그는 곧 땅바닥에 구르고 있는 소주병 마개를 입으로 물어뜯었다. 그리고 그는 병을 박 일병에게로 내밀었다. 박 일병은 턱짓으로 반 중사가

먼저 마시라는 신호를 보냈다. 몇 모금 술을 들이킨 반 중사가 술
병을 박 일병에게 넘겼다.

"당신은 이제 죽고 없어요."

박 일병이 허겁지겁 병을 빨며 말했다.

"우리 다시 태어나자!"

반 중사가 우는 듯 웃었다.

"이젠 선임하사님의 뜻대로 하실 차례입니다!"

박 일병은 아예 길게 드러누워 버렸다. 그의 망막으로 언뜻 범법
자로 전락한 한 법학도가 영창을 살고 있는 모습이 지나갔다.

"대한민국의 박중수 일병과 반돈우 중사의 명예 회복을 위해서,
우리 이담에 '거꾸로 타임' 한 번 하자. 5분간, 아니 네가 원한다면
하루 종일도 좋다."

반 중사는 소총을 끌어당겨 빈 탄창을 빼어내고는 그곳에다 박
일병의 주머니에서 쏟아져 나온 실탄을 쟁여 넣었다. 그리고 그는
일어서면서 몇 번을 머뭇거리다가 말했다.

"내 정말 하고 싶지 않은 얘기지만, 그 편지는 수희가 곧 결혼을
한다는 내용이었어. 그날 우리 그 두 사람의 수희를 위해 행복을
비는 축배나 들자구. 누군가가 그랬지. 여자는 그저 깔아뭉개고 있
을 때만 내꺼다 생각하라고……. 빨리 초소로 가서 근무 잘 서고
돌아와 나 먼저 갈 테니. 오늘 일은 너무 오래 곱씹지 말고……."

'병신같이 자기도 그 수희를 못 잊으면서…….'

박 일병은 휴가를 갔을 때, 수희가 왠지 자기를 자꾸 피하는 듯하
면서 너무도 바쁜 일상을 보내던 모습이 떠올랐다.

오빠, 요새는 엄마가 자꾸 맞선을 보라구 난리……. 배낭여행…….

등산모임…….

'그랬구나……. 결혼……'

박 일병은 막연히 가슴이 조여왔다. 너무 검게 타 더 초라하게 보이는 손등을 슬며시 감추며, 일어날 생각도 않은 채 망연한 시선으로 허적허적 산을 내려가고 있는 반 중사를 바라보았다. 그의 짤막한 그림자가 충직하게 그를 따르고 있었다. 오늘따라 반 중사의 체구가 유난히 더 작아 보였다. 까닭 없이 마음이 아파져 왔다. 참 지랄 같은 기분이었다.

박 일병은 반 중사가 챙겨준 탄창을 가만히 잡고 있다가는 소주병을 들어 남은 술을 비웠다. 구국 구국 다시 비둘기가 울기 시작했다.

골짜기 저쪽

정말 나는 남자들을 잡아먹은 요괴인가.

아무튼 남편은 분골이 되어서야 처음으로 장인 장모를 만나러 온 셈이다. 여보, 우리 빨리 날잡아 묘소 한번 다녀옵시다. 아무리 전쟁고아에다 사고무친한 달구지 팔자지만 장인 장모님 찾아뵙는 건 기본 예의가 아니겠어? 그는 자꾸 그렇게 나를 졸랐다. 그래요, 세윤이가 돌아오면……. 에이, 그 자식은 또 왜 들먹여! 남편은 아들 세윤이 얘기만 나오면 부처 같은 얼굴을 일그러뜨렸다.

세윤이는 남편을 버리고 간 여자가 낳은 자식이다. 녀석은 내가 새엄마로 들어오고 난 뒤 고등학교 2학년 때 집을 나갔다. 남편이 운전 일을 놓고 거의 반년가량 전국 웬만한 도시를 다 누비며 수소문했지만 녀석은 끝내 찾을 수 없었다. 외갓집을 두어 번 찾아왔다는 귀띔을 듣고서야, 남편은 녀석이 제 엄마와 선이 닿아 어떤 처지로든 살고 있을 것이라 믿고 다시 운전대를 잡았다. 목숨을 부지하기 위해선 어쩔 수 없는 일이기도 했다.

무골호인으로 사람만 좋았지 도무지 재미있게 사는 재능이 없다는 이유로 버려진 남자지만, 그야말로 그는 법이 필요 없는 덕인이었다. 그저 도덕적이라기엔 너무도 선량하고 자애로운 사람이었다. 세윤이를 생각하면 나는 늘 두 부자에게 죄인이었다. 까짓 놈, 것도 다 제 팔자지. 말은 그렇게 하면서도 남편은 문득문득 아들이 눈에 밟히는지 넌지시 아들 방을 살피거나 골목길을 기웃거리곤 했다.

　　아버지 어머니, 사위가 이렇게 죽어서야 찾아왔어요. 이 사람 참 좋은 사람이었어요. 나는 가방의 지퍼를 열고 남편의 분골 상자가 담긴 흰 보자기와, 대충 준비한 제수 몇 가지를 끄집어낸다. 멧새 한 마리가 포르르 날아와 묘소 위에 앉아 있다간 이내 달아난다. 새가 날아간 하늘은 구름 한 점 없이 맑다. 그 하늘 위로 양친의 얼굴이 차례로 일렁이다가 스러진다. 엄마는 죽어서도 얼굴을 펴지 못하고 심통이 가득한 표정이다. 그래요 엄마, 엄마의 입장대로 내가 이 남자를 죽였어요. 그래도 죽은 남편은 가득 웃음을 머금고 달려온다. 바보 같은 남자. 나는 손등으로 눈시울을 문지른다. 못 견디게 그가 보고 싶다.

　　여보, 당신 부모님들 내가 산소에 찾아가 따라 올리는 술잔을 기꺼이 흠향하실까? 남편은 벙글거리며 꼭 소풍을 기다리는 아이들처럼 참묘를 기대하곤 했다. 그가 손수 해야 할 주과포를 진설하면서 나는 다시 울음이 복받친다. 술을 두 잔이나 따르고 잠시 망설인다. 부모를 합장했을 때 부부가 같이 참배하는 경우의 예법을 나는 모르기 때문이다. 망자에게 있어서야 어차피 이 모든 의식이 부질없는 일일 테지만, 남편이 그토록 원했던 몫을 생각해 멋대로 절

　　　　　　　　　　　　　　　　　　폭설

네 번을 한다. 까짓 아무렇든 그것이 무슨 대순가. 술잔 하나를 몇
차례로 나누어 상석 뒤에 부으면서 나는 비바람에 한쪽 귀퉁이가
기우뚱해진 봉분을 둘러본다. 모든 것이 그러하지만 결국 세월은
그 어떤 것도 가만히 내버려두는 것이 없었다. 이따금 용채를 보내
드리는 연고로 당숙이 노구를 이끌고 해마다 시늉만이라도 벌초를
하고 있기 때문에, 묵묘는 면하고 있으나 이 또한 앞일이 어떻게
될지 모를 일이다. 인제는 나도 곧 그 땅속으로 갈 나이가 되었으
니…… 몇 년 전 고향에 들렀을 때 당숙이 고즈넉한 소리로 한 말
이었다.

　남은 음복 술 한잔을 무슨 한약이라도 마시듯 비워낸 나는 산모
롱이 너머로 아지랑이 속에 흔들리는 고향 마을을 바라본다. 강산
이 세 번씩이나 변할 만큼 세월이 흘렀어도, 초가집들이 기와를 얹
고 간혹 벽돌로 재건축한 가옥이 얼핏 이물스러울 뿐 고향은 별반
달라진 데가 없다. 굳이 변한 것이 있다면 그것은 웬만한 젊은이들
이 모두 도회로 달아난 마을이라 명절을 제외하면 언제나 적막해
보인다는 정도다. 변변찮은 제수들을 대강 수습한 나는 남편의 유
골 상자를 들고 다복솔이 울창한 숲속으로 향한다.

　휘휘하도록 인적이 없는 산속이지만 마을이 멀지 않은 까닭으로
뒷덜미가 자꾸 뜨끔거린다. 분골을 산에 뿌리는 사람은 법에 따라
처벌을 받는다는 경고도 그랬지만, 무엇보다 진짜로 법 없이도 살
사람이었던 남편에게 이런 떳떳치 못한 대접은 굴욕적인 절차가
될지도 모른다는 죄책감이 더 나를 옥죄게 만든다. 그러나 그는 얼
마나 이곳을 오고 싶어 했던가. 이제 그의 고향은 이곳이고 그가
영원히 쉴 곳 또한 여기이다. 나는 재빨리 분골함을 열고 그의 혼

령, 아니 육신을 내 고향 산자락에 심기 시작한다. 땀이 맺히는 이마와는 달리 금방이라도 누군가가 내 뒷덜미를 낚아챌 것 같아 좀은 서늘한 느낌이다. 몇 줌의 재로 남아 어제 읍내 여관에서 밤을 함께 새운 남편은 마침내 숲에서 사라졌다. 어두컴컴한 땅 위로 솟아오른 풀잎에 이따금씩 희끗희끗하게 묻어있는 남편의 흔적을 바라보며 나는 과연 인간의 혼백은 불에 타고도 살아남는 것인가 하고 생각한다. 스스스 솔바람이 일자 분골이 묻은 풀잎 위로 소나무 우듬지에 남아 있던 송홧가루가 떨어져 내린다. 나는 꼬챙이를 꺾어 땅을 파고는 분골함을 파묻는다. 참으로 허망한 인생의 끝이다. 다시 한차례 바람이 몰려오고 구구구구 어디선가 비둘기가 운다. —기집 죽고, 자식 죽고, 길쌈 빨래 누가 하누……. 비둘기가 울 때면 그렇게 푸념을 한다고 엄마가 말했었다.

부모 죽고, 남편 죽고……. 무심히 사설을 달아보던 나는 얼른 도리질을 친다. 세윤이……. 나에게는 남편이 남긴 자식이 있지 않은가. 나는 슬며시 이를 악물어 본다. 여보, 내가 꼭 걜 찾을 수 있도록 도와주세요. 이제 당신은 훨훨 날아다니는 몸, 그 아이가 어디 있는지 쉽게 알 수 있을 테지요. 나는 마치 옆에 남편이 서 있기라도 하듯 중얼거린다.

비둘기의 음울한 가락이 듣기 싫어 숲을 빠져나가려는데, 갑자기 요의가 느껴져 나는 나무등걸 옆에 쪼그리고 앉는다. 어쩌면 남편이 지켜볼지도 모르는 자리에서 허연 둔부를 내놓고 소피를 보는 일이 요망스럽다는 생각이 들긴 했지만, 그것이 외려 흥이 아니라는 생각은 또 무슨 요량인가. 차라리 더한 응석이라도 부리고 싶다는 생각이 들자 나는 또 눈물이 맺힌다.

코를 팽 풀어 소나무에 닦는다. 남편이 저쯤에서 웃고 있다. 웃지 말아요, 씨…… 일을 끝낸 나는 얼른 주머니에서 화장지를 꺼내 코 눈물이 범벅이 된 얼굴을 닦는다. 어느새 남편은 내 핀잔을 받고 달아나고 없다. 여보, 잘 지내요. 세윤이 찾으면 또 올게요. 기집 죽고, 자식 죽고, 길쌈 빨래…… 저놈의 비둘기가……! 나는 서둘러 숲을 빠져나온다. 쩽한 햇볕이 산소에 쏟아져 내린다.

아버지 엄마, 한 불쌍한 영혼이 이 숲으로 왔어요. 거두어 살펴주세요. 갈 곳 없는 딸을 너무도 사랑해준 참 좋은 사람, 당신들의 사위예요. 죽어서나마 이제 지아비를 독차지했으니 엄마도 행복하시겠지요. 아버지도 너무 오래 엄마를 힘들게 했으니 다시는 다른 데로 가지 말아요.

엄마가 아들을 낳아 키우지 못했다는 것은 핑계일 테지만 사실 그녀의 집요한 강짜가 아버지를 진력나게 한 것도 사실이었다. 남아선호 사상과 그에 따른 대물림의 강박감에 아버지는 늘 선대에 대한 죄책감에 휘둘렸고, 그러한 인습이 결국은 소실을 두게 했다. 내 앞으로 연이어 세 사내아이가 출생했지만 까닭 모를 배냇병으로 잇달아 죽고, 나를 낳은 이후는 숫제 배태가 되지 않음으로써 엄마는 저잣거리의 한 젊은 주모에게 지아비를 빼앗기고 말았다.

어쩌다가 아버지가 집으로 돌아올 때면 엄마는 끊임없는 조련질과 닦달로 아버지를 몰아붙였다. 도무지 숨을 쉬지 못하게 하는 엄마의 세설에 아버지가 도망을 치듯 집을 나가면 그때서야 엄마는 후회를 해보지만 이미 늦은 뒤였다. 닭 쫓던 개의 처지가 된 엄마는 그때마다 그 화풀이를 나에게 했다. 쓸데없는 가시내가 기어나오려고 머슴애들을 잡아먹었다고 들볶는가 하면, 거꾸로 내가 감기라도 들면 그땐 또 그 소인을 첩질에다 덮어씌워 아버지를 저주했다. 도무지 종잡을 수 없는 엄마의 강짜는 내가 아버지를 야속해할 틈도 주지 않았다.

비교적 규모가 컸던 우리집은 아버지의 부재로 더욱 적적했고, 주인을 잃은 사랑채는 괴기스럽기까지 했다. 이미 작은엄마에게서 사내아이의 소생을 본 아버지는 아예 우리집에 발걸음을 끊다시피했다. 두 번이나 지방의원에 출마하면서 탄탄했던 가산을 탕진한 아버지는 두 집 살림에 힘이 부쳤고, 그 결과는 우리에게 더 가혹했다. 급기야 배메기를 주던 전답을 정리해 읍내 입구에다 새로운 거처를 마련한 아버지는 이따금씩 인편이나 전신환을 통해 우리들에게 생활비를 전달했고, 그나마도 그것이 규칙적이지 못했기 때문에 엄마는 늘 궁핍으로 허둥거리며 살림을 꾸리지 않으면 안 되었다.

엄마, 배에서 자꾸 소리가 나. 철없는 나는 엄마에게 자주 칭얼거렸다. 그럴 때면 엄마는 한결같이 이렇게 말했다. 그저 눈 꽉 감고 자, 그러면 배가 안 고파. 그저 눈 꽉 감고……. 그런데 아무리 눈을 꽉 감아도 고픈 배는 어쩔 수가 없었다. 바람이 퍼르르 문풍지를 울리고 달아나는 겨울밤은 너무도 길었다. 생계가 어려워지면서 엄마의 넋두리는 더욱 늘어가고 나는 학교에서도 말이 없는 소녀가 되어갔다. 그때가 고등학교 일 학년 때였다

공휴일이나 일요일은 물론 여름방학이 되면 나는 거의 매일 인삼농장을 하는 이웃집에 가서 삼을 깎았다. 하루 종일이면 큰 뿌리 백여 개, 좀 작은놈은 백서른 뿌리 정도를 깎을 수가 있었지만 그런 날은 허리가 아프고 손가락에 물집이 생겨 죽을 맛이었다. 삼베

보자기를 무릎 위에 올려두고 대나무칼로 인삼의 잔뿌리를 깎다 보면 향긋한 냄새에 취해 머리가 텅 빌 때가 있었다. 나는 차라리 그렇게 아무런 생각이 없을 때가 더 좋았다.

같이 일을 나온 아줌마들은 삼을 깎다가 제법 큰 다리가 부러지면 얼른 먹어치우길 잘했는데, 나는 그게 잘 되지 않아 엉거주춤 울상이 되곤 해서 주인으로부터 지청구를 듣거나 아줌마들로부터 눈치가 없다고 눈총을 받곤 했다. 잘 키운 것으로 육 년근이란 것이 있지만, 대개의 삼사 년생 인삼들은 그렇게 깎아서 곡삼과 홍삼의 완제품 가공 조합으로 팔려 나갔다. 깎인 뿌리 또한 미삼이란 호칭을 달고 상품이 되기 때문에, 엽차의 재료가 되는 이파리와 더불어 인삼은 버려지는 게 없었다.

인삼깎기보다는 입이 더 부지런한 아줌마들은 잠시도 그 입들을 쉬지 못했다. 남 흉보기에서 시작하여 세상의 온갖 풍설을 다 훑어 내는 그들에게 아버지 엄마 역시 빠질 수 없는 화젯거리였다. 애, 늬 아버지 요새 한 달에 몇 번씩이나 집에 오는 겨? 야, 늬 엄만 그래도 소가지가 태평이다, 내 같으면 벌써 다 때려 부쉈을 것이여! 그걸 그냥 두고 봐 그래? 나는 그들의 입방아질에는 아무런 관심도 없다는 듯 삼 깎기에만 열중했다.

이것 좀 봐유, 꼭 거시기같이 생기지 않은 감유? 옘부랄, 골라도 꼭 그런 놈만 고르네그랴. 근데 이건 또 어떻구, 정말 잘 빠진 색시 같잖여? 남정네들이 이넘을 보면 맘이 싱숭생숭해질 것이여. 음충맞은 말이 오가고 다시 한 여자가 인삼뿌리를 사타구니에 대고 옆 여자의 엉덩이로 돌진하면 한바탕 박장대소가 집을 떠나가게 했던 그 시절, 나는 정말 그네들이 싫었고 그래서 아버지가 더 미웠다.

그러면서도 나는 연신 송판 울타리 쪽에다 눈길을 보내곤 했다. 솔 괭이 구멍으로 길가는 사람들을 보기 위해서였다. 아버지는 언제 나 그 길을 통해 집으로 왔다. 아버지는 아니더라도 혹시 우체부가 올지도 모를 일이었다. 아버지 대신 전신환이라도 오기를 엄마가 눈이 빠지도록 기다리고 있을 터이기 때문이었다.

해그늘이 저쯤 됐으면 이제 얼추……. 처마 끝의 그늘이 댓돌에 서 남실거릴 때면 점심때가 되는 것이고, 아줌마들은 부엌 쪽으로 눈을 보내며 허리를 펴 보이곤 했다. 일꾼들이 점심을 먹기 위해 집을 내왕하는 번거로움을 피해 대체로 인삼 집에서는 중식을 제 공했다. 유달리 입이 짧고 비위가 약해 남의 집에선 도무지 밥을 먹지 못하는 나는 그때면 종종걸음으로 집으로 돌아갔다. 야, 늬네 집은 무슨 꿀단질 묻어 놓고 사냐? 아무리 빈정거려도 입 한번 떼 지 않는 나를 보며 아줌마들은 참으로 별난 가시내라고 혀를 내둘 렀다.

집에 돌아와 봐야 꿀단지는커녕 무슨 중환자처럼 방바닥에 웅크 리고 누워 있는 엄마를 보지 않으면 다행이었다. 남의 집에선 물도 한 컵 못 마실 정도로 식성이 고약했던 나는 무나 오이로 점심을 때우는 날이 많았다. 가지를 날것으로 먹는 것도 나는 그때 배웠 다. 어쩌다가 남은 밀가루가 있어 파나 부추를 넣고 버무린 부침개 를 먹는 날은 정말 호사스러운 날이었다. 혹시 내가 모르는 사이에 전신환이라도 왔는지 이곳저곳 넌지시 살펴보는 딸이 딱해 보일 때면 엄마는 신문지에다 호박잎을 말아 물고는 했다. 그맘때면 내 가 인삼을 깎아 사 준 연초도 다 피운 뒤가 되었다. 가서 일이나 해 라. 체부가 오면 금방 알려 줄 테니, 아마도 내일은 꼭 올 것이여.

느거 압지가 그래도 등록금 마감일은 넘기지 않았잖여.

한여름에 수확을 해야 하는데 부득이 인삼 채취가 늦어지고만 집에서는 초가을까지도 그 일을 내게 맡겼고, 나는 농번기 가정실습도 대체로 인삼 깎는 일로 보냈다. 꼼꼼한 성격 때문인지 내가 깎은 인삼은 늘 일등품이 되었다. 그때 웬만한 아이들은 끼리끼리 뭉쳐 다니며 밤 서리를 하거나 단풍놀이를 즐겼다. 뽀얗게 살이 찐 인삼이 쌓여가는 바구니를 훔쳐보며 괜히 마음이 조급해질 쯤이면 나는 자주 코에서 피가 터지곤 했다. 고개를 뒤로 젖혀 대나무칼을 쥔 주먹으로 톡톡 머리를 칠 때 바라보이는 푸른 하늘은 왜 그렇게도 서럽게 느껴지던지.

삯돈은 내가 깎은 인삼뿌리의 수량에 따라 매번 달랐지만 나는 그 돈을 모두 엄마에게 주었다. 그때마다 엄마는 언제나 그것이 정확한 셈으로 지불되었는지를 검산해 보곤 했는데, 내가 설명하는 계산법이 단 한 번도 틀리는 경우가 없었음에도 불구하고, 꼭꼭 성냥개비를 이리저리 옮기며 스스로 터득한 검산을 마치고서야 안심을 하곤 했다. 그것은 꼭히 누구를 의심해서라기보다 엄마는 그런 절차를 통해 셈을 놀이로 즐겼는지도 몰랐다. 엄마는 내가 준 돈에서 절반은 꼭 나에게 다시 돌려줬는데, 엄마를 위해 연초를 사고 난 나머지는 책갈피에다 끼워두고 심심할 때마다 펼쳐보며 흔감해하곤 했다.

우리집은 그 어느 때보다도 명절날이 쓸쓸했는데, 어느 해의 적막했던 추석을 나는 잊을 수가 없다. 그날 명절 준비로 분주해야 할 집은 도무지 그런 기척이 없었고, 해가 다 질 때까지도 아버지가 아무런 연락을 주지 않자 엄마는 아예 몸져누워 버렸다. 샛별이 돋을 때까지 연신 대문의 기척에 신경을 곤두세운 채 나는 아버지를 기다렸다. 그때까지도 동네 하늘에선 고소하게 들기름 타는 냄새가 날아다녔고, 서산 위로는 둥근달이 떠나고 있었다. 종내 아버지가 못 오시는 경우 친구나 다른 인편을 통해 제수 비용을 보내온 때는 있었지만 그렇게 종무소식일 때는 한 번도 없었다.

결국 새벽에 일어난 엄마는 나물 몇 가지에 호박 부침개 몇 점 부쳐 제상을 차렸고, 당숙이 들고 온 술 한 병으로 제례 흉내를 내었다. 뒤늦게 무람스러운 표정으로 얼굴을 내민 아버지가, 갑작스레 열병을 만난 아들이 경기(驚氣)를 해대는 바람에 경황이 없었다고 변명하자, 엄마는 조상 차례까지 훼사 짓는 자식, 그게 어디 얼마나 잘되나 두고 보자고 악담을 하다가 기어이 종주먹질을 당하고 말았다. 너무도 화가 난 아버지는 생활비 지불도 잊은 채 집을 뛰쳐나갔다.

그날 나들이옷을 챙겨 입고 명절 기분에 다소 부풀어 있던 마을 사람들은, 스피커를 매달고 이 동네 저 동네를 돌아다니며 괜히 숨가쁘고도 목메인 소리를 질러올리는 영화 광고 방송에 마음을 홀딱 뺏기고 있었지만 엄마는 죽은 사람처럼 구들장만 지고 있었다.
—사랑에 속고 돈에 울고, 원한에 사무친 저 복수의 칼은……! 문화와 예술을 사랑하시는 충산군민 여러분!

담임선생이 몇 번이나 유랑극장 출입을 경고했음에도, 엉성한 사복 차림으로 극장 앞으로 모여들 급우들이 떠올랐다. 참으로 쓸쓸하고 서글픈 추석날 밤이었다.

그렇게 적막하게 명절을 보낸 뒤 학교에서는 중간고사가 시작되었다. 시험 둘째 시간이었던가. 나는 사환 아이를 통해 교무실로 호출이 되었고, 공납금을 납부하지 않았다는 이유로 시험 불가 통보를 받았다. 처음 있는 일이기도 했지만 나는 너무도 슬프고 부끄러워 갑자기 눈앞이 보이지 않았다. 그 순간 이미 며칠 전 담임선생으로부터 그런 예고를 받은 사실을 떠올렸다. 교탁 앞으로 불러낸 담임이 언제 등록금을 내느냐고 물었을 때 나는 오래 망설이지 않았다. 아버지가 오시면 낼 겁니다. 아이들이 와르르 웃었고 나는 등에서 땀이 굴렀다. 담임선생은 기가 찼는지 아버지가 언제 오시느냐고 묻진 않았지만 어쨌든 이번 시험 전까지는 꼭 해결해야 된다는 말은 보탰다.

등록금을 못 내 시험을 보지 못하고 집으로 돌아가는 아이들은 전교에서 나 말고도 스무 명이 더 되었다. 집으로 돌아와서도 엄마에게 그 얘긴 하지 않았지만, 그때의 등록금 육천육백 원은 내가 영원히 잊지 못할 액수가 되었다. 인삼 깎는 일도 거의 끝난 절기였기 때문에 나는 집에서 남은 시험기간 이틀 동안에 빨래와 청소만 했다. 엄마는 집안이 정갈해진다고 밥이 나오냐 돈이 나오냐고 심드렁해 했으나, 사실 나는 다른 할 일이 그것밖에 없었다.

내가 학교에 가지 않은 걸 어떻게 알고 아버지가 급히 집에 들렀을 때, 엄마는 딸년과 자신은 이제 더 이상 살 이유가 없다고 패악을 떨었는데, 그때는 아버지도 별 대거리를 하지 않았다. 아버지가 조면을 하려는 듯 집에 오는 발걸음이 점점 뜸해지자 엄마는 일요일마다 아버지를 모셔오라고 나를 작은집으로 보냈다. 계절은 이미 겨울의 문턱을 넘어서고 있었다.

읍내로 들어가는 언저리에 동남향을 하고 앉은 나지막한 기와집에서는 이따금 어린애 우는 소리가 들리곤 했다. 나는 시린 발을 동동거리며 전봇대 뒤에 숨어 있었지만 한 번도 집안으로 들어가진 못했다. 섬돌 위에 나란히 놓인 하얀 남녀의 고무신을 보고 있을라치면 야속한 마음과 함께 설움이 복받쳤고, 더구나 우리집에는 없는 전화벨이 울렸을 땐 왜 그렇게 배신감에 가슴이 저리며, 아버지가 언짢고 섭섭했는지……. 어쩌다가 문이라도 열리면 가슴부터 덜컥 내려앉아 나는 재빨리 전봇대 뒤로 몸을 감췄다. 아버지가 뒷간에라도 다녀가다 어쩜 나를 발견해 줄지도 모른다고 간절히 기대하면서도 한편으론 또 얼마나 그 눈길을 두려워했던가. 그 이율배반이야말로 진정 눈물겨운 숨바꼭질이었다.

아버진 대처에 가시고 안 계신대. 맨날 똑같은 거짓말이었지만 엄마는 나를 의심하지 않았다. 미친놈의 영감탱이가 또 정치 바람이 난 게여. 이젠 다 큰 딸년도 좀 챙겨야 할 게 아닌겨. 그래, 꼬맹이놈은 잘 자라든겨? 그 여우년은 다른 말 않고? 욕설 속에다 넌지시 작은집의 근황에 대한 염탐을 감추고 있는 엄마가 가증스러웠지만, 나는 엄마가 가엾다는 생각 또한 속일 수가 없었다.

아버지가 오래간만에 집에 왔을 때도 엄마는 아버지를 몰아붙이는 데는 예외가 없었다. 이미 고질이 된 엄마의 병은 묘약이 없는 듯했다. 문득 도서실에서 빌려다 본 책 속에서, 사랑은 기러기를 거위로 만드는 대신 더 큰 날개를 달아주는 것이라고 한 말이 떠올랐다. 그러나 그것은 현학으로 세상을 즐기는 자들의 허황한 말놀음에 불과했다. 아무리 질투가 애정의 표현이고 그것의 역할이 사랑의 확인이라 하지만, 이미 뒤집힌 눈에 시샘의 독살을 담은 엄마의 입은 끝없이 피를 토하는 야수의 혓바닥일 뿐이었다.

또 그놈의 도의원 병이 도지는 것 같은데, 길거리에다 뿌리고 다닐 돈 있으면 우리나 좀 주시오. 만날 이리 저리로 돌아댕기다 돈 떨어지면 그땐 이 집마저 팔아묵고 우리 모녀 길바닥에 내 던질거 아뉴? 나는 곧 엄마의 화풀이가 나에게로 날아올 것 같아 가슴이 콩닥거렸다. 돌아댕겨 누가? 아버지는 한차례 우리 모녀를 번갈아 훔쳤다. 아, 그렇다면 내가 지금 거짓말을 하고 있단 말이유? 주일 마다 쟤가 집으로 찾아간 것도 몰라유? 너무도 당당한 타박에 잠시 나를 지켜보던 아버지는 굳게 입을 다물어 버렸다.

배웅을 하는 나에게 아버지는 작은 소리로 말했다. 나를 만나러 왔으면 집에 들를 것이지……. 나는 고개를 들 수가 없었다. 이건 책이나 사 봐라. 아버지는 얼른 내 손에 꼬깃꼬깃 뭉친 돈을 쥐어 주었다. 그때도 나는 아버지를 쳐다보지 못했다. 그다음부터 나는 아버지의 집에 가지 않았다. 엄마도 지치기라도 했는지 더 이상은 그 일을 시키지 않았다. 그 대신 엄마는 밤마다 나와 함께 자기를 원했다. 어쩌다가 내가 공부방에서 책을 읽다가 잠이 들면 어느새 내 곁에서 코를 골곤 했다. 그런데 그때 나는 엄마의 이상한 버릇 때문에 곤욕을 치러야 했다. 엄마는 잠결인 듯 자주 두 손을 내 팬 티 속에 집어넣어 나를 질겁하게 만들었는데, 고등학교 이 학년이 된 나는 엄마의 그런 잠버릇이 민망스러워 견딜 수가 없었다. 엄마 가 무안해 할까 봐 때론 잠자코 참아보지만 역겨운 느낌은 가시지 않았다.

그럴 즈음 학교 공부는 완전히 뒷전인 채 소설이나 수상록, 철학 서적 등을 닥치는 대로 읽어대던 나는, 막연하나마 아버지가 엄마 를 내치는 까닭이 꼭 사내자식을 보기 위해서만은 아니라는 생각 이 들었다. 엄마는 정말 사람을 질리게 하는 기괴하고 끈질긴 집착이 있었다. 소풍 때 이미 시상이 다 끝나버린 보물찾기에서도 그 숨은 쪽지 찾기에 열중했던 걸로 미루어, 그런 내력이 내게도 없는 것은 아니지만, 나는 병적으로 엄마를 닮는 심성에는 반발이 컸다.

나는 정말 그 어떤 것에도 매달리기 싫었다. 거울을 볼 때마다 내 얼굴 역시 아름다운 성숙을 서두르고 있는 느낌을 지울 순 없어도 나는 그런 미관에 빠져들기가 싫었다. 특히 칼라파고스 군도의 비참한 진주 조개잡이꾼이나 세계 각지의 채광부들의 처절한 삶을 읽고는, 사치품인 장신구나 보석류에 마음을 뺏기는 일만은 경계하고 싶었다. 그것들은 광채로 마음을 현혹시키지만 그 빛은 따뜻한 것이 못되었다.

대답 없는 신에게 매달리는 것조차 싫어 나는 언제나 기도가 필요한 종교에도 마음을 두지 않았다. 주위엔 예수와 석가를 믿으면서도 그분들을 속이는 사람들이 너무나 많았고, 따라서 나 같은 무종교인들은 그런 의미에서 죄 하나는 더는 셈이라 여겼다. 정녕코 죄악이 있는 곳에 은총의 기회가 있고 불행이 존재하는 곳에 행복이 있다면 엄마와 나 또한 그 근처에 있는 것은 틀림없는 일이었다.

수많은 철학 서적들 역시 너무 어려워 내 좁은 인식으로는 감당키 어려웠지만, 그것들 또한 근본적으로는 삶에 대한 답이 아니고 세상 모든 의문에 대한 질문이라는 점에서 동일했다. 특히 그것들은 군데군데 허세를 부리고 있어 더 거슬렸다.

부(富)는 분뇨와 같아서 쌓이면 악취가 나고 뿌려지면 거름이 되어 땅이 비옥해진다고 했는데, 그건 말도 안 되는 거짓말이었다. 나는 그래도 부자가 되고 싶었다. 책에 씌어진 대로 천국이나 지옥의 건설은 인류가 발명해 놓은 가장 황당무계한 망상이라는 말을 신봉해서가 아니라, 나는 우선 그런 세상을 구가할 여유가 없었다. 성인들에게 눈도장을 찍히려고 사찰이나 교회를 찾는 것보다는 가족과 함께 나를 숨길 수 있는 내 집이 더 급하고 소중했다.

그런데 여고 3학년이 되고 난 6월 어느 날, 나는 마을에서도 제일 넓은 인삼밭을 가지고 있는 읍장 집 아들 기호와 호숫가 한 묘지 옆에서 밤을 새우고 말았다. 기호 아버지는 한때 아버지와 지방의원에 출마하여 아버지를 이긴 사람이었다. 기호가 어른들의 정치적인 적대 관계로부터 우리들은 철저히 자유로울 권리가 있다고 주장한 글로 내게 우정을 호소했을 때, 내가 긍정적인 답신을 보냄으로써 둘은 자연스럽게 친구가 되었다. 우리들은 자신들도 잘 알지 못하는 현학적인 문구를 빌려 화려하게 편지 내용을 채우곤 했다. 그러는 동안에 둘은 성큼 자라버린 서로를 확인하며—사실은 착각이었지만—기성세대들의 턱없는 우월 의식을 비웃는 동조자가 되었다.

서울의 명문 사립대학 법대에 진학한 형을 둔 기호는, 그 형 못지않게 학업성적이 우수해 가족은 물론 학교로부터도 기대를 모으고 있는 재원이었다. 그는 아는 것이 많아 자주 나를 주눅 들게 했다. 남자는 눈으로, 여자는 귀로 사랑을 만난다고 했던가. 나는 그의 명쾌한 식견에 끌렸고, 그는 여학교를 졸업하면 인삼 아가씨 선발은 '따놓은 당상'이라는 내 미모에 뻣뻣한 목을 꺾었다. 어차피 남녀는 자웅동체가 아니라 반쪽이 장애자라는 사실로 볼 때, 궤변가들의 주장대로 여자는 잃어버린 페니스를 찾아 방황하고, 남자는 끊임없는 자궁회귀 본능으로 여자를 탐하는지도 몰랐다.

그날 밤 위악을 행사하듯 술을 마셔 풋내를 떨쳐내려는 기호의 도전에, 나 또한 자멸 충동의 오기로 그와 당당히 맞섬으로써 둘은 대등하게 긴장을 즐겼다. 후두가 견뎌내지 못할 것 같은 잠깐 동안의 충격과는 달리 난생처음 만나는 취기는 나를 금방 새로운 세계로 인도했다. 하늘의 별들이 회오리바람을 일으키다 호수로 떨어져 내리는 장면은 너무도 황홀해서 오히려 두려웠다. 기호가 두 병 내가 한 병의 소주를 해치웠을 때는, 이미 우리가 세상의 모든 선별 감각을 놓아버린 뒤였다.

극심한 갈증과 오한에 눈을 뜬 순간, 나는 비스듬한 자세로 한 남자의 품에 갇혀 있음을 확인했고, 그곳이 어느 알 수 없는 무덤임도 알아챘다. 나는 모든 감각을 다 동원해 스스로의 안위를 탐색하기 시작했다. 우선 머리가 빠개지도록 아픈 것 말고는 어제의 나와 달라진 것은 없는 듯했다. 나는 조심스럽게 얼굴을 돌려 하늘에 눈을 주었다. 그 하늘 위로 이를 악물고 있는 엄마가 지나갔다. 그러나 그 얼굴을 어쩐지 슬퍼 보였다. 별이 빛을 잃고 있는 것으로 보아 새벽이 오고 있는 것 같았다.

그런데 이 난감한 순간을 어떻게 빠져나갈 것인가. 나는 부끄럽다는 생각보다는 당장의 처신이 막막했다. 기호의 가슴으로 규칙적으로 뛰고 있는 맥박의 고동이 전해져왔다. 내 맥박이 훨씬 빠른 듯했다. 나는 그의 왼쪽 가슴에 얹힌 머리를 살며시 들어올렸다. 그때 갑자기 힘이 들어간 기호의 두 팔이 나를 옥죄었다. 나는 본능적으로 힘껏 그를 밀쳐냈다. 푸하하하…… 갑자기 기호가 웃음을 터뜨렸기 때문에 놀란 나는 얼른 손으로 기호의 입을 덮었다.

기호가 혓바닥으로 내 손바닥을 핥았다. 나는 재빨리 그를 밀쳐내고 일어섰다. 기우뚱 내가 휘청거리자 기호가 부축했다. 서둘러 그곳을 빠져나오며 우리는 한마디도 하지 않았다. 두 사람이 손을 잡고 보리밭을 가로질러 간 기억의 끝자락만 아득하게 이어질 뿐 더는 간밤의 기억이 이어지지 않았다. 잠시 기호가 등을 돌리고 호수 쪽에다 담수량을 보태고 있는 동안 나는 계속해서 길을 더듬었고, 풀밭 이슬에 금방 신발이 젖었다. 나는 길섶의 억새풀에 앉은 키를 맞추며 오래 참았던 오줌을 누었다.

우리는 마을 입구가 가까워지면서 약속이나 한 듯 서로 말없이 길을 나누었다. 길게 질러올리는 닭울음 소리가 까닭없이 슬프게 들렸다. 기호가 사라진 쪽에서 개 짖는 소리가 달려오자 왠지 나는 그가 다시 보고 싶어졌다. 이유도 없이 고맙다는 생각이 들면서도 한편으로는 말 한마디 않고 가버린 그가 야속한 생각이 들었다. 희붐한 여명 속에서 드러나는 하얀 블라우스엔 군데군데 보리깜부기의 흑분이 묻어 있었다.

며칠씩이나 벙어리처럼 입을 닫고는 분을 참고 있던 엄마가 처음으로 뱉어낸 말은, 이미 동기(同氣)를 셋이나 잡아먹은 년이 무슨 짓을 못하겠느냐는 저주였다. 어쩌면 죽은 아들들과의 극명한 차별이 면죄부가 된 것인지도 몰랐다. 그러면서도 엄마는 피는 속일 수가 없다고 다시 아버지를 헐뜯는 것을 잊지 않았다. 말이 씨가 된다고 정말 내가 그렇게 되기를 엄마가 원하고 있는 건 아닌가고 따지고 싶었지만 나는 입술을 깨물고 참았다.

참으로 황당하고 믿기지 않은 밤을 보낸 기호와 나는 한동안 편지도 교환하지 않았다. 그러나 둘은 희한한 비밀을 공유하고 있다는 사실만으로도 묘한 결속감을 느끼고 있었다. 그해 겨울, 기호는 내게 일기장을 선물했는데 그 일기장에다 하루치의 일기를 써서 보내 주었다. 그 내용은 놀랍게도 만약 나와 함께 평생 반려의 뜻을 일루지 못할 경우 단호하게 삶을 마감하겠다는 결심이었다. 꿈이 원대한 한 수재의 다짐으로는 너무 치졸하고 극단적인 것이어서 나는 그 일기 부분만 오려내어 다시 회송을 시켰다. 그러한 전제야말로 불길한 예단이라는 투정을 첨부해서였다.

그런데 그 편지가 기호의 어머니의 손에 들어가 한바탕 난리를 치른 기호는 기어이 그 항변으로 정말 다량의 수면제를 먹고 자살을 시도하여 소동을 부리고 말았다. 설사 그 자해의 시늉이 제 어머니의 독선에 대한 한갓 시위에 지나지 않았다 하더라도, 나에겐 감당키 어려운 충격이었고 급기야는 엄마의 저주와 견주어보지 않을 수 없었다. 나는 정말 사내들을 잡아먹는 업귀를 타고난 것일까.

애야, 우리 기호 이번에 대학을 못 들어가면 이제 내가 죽게 돼. 기호 어머니의 간곡한 호소는 나를 더 이상 그의 곁에 머물지 못하게 만들었다. 결국 자신을 추슬러 낸 기호는 비록 같은 반열의 학과는 아니었지만 그해 형이 다니는 대학에 입학했다. 그 후 그로부터 애절한 사연을 담은 여러 통의 편지를 받았지만 나는 답장을 하지 않았다.

다음 해 봄, 폐 질환으로 갑작스럽게 엄마가 죽자 아버지는 서둘러 집과 얼마 남지 않은 땅뙈기를 처분하여 서울 이사를 단행했다. 미련도 없었지만 동네 사람들은 나를 배웅하면서 따놓은 인삼 아가씨의 영예를 놓치게 돼 아쉽다고 입을 모았다.

멀리 한강이 바라보일 만큼 높은 지대의 산동네에다 우선 살림집을 정한 아버지는 자주 작은엄마와 찌그럭거렸다. 쌀과 연탄 가게부터 시작하자는 아버지의 호구책에 작은엄마는 내가 있으니 작은 식당 하나를 개업함이 더 적절하다고 우겼다. 그때 아버지는 내가 다음 해에는 대학을 갈 수 있도록 해야 된다며 그녀의 계획에 반대했다. 두 사람의 언쟁이 내 문제로 결부될 때면 등허리에 식은땀이 났고, 나는 자연히 곁돌기 시작했다.

생선과 손님은 사흘이 지나면 악취가 풍긴다는데 나는 그렇게 매일 손님이 되어 오랫동안 강을 바라보는 버릇이 생겼다. 밤이 되면 검고 긴 이불을 덮고 쓰러져 누운 강은 더 이상 흐르지 않는 듯이 보였다. 강 너머에서 명멸하는 불빛들은 새삼 서울이 넓다는 생각과 더불어, 비로소 땅속에 혼자 묻혀 있는 엄마가 너무 멀리 있다는 생각이 들게 했다. 나는 숨이 막히도록 엄마가 보고 싶었다. 내가 사다 준 연초를 줄달아 태우고 한숨을 말아내던 엄마의 모습이 떠오르는 순간, 나는 걷잡을 수 없는 회한에 눈물이 쏟아졌다. 그 놈의 호박잎 담배 때문에 폐가 망가졌는지도 모르지. 아니 아버지 때문일 거야. 아니 아니, 진짜는 아들 셋을 잡아먹은 나 때문일 테지. 엄마아ㅡ. 나는 기어이 목이 꺽꺽거렸다. 그때 눈물이 범벅이 된 내 코끝으로 난데없는 담배 연기가 스쳤다. 언제부터였는지 아버지가 내 뒤에서 강을 바라보고 있었다.

나는 얼른 소매로 눈물을 닦았고 아버지는 두어 번 헛기침을 날렸다. 휘황한 불빛에 기가 질린 별들이 희미하게 강 위에서 흔들렸다. 문득 기호의 환영이 달려왔다. 껴안고 있던 팔뚝을 내가 떠밀어내자 푸하하하 웃음을 터뜨렸다. ㅡ언제까지나 일기장의 내 맹세를 잊지 말길 바래. 그가 마지막 보내 준 편지가 떠올랐다.

다음날 내가 수도 없이 결심을 번복한 끝에 기호가 다니는 대학 교무처에서 시간표를 물어가며 그를 찾아내었을 때, 그는 무슨 도둑질이나 하다 들킨 사람처럼 당황해 했다. 그 옆에 붙어 있던 여학생 때문이었을까? 검정색의 스커트와 보라색 블라우스에 밑으로 퍼지는 반 코트식 재킷을 술명하게 받쳐 입은 그 여학생 앞에서 철이 지난 내 원피스는 너무 가볍고 초라하게 느껴졌다.

　누구야? 여학생의 눈빛이 심상찮다고 여겨졌을 때 나는 갑자기 안면 근육이 팽창하는 듯 표정이 잘 잡히지 않았다. 이내 콧등에 진땀이 맺히고 가슴 깊숙한 쪽에서 원인 모를 후회가 일기 시작했다. 학교 앞길 건너에 쉘부르라는 빵집이 있어, 거기서 기다려, 내 곧 갈 테니까. 나는 얼른 고개를 끄덕이고 재빨리 돌아섰다. 내 이종사촌 동생이야. 뒤에서 기호의 웅얼거리는 소리가 들렸지만 더 이상은 알아들을 수 없었다.

　나는 빵집을 찾지 않았다. 언제까지나 일기장의 내 맹세를 잊지 말길 바래. 사실 기호는 아직도 그 맹세가 유효하다고 생각하고 있는지 몰랐다. 그러나 좀 전 여학생의 도발적이고도 당당한 눈초리는 나로부터 단숨에 그 맹세를 빼앗아 가버렸다. 눈이 모자라 한꺼번에 다 보지 못하는 아득한 고향의 보리밭이 눈앞에서 어른거렸다. 나는 보리깜부기가 묻어있기라도 한 듯 초라한 미색 원피스를 내려다보았다. 푸하하하, 기호의 웃음이 들려왔다. 한 무리의 남녀 학생들이 싱그러운 표정을 하고 내 곁을 지나갔다. 누구야? ……내 이종사촌 동생…….

　나는 걸음을 빨리했다. 동기 셋을 잡아먹은 년이 앞으로 몇 놈을 더 잡아먹어야 끝이 날까. 이제 기호는 죽지 않아도 된다. 다시는

　　　　　　　　　　　　　　　　　　　　　　　　　　폭설

그 앞에 나타나지 않을 것이다. 나는 몇 번이고 입술을 깨물었다. 그런데 왜 이토록 가슴이 아릴까. 끊임없이 부대끼는 인파들 속에서도 서울은 인적 하나 없는 텅 빈 도시 같았다.

나는 아무도 없는 서울 거리를 걷고 또 걸었다. 박대하는 것도 아니면서 하루 종일 있어 봐야 살가운 말 한마디 붙이기 어려운 작은엄마 집은 아무래도 내가 쉴 곳이 아닌 것 같았다. 그랬지만 서울 어디에도 나를 버릴 데는 없었다. 나는 호기심이 많은 조무래기들처럼 온갖 곳을 다 기웃거렸다.

창경궁을 보고 덕수궁을 거쳐 촌사람 눈 빼먹는다는 명동까지 누비고 있을 때는 날이 저물고 있었다. 불빛이 솟아오르는 도심의 밤은 또 새로운 세상이었다. 밤마다 강 너머로 바라보이던 현란한 불빛의 중심에 와 있다고 생각하니 막연한 두려움과 함께 묘하게도 대견하다는 생각이 들었다. 그래서 사람들은 부나비처럼 서울로 모여드는 것인가. 나는 잠시 빵집으로 찾아갔을 기호를 생각해 보았다. 끝내 내가 돌아오지 않는 걸 알았을 때 그는 어떤 마음이었을까? 괜히 눈물이 나오려고 했지만 나는 후회하지 않았다. 고향의 호숫가 보리밭 속 무덤에서 거짓말 같은 밤을 보낸 후 하루도 잊어보지 못했던 그였다.

영화를 하나 볼까 하고 극장을 찾았는데 주인공이 기호를 닮아 평소 내가 좋아했던 배우여서 잠시 망설였다. 배반의 계절. 공교롭게도 제목까지 별맛이었지만 나는 결국 표를 사고 말았다. 마지막 회 상영인데도 관객들은 그리 많아 보이지 않았다. 어두운 좌석을 더듬어 들어가기가 귀찮아서 아무렇게나 빈 뒷자리를 찾아 앉았을 때, 화면에선 주인공이 고향을 떠나면서 부모의 묘소에 참배를 하는 모습이 뜨고 있었다.

무덤에 난 풀 한 포기를 뜯으면서 하늘을 올려다보는 순간, 화면 가득히 사내의 비장한 얼굴이 클로즈업되었다. 그러나 그 위로 당황해하던 기호의 얼굴이 겹쳐지자 나는 눈을 감아 버렸다. 갑자기 피로감이 엄습해 왔다. 그러고 보니 오늘은 참 너무 많이 걸어다녔다는 생각과 더불어 점심을 굶은 것이 떠올랐다. 이미 저녁때가 지났는데도 정작 배는 고프지 않았다. 영화를 보면서 자꾸 눈이 감겨 나는 절반은 잠으로 때우고 말았다.

극장을 나와 조그마한 식당에서 국수 한 그릇을 비운 나는 다시 서울역을 물어 걷기 시작했다. 그곳이라야 쉽게 집으로 돌아가는 버스를 탈 수 있기 때문이었다. 밤이 제법 깊었는데도 거리는 사람들로 출렁거렸다. 그래서인지 서울역은 더 먼 느낌이었다. 네온사인을 닮아 발걸음도 경쾌한 길거리의 사람들은 슬픈 얼굴이 하나도 없어 보였다. 나도 가능한 한 쓸쓸해 보이지 않도록 노력했다.

마침내 서울역을 찾아내고 인근의 정류장에서 차 번호를 물어 다행히 버스의 한 귀퉁이 좌석을 차지한 나는 다시 졸기 시작했다.

그러나 얼마 후 종점에 내린 나는 덜컥 가슴부터 내려앉았다. 그곳은 아무리 둘러봐도 내가 내려야 할 곳이 아니었다. 번호 확인에만 바빴던 촌뜨기는 그 버스가 반대로 가는 차인 줄 몰랐던 것이다. 택시를 세웠지만 통금 전까진 도저히 반대편의 종점으로 갈 수가 없다고 거절을 당했다. 담배를 물고 하염없이 강을 바라보고 있을 아버지가 떠오르고 빵집에서 기다렸을 기호가 어른거렸다.

새삼 후회가 일며 호수가 있고 보리밭이 광활한 고향이 좋다는 생각이 들었지만 소용없는 일이었다. 아득한 절망감과 함께 외로움이 뼛속까지 사무쳐왔다. 통금 시간이 가까워지자 길거리는 삽시간에 적막해졌다. 돌아갈 수 있는 사람들은 무조건 행복한 사람들이었다. 아무 데나 둥지를 틀 수 있는 새들이 부러웠다.

순찰함을 찾아 이리저리 돌아다니는 순경은 내가 난처하게 된 입장을 설명하자 그 처리에 대해 약간 고심하는 듯했다. 나는 우선 그가 국가 공복의 경찰관이라는 사실에 다른 두려움이나 송구스러움은 덜했지만, 그를 골몰하게 만드는 일에 대해서는 아무래도 개인적으로 부담스러웠다.

하, 이곳은 변두리 접경지라 추천할 여관도 마땅찮고…… 순시가 다 끝나고 파출소로 가려던 그는 잠시 망설이다가 나를 어느 집 곁방으로 데리고 갔다. 벽에 붙어 있는 스위치를 누르자 몇 차례 껌벅거리던 형광등이 하얗게 눈을 떴다. 단출한 비키니 옷장 그리고 허름한 트렁크 옆 자그마한 사무용 철재 책상 위엔, 몇 권의 법전과 경찰관 진급시험문제집이 꽂혀 있을 뿐 방은 별다른 집기도 없이 휑뎅그렁했다. 좀 누추하더라도 오늘은 별수 없이 이곳에서 하룻밤 견디고 가시는 게 좋겠소. 깨끗하진 않지만 저 옷장 밑에 이불이 있으니 덮으시고. 그리고 아침이 되면 이 열쇠로 잠근 후 부엌 항아리에다 넣어두고 가시오. 순경은 손목시계를 내려다보며 총총히 방을 나갔다.

나는 오래도록 여러 개의 파리똥이 앉은 형광등을 바라보고 있었다. 또 한차례 기호와 함께 호숫가 이슬밭에서 꿈처럼 보냈던 밤이 떠올랐다. 날이 밝자 아무런 생각도 없이 형광등을 닦기 시작한 나는 아예 소매를 걷어붙이고는 방안 청소를 했다. 얼추 정리가 끝나고 책상에 머리를 박고 잠시 쉬다가 깜박 잠이 든 사이에 순경이

다시 들어왔음을 알았다. 그날도 그 다음날도 나는 산동네로 돌아가지 않았다.

기연으로 시작된 우리의 동거생활은 그러나 행복하지 못했다. 허물이 많은 사람들은 때로 그들끼리 만나 그 허물을 위로받으며 살고 싶어하지만, 그들의 삶은 자칫 그것 때문에 더 황폐해지는 일이 많았다. 나는 그에게 아무런 죄도 없이 허물이 있는 여자였다. 너를 만난 건 축복이었지만, 너는 나를 속였어. 오해에서 비롯된 그의 절망은 차라리 광기였다. 그리고 바로 그것이 그의 허물이었다.

보통 사람들은 사랑을 하면서 자신을 발견하게 된다는데 그는 나를 사랑할수록 자신을 잃어갔다. 빨리 불어, 그러면 내가 용서해줄게. 정말이야. 너가 나에게 그걸 감추고 있는 한 우린 결코 행복해질 수가 없어. 어떤 놈이었어? 처음 그가 내 몸으로 들어오고 난 뒤 단지 혈흔을 보이지 않았다는 이유로 해서 그의 결벽증은 핵분열을 일으키기 시작했다. 그래, 내 충분히 이해해줄 수 있어. 그러엄, 사람은 신이 아니니까 언제나 실수가 가능하지. 그러니 말만 해. 언제 누구하고, 어디서, 어떻게……. 그의 취조가 너무도 애절하고 진지해 보였기 때문에 나는 정말 내게 그런 상처가 있었으면 좋겠다는 생각까지 들 정도였다. 난 아무 일도 없었어요. 할 수만 있다면 당장 가슴이라도 열어 보이고 싶어. 이유도 없는 발명이 구차스러워 나는 차라리 거짓말이라도 하고 싶었다.

이 개 같은 년이 이젠 아주 능갈을 쳐? 그의 돌변하는 말투와 가파른 눈길에서 나는 더 이상 버티고 싶지 않은 절망과 염세를 만나곤 했다. 그렇게 못 믿으면 저 정리하고 가겠어요. 나는 눈물도 나지 않았다. 사실 둘은 정리하고 자시고 할 것도 없는 관계였다. 그럴 테지, 이젠 본색이 나오는군. 다시 놈을 찾아가겠다 이 말씀이지? 좋아 같이 가, 내 두 연놈을 아예 죽여줄 테니. 그는 나에게 권총까지 겨누었다.

자기야아! 나는 일어서서 권총을 든 그의 팔을 잡았다. 죽음이 두려워서가 아니었다. 권총에는 사실 실탄이 없다는 걸 알고 있어서도 아니었다. 얼토당토않게 그가 불쌍하다는 생각이 들어서였다. 때론 너무나도 정중하고 사근사근한 그가 무엇 때문에 그 순결에 그토록 집착하는가. 바보스럽게도 나는 그의 그런 병리적인 집착이 사랑이라고 생각했다. 더구나 결백에 있어서 아무런 죄책감이 없는 나는 그가 언젠가는 내 진실을 알아줄 것이라고 믿었다.

빨아! 그는 바지를 내리고 그걸 내게 내밀었다. 학습된 무기력이 아니라 나는 그가 원하는 것이면 그 어떤 짓도 치욕이나 엽기가 될 수 없었다. 한때 독재자 히틀러에게 광신을 보냈던 독일인들은, 그의 지시라면 비가 오는데도 가로수에 물을 줬다는데, 나 또한 그런 일을 못할 것도 없었다. 그러나 그런 맹종은 더 큰 징벌이 되어 되돌아오곤 했다. 쌍년! 이젠 아주 빠는데도 이골이 났구먼. 그의 얼굴이 비참하게 일그러졌다. 정말 날 그렇게 미워하고 싶어? 그러면 속이 시원해? 그 순간 그는 내 가슴을 걷어차는 걸 주저하지 않았다. 진짜 이 남자야말로 나를 죽일지도 몰라. 걸핏하면 사내 형제를 잡아먹고 태어났다고 저주하던 엄마의 말을 떠올리며 나는 지지리도 못나고 기박한 자신의 운명을 혐오했다. 희망은 항상 나를 기만하는 사기꾼이었다.

그와 동거를 한 지 다섯 달째 나는 마침내 그 집을 탈출해 집으로 돌아왔다. 다행히도 집엔 아버지 혼자 있었다. 고개를 들지 못하고

서 있는 내 손을 아버지가 움켜쥐었다. 잘 왔다. 내가 죄가 많구나. 끝내 울음을 막지 못한 나를 아버지가 부둥켜안았다. 철이 든 후 처음으로 엉엉 목을 놓아 울어보며 나는 끝내 화를 내지 않은 아버지가 원망스러웠다. 내가 스스로 얘기를 꺼낼 때까지 아버지는 한마디도 저간의 일에 대해서 묻지 않았다. 나는 네가 아주 잘못 되는 줄 알았다. 내 얘기를 듣고 난 아버지는 긴 한숨을 말아내며 붉어진 눈을 하늘로 보냈다. 그새 흰 머리카락이 엄청 더 많아져 있었다.

고독하고 고달픈 삶은 내 짧고 천진한 과오조차 허용하지 않으면서 더 황폐해졌다. 남녀들은 한 겹씩 더 더러워지기 위해서 만난다고 했던가. 사흘을 손님처럼 보내면서 나는 끊임없이 달려와 나를 기웃거리는 그를 밀쳐낼 수가 없었다. 눈을 뜰 때도 감을 때에도 그 말단 경찰은 언제나 제일 먼저 나에게로 왔다. 역시 세상에서 가장 더러운 것은 사랑과 정인지도 몰랐다. 가구나 별다른 집기들이 없어 휑한 방이었지만, 그가 내게 사준 몇 벌의 옷가지가 걸린 그 공간이 눈에 밟혀 견딜 수가 없었다. 다시 그 집을 찾아가 그를 기다리고 있을 때 그림자처럼 머얼건 얼굴을 하고 돌아오던 그는 아버지를 보는 순간 무슨 죄인처럼 고개를 꺾었다. 그동안 내 딸을 돌봐줘서 고마워요. 아버지의 치사에 그는 외려 안절부절 어쩔 줄을 몰랐다. 그의 시종 공손하고 깍듯한 태도에 흡족해하는 아버지를 보며 나는 만감이 교차했다. 퀭하게 들어간 눈과 어쩐지 헐겁게만 느껴지는 정복을 입은 그를 보며 나는 가슴이 짠해졌다.

사람이 괜찮아 보이더라, 근데 몸이 좀 부실한 것 같으니 신경 좀 써라. 아버지는 집으로 돌아가면서 제법 두툼한 봉투 하나를 내게 주었다. 그런데 그날 밤 그가 사복을 갈아입고 나간 후 그 돈 봉투가 없어진 것을 알았다. 사랑은 물건이 아니어서 서로를 소유할 수 있다는 생각은 과대망상이라고 했지만, 난 갑자기 엉뚱한 상상으로 신경이 곤두서기 시작했다. 그 새 다른 여자가? 내게도 이런 투기심이 있었다니, 정말 엄마의 말마따나 피는 속일 수가 없는가 보았다. 스스로가 낯설게 느껴진 나는 예기치 못한 배신감에 떨며 온 밤을 하얗게 밝혔다.

다음날은 그가 오기 전에 파출소장이 먼저 집으로 왔다. 김 순경이 요새 아무래도 빠찡꼬에 빠진 것 같은데 어디 한번 잘 살펴보고 사전에 바로 잡도록 하세요. 여자가 아니었나? 나는 밤새도록 키운 긴장을 무너뜨리며 방황하는 그의 영혼에 대해 또 다른 애증을 느꼈다. 도박이란 그 어떤 경우든 불확실에 확신을 거는 무모함이 아닌가. 나는 이제 그 슬롯머신에 질투가 났다. 이윽고 풀이 죽어 돌아와 정복으로 갈아입고 나가는 그에게 나는 아무 말도 하지 않았다. 너무 위세하지 말라구. 내 그 돈 꼭 갚을 테니까. 내가 대꾸를 하지 않자 그는 다시 시무룩해졌다. 아무 상관 않을 테니 제발 파출소장에게까지 걱정을 끼치지 말아요. 좀 전에 그분이 왔다 갔어요. 나는 금방 후회했지만 그 말을 하지 않으면 안 될 것 같은 생각이 들었다. 약간 놀란 표정을 짓던 그는 다시 어깨를 늘어뜨린 채 집을 나갔다. 또 한차례 마음이 저릿해지면서 엉뚱하게도 그를 위해 아이 하나를 갖고 싶다는 생각을 했다. 지하에 있는 엄마에 대한 부질없는 항거가 아니라 정말 예쁜 딸 하나를 낳아 애지중지 길러보고 싶었다.

그 후 얼마간 그는 경장 시험에 도전한다며 문제집을 뒤적이었고, 학생들이 종종 파출소에다 돌과 화염병을 던지는 경우가 있다며 분주한 모습이었다. 그러던 어느 날 좀 이른 귀가를 한 그는 나에게 생뚱맞은 질문을 던졌다. 자기, 정말 날 사랑해? 그의 표정이 너무 진지해 보였기 때문에 나는 웃을 수도 없어 얼른 고개를 끄덕였다. 그럼 같이 죽을 수도 있어? 역시 고개를 끄덕여 주며 언젠가 죽음도 삶의 연장이라는 생각을 했던 기억을 떠올렸다.

좋아, 우리 같이 죽자! 지난날의 오뇌가 새롭게 차오르는 듯 그의 얼굴이 이지러졌다. 내 가슴에서 잠시 잊어 두었던 염세가 다시 부활하기 시작했다. 자기의 감정을 그 어떤 방법으로도 표현하지 못할 때 자살 충동에 빠지는 유일한 동물이 인간이라고 했는데, 지금 그가 그런 순간을 맞고 있는지도 모른다는 생각이 불쑥 들었다.

나는 냉정해지기보다 갑자기 숙연한 마음이 되었다. 그래, 원하는 대로……. 문득 기꺼워하던 아버지의 얼굴이 지나갔지만 물러설 생각이 없었다. 어느새 나는 더 이상 애면글면 그의 횡학(橫虐)에 속을 끓이고 싶지 않을 만큼 당돌해져 있었다. 정말 후회하지 않을 거야? 그는 주머니에서 약봉지를 꺼내면서 다시 물었다. 미련이 없어, 그러나 이왕이면 고통이 없었으면 좋겠어. 혹시 내 자신이 먼저 결심을 철회할까 봐 나는 자진해 컵에다 물을 따랐다. 건 걱정 마, 먹고 삼십 분이 되면 잠이 들고 그러고 나면 끝이야. 둘은 굳이 축배를 들진 않았지만 망설이지도 않았다. 그런데 마지막으로 내가 늘 궁금해하던 걸 고백해 주었으면 좋겠어. 이제 곧 이승을 하직할 텐데 더는 숨길 거도 없겠지. 정말 언제 누구에게 그걸 뺏겼어? 그의 눈이 더욱 깊어졌다. 진짜 잘됐네, 염라대왕 앞에서는 모든 게 확연해질 테니까. 근데 그게 그렇게도 중요해? 다시 말하지만 나 정말 이 세상에서 아무런 부끄러움도 없어요. 다만……. 정말 이런 얘기까진 하고 싶지 않았는데……. 어릴 때 동네에서 그네를 타다가 땅바닥에 떨어지는 바람에 며칠 동안이나 하혈을 한 일은……. 혹시 그것이……? 아, 그런데 나 정말 지금 졸려요. 이젠 때가 왔나 봐. 나 좀 안아줘요. 나는 그의 가슴으로 갔다. 그러나 그는 나를 밀어내며 내 얼굴을 뚫어져라 바라보았다.

내 죄가 너무도 많아. 우습게도 그는 아버지의 말을 흉내 내고 있었다. 스스로가 선택한 죽음이라서 그런지 그의 얼굴은 그 어느 때보다도 밝아 보였다. 난 말이야, 어릴 때 볼거리 바이러스에 의해 고환병을 앓은 적이 있는데, 그 때문에 정자 형성의 장애를 받아 애기를 가지기 힘든대……. 그의 얼굴이 다시 측은해졌다. 이젠 것도 다 끝났잖아요. 사실은 나 자기 애를 하나 가지고 싶었는데, 얘쁜 딸 하나……. 나는 갑자기 목이 메었다.

나는 다시 그의 품으로 갔다. 어이, 우리 술 한잔 할래? 그가 엉뚱한 소리를 했다. 이제 우리가 이 세상에 머물 시간도 얼마 안 남았는데 술은 무슨……. 나는 더욱 깊숙이 그의 품을 파고들었다. 우린 죽지 않아, 그 약은 가짜였어. 그가 팔에다 힘을 주었다. 뭐라구요! 나는 그의 가슴을 두들겨 팼다.

그 다음날부터 그는 사람이 달라져 있었다. 너는 처음에 천사로 만들어졌는데 하느님이 지금 그걸 잊고 있는 거야. 젊을 때는 정신적인 음식으로서 거짓말도 싱그럽다 했는데, 그는 정말 여자를 위해서라면 때로 달콤한 말도 잘하는 사람이라는 생각도 들었다. 그러나 사랑의 가장 큰 결점은 불행하게도 잠시만 우리들에게 행복을 맡겨 둔다는 사실이었다.

천성이 변하면 죽음이 임박한 증거라는 세간의 말대로 그는 간암 판정을 받고는 이 년을 넘기지 못했다. 그가 경찰병원에서 이승의 끈을 놓고 돌아선 뒤 나는 그의 부모들의 간청에 따라 그와 영혼결혼을 했다. 그래도 다행히 소생이 없어서……. 시골에서 올라온 그의 아버지가 나를 위로한 말이었다. 정말 그것이 다행이었을까? 그래도 그분은 내게 자기 아들을 잡아먹은 여자라는 말은 하지 않았다. 젊은 몸이니 어디 간들 경사가 없을라고……. 머리에서 발끝까지 농사꾼이었던 노인은 나무껍질같이 굳은살이 박인 손으로 내게 순직사금(殉職賜金)으로 받은 돈 일부를 내놓으며 말했다. 나는 그 돈을 받지 않았다.

다시 나는 혼자가 되었다. 그리고 사 년 후 아버지도 세상을 떠났다. 아버지는 죽어서야 엄마의 곁으로 갔다. 그 후 나는 근 십이 년 정도를 작은엄마의 식당에서 죽은 듯이 일만 거들었는데, 작은엄마가 정부로 두고 있던 사내 하나가 자주 나를 기웃거리는 바람에 둘 사이엔 알력이 생기고 있었다.

여름 휴가철도 얼추 끝나가던 무렵 가게를 쉬던 날, 평생 딱 한 번 소원이라며 낚시를 보채던 그 남자를 따라 몰래 바다 낚시를 갔었는데, 그 사람까지 파도에 휩쓸려 익사를 하자 나는 새삼스레 엄마의 저주와 나의 업보를 돌아보지 않으면 안 되었다. 우연치고는 정말 너무 고약한 경우들을 당하면서 나는 비로소 어설프게 흘려들은 명리 · 도참설이라는 것을 생각해 보지 않을 수가 없었다. 그러나 큰마음 먹고 찾아간 점쟁이들은 엉뚱한 점괘를 던져 주고 복채만 챙겼다. 아들이 크게 될 운수이구먼. 헌데 바깥양반이 헛바람이 좀 있는 고로 그걸 가라앉힐 부적 하나…….

세상일이 너무 허망하고, 부질없고, 요망스럽고, 시시해서 자포자기의 심정이 된 나는 드디어 나를 버릴 곳을 찾아 나섰다. 아저씨, 저 지금 갑자기 바다가 한번 보고 싶어요. 아무 데로나 빨리 그곳으로 데려다주세요. 나는 의기양양하게 택시 운전사를 호령했다. 그러나 막상 바다에 도착했을 때 스스로 난감한 처지가 된 것을 알았다. 아저씨, 저 돈이 한 푼도 없어요. 사실 처음부터 그럴 마음은 아니었는데 미처 지갑을 챙기지 못한 것이 탈이었다. 돈이 없으면 몸으로 때워야지요. 운전사는 얼굴색 하나 변하지 않고 말했지만 정작 그는 내 몸에 욕심이 없었다. 덕분에 나도 오랜만에 팔자에 없는 바다 구경 한번 잘했수다. 그는 나를 얌전하게 집 앞에서 내려 주었다. 진짜로 아저씨가 나를 어떻게 하려고 했으면 틀림없이 저승사자가 챙겼을 거예요. 저는 남자를 잡아먹는 요귀거든요. 아, 당신이 요귀란 걸 처음부터 내가 알았으면 바닷가에서 어떻게 한번 용을 써보는 건데…….

　그래서 두 번째로 만난 남자가 바로 그 사람이었다. 가시밭길이 꼭 무익한 길은 아니었다. 계곡이 있으면 틀림없이 산이 있는 법이듯이 두 번째로 만난 그 택시 기사는 욕심이 없어 늘 부자였다. 우선 그는 과거에 매달리거나 성도착(性倒錯) 같은 것은 애당초 관심도 없는 호인이었다. 전쟁고아로 일찍이 세상 바닥에 떨어진 벌거숭이였지만 천성이 지악스럽거나 야멸찬 인물이 못되었다. 나는 그에게 내 모든 것을 맡기며, 이제서야 참 세상을 만난 것이라고 여겼다.

　아줌마랑은 왜 헤어졌어요? 내가 물으면 그는 허허롭게 웃으며 대답했다. 짜장면을 안 사줘서 그랬지, 그리고 무슨 말인지는 몰라도 도무지 내가 이상에 맞지 않는다더군. 택시 회사 직원들이 웬만하면 같이 견디라고 당부했을 때 부인은 고개를 완강히 내저으며, 바깥에서 짜장면도 한번 같이 먹지 못할 정도로 분위기가 없는 양반하고는 더 이상 하루도 살 수 없다는 결심을 밝혔고, 그래서 그는 회사에서 짜장님이라는 별호를 가지게 되었다고 했다. 그녀의 이상이란 도대체 무엇이었을까? 나는 한동안 세상 사람들이 갈망하는 잡다한 모든 일을 떠올려 보았다. 모두가 다 부질없고 허랑한 일이었다.

그와 내가 몇몇 동료들을 모아 놓은 채 식당에서 결혼식을 흉내 내고 처음으로 그의 집으로 입주했을 때, 초등학교에 다니는 아이 하나가 마중을 했다. 그 아이가 바로 세윤이었다. 그날 우리는 저녁에 짜장면을 먹었다. 처음 그 아이는 곧잘 나를 따랐는데, 고등학교에 들어가면서부터 비뚤어지기 시작했다. 그렇게 사람이 좋던 남편도 아들이 집을 나가고는 어딘가 빈 모습이 되었다. 이미 그는 환갑을 눈앞에 둔 나이였다.

여보, 우리 늦둥이 하나 어떻게 안 될까? 그것이야말로 내가 절치부심 바라던 일이 아닌가. 그러나 한 번도 생산이 없던 몸인데다 이미 갱년기에 들어서고 있는 입장에서 그것이야말로 부질없는 욕심이었다. 이제 여자로서 내 연륜이면 마음으로만 화장을 해야 할 나이였다. 그런데 그 양반 또한 나를 만나면서 명줄을 다 채우지 못한 건 마찬가지였다. 그것도 우연이었을까?

남편이 세윤의 외갓집 동네로부터 그리 멀지 않은 곳에서 대형 유조차와 충돌해 목숨을 잃은 것도, 따지고 보면 아들 찾기와 무관하지 않은 듯싶었다. 진정으로 저주받은 운명이라 여겨진 나는 스스로가 두렵고 주체스러워 견딜 수가 없었다. 남편의 동료들은 정유회사를 상대로 소송을 하면 보상비가 더 나온다고, 재판 걸 것을 종용했지만 그것은 남편의 뜻이 아닌 것 같아서 나는 한사코 거부했다.

남편은 남과 다투는 일에는 언제나 손을 내저었다. 내가 한번 일부러 싸움을 걸어 볼 요량으로 남자와 여자의 차이가 무엇이냐고 물었을 때 그는 명쾌하게 답을 던졌다. 남자는 하늘, 그런데 여자는 땅까지 포함한 하늘. 그래서 나는 남편과의 싸움을 일찌감치 포기하고 만 것이다. 그 사람마저 이젠 한 줌 재가 되어 나의 고향, 아니 그가 그토록 뵙고 싶어하던 장인 장모 앞에 뿌려진 것이다.

어느덧 해가 기울어가고 소나기라도 내리려는 듯 서쪽 하늘로부터 검은 구름이 몰려온다. 나는 서둘러 가방을 챙기고는 간절히 엄마에게 빌어본다. 엄마의 저주가 정말 나의 업보였다면 이제 그 업보를 거두어 달라고.

동네가 가까워지자 마을 뒤쪽에서 무더기로 핀 밤꽃 냄새가 진동을 한다. 빨아! 김 순경이 내 입속에다 거침없이 토정을 할 때도 저런 냄새가 났었다. 벌레처럼 흉측한 모습이 부끄러워서인진 몰라도 밤꽃은 대체로 산에서는 다른 꽃이 없을 때 핀다. 경찰과 택시 기사, 두 남자가 나란히 어깨동무를 하고 나를 내려다보고 있는 듯한 환영은 내 소망 때문일까. 어쨌든 그들만은 분쟁과 갈등이 없는 세상으로 갔으면 싶다.

다락논이 묵정밭으로 변한 골짜기를 벗어나자 어느덧 자리를 실하게 잡아 하늘로 치솟고 있는 벼 잎들이 싱그럽다. 둑에 애기똥풀과 개망초, 시계풀들이 어우러진 남새밭이 다가오는 순간 나는 좀 시퉁스럽긴 하지만 검은 색안경을 코끝에 걸어본다. 혹시 나를 알아보는 동네 사람이라도 있을까 싶어서다. 아직도 울음을 거두지 못한 비둘기 소리에 쫓겨 나는 잰걸음으로 마을을 빠져 달아난다.

수많은 골짜기 저쪽 어딘가에서 내 아들 세윤이가 거리를 헤매고 있을지도 모른다. 하루바삐 녀석을 찾아야 한다. 제 아버지의 사고 보상비 정도면 우선 그 아이를 위해 뭔가 보람 있는 일을 하나 할 수도 있을 것 같다. 이왕이면 이쪽으로 내려와 큰 인삼밭이라도 하나 마련하고 싶다. 아들이 크게 될 운세구먼. 오늘은 그 엉터리 점쟁이 말이라도 믿고 싶다. 자꾸 마음이 급해지는 나는 기어이 뜀박질을 하기 시작한다.

달봉 씨의 넋 놓고 살기

우리들의 조달봉 씨 부부는 결혼 15주년을 맞아 처음으로 기념여행을 떠나자는데 의견의 일치—사실은 부인의 일방적인 결정과 선포에 따른 것이지만—를 보았다.

"이제 우리도 콘돔 회원권을 두 개씩이나 가진 어엿한 중산층이라구요."

평소 달봉 씨가 존경해 마지않는 그의 아내는 양팔을 옆구리에 떠억 올려붙인 채 은근히 몸에 힘을 넣으며 남편을 향해 턱을 약간 앞으로 내밀어 보였다.

"아암, 여부가 있나! 근데 콘돔이 아니라 콘도지. 건 그렇고 암튼 당신은 우리집안의 보배고 대들보야. 후허허……."

그러나 한 번 반이나 강산이 둔갑을 해버린 연륜의 결혼생활을 부대끼면서 오직 근검과 절약만을 생활신조로, 소태같이 쥐어짜는 적빈의 삶을 견뎌온 그들 내외에게 장기간의 여행이란 실상 남들의 그 밥 먹듯 하는 취미생활과는 다소 거리가 있는, 참으로 어려운 용단이 아닐 수 없었다.

첫날밤을 고작 강나루터의 허름한 여관방에서 허겁지겁 때워버린 그들의 초라했던 신혼의 기억은 늘 아쉽고 씁쓸한 추억의 앙금이었다. 그런 궁핍한 출발에 분풀이라도 하듯 이빨을 앙다물고는, 무쇠 뭉치를 갈아 바늘을 만들겠다는 신념으로 개미이듯 나르고 벌인 양 모으는 억척에다 소처럼 벌어 쥐같이 먹으면서, 그들은 마침내 도회의 근교이긴 하지만 대단히 목이 좋은 꽃집과 그에 딸린 화초농원 하나를 장만하는데 성공했다. 고진감래란 바로 그들 십오 년 세월의 가장 구체적이고도 완벽한 표현이었다. 게다가 되는 집은 하늘도 못 말린다는 말처럼 그 주변이 덜컥 대단위 아파트 단지로 조성되는 바람에 그들은 일약 졸부를 예약해 놓은 상태이기도 했다. 그렇게 닭이 봉을 낳는 행운의 여세를 놓치지 않은 달봉씨의 아내는 관청과 금융기관 등지를, 그야말로 아랫도리에 비파소리가 날 정도로 줄불나게 뛰어다닌 끝에 화원 옆에다 요식사업체 하나를 더 보태기까지 했다. 그런 줄달음에 배포가 커진 그녀는 이따금 사업과 관련된 직능단체장 자리에도 야심을 키우고 있었다.

우선 도성의 관문인데다 목까지 좋은 요릿집은 금방 자가용들이 줄을 잇는 명소가 되었는데, 달봉 씨는 처음 그 상호를 자신의 고향 이름을 따서 '곰재농원'이라 제의했지만 그의 아내가 완강히 반대를 하는 통에 다시 간판을 '곰재가든'으로 수정했다. 그 점포명을 달봉 씨는 꼭 갓 쓰고 넥타이 맨 꼴처럼 걸맞지 않게 여겼으나, 그래도 그는 고향 마루턱의 '곰재' 두 글자만이라도 아내가 살려준 것이 눈물겹도록 고마웠다.

총각 시절 달봉 씨는 쥐뿔도 가진 것은 없었지만 인심이 후덕하고 얼굴에선 늘 웃음이 흘러넘쳐서 좋아하는 이웃들이나 친구들이 많았다. 그러나 그는 동네 이장 사모님의 소개로 만난 한 처녀의 손을 한번 덥석 잡은 것이 빌미가 되고, 엄벙덤벙하던 차에 속도위반까지 저지르는 바람에 어쩔 수 없이 결혼이란 족쇄가 채워지고만 위인이었다.

　그렇다고 상대가 딱히 성에 차지 않아, 한순간 괜스레 손목에 결례를 한 일을 후회하고 있다는 뜻은 아니다. 문제는 그 걸터듬질에 가까운 객기로 말미암아 항용 수도권 난민으로서의 자유롭고, 씩씩하고, 넉넉했던 신분이 어찌어찌하는 사이에 그만 개 목줄을 차는 공처가가 되고 만 사실이었다. 굳이 편역을 든다면 성격이 모가 나지 않은 데다 오사바사하기까지 하다는 평을 듣긴 해도, 별난 사유 없이 어물어물하는 사이에 엄처시하의 팔푼이로 전락한 것은 어째 좀 억울할 일인 듯싶기는 했다.

　한데 달봉 씨는 때로 그 굴욕적 처지와 환경을 나름 교활하게 누리고 있는 듯이 보였다. 그야말로 극성에 가까울 만치 억척스러운 만전지책을 생활의 모토로 삼고 있는 마누라의 그늘에서, 어쩜 그는 얄팍한 기망으로 팔불출을 가장하며 독락(獨樂)을 향유하고 있는지도 몰랐다. 그래선지 그는 스스로에게 주어진 공처가라는 불명예에 별 불만이 없었다. 무엇보다 그는 이 세상에서 제일로 추앙하는 마누라의 그 철통같은 보안장치 속에서 넋 놓고 사는 일상이 편안했을 수도 있을 것이다.

　그 결과 가족의 건강을 앞세운 강압적인 아내의 닦달과 바가지로 금연은 물론, 그 흔해빠진 소주 한잔 마음 놓고 기울이지 못한 세월 동안에도 별로 불평을 토로한 적이 없었다, 다만 우리들의 충직한 달봉 씨는 그 때문에 웬만한 친구들마저 다 잃고 만 것이 좀 서운하긴 했지만, 것 또한 진심으로 각별하고 세심한 아내의 다채로운 배려에 의해 어느 정도는 익숙해지고 있었다.

"까짓 친구가 뭐 대순가요? 지금 세상엔 그것도 다 뭔가를 갖추고 난 뒤에야 챙길 수 있는 것이지, 그렇잖음 눈밖에 던져진 돌멩이처럼 아예 물에 뜬 기름 신세가 되고 만다구요. 당신 친군 바로 우리 화원의 저 예쁘고 아름다운 꽃송이들과 내 손맛을 못 잊고 찾아오는 고객들이잖아요."

매사 앞뒤를 꽉꽉 죄며 오금을 박는 아내 앞에서, 사람 좋은 우리들의 조달봉 씨는 언제나 군말이 없는 충복이었다. 그럴 때마다 속이 하해같이 넓은 그는 실제로 소담스런 꽃송이를 어루만지며 마누라에게 보비위를 하곤 했다. 사실이지 우리들의 무골호인 달봉 씨는 고추처럼 맵고 영악하며, 다부지고 옹골찬 그의 아내가 아니었으면 오늘날의 그 번창하는 화원이나 '곰재가든'의 주인 혹은 사장이 되기엔 언감생심 애당초 꿈도 꾸지 못할 맹탕이었다.

아무튼 우리들의 얼뜨기 달봉 씨가 흠모해 마지않는 그의 아내는 별로 배우지 못해 다소 지적 면모로는 한미한 데가 있었지만, 축재나 이재엔 남다른 수완을 지닌 별종의 여자였다. 그런 아내가 난데없이 여행을 떠나자는 제의를 했을 때 달봉 씨는 한마디로 아연했다. 적어도 그건 오로지 근검·절약만을 지상의 최고 덕목으로 맹신하는 그녀에게 있어선 실로 해가 서쪽에서 떠오르거나 세종대왕이 통일 한국의 대통령으로 재강림하는 것보다 더 어려운 일이었기 때문이다.

"왜요? 제가 무슨 실없는 헛소리나 하는 줄 아세요? 남편이라고
는 천하 무일푼인 노총각 날피를 만나, 그 흔해빠진 신혼여행도 한
번 누리지 못한 여편넨데 알량한 오기마저 없을라구요!"

흥, 자긴 뭐 쉰내 나는 노처녀가 아니었나? 그러면서도 달봉 씨
는 너무도 갑작스러운 그녀의 제안과, 또 여느 때 보지 못한 엄숙
한 표정과 숙연한 의지를 읽으면서, 혹시 이 여편네가 뭔가 잘못되
어 심성이 돌변한 게 아닌가 하는 위구심에 만감이 교차하는 묘한
혼란을 맞게 했다.

"근디말이요. 존경하는 사모님……."

미망에서 쉽게 깨어나지 못한 우리들의 어설프고도 미욱한 달봉
씨는, 연해 믿기지 않는다는 듯 아리송한 표정에 기연가미연가를
번복했다.

"존경하실 것까진 없으시구 사장님, 쇠뿔은 단김에 빼라고 했듯
여행은 내일 당장 떠날 테니깐, 농원에 내려가 박 주임에게 화원
단속이나 잘 시켜 놓아요. 집안일과 애들은 친정엄니께 미리 말씀
드려 놨응께 걱정 마시구요, 단!"

그리고 그녀는 단호하게 조건을 달았다.

"아무리 모처럼의 여행이지만 쓸데없는 낭비는 곤란해요. 어떤
경우건 우리들의 근검 · 절약을 중시하는 생활철학만은 예외일 수
가 없으니깐."

그랬다. 달봉 씨가 존경해 마지않는 마누라는 유독 '철학'이란 말
을 자주 썼는데, 솔직히 달봉 씨는 여태도 그 용어가 막연할 뿐 정
확히 무슨 뜻인지는 모르고 있었다. 언젠가 그걸 마누라에게 슬며
시 물었다가 지청구를 당하고부터는 아예 그런 질문은 포기한 지

가 오래된 것이다.

"아, 철학이란 게 뭔지를 아직도 몰라요? 이렇게 무식하기는……."

그러나 마누라 역시 그땐 좀 갑작스러웠던지 우물거리다가는 고작 귀신 씨나락 까먹는 소리를 뱉어내었는데, 사실 그 해명이란 것이 달봉 씨를 더욱 아령칙하게 만들었다.

"철학이란 바로 철이 든 사람들이 행해야 할 도리라구요. 사실 말이야 바른말이지 모든 것에 우선해서 철이 들지 않고서야 어떻게 올바른 삶을 지탱할 수 있겠어요?"

달봉 씨는 괜히 속으로 뜨끔해하면서, 진짜 철이 들기 위해선 자신처럼 만날 넋 놓고 살아서는 안 될 것이라며 은연중 다짐도 챙겼다.

"철들자 망령 난다는 말이 있는 걸 보면 그놈의 철이란 게 꼭 좋은 것만도 아녀."

"하이고, 그 말은 그런 뜻이 아니고, 늙으면 아무 일도 못하니 그러기 전에 먼저 온갖 노력부터 하라, 이런 의미라고요. 내 참! 이렇게 사람이……."

달봉 씨는 대거리도 못하고 금방 비 맞은 수탉같이 머쓱해졌지만, 속으로는 그래도 '무식하다'는 말을 거듭 사용하지 않고 참아준 마누라가 고마웠다.

"왜, 내 여행 철학이 마음에 안 들어요?"

아내가 넌지시 자신을 째려보는 것을 의식하며 한동안 대답을 망설이던 달봉 씨는, 모처럼 용감하게 그러나 여전히 어눌한 목소리로 말을 뱉어냈다.

폭설

"여보, 기왕이면 우리도 좀 신나게 떠나봅시다. 비행기도 한 번씩 타고 비까번쩍한 호텔에 머물면서 거 뭐시당가 크루즈, 그려 그런 것도 즐기고 해변을 돌다가 무슨 하와인가 하는 그런 데도 들러 온천 찜질이랑 맛자랑 집도 좀 찾아보면서……."

"이 양반이 증말! 워떻게 모은 재산인데, 칠푼 팔푼 그 돈 쓸 일부터 먼저……?"

"그려 그려, 내가 잠깐 생각을 잘못헌 것이여……."

젠장맞을!, 그놈의 근검 · 절약은……. 아내의 새하얀 도끼눈과 앙칼진 핀잔 앞에서 잠시 용감했던 그는 역시 속수무책 어쩔 도리가 없어 이내 꼬리를 내리고 말았다.

"애당초에는 사실 그 흔해 빠진 외국여행을 생각해보지 않은 것도 아니에요. 근데 아직 애들 공부도 그렇고……. 게다가 요샌 무슨 유행같이 테러니 전염병, 바이러스 어쩌구 하며 하도 별난 세상에다 찝찝하고 불안하기도 하니, 건 다음으로 미루고 우선 미처 챙기지 못했던 신혼여행이라 생각하고 둘이서 그저 오붓하게……."

염병, 그래도 인천공항엔 날마다 물 건너 유람 가는 인간들만 바글거린다는데 역병은 무슨……. 하지만 대놓고 툴툴거릴 수 없는 달봉 씨는 언감생심 국내여행만 해도 난데없는 떡, 그게 어디냐는 생각으로 하릴없이 욕심을 죽였다.

처음에는 온 가족이 다 함께 여행을 갈 궁리를 하고 아이들의 학교에다 친척방문 체험학습 수행 신청서를 낼까도 했지만, 이번 여행은 어디까지나 예전에 못 이룬, 한 맺힌 신혼여행을 거행한다는 점에서 아내가 계획을 바꾼 것이다. 그러자 아우성을 칠 줄 알았던 아들놈들이 더 좋아하는 데는 외려 달봉 씨가 의아해했다. 녀석들은 그동안에 넌더리가 났던 각종의 과외학습으로부터 엄마의 감시와 닦달을 받지 않는다는 것이 기쁘고, 무엇보다는 때로 밥 먹는 시간도 아까웠던 그 게임 놀이를 마음껏 즐길 수 있다는 사실이 제일 신이 났을 터이었다. 그런 점에선 달봉 씨 또한 꼭두새벽부터 무거운 눈을 비비며 아내의 등쌀에 골프 연습장으로 내몰리지 않아도 된다는 사실이 후련하긴 했다.

"대 '곰재가든' 사장께서 골프도 못한다는 건 수치스러운 일이에요."

"근디, 난 말이여, 도무지 운동신경이 발바닥이라서……."

"아, 이순신 장군도 말했잖아? 세상엔 결코 불가능이 없다고……."

우리들의 달봉 씨가 추종하는 아내의 사전에는 결코 포기란 있을 수 없는 단어였다. 그래서 누구도 못 말리는 그녀의 주변에선 감히 '이순신'을 '나폴레옹'으로 정정해 줄 사람 역시 아무도 없었다.

마침내 그들 부부가 이른바 결혼 15주년 기념여행 겸 잃어버린 신혼여행을 찾아 떠나던 날, 달봉 씨는 들뜬 마음에 천방지방 어린애처럼 허둥거리며 삽시간에 여행 장구를 다 꾸려놓고는, 연신 여편네가 화장을 고르고 있는 안방을 기웃거리다간 하늘을 바라보곤 했다. 구름 한 점 없는 허공이 그렇게 신선해 보일 수가 없었다.

아시다시피 갑자기 어린애가 되어 조급증이 난 그는 아내가 생활 전선에선 유달리 촘촘하고 엽렵한 것과는 달리, 생뚱맞게도 화장 시간만은 턱없이 길어 그 갑갑증에 머리털이 죄다 세어버릴 지경이 될 때가 한두 번이 아니었다. 그는 다시 미간에 주름이 잡히며 입술이 튀어나왔다. 하이고, 이건 뭐 얼굴에다 아예 뺑끼칠이라도 하고 있는 건지……. 화장이 아니고 숫제 변장이라니까 원…….

한차례 여행 준비로 마음이 풍선마냥 부풀어 오르던 달봉 씨의 표정은, 그놈의 턱없이 긴 화장 시간 때문에 지난 연말의 망쳐버린 망년회를 돌이키면서 처연하게 구겨지기 시작했다.

그 망년회 날도 오늘처럼 그는 들뜬 마음으로 아내가 얼른 외출 채비를 끝내기를 기다렸다. 어차피 한해를 마감하는 날인 데다 대개는 꼴딱 밤을 새우기가 일쑤인 만큼, 사실 뭐 꼭 그렇게 약속시간에 얽매일 필요까진 없는 모임이기는 했다.

"여보오~"

모처럼 마누라 눈치를 덜 보며 술 한잔 할 수 있는 기회라 기대를 잔뜩 모으고는 콧노래까지 흥얼거리고 있던 그날, 안방에서 그의 아내가 달봉 씨를 불렀다.

"저 이제 조금만 있음 끝나요."

아홉 시 반이었다. 달봉 씨의 아내는 해가 떨어지고 대충 때운 저녁 식사를 마치면서부터 안방에서 시종 얼굴을 매만지기 시작했다. 비교적 규모가 큰 전자제품 대리점을 경영하는 아내의 초등학교 동창 내외가 초대하는 부부동반 파티에 참석하기 위해서였다.

우리들의 애처가 달봉 씨는 그동안 설거지는 물론 평소 아내가 즐겨 신는 빨강 털구두와 자신의 부스를 손질하고, 재빨리 면도를 끝낸 다음 몇 곡 노래 연습까지 착실히 했다. 그런데도 달봉 씨가 이 세상에서 최고로 섬기는 그의 아내는 그제야 겨우 화장이 끝나 간다는 것이었다. 그는 자신도 모르게 큼큼, 하고 몇 번 헛기침을 토해냈다. 그것이 남편의 우회적인 불평임을 알아챈 아내는 금방 까칠한 음색으로 대거리를 날렸다.

"아니, 약속시간에 좀 늦는 것도 때에 따라선 애교가 될 수 있지 뭘 그래? 그동안 창가 연습이나 몇 번 더해둬요. 또 지난번처럼 가사를 까먹고 허둥거리다 망신이나 당하며 마누라 체면 구기게 하지 말고……."

달봉 씨가 재촉할 것을 생각하고 미리 오금을 박는 아내의 잔소리였다. 그래도 그녀의 말꼬리가 치켜 올라가지 않은 것을 다행스럽게 여기며 달봉 씨는 엉거주춤한 자세로 흘러간 노래 한 소절을 조그맣게 웅얼거렸다.

어떤 종류의 모임이건 간에 그놈의 노래 시간만 되면 그는 진땀을 흘려야 했다. 거기에 비하면 아내는 어린 시절 꾀꼬리라도 잡아먹었는지 구슬이 굴러가듯 매끄럽고 간드러진 목소리로 뭇사람들을 사로잡곤 했다. 질풍 같은 박수 소리 속에서 수삽한 표정이면서도 득의만면한 아내를 볼 때마다, 우리들의 어진 달봉 씨는 자랑스러움에 어깨가 부풀지만, 스스로가 감당해야 할 수많은 목쉬고 성난 돼지들과의 사투엔 근심이 앞서면서 금방 넋이 나간 얼굴이 되어야 했다.

"나는 당신의 그 짐승 울음소리 같은 노래를 들을 때마다 늘 자존심이 상해 창피하고, 그러다간 또 불쌍하단 생각이 들어 견딜 수가 없단 말이에요."

병 주고 약 준다더니, 상처에 소금 뿌리면서 동정은 무슨……. 그는 쓸쓸하게 웃었다. 실제로 사람들은 달봉 씨의 괴성에 웃음을 참느라고 눈물까지 찍어내는 경우가 허다했는데, 그때마다 그는 또 소중한 아내를 슬프게 했다는 자책에 가슴이 미어지곤 했다. 그런데 더욱 절망스러운 것은 그 노래란 것이 꼭 연습으로다 해결되는 문제가 아니라는 사실이었다. 박자는 고사하고 멜로디를 이을

라치면 우선 목구멍에 난데없는 인절미 같은 것이 가득 들러붙는 기분에다. 그걸 억지로 뱉어내기 위해선 깔축없이 돼지 먹따는 소리가 튀어나오는 데는 어쩔 도리가 없었다. 그래서 그는 이 세상에서 살인자 다음으로는 노래를 만든 사람을 제일 증오했다. 본시 음악에서 악기 등은 특정 수련자만 연주하는 것이 상례인데, 그놈의 노래만은 시도 때도 없이 소나 개나 아무라도 차례가 되면 불러야 하는 관례가 우선 불만이었다. 그래서 그는 죽어서 천국에 가면 언제나 자기는 그놈의 노래를 부르지 않고 듣기만 하는 쪽을 선택할 것이라고 다짐했다.

기왕 말이 나왔으니 하는 얘기지만 우리들의 선량한 달봉 씨는 왕년 연애시절에 속도위반을 저지른 것은 좀 뭣하긴 해도, 죽어 천당에 갈 것에 대해서는 한 번도 의심을 가진 바가 없다. 우선 결혼을 하기 전부터 상대가 제시한 성혼의 전제조건에 따라 성당을 다니기 시작했으므로 조당도 피한데다, 한 번도 거른 적 없이 꼬박꼬박 낸 헌금은 물론 미사 역시 불참한 일이 전혀 없기 때문이다. 이로 미루어 볼 때 달봉 씨는 메시아 산업이 번영을 이루는 나라에 태어난 행운에 따라 영생 보험 역시 확실하게 들어둔 만큼, 그 천국의 안방은 따놓은 단상이나 마찬가지라 확신했다.

"자, 이제 얼추 끝났어요. 근데 옷은 또 어떤 것을 입지?"

드디어 아내가 일어날 채비를 하며 달봉 씨의 목에서 막 '으악새'가 슬피 울려는 찰나의 창가 연습을 막았다. 그녀는 서둘러 옷장 문을 열었다.

"정말 입을 옷이 없다구요!"

아내는 금방 입이 비뚤어지며 옷장 문을 쾅하고 닫아버렸다. 그

둔탁한 소음에 이어 달봉 씨의 가슴 쪽에선 갑작스레 간과 심장이 떨어져나가는 굉음이 들렸다.

"접때 입었던 그 밤색 독일제 벨벳이면 어때? 그날 밤은 정말 당신이 기중 멋져 보였다구."

그는 다시 옷가지들로 터질 듯이 **빽빽**하게 채워진 옷장을 조심스럽게 열어보였다.

"모두가 누더기 같은 헌옷뿐이잖아요!"

아내는 거듭 옷장을 닫았다. 그는 궁여지책으로 꿀꺽 한번 마른침을 삼켜 내리고는 힐끗 벽시계를 훔쳐보았다. 아홉 시 사십오 분, 약속시간 십오 분 전이었다.

"여보, 오늘만은 그냥 어떻게 좀 때우고, 이 담에 우리 근사한 옷몇 벌 장만하면 안 될까?"

솔직히 말해 달봉 씨는 아직까지 아내가 옷을 사자고 했을 때, 단한번도 반대를 하거나 언짢은 기분을 보인 적이 없다는 사실을 떠올렸다.

"그래요. 이번만은 대충 이걸로 때우겠지만, 당신 절대로 오늘밤의 이 불행한 마누라를 잊어선 안 돼요."

드디어 그의 애처로운 아내는 정말 내키지 않는다는 얼굴이었지만 검정 실크 원피스 한 벌을 꺼내 들었다.

"아아, 그거 정말 괜찮은디? 그러고 보니 우리 사모님께선 진짜로 이 세상 최고 수준의 안목까지 갖추셨어!"

그는 아내가 또 생각을 바꿀까 봐 얼른 지퍼 올리는 걸 도와주기 위해 허둥지둥 그녀의 뒤로 돌아갔다.

"그렇게 빈정거리지 말아요."

"아니야, 정말 근사혀. 어디 보자구. 이것 봐, 얼마나 우아한 모습인가."

달봉 씨는 얼른 아내를 거울 앞으로 밀어붙이면서, 그러나 그 앞에서 그녀가 오래 머물지 않기를 빌었다. 예상했던 대로 이 세상에서 기중 우러러보이는 그의 아내는 좌로, 우로, 뒤로 수십 번도 더 맴을 돌다가는 이빨까지 비춰보고, 그리고는 또 뭔가 속이 차지 않는다는 듯 잠시 이맛살을 찌푸리며 애처가를 긴장시켰다. 그 순간 시계가 댕댕…… 열 시를 깨우쳤지만 그녀는 귀가 먹어 있었다. 달봉 씨는 조바심이 나고 괜히 목이 타올라 부엌으로 달려가 몇 잔 물을 들이켰다.

"여보오."

그때 다시 달봉 씨가 이 세상에서 가장 으뜸으로 사랑하는 아내가 불렀다.

"머플러는 어느 것이 어울리겠어요?"

그녀는 어느새 옷장에서 한 뭉치의 형형색색인 머플러를 꺼내 놓고 있었다. 어이쿠! 달봉 씨는 이제 콧속에서 단내가 무럭무럭 나기 시작했다.

"이 적록색 머플러가 마음에 들긴 한데, 그러면 또 새로 옷을 바꿔 입어야 될 테구……."

그러면서 아내는 힐끗 옷장 쪽으로 눈길을 돌렸다. 달봉 씨는 정말 그녀가 또 다른 옷을 꺼내들지 않을까 해서 숨이 막힐 지경이었다. 옷에다 머플러를 맞추려는 건지, 아니면 머플러에다 옷을 조화시킬 참인지…….

오, 하느님! 그는 잠시 눈을 감고 아내가 제발 그 머플러에다 옷을 맞추는 일만은 없애달라고 간절히 빌었다. 이렇게 위급할 때일수록 대개는 자기편이 되어주지 않았던 하느님을 다시 찾을 수밖에 없는 절박한 심정이 된 그는, 스스로가 진짜로 가엾게 느껴지며 그만 넋을 놓은 채 까무러치고 싶었지만 기도를 멈출 수가 없었다. 오오, 천주님, 제발⋯⋯.

"여보, 이제 됐어요."

달봉 씨가 이 세상에서 가장 무서워하는 아내가 그의 간곡한 기도를 멈추게 했다. 조심스럽게 눈을 떴을 때 그녀는 고맙게도 코코아 색깔의 머플러를 얌전히 목에 두르고 서 있었다. 오! 주님, 정말 감사합니다.

달봉 씨는 우선 난생처음으로 자기를 긍휼히 여기시고 그 소원을 들어주신 하느님께 진심으로 감사를 올렸다. 이제부터 하느님은 내 편이다! 그는 신이 나서 어쩔 줄을 몰랐다.

"벌써 약속시간이 지났어. 지각은 참으로 못난 취미고 나쁜 버릇이여."

달봉 씨가 감히 이 세상에서 가장 존중하는 아내에게 충고를 던졌다. 예기치 않은 하느님의 가호가 잠시 그에게 만용을 부리게 했는지도 모른다.

"어째 당신은 그렇게 덤벙거리기만 하고 채신머리가 없어요? 이른바 코리안 타임의 매력도 모르시나? 설사 그딴 것이 다소 고전적이며 시대에 뒤떨어진 폐습이고 악취미라 하더라도 전통은 웬만하면 지키는 게 좋다는 걸 좀 배워요. 그리고 어디를 가나 진짜 스타는 항상 늦게 나타나는 법이잖아."

진짜로 못 말리겠네! 아, 당신이 그 스타야? 그러나 달봉 씨는

용하게도 그 말만은 잘 참아냈다. 둘은 이미 약속이나 한 듯 핸드
폰을 죽여 놓았기 때문에 다행히 벨소리가 그들을 괴롭힐 리는 없
었다.

"빨리 가 봐야 남자들이란 것들은 그저 처음엔 카드놀이부터 시
작할 게 뻔할 테고, 그렇게 되면 돈 잃고 봉되는 건 언제나 당신이
었으니까 차라리 잘된 거지 뭐. 안 그래? 근데 좀 늦긴 늦었네. 어
서 나가 당신은 차나 꺼내놓고 예열이나 시켜요."

허기야 내 이름이 봉 아닌가. 늘 사무치게 바칠 준비가 된 달봉.
그러니 실로 그는 항상 막무가내로 한술을 더 뜨는 아내 앞에서 속
수무책 달리 토를 달 수가 없었다. 그는 차의 시동을 걸고도 정확
히 이십 분을 더 기다렸다. 그동안 달봉 씨는 진짜로 애가 타다 못
해 숫제 간이 다 녹아 없어지는 기분에 옆구리까지 결려왔다.

"이봐, 열한 시야. 아직 끝나지 않았으면 정말 나 혼자 가버리고
말겠어!"

참다못한 그는 안쪽을 향해 소리를 냅다 질렀다. 오래간만에 그
의 목소리가 제법 천지를 소스라치게 울리는 듯했다. 그러나 그 고
함은 문이 꽉 닫힌 차 안에서만 요란했다는 걸 그 자신이 모를 리
가 없었다. 그의 고함소리를 들었는지 어쨌는지는 모르지만 암튼
대문이 열리고 아내의 얼굴이 나타나자 그는 얼른 나가 차문을 열
어줬다.

"아이, 내 정신 좀 봐, 귀고리를 또 깜박했네."

한아름의 밍크코트를 차 속으로 밀어 넣던 아내가 종종걸음으로
다시 집안으로 사라지자, 우리들의 가엾은 달봉 씨는 차라리 실성
한 사람처럼 히물히물 웃고 있었다. 또 한차례 그가 넋이 나가는

순간이었다.

"자, 인제 가요 우리."

이 세상 최고의 품격을 갖춘 달봉 씨의 아내가 차에 올라탔을 땐 어느새 약속시간을 훌쩍 넘어가고 있었다. 그는 차를 출발시키면서 벌써 자라버린 턱수염이나 한차례 더 깎고 올 걸하고 후회했다. 그때 그의 아내가 다그치기 시작했다.

"아, 뭘 이렇게 꾸물거려요. 빨리 액셀을 밟지 않고서는……. 사람들이 기다린단 말예요. 세상에 이렇게 굼뜬 남자란 대체……."

결국 그날 엄청 지참을 하고 만 부부는 그 벌칙으로다 노래 세 곡씩을 연달아 불러야 했는데, 꾀꼬리 마누라와는 달리 달봉 씨는 애먼 돼지를 잡느라 연신 진땀을 빼야 했다. 그때 박장대소하며 격려해준 참석자들의 박수소리가 얼마나 요란했는지, 후래삼배로 우정을 북돋우는 흔감한 술잔의 세례가 넘쳤음에도 그는 자신의 망신을 덮기에는 그것이 별 도움이 되지 못함을 통감했다. 특히 남편을 향한 그 우레와 같은 손뼉소리에 민망해진 아내가 어쩔 줄 몰라 하며, 애써 그를 외면하는 표정이 너무 쓸쓸해 보여서 그는 더욱 가슴이 아리고 쓸쓸했었다.

우리들의 무던하고 참을성 많은 달봉 씨는 망년회의 그 끔찍하고도 부끄러웠던 기억을 떠올리며 당장에도 뒷덜미가 근질거렸지만, 역시 세상 최고로 존엄한 마누라와 함께 하는 여행은 기대가 되는 듯 흥겨운 표정이었다. 간혹 낚시 장비를 들쳐 맨 태공들이나, 스스로의 몸피보다도 더 큰 가방을 덜덜 끌고 가는 여행객들을 볼 때마다, 정말이지 그는 얼마나 자주 그놈의 나그네가 되어보고 싶었던가. 유행가 가사에서도 '인생은 나그네 길'이라 하지 않았던가. 나도 이제 그 주인공이 된다.

세상에서 제일로 준비성이 뛰어난 아내가 며칠 전에 미리 장만해 두었다는 대형 여행 가방을, 몇 번이나 대견스럽게 바라보던 달봉 씨는 급기야 그 가방을 왼쪽, 오른쪽 혹은 뒤로, 앞으로 굴려보며 마당을 이리저리 왔다 갔다 하곤 했다. 그러면서 금방 어린애가 되어버린 그는 아내가 역시 나름의 복안과 함께 선견지명을 갖춘 여자라는 생각이 들었다.

"요샌 웬만한 섬에라도 승용차 정도는 배에다 싣고 갈 수가 있지. 그러나 우린 기차나 선박, 자전거 등 아무거나 이용할 수 있게 그냥 발걸음 내키는 대로 떠납시다. 고생이야 좀 되더라도 것 다 여행자들이 기본적으로 누리는 객수고 낭만이 아니겠어?"

여행을 선포하면서 아내가 한 말이었다. 객수니 낭만……, 사실 그 용어의 개념이 확실하게 가슴에 와 닿지는 않았지만, 아무튼 그 말뜻이 모두 현재 자신의 기분과 관련된 무엇이라 여기며, 우리들이 미워할 수 없는 팔불출 달봉 씨는 새삼 고맙다는 듯 세심한 아내를 향해 주절주절 찬사와 함께 맞장구를 쳐댔다.

"그럼, 그렇고 말구. 지금 옛날 그 어려울 때 미뤄뒀던 신혼여행을 실행한다 생각하면 까짓 무슨 고초인들 우릴 막을 수가 있겠어? 이렇게 늦게나마 당당하게 그걸 결행할 수 있게 된 것만도 엄청 호사스러운 일이지. 게다가 무작정 이렇게 묻지마 식으로다 떠나는 것도 다 당신의 근검·절약의 철학 신조가 담긴 것 아니겠어?"

진짜로 그 생각이 옳았다고 여겨지는 순간 여태도 철이 덜 들어

철학이 부족한 달봉 씨는 또 마음이 다급해졌다.

"존경하는 사모님, 그런 뜻에서 화장 시간도 좀 절약했으면 쓰겄네요."

드디어 철없이 인내심을 잃은 달봉 씨가 안방을 향해 입을 열었다.

"내 얼굴 넓은 거 당신 모르슈? 그래서 시간이 더 걸리는 거지뭐. 알았으면 거기 제 신발이나 좀 꺼내 놔요. 그렇게 덤벙거리지 마시고 조 사장니임……."

그건 맞는 얘기여. 여잔 그저 얼굴이 비좁아야 미인이라는데 이건 숫제 허허벌판이니, 그걸 포장하려면 힘이 좀 들겄어? 고개를 끄덕이던 그는 다시 입을 열었다.

"신발이라면……. 근데 그건 어떤 걸로다?"

"아, 내 샌들과 운동화, 그리고 허름한 부츠, 하이힐 몇 짝 빼고 나면 구두라고 해봐야 빨간 것 하나밖에 더 있어요?"

괜히 핀잔을 얻어먹은 우리들의 불쌍한 달봉 씨는 무슨 죄라도 지은 듯이 약간 기가 죽었다. 그러나 그는 곧 마누라의 빨강 구두를 꺼내 헝겊으로 정성스럽게 먼지를 털어내는 작업에 열중했다. 그가 아내의 명령을 충실히 이행한 뒤 네 번이나 하품을 날릴 때까지도 그녀는 화장이 끝나지 않았다. 허가야 여자들은 죽을 때도 그 놈의 화장은 빼놓지 않는다고는 하드만……. 그는 또 좀이 쑤시는 듯 몇 차례 괜한 가방을 들었다 놓으며, 좀 전 장모가 피자를 사달라고 성화를 부려대던 중학교 일이 학년 연년생 아들놈들을 데리고 사라진 대문 쪽을 기웃거렸다. 이제 여행을 떠나면 집안이 그놈들의 분탕질로 시끄러울 것이었다. 외손자들에게 시달릴 장모님이

폭설

꽤는 안 됐다는 생각이 드는 순간, 그는 갑자기 뒤통수를 맞듯 어머니의 기제삿날이 떠올랐다. 몇 번 손가락을 꼽아보던 그는 급기야 절망적인 낯빛이 되었다.

"여보오, 이거 큰일 났네, 낼 모레가 엄니 제삿날이야!"

"그걸 내가 모르고 있는 줄 아나봐? 당신 여편네가 바보가 아닌 이상 다 생각해놓은 게 있으니 염려는 놓으슈. 두 분 지방(紙榜)까지 다 챙겨났응께, 글고 시방 그렇게 한가하시다면 뭐가 빠진 게 없는가, 하고 새로 한번 짐이나 잘 챙겨 보시오."

그러면 그렇지! 내 아내가 누군데……. 그렇지만?

"아, 제사야 엄니와 압지 모시고 함께 여행하는 셈치고 가다가 우리 콘도에 들러 지냄 되지만, 여독 때문에도 당신 혼자 어떻게 그 많은 제수(祭需)를 장만허지?"

그는 진심으로 아내가 안쓰럽고 가엾게 느껴졌다.

"그니까 당신은 늘 다른 사람들한테 어벙하고 고지식하단 소리를 듣지. 우리들처럼 오붓하게 여행이나 휴갈 즐기는 사람들을 위해 그곳에선 아예 향과 촛불이 준비된 제수를 상떼기 세트로 팔고 있다는 거 당신도 티브이에서 봤잖아요. 진짜로 얼마나 편리하고 좋은 세상이야! 요샌 그저 돈만 주면 극락행 티켓도 살 수 있는 그 세상 우리도 좀 누립시다요."

그는 두 번째로 둔기로 머리통을 얻어맞는 기분에 정신이 아득해졌다.

"야, 그것참 기똥찬 아이디어다! 우리도 이담에 엄마 아빠 제사 지낼 땐 꼭 두 분이 좋아하시는 아이스크림이나 케이크, 족발 같은 걸 주문하면 되겠네."

언제 돌아왔는지 둘째 놈이 피자가루로 구지레해진 입언저리를 주먹으로 문지르며 주절거렸다.

"아니, 난 어른이 되면 바쁜 사람들을 위해서 제사 지내주는 회사를 하나 만들겠어. 그리곤 이렇게 선전을 하고 다닐 거야. 〈 제사 지내줍니다아~ ! 〉 하고 말이야."

변성기가 되어 걸걸해진 목소리의 첫째 놈은 아예 손나팔까지 해보이며 덩달아 신바람을 냈다. 세상에……! 제사상은 오로지 지극정성으로 준비하는 일이 그 으뜸이고 본령인데, 어쩌다가 이런 빌어먹을 세상이……! 아이구, 압지 엄니이……! 그 누구에게랄 수도 없는 원망과 분노에 시달리고 있는 달봉 씨는 한동안 돌장승이 된 듯 말을 잃었다.

"과연 내 아들놈들은 달라! 엄말 닮아 사업 쪽으로는 천재적으로 다 머리가 튀고 있으니 말야. 아이고, 내 새끼들! 앞으로도 즈이 부모들 밥 굶길 일은 없겠네."

이윽고 문제의 치장을 끝낸 아내가 밖으로 나오면서 두 아들을 껴안고는 한참 동안 자지러지는 시늉을 했다. 하이구, 그게 뭐 지혼자 만든 물건들인가? 한차례 샐쭉하는 눈치였지만 역시 달봉 씨는 이 세상에서도 가장 가슴이 넓은 사내였다. 그는 어느새 좀 전의 제사 문제로 치솟던 격정을 털어버리고는 아내의 뜻을 가납한 듯 금세 화평한 얼굴로 돌아와 있었다. 어쩜 그는 그렇게 온갖 회오의 감정이 엉켜드는 순간에도, 그저 스스로가 넋을 놓고 살면 살수록 가정이 화목하고 세상이 평화스러워진다는 것을 터득했는지도 몰랐다.

"이제 우리 떠나요."

이 세상에서 가장 화장을 오래하는 부인의 명령에 깜짝 놀라며 그는 한동안 잊고 있던 가방을 챙겨들었다. 펑퍼짐한 몸매에 넙데데하지만 언제 보아도 복성스러운 아내를 훔쳐보던 그는, 한동안 입을 다물지 못한 채 진정으로 넋이 나간 듯했다. 역시 이 세상에서 유일하게 혼을 빼놓고 살 수 있는 사람은 달봉 씨뿐이었다.

"어이, 진짜 최고로 아름다운 꽃을 옆에 두고 여태까지 모르고 살았네 그랴!"

신음으로 내뱉는 달봉 씨의 찬탄에 아내는 주먹으로 치는 시늉은 하면서도 입꼬리가 위쪽으로 찢겨져 올라가는 것은 어쩌지 못했다.

"무지렁뱅이 여편네가 언제 진짜로 화장을 할 틈새가 한 번이나 있었나요? 모처럼 구리무, 화운데이숑 한 볼따구 찍어 발랐는데 왜 이리 놀라고 야단이야 증말, 촌스럽게시리……."

그러면서도 그녀는 곱게 눈을 흘겨주는 걸 놓치지 않았다. 달봉 씨는 자신도 모르게 가만히 이 세상에서 최고로 아름다운, 그러나 오랜 화훼 작업과 요리 일로 거스러미가 느껴지는 마누라의 손을 슬며시 보듬었다. 그리고 그는 왠지 가슴이 막막해지면서, 문득 아내와 더불어 그 순간 그만 여행이고 뭣이고는 뒷전이고, 그냥 사정없이 무너져 부서지고 싶은 주책없는 충동을 잠시 만났다.

요술인거 요술! 고놈의 화장품이란 것이……!. 언제는 유장한 시간허비 때문에 화장품이 그토록 저주스러웠는데……, 금방 바뀌는 스스로의 변덕을 의식하며, 갑자기 이 세상에서 최고로 행복해진 달봉 씨는 변절의 상징인 갈대는 바로 자신이었다고 스스로를 조롱했다.

"아히이, 얼른 가요. 차 시간 늦겠어요."

매일 화초를 건사하거나 식당 일을 주도하는 튼실한 일손, 여자치고는 약간 거칠기까지 한 그 투박한 아내의 손이 남자의 잠시 달뜨던 가슴을 밀쳐내었다. 멈칫하며 한차례 무안스러워 하던 우리의 딱하고 눈물겨운 달봉 씨는 이내 가방을 끌고는 허둥지둥 마누라의 뒤를 따랐다.

"아차차, 근데 그걸 빠뜨리고 왔구만 그랴!"

얼마 후 두 내외가 역 광장에 나타났을 때 느닷없이 달봉 씨가 무릎을 치며 기성을 질러 올렸다.

"그거라니요?"

아내의 눈이 그를 빨아 당겼다.

"거 왜 있잖아. 그거 말이야 거시기……."

난감한 표정의 달봉 씨가 엄지손가락을 내어밀며 요령부득으로 허둥거렸다.

"거시기라니, 지갑이라도 두고 나왔단 말이야? 그래 봐야 뭐 그 속엔 돈도 몇 푼 들어있지 않았을 테니 그냥 가요."

그녀는 슬쩍 핸드백 속에 든 자신의 지갑을 확인해보는 걸 잊지 않았다.

"아 아니, 왜 있잖아. 거시기 콘도……."

"콘도는 어머님 제사날인 모레나 갈 텐데 뭘."

"하이 참, 거 왜 거시기, 고무장갑…. 기왕지사에 우리 늦둥이 하나 더 볼까?"

"내 어째 덤벙거린다고 했더니만……!"

영특한 그의 아내가 이윽고 감을 잡았다는 듯 실소를 하다가는

눈을 샐쭉거리며 고개를 꼬았다. 별수 없이 달봉 씨는 사방을 두리
번거리다 약방을 찾아 뛰었다.

"저, 있잖아요, 거시기 그거……."

약방에서 몇 번이나 뭉그적거리던 그가 겨우 입을 떼자 요령부득
이기는 약사도 마찬가지였다. 그러나 스무고개 게임을 벌이자는
달봉 씨보단 역시 약사의 머리 회전이 더 빨랐다. 힐끗 곁눈질을
하며 묘한 웃음을 깨물 듯하던 약사는 게임 초반에서 금방 그의 말
을 헤아려냈다. 약사가 주문한 물건을 챙겨내는 동안 몇 번이나 애
꿎은 천장을 두리번거리던 그는 괜스레 뒷머리가 근질거렸다. 피
임용구인 '꽃주머니'를 내어주며 약사가 꼭 '재미 많이 보슈'하며
느물거리는 것 같아서 달봉 씨는 진짜로 기분이 형편없이 느물거
렸다.

"몇 조각이나 샀어요?"

덤벙거리는 남편을 얌전히 기다려 준 착한 아내가 약간 우중충해
진 그를 보며 물었다.

"한 갑이지. 세 개씩이나 들어 있더라구."

오래간만에 씩씩해진 우리들의 달봉 씨가 금방 표정이 밝아지며
자랑스럽게, 그러나 좀은 겸연쩍은 듯 피식거리며 주위를 힐끗거
렸다.

"멍충이 같은 양반! 일주일 여행에 그래, 고작 세 개? 돌도 십 년
을 보고 있으면 구멍이 뚫릴 수 있다 했는데, 당신은 백 년을 살아
도 이해가 안 될 사람이야."

아내의 눈꼬리가 금방 물구나무를 섰다. 달봉 씨는 갑자기 여행
이 짜증스러워졌다.

"모든 걸 절약하자고 한 사람이 누구였는데? 괜히 그려 증말!"

"아, 절약할 게 따로 있지 그래, 그걸……. 아이구, 내가 이래서 숨통이 막힌다구!"

진짜로 도무지 그 마음을 종잡을 수 없는 아내가 휙 고개를 꼬고는 이내 그로부터 떨어져 나갔다. 순간 달봉 씨는 용수철만 같은 여자들의 심보란 언제나 이렇게 변덕이 죽 끓듯 해 속수무책이라는 생각을 거듭거듭 곱씹으며, 아내가 사라진 개찰구 쪽을 향해 넋 빠진 표정으로 따라가기 시작했다. 그리고는 목 언저리가 벌겋게 달아오를 정도로 언짢아진 그는 이렇게 툴툴거렸다.

"옘병할, 그 필요한 수량쯤은 약방에 가기 전에 미리 철학적으로 다 좀 딱 부러지게 말해 주면 어디가 덧나나?"

혼란으로 난감해진 우리들의 가련한 달봉 씨는 이 세상이란 것이, 눈을 부릅뜨고 버티는 짓과 정신을 빼놓고 사는 노릇 모두가 똑같이 버거운 일임을 새삼 절감했다. 그리고 그는 오랫동안 큰 가방을 맨 나그네를 동경해 온 것 또한 깊이 후회하고 있었다.

표지 그림 이 인은 평면 회화를 중심으로 드로잉, 세라믹, 나무오브제, 캘리그라픽 작업을 하고 있으며, 25회의 개인전과 다양한 프로젝트 작업을 통해 작품을 발표하고 있고, 국립현대미술관, 경기도미술관, 금호미술관, OCI미술관, 전남도립미술관, 제주현대미술관 등에 소장되어 있다.

폭설

1쇄 발행일 | 2022년 11월 25일

지은이 | 유만상
펴낸이 | 정화숙
펴낸곳 | 개미

출판등록 | 제313 – 2001 – 61호 1992. 2. 18
주소 | (04175) 서울시 마포구 마포대로 12, B-103호(마포동, 한신빌딩)
전화 | (02)704 – 2546
팩스 | (02)714 – 2365
E-mail | lily12140@hanmail.net

ⓒ 유만상, 2022
ISBN 979 – 11 – 90168 – 51 – 9 03810

값 15,000원